HEYNE BÜCHER

SCIENCE FICTION

Herausgegeben
von Wolfgang Jeschke

Von **SHADOWRUN™** erschienen in der Reihe
HEYNE SCIENCE FICTION & FANTASY:

1. Jordan K. Weisman (Hrsg.): *Der Weg in die Schatten* · 06/4844

TRILOGIE GEHEIMNISSE DER MACHT

2. Robert N. Charrette: *Laß ab von Drachen* · 06/4845
3. Robert N. Charrette: *Wähl deine Feinde mit Bedacht* · 06/4846
4. Robert N. Charrette: *Such deine eigene Wahrheit* · 06/4847

5. Nigel Findley: *2 X S* · 06/4983
6. Chris Kubasik: *Der Wechselbalg* · 06/4984
7. Robert N. Charrette: *Trau keinem Elf* · 06/4985
8. Nigel Findley: *Schattenspiele* · 06/5068
9. Carl Sargent: *Blutige Straßen* · 06/5087

TRILOGIE DEUTSCHLAND IN DEN SCHATTEN

10. Hans Joachim Alpers: *Das zerrissene Land* · 06/5104
11. Hans Joachim Alpers: *Die Augen des Riggers* · 06/5105
12. Hans Joachim Alpers: *Die graue Eminenz* · 06/5106

13. Tom Dowd: *Spielball der Nacht* · 06/5186
14. Nyx Smith: *Die Attentäterin* · 06/5294
15. Nigel Findley: *Der Einzelgänger* · 06/5305
16. Nyx Smith: *In die Dunkelheit* · 06/5324
17. Carl Sargent/Marc Gascoigne: *Nosferatu 2055* · 06/5343
18. Tom Dowd: *Nuke City* · 06/5354
19. Nyx Smith: *Jäger und Gejagte* · 06/5384
20. Nigel Findley: *Haus der Sonne* · 06/5411
21. Caroline Spector: *Die endlosen Welten* · 06/5482
22. Robert N. Charrette: *Gerade noch ein Patt* · 06/5483
23. Carl Sargent/Marc Gascoigne: *Schwarze Madonna* · 06/5539
24. Mel Odom: *Auf Beutezug* · 06/5659
25. Jak Koke: *Funkstille* · 06/5667
26. Lisa Smedman: *Das Luzifer Deck* · 06/5889
27. Nyx Smith: *Stahlregen* · 06/6127
28. Nick Polotta: *Schattenboxer* · 06/6128
29. Jak Koke: *Fremde Seelen* · 06/6129
30. Mel Odom: *Kopfjäger* · 06/6130
31. Jak Koke: *Der Cyberzombie* · 06/6131

JAK KOKE

DER CYBERZOMBIE

Zweites Buch der Drachenherz-Saga

Einunddreißigster Band des

SHADOWRUN™-ZYKLUS

Deutsche Erstausgabe

WILHELM HEYNE VERLAG
MÜNCHEN

HEYNE SCIENCE FICTION & FANTASY
Band 06/6131

Titel der Originalausgabe
CLOCKWORK ASYLUM
Aus dem amerikanischen Englisch übersetzt von
CHRISTIAN JENTZSCH

Umwelthinweis:
Dieses Buch wurde auf chlor- und
säurefreiem Papier gedruckt

Redaktion: Ralf Oliver Dürr

Printed in Germany 1998
Umschlagbild: FASA Corporation
Umschlaggestaltung: Atelier Ingrid Schütz, München
Technische Betreuung: M. Spinola
Satz: Schaber Datentechnik, Wels
Druck und Bindung: Elsnerdruck, Berlin

ISBN 3-453-14874-6

Man schreibt das Jahr 2057 …

Nach einer Abwesenheit von mehreren tausend Jahren ist die Magie zur Erde zurückgekehrt. Was der Maya-Kalender die Fünfte Welt nannte, ist der Sechsten gewichen, einem neuen Zyklus der Magie, dessen Beginn das Erwachen des Großen Drachen Ryumyo im Jahre 2011 einleitete. Die Sechste Welt ist ein Zeitalter der Magie und der Technologie. Ein Erwachtes Zeitalter.

Das Ansteigen des Magieniveaus hat das Erwachen der Erde bewirkt. Die archaischen Rassen sind wieder aufgetaucht. Die Metamenschheit. Zuerst kamen die Elfen, hochgewachsen und schlank mit spitzen Ohren und mandelförmigen Augen. Sie wurden menschlichen Eltern geboren, ebenso wie kurz danach die Zwerge. Später kamen dann Orks und Trolle, von denen einige wie Elfen und Zwerge verändert geboren wurden, andere aber goblinisierten – von Menschengestalt in ihr wahres Wesen verwandelt wurden, da das steigende Magieniveau ihre DNS aktivierte. Kennzeichnend für Orks und Trolle waren größere, muskulöse Körpern, stark vergrößerte Eckzähne und eine warzige Haut.

Sogar die ältesten und intelligentesten Wesen, die großen Drachen, sind aus ihren Verstecken gekommen. Man weiß nur von der Existenz ganz weniger Kreaturen dieser Art, und die meisten von ihnen führen ein Leben der Abgeschiedenheit und Geheimhaltung. Doch einige, die in der Lage sind, menschliche Gestalt anzunehmen, haben sich in die metamenschliche Gesellschaft integriert. Sie haben ihren uralten Intellekt, ihre mächtige Magie und ihre angeborene Schläue dazu benutzt, in Machtpositionen aufzusteigen.

Einer dieser wenigen besitzt und führt Saeder-Krupp – den größten Megakonzern der Welt. Ein anderer – Dunkel-

NORD-

CIRCA 2057
TSIMSHIAN
ATHABASKAN COUNCIL
Edmonton
Lake Louise
Saskatoon
ALGONKIAN-MANITOU COUNCIL
Calgary
Vancouver
SALISH-SHIDHE COUNCIL
Pacific Ocean
Seattle
Regina
Winnipeg
Spokane
Portland
Salem
Eugene
Helena
Butte
SIOUX NATION
Fargo
Duluth
Bismarck
Hell's Canyon
Boise
Billings
TIR TAIRNGIRE
Sheridan
Rapid City
Sioux Falls
St. Paul
Idaho Falls
Minneapolis
Eureka
Reno
Salt Lake City
Cheyenne
Des Moines
Omaha
Provo
Boulder
Denver
San Francisco
Kansas City
Colorado Springs
Topeka
CALIFORNIA FREE STATE
UTE NATION
Las Vegas
Pueblo
Wichita
Bakersfield
PUEBLO CORPORATE COUNCIL
Santa Barbara
Los Angeles
Santa Fe
Tulsa
Amarillo
Oklahoma City
San Diego
Albuquerque
Phoenix
Little Rock
Tijuana
Tucson
Roswell
Ft. Worth
Dallas
Shreveport
El Paso
San Angelo
Pacific Ocean
San Marcos dig
Austin
Houston
San Antonio
Chihuahua
North America
Corpus Christi
AZTLAN
National Capital
Seattle
City
Monterrey
International Boundary
Culiacan
Durango
Ciudad Victoria
State Boundary (U.S.A. circa 1990)

AMERIKA

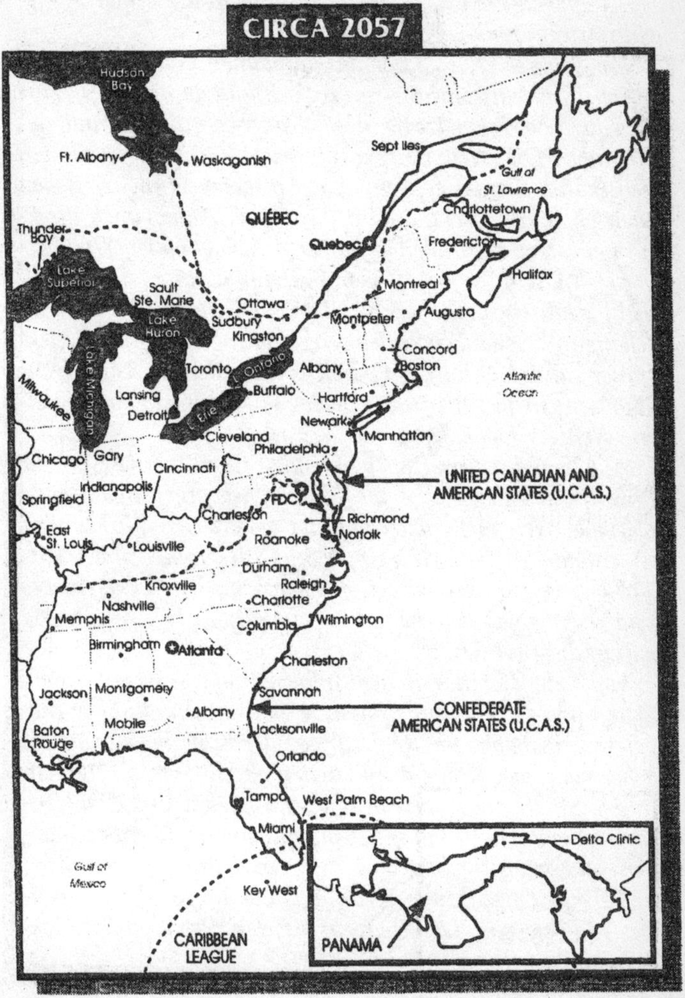
CIRCA 2057
Hudson Bay
Ft. Albany
Waskaganish
Sept Iles
Gulf of St. Lawrence
QUÉBEC
Charlottetown
Thunder Bay
Quebec
Fredericton
Lake Superior
Halifax
Montreal
Sault Ste. Marie
Ottawa
Augusta
Sudbury
Montpelier
Lake Huron
Kingston
Concord
Boston
Toronto
L. Ontario
Albany
Atlantic Ocean
Milwaukee
Lake Michigan
Lansing
Buffalo
Hartford
Detroit
L. Erie
Newark
Cleveland
Manhattan
Philadelphia
Chicago
Gary
Cincinnati
UNITED CANADIAN AND AMERICAN STATES (U.C.A.S.)
Indianapolis
FDC
Springfield
Charleston
Richmond
East St. Louis
Norfolk
Roanoke
Louisville
Durham
Raleigh
Knoxville
Nashville
Charlotte
Memphis
Columbia
Wilmington
Birmingham
Atlanta
Charleston
Jackson
Montgomery
Savannah
Albany
CONFEDERATE AMERICAN STATES (U.C.A.S.)
Baton Rouge
Mobile
Jacksonville
Orlando
Tampa
West Palm Beach
Miami
Delta Clinic
Gulf of Mexico
Key West
CARIBBEAN LEAGUE
PANAMA

zahn – ist das umstrittenste Wesen, das jemals zum Präsidenten der Vereinigten Kanadischen und Amerikanischen Staaten gewählt wurde. Dunkelzahn ist bei einer mysteriösen Explosion am 9. August 2057, dem Tag seiner Amtseinführung, ums Leben gekommen.

Die Sechste Welt ist von der mundanen Welt der Fünften himmelweit entfernt. Sie ist exotisch und absonderlich, eine paradoxe Verschmelzung des Wissenschaftlichen und des Arkanen. Die Weiterentwicklung der Technologie hat ein fieberhaftes Tempo erreicht. Die Unterscheidung zwischen Mensch und Maschine wird durch das Aufkommen direkter neuraler Schnittstellen immer verschwommener. Cyberware, Maschinen- und Computerimplantate sind allgemein verbreitet. Sie verwandeln Fleisch in Metall und schaffen in Gedankenschnelle Verbindungen zwischen Elektronen und Neuronen. Die Bewohner der Sechsten Welt sind von einem ganz neuen Schlag – stärker, klüger, schneller. Weniger menschlich.

Aus dem alten weltumspannenden Computernetz ist wie Phoenix aus der Asche die Matrix hervorgegangen. Eine virtuelle Welt mit einer computer-generierten Wirklichkeit ist entstanden, ein Universum aus Elektronen und CPU-Zyklen, das von denjenigen mit den schnellsten Cyberdecks und den heißesten neuen Programmcodes beherrscht und manipuliert wird.

Es ist ein Zeitalter, in dem Information Macht ist, in dem Daten und Geld ein und dasselbe sind. Multinationale Megakonzerne haben die Regierungen der Supermächte als die beherrschenden Kräfte des Planeten abgelöst. In einer Welt, in der Städte zu großen Sprawls aus Beton und Stahl zusammengewachsen sind, haben ummauerte Konzernenklaven und gewaltige Arcologien Doppelgaragen, Vorgärten und weiße Lattenzäune verdrängt. Die Megakonzerne beuten Massen von Lohnsklaven für den Profit einer rücksichtslosen Minderheit aus.

Doch in den Schatten der riesigen Konzern-Arcologien leben die SIN-losen. Jene ohne Systemidentifikationsnum-

mern werden von der Maschinerie der Gesellschaft, von einer Bürokratie, die so gewaltig und komplex geworden ist, daß niemand sie völlig versteht, nicht wahrgenommen. Zu den SIN-losen zählen auch die Shadowrunner, die mit gestohlenen Daten und heißen Informationen handeln: Söldner der Straße – diskret, tüchtig und kaum aufspürbar.

Die Sechste Welt steckt voller Überraschungen, von denen die kürzliche Entdeckung eines Locus durch Aztechnology, einem finsteren Megakonzern, der auch vor Mord nicht zurückschreckt, nicht die geringste ist. Der Locus dient als Fokus für metamenschliche Opfer. Er gibt den Puppenspielern, die Aztechnology kontrollieren, die Macht, die sie benötigen, um ihre metaplanare Brücke zu den Tzitzimine *zu bauen, Dämonen, die sich von Folter und Leiden nähren. Nach Vollendung der Brücke werden die Dämonen in die Sechste Welt eindringen und sie verheeren. Aztechnology glaubt, daß man von den* Tzitzimine *belohnt wird, wenn sie das Land verwüsten und ein Jahrtausend der Qual über die Welt bringen.*

Nur Ryan Mercury kann sie aufhalten. Er ist ein Undercover-Agent, der für den kürzlich ums Leben gekommenen Großdrachen Dunkelzahn gearbeitet hat. Ryan muß das Drachenherz – ein magischer Gegenstand von unermeßlicher Macht – zur metaplanaren Brücke bringen und es Thayla geben, der Frau, deren Lied die Welt vor den Dämonen schützt, welche sie Der Feind nennt. Das Drachenherz würde Thayla die Macht geben, die Brücke zu zerstören.

Thaylas Macht über die Brücke ist jedoch von Aztechnology erschüttert worden. Gleichzeitig lag Ryan Mercury im Kampf mit der egoistischen Persönlichkeit in ihm, die ihn dazu veranlassen wollte, das Drachenherz für sich zu behalten, mit seiner dunklen Seite, die es dem Cyberzombie Burnout gestattete, das Artefakt zu stehlen.

Ryan hat Burnout besiegt und in die Tiefen des Hells

Canyon geworfen, doch der Cyberzombie konnte ihm das Drachenherz im letzten Augenblick entreißen. Burnout stürzte in den Abgrund und hat dabei die Rettung der Welt mitgenommen.

Jetzt muß Ryan Mercury das Drachenherz zurückgewinnen.

PROLOG

Lethe fiel.

Die letzten dunkelroten Strahlen der untergehenden Sonne färbten die Wände des Hells Canyon. Das dunkle Band des Snake River unter ihm wurde breiter, da er ihm entgegenstürzte. Lethe folgte dem sich überschlagenden Burnout in den Abgrund. Die Felswände zu beiden Seiten rückten näher, und das Universum wurde schmaler um Lethe, da dieser sich ganz auf Burnout konzentrierte.

Der Cyberzombie sah durchaus menschlich aus, aber Lethe spürte eine kalte, unmenschliche Ausstrahlung an ihm. In der physikalischen Welt war Burnout ungewöhnlich groß, mindestens zwei und einen halben Meter, und infolge seiner kybernetischen Gliedmaßen sehr dicht. Sein kahler Kopf war vollkommen symmetrisch und sah auf seinen mächtigen Schultern und der riesigen Brust winzig aus. Seine Beine wirkten seltsam unförmig, da die Unterschenkel verlängert und die übermäßig muskulösen Oberschenkel verkürzt waren.

Dieses … Wesen ist vielleicht das genaue Gegenteil von mir, dachte Lethe. Lethe war ein reiner Geist und nicht in der Lage, sich in der physikalischen Welt zu manifestieren.

Im Astralen sah Lethe, daß der größte Teil von Burnouts Seele verschwunden war. Seine Aura war ein dunkler Schatten inmitten einer leuchtenden Konstellation aus Magie und Zaubersprüchen. Seine wahre Seele war irgendwie von seinem Körper getrennt. Phasenverschoben.

Lethe hatte so etwas noch nie gesehen. Er bemerkte einen schwachen Dunstschleier an den Stellen im Astralraum, die der Cyberzombie passierte. Dieses

Wesen verschmutzte den Astralraum durch seine bloße Existenz. Extrem unnatürlich.

In einer Hand hielt Burnout das Drachenherz – ein Artefakt, das im Astralraum weißglühend und golden leuchtete. Äußerst mächtige Magie.

Lethe drang in Burnouts Körper aus Metall und Fleisch ein. Er ergriff Besitz von dem Cyberzombie und überwältigte die Seele des Mannes, die wie eine schwach leuchtende Kerze im Wind flackerte, da sie kaum noch mit der geringen Menge natürlichen Fleisches in der Maschinerie verbunden war.

Ich muß das Drachenherz schützen, dachte Lethe. *Ich kann Thayla immer noch retten.*

Burnout prallte mit lautem Knirschen gegen eine Felswand. Lethe versuchte seine Willenskraft auf Burnouts kybernetische Arme auszudehnen, um ihn dazu zu bringen, das Drachenherz eng an seine Brust zu pressen. Trotz aller Bemühungen gelang es ihm nicht, die Metallteile des Cyberzombies zu bewegen.

Das rief den ersten Anflug von Panik in ihm hervor. Lethe war ein mächtiger Geist, ein Wesen des Willens und der Energie, das nicht an einen Körper gebunden war und die physikalische Welt nur beeinflussen konnte, indem es Besitz von Lebewesen ergriff. Seines Wissens nach hatte er es nur zweimal zuvor versucht, und auch das nur in Notsituationen, aber jedesmal hatte er die vollständige Kontrolle über den Wirtskörper gehabt.

Hier war er lediglich ein Beobachter. Ein Passagier.

Die Wände der Schlucht schlossen sich immer enger um ihn. Es war stockdunkel. Lethe wußte nicht, wann der Aufprall erfolgen würde. Burnout fiel jetzt wie ein Stein, und sein Metall erwärmte sich aufgrund der Reibungshitze. Er prallte wieder gegen die Felswand, und dabei wurde seine linke Schulter zerschmettert. Der nächste Aufprall riß einen Fetzen Haut von dem glänzenden Metall.

Dennoch ließ er das Drachenherz nicht los. Lethe spürte dessen Macht jetzt ganz nah, sah sie durch die künstlichen Augen des Cyborgs. Irgendwie gelangte diese visuelle Information in das organische Hirn, und Lethe konnte sich Zugang zu ihr verschaffen.

Burnout fiel in das schwarze Wasser des Flusses und hätte sterben müssen. Das Wasser war wie Plastibeton. Die heiße metallische Hülle Burnouts verformte sich beim Aufprall, und Lethe wußte, daß ein Großteil der Kybernetik zerstört war. Doch ob es an Lethes Anwesenheit oder am Drachenherz lag, die Seele des Mannes beschloß, in dem noch verbliebenen Fleisch zu bleiben.

Als Burnout in den Tiefen des Snake River versank, geriet Lethe wiederum in Panik, nicht aus Angst um die eigene Existenz, sondern weil er sich nicht vorstellen konnte, daß jemand Burnout schnell genug finden würde, um Thayla noch rechtzeitig das Drachenherz zu bringen.

Lethe erinnerte sich an Thayla, während er versank, dachte an den Augenblick, als er zu sich gekommen und von ihr, der Göttin des Lichts und des Liedes, getauft worden war. Thayla hatte ihren Gesang unterbrochen, um mit ihm zu reden. Einen Gesang, der so vollkommen, so schmerzlich schön war, daß er sich nicht hatte bewegen können.

Sie hatte auf dem harten, rissigen Boden eines Felsvorsprungs gestanden, der von einem farblosen Himmel eingerahmt war. Ein tiefer Abgrund umgab sie auf drei Seiten und fiel vor ihr jäh ab. Lethe hatte keine Vorstellung von der Tiefe des Abgrunds. Er konnte den Grund nicht sehen. Der Vorsprung erweiterte sich zu einem breiten Bogen, der sich hinter ihnen erstreckte, bis er schließlich in der Ferne in das Festland überging.

»Dieser Vorsprung ist das Ergebnis eines unnatürlich hohen Energieniveaus«, hatte ihm Thayla erklärt.

»Der Abgrund ist die Kluft zwischen unseren Welten und jener der … der …« Sie stockte, und ihre Worte verrieten, wie sehr sie litt.

Lethe erinnerte sich noch, wie er über den Abgrund geschaut hatte. Wenn Thayla nicht sang, umtoste sie der Wind, zerzauste ihr Haar und peitschte es über ihr Gesicht. Die andere Seite des Abgrunds war in der Ferne kaum sichtbar, aber Lethe konnte eine ähnliche Klippe am Rande seiner Wahrnehmung ausmachen. Ein ähnlicher Vorsprung reckte sich ihnen von dem Land auf der anderen Seite entgegen. Finsternis umgab die entfernte Klippe, und als Lethe sie betrachtete, stieg Ekel in ihm hoch. Übelkeit erfaßte ihn, als er die Kreaturen erblickte, die sich auf der anderen Seite wanden und krümmten.

»Ich bin hier, um sie daran zu hindern, ihre Brücke zu vollenden«, fuhr Thayla fort. »Sie sind böse und schrecklich und viel mächtiger, als wir uns vorstellen können. Wenn sie die Brücke vollenden, werden sie in Scharen herüberkommen. Und wenn sie kommen, werden sie alles zerstören, was ihnen begegnet. Sie werden uns foltern. Sie werden uns alle dazu bringen, Dinge zu tun …« Wiederum versagte ihr die Stimme.

Lethe zitterte angesichts ihrer Bestürzung. Ihre Stimme war selbst angesichts des Grauens noch mächtig.

Thayla holte tief Luft und faßte sich. »Der natürliche Manazyklus bewirkt, daß der Abgrund schmaler wird. Aber diese Auswüchse sind unnatürlich – starke Ausschläge oberhalb des normalen Mananiveaus. Das Ergebnis von Blutmagie. Unsere Welten sind noch nicht bereit.«

»Aber dein Gesang …«

Sie lächelte ihn an, und ihr Strahlen erwärmte ihn. »Mein Lied hält sie auf. Weißt du, sie können es nicht ertragen, es zu hören, und meine Stimme trägt sogar über den Abgrund.«

Lethe wußte, daß das stimmte: Ihr Lied war das Licht.

»Es gibt welche auf dieser Seite, die daran arbeiten, die Vollendung der Brücke zu beschleunigen, Marionetten des Feindes, denen an seiner vorzeitigen Ankunft liegt. Sieh doch.« Sie zeigte auf eine Stelle in Richtung Festland.

Zuerst konnte Lethe nichts erkennen, weil die Stelle so klein war, ein Schatten unter Schatten. Doch als Thayla wieder zu singen anfing und die Welt mit Licht und Schönheit erfüllte, blieb ein winziger Fleck Dunkelheit zurück. Er war fast bedeutungslos und hielt sich auch nur kurz, aber Lethe hatte ihn gesehen – einen Makel in ihrem Lied.

»Sie haben eine Frau gefunden, die dem Lied widerstehen kann«, sagte sie. »Sie ist nicht stark genug, um lange zu bleiben, aber ich befürchte, daß sie mit der Zeit mächtiger wird. Und wenn das geschieht, werden andere kommen. Sie werden mich töten.«

Lethes Mut sank, als Thaylas Lied verstummte.

»Wenn du sie nicht aufhältst«, fügte sie hinzu.

»Wie?«

»Du mußt den großen Drachen namens Dunkelzahn suchen. Er ist vor kurzem zu mir gekommen und hat mir gesagt, daß ich den Feind nicht länger als ein paar hundert Jahre lang aufhalten könne. Er sagte, sie würden eine Schwäche in meinem Lied finden. Er sagte, er brauche mehr Zeit. Dunkelzahn hat versprochen, einen Gegenstand zu erschaffen, der den Feind daran hindern wird, vorzeitig zu kommen. Das Drachenherz.«

Thayla neigte den Kopf. »Aber das ist einige Zeit her, und der dunkle Fleck wächst. Ich fürchte, daß etwas Schreckliches passiert ist. Wirst du dich aufmachen und Dunkelzahn suchen? Wirst du mir das Drachenherz bringen?«

»Das werde ich«, hatte Lethe geantwortet. »Ich verspreche es.«

Nun, da er in Burnouts Metallhülle gefangen war und auf den kalten Grund des Flusses sank, fragte Lethe sich, wie er jetzt noch sein Versprechen halten sollte. Er war außerstande, den Cyberzombie zu beeinflussen, und er hatte niemanden, der ihm helfen würde.

Ryan Mercury konnte er nicht mehr trauen. Lethe hatte miterlebt, wie der Mensch das Drachenherz für sich selbst beanspruchte. Mercury hatte der machtvollen Versuchung des Drachenherzens nachgegeben. Zum Schluß hatte er nicht einmal mehr vorgetäuscht, den Auftrag ausführen zu wollen, den Dunkelzahn ihm erteilt hatte. Er hatte sich geweigert, Thayla das Drachenherz zu bringen, und Lethe würde ihm nie wieder vertrauen.

Vielleicht konnte Nadja Daviar überzeugt werden, ihm zu helfen, Thayla das Drachenherz zu bringen. Sie hatte ihm zuvor auch schon geholfen. *Ja*, dachte er, *ich werde zu ihr gehen.*

Lethe wollte sich aus Burnouts Körper zurückziehen.

Nichts geschah. Er konnte sich nicht bewegen.

Bei der Göttin! Was geht hier vor?

Lethe sank weiter in dem bewußtlosen Metallkörper. Dann entdeckte er ein spektrales Netz aus Magie, das kaum sichtbar war. Wie ein Spitzengewebe aus feinsten Fasern hielt das Netz Burnouts Seele in seinem Körper fest. Es hielt Burnouts Seele davon ab, das allzu wenig gewordene Fleisch zu verlassen. Es gehörte zu der Cybermantie, die es dem Mann ermöglichte, trotz seiner übermäßigen Hardware zu überleben.

Und jetzt hinderte dieselbe Magie Lethe daran, ihn zu verlassen.

Lethe kämpfte, setzte all seine Kräfte gegen die

Magie ein, die ihn festhielt. Die zarten Fasern dehnten und bogen sich, aber sie wollten nicht reißen. Lethe war gefangen.

Ein Insasse in diesem Gehäuse aus Metall. In diesem Räderwerk von einem Gefängnis.

20. AUGUST 2057

1

Die Luft im Hells Canyon war bereits in den ersten Strahlen der Morgensonne heiß und trocken. Der rote Feuerball thronte über den Gipfeln hinter Ryan Mercury, als dieser am Klippenrand entlangging. Die Sonne brannte gnadenlos mit ihrer sengenden Hitze auf ihn nieder.

Ryan stand am Rande der kleinen Landebahn von Assets Incorporated auf einem Felsvorsprung an der Ostwand des Hells Canyon tief im Gebiet des Salish-Shidhe Council an der Grenze der ehemaligen Staaten Oregon und Idaho. Die Anlage bestand aus einem bescheidenen unterirdischen Bunker, einem alten Hangar aus Wellblech und einigen baufälligen Lagerschuppen. Ryan hatte den Ausbau der unterirdischen Anlagen in Auftrag gegeben, aber bis jetzt war nur die Kommandozentrale fertiggestellt. Es blieb noch eine Menge Arbeit zu erledigen.

Er schaute über den Klippenrand und auf die dünne Linie des Snake River tausend Meter unter ihm, nahm einen tiefen Schluck aus seiner Wasserflasche und zwang sich, einen Soja-Protein-Riegel zu essen. Er war nicht hungrig, und sein Magen schmerzte so stark, daß er nicht sicher war, ob er überhaupt irgend etwas bei sich behalten konnte.

Ryan war gut zwei Meter groß und wog mit seinen durchtrainierten, magisch verstärkten und beschleunigten Muskeln hundertdreißig Kilogramm. Keine Cyberware, keine Bioware. Er schluckte in dem Wissen, daß er essen mußte, um bei Kräften zu bleiben.

Das Summen von Dhins Drohnen drang an seine

Ohren. Der Ork-Rigger steuerte die Überwachungsfahrzeuge, die den Grund der Schlucht und des Flusses absuchten. *Burnout muß irgendwo dort unten sein,* dachte Ryan, *und er muß das Drachenherz bei sich haben. Aber warum können wir ihn nicht finden?*

Ryan und das Team von Assets Incorporated suchten schon seit fast drei Tagen nach der Leiche des Cyberzombies und dem Drachenherz, ohne irgendwelche Fortschritte zu erzielen. Es war, als seien sie einfach verschwunden, vom Astralraum verschluckt oder in ihre Atome zerlegt und vom heißen Wind in alle Richtungen zerstreut worden.

Er mußte wieder an seinen letzten Kampf mit Burnout denken. An die Farben des Sonnenuntergangs, an die Geräusche des Windes. Die Felswände des Canyons leuchteten in seiner Erinnerung in einem tiefen Dunkelrot, und Burnouts verchromte Teile spiegelten das blutfarbene Licht wider.

In seiner Erinnerung an das Geschehen wehte ein Orkan durch die offene Seitentür des Hughes Airstar, während Ryan mit dem Cyberzombie kämpfte und Ryans letzter Tritt den übergroßen Metallkörper durch die Tür beförderte.

Burnout fiel in die undurchdringliche Schwärze von Hells Canyon, und ein Ausdruck schieren Hasses huschte über seine unmenschlichen Züge.

Ryans Hüfte ruckte vor, und er verlor den Halt und flog zur Tür. Mit rudernden Armen versuchte er krampfhaft, sich an irgend etwas festzuhalten. Er fand nichts außer dem Boden und fiel durch die Seitentür, und plötzlich spürte er die heiße Luft des Hells Canyon im Gesicht, als er dem Cyberzombie abwärts folgte.

Eine Kufe des Hubschraubers traf Ryan im Magen und ließ ihn nach Luft schnappen. Doch sie hielt ihn so lange auf, daß seine Hände einen Halt fanden und sich um das heiße Metall schlangen. Dann rutschte er herunter, und zusätzlich zu seinem eigenen lastete auch Burnouts Gewicht an seinem Griff. Ryans schweißnasse Finger rutschten am Metall der Kufe ab. Weißglühende Nadeln stachen ihn in Hände und Arme, da er sich festzuhalten versuchte.

»Ich bekomme deine Magie, Ryan Mercury«, sagte Burnout, dessen Stimme klang wie das Knirschen von Metall auf Metall.

Ryan schaute nach unten. Burnout hing in der Luft, und die untergehende Sonne hatte seine Metallteile rosa gefärbt, die von der undurchdringlichen Schwärze des Abgrunds eingerahmt wurden. Ryan spürte, wie seine Finger nachgaben und an dem glatten runden Metall abrutschten, da seine Kräfte nachließen.

Dann riß der Nylonbeutel von seinem Gürtel ab, und Burnout fiel in die dunkle Schlucht. Er gab keinen Laut von sich, als er fiel. Er verschwand einfach, eine dunkle Silhouette, die mit der tintigen Leere verschmolz. Das Drachenherz fiel mit ihm, da seine Chromfinger immer noch den einen Gegenstand umschlossen, von dem Dunkelzahn gesagt hatte, daß er die Welt retten könnte.

Das Drachenherz war eine Kugel aus solidem Orichalkum, die wie ein echtes vierkammriges Herz geformt war. Es war ein magisches Werkzeug von derart ehrfurchtgebietender Macht, daß Ryan seine wahre Bedeutung gar nicht ermessen konnte. Dunkelzahn hatte Ryan Anweisungen hinterlassen, es auf die Metaebenen zu bringen, und zwar zu der Stelle, wo das Magieniveau nach dem Großen Geistertanz einen unnatürlich hohen Ausschlag erzeugt hatte. Er sollte das Drachenherz der Frau geben, die diesen Ort beschützte: Thayla.

Nun, da er am Klippenrand stand und die heiße morgendliche Luft einatmete, stieß Ryan ein heiseres Lachen aus. *Dunkelzahn konnte sich nicht einmal selbst retten*, dachte er. *Wenn ein Großdrache nicht verhindern kann, daß er ermordet wird, wie kann er dann von einem einfachen Menschen erwarten, daß er die ganze verdammte Welt rettet?*

Ryan schluckte einen Bissen seines Proteinriegels hinunter, ohne ihn richtig gekaut zu haben, und versuchte alle Erinnerungen und Bilder zu verdrängen, da sie ihn nur ablenkten. Dunkelzahn war tot, und noch soviel Wut und Verbitterung konnten ihn nicht zurückbringen. Es war besser, wenn er sich auf seine Aufgabe besann.

Burnouts Leiche wird auftauchen, dachte er. *So viel Metall kann nicht ewig verborgen bleiben.*

Abgesehen von Dhin und seinen Drohnen setzte die Deckerin Jane-in-the-Box Satelliten ein, um nach der Leiche zu suchen. Zudem hatten die beiden Samurai Axler und Grind bemannte und ferngesteuerte Überwachungsanlagen eingerichtet.

Wir finden ihn, wenn er in flacheres Gewässer geschwemmt wird.

Aber es fiel ihm schwer, konzentriert zu bleiben. Die Stimmung in der Anlage verschlechterte sich beständig. Axler und ihre Leute gehörten zwar zu den professionellsten Söldnern, mit denen Ryan je das Vergnügen der Zusammenarbeit gehabt hatte, aber sie waren Shadowrunner und kein Such- und Bergungstrupp. Sie brauchten Action und nicht die langweilige Aufgabe, die sprichwörtliche Nadel im verdammten Heuhaufen zu suchen.

Ryan konnte sie sehr gut verstehen. Das letzte, was er in diesem Augenblick wollte, war, mehr Zeit mit der Suche nach Burnout und dem Drachenherz zu verschwenden. Er wollte die Neubauten auf dem Gelände von Assets fertigstellen, noch mehr Söldner und Runner anwerben und seine Streitkräfte versammeln. Er wollte sich mit der Ermordung Dunkelzahns beschäftigen. Bis jetzt hatte niemand auch nur die geringste Ahnung, wer für den Anschlag verantwortlich war.

Und es nervte Ryan, daß er hier festsaß, wo er doch dabei hätte helfen können, die Mörder zur Verantwortung zu ziehen.

Sein Armbandtelekom summte und riß ihn aus seinen Grübeleien. Er schaute auf den kleinen Schirm, der anzeigte, daß Jane-in-the-Box in der Leitung war. Dunkelzahns Deckerin und zeitweiliges Mitglied des Teams von Assets Incorporated. Er holte tief Luft und nahm das Gespräch entgegen.

Sofort füllte sich der winzige Videoschirm mit einem Comic-Bild – einer blonden Löwenmähne, unschuldigen blauen Augen und den zwei größten Brüsten diesseits eines BTL-Pornochips, die von einer schwarzen Lederkorsage, welche vorne mit winzigen Silberkettchen verziert war, kaum verhüllt wurden. Das Icon stand in krassem Gegensatz zu der Jane-in-the-Box, die Ryan in Fleisch und Blut kannte – eine unscheinbare Menschenfrau Mitte Dreißig mit ungepflegten brünetten Haaren und einem mageren Körper.

Ryan wußte, daß Jane sich tief in Dunkelzahns Höhle in Lake Louise befand. Sie verließ die Höhle im steinernen Herzen der kanadischen Rockies, die jetzt zum Athabaskan Council gehörten, nur ganz selten. Drek, sie verließ kaum den höhlenartigen Raum, in dem sie all die Jahre für Dunkelzahn als Deckerin tätig gewesen war. Ihr wurde sogar das Essen gebracht – wenn sie überhaupt etwas aß.

Ryan hatte ihre frisierten Decks und ihre anderen Spielzeuge gesehen. Er hatte sie in die Trance fallen sehen, die es Dunkelzahn gestattete, die Matrix auf telepathischem Weg durch ihren Verstand zu erleben. Einmal hatte er sie sogar begleitet.

»Hallo, Jane«, sagte er.

Janes Matrix-Icon lächelte Ryan an, und ihre perfekten weißen Zähne blitzten strahlend. »Ryan, es ist schön, dich etwas essen zu sehen.« Ihre vollen, schwarz glänzenden Lippen verzogen sich zu einem spöttischen Lächeln. »Auch wenn es dieser Soja-Ersatzdrek ist.«

Ryan sah auf den Rest seines Proteinriegels und schob ihn sich geistesabwesend in den Mund. »Du gibst mir kulinarische Ratschläge? Das ist grob«, sagte er kauend.

Jane lachte.

»Was gibt's, Jane?«

»Einiges. Zuerst habe ich mich um die magische Unterstützung gekümmert, die du angefordert hast, obwohl die Möglichkeiten im Augenblick ziemlich beschränkt sind. Alle Namen auf meiner A-Liste sind anderweitig beschäftigt, aber es ist mir gelungen, Kontakt mit einem der Top-Namen auf meiner B-Liste aufzunehmen. Ich glaube, du kennst sie sogar.«

»Wie heißt sie?«

»Miranda.«

Ryan überlegte. »Ich kenne keinen Runner, der so heißt.«

Jane lächelte. »Sie hat sich erst kürzlich selbständig gemacht, weshalb sie nicht auf meiner A-Liste steht. Was ihre Fähigkeiten betrifft, kann sie sich mit den Besten der Besten messen, aber sie ist neu in den Schatten. Bis vor einem Monat hat sie als Spitzen-Lohnmagierin für Fuchi IE gearbeitet.«

»Miranda Everli?« fragte Ryan.

»Jetzt nur noch Miranda.«

Ryan erinnerte sich an die zwei Monate, die er undercover unter dem Namen Travis W. Saint John bei Fuchi verbracht hatte. Er hatte mit einigen der besten Wissenschaftler und Magier in der Konzernwelt zusammengearbeitet. Einer dieser Magier war Miranda Everli, eine kleine Menschenfrau mit japanischen Zügen.

Ryan hatte sie gemocht, und unter anderen Umständen hätten sie sich vielleicht angefreundet. Aber er arbeitete undercover und war nicht so dumm, gefühlsmäßige Bande zu anderen zu knüpfen.

Miranda war keine typische Konzernangestellte gewesen. Sie hatte eine wilde, unabhängige Ader. Vielleicht war das der Grund, warum sie sich trotz allem nähergekommen waren. Nach mehreren Wochen engster Zusammenarbeit hatte sie ihm schließlich ihre Frustration über die Konzern-Bürokratie eingestanden.

Ryans Tarnidentität hatte ihm nicht gestattet, ihr zu offenbaren, daß er ihr das nachempfinden konnte und daß er beabsichtigte, sich von Shadowrunnern extrahieren zu lassen und zu Aztechnology zu wechseln.

Ryan war froh, daß sie den Absprung von Fuchi geschafft hatte. Er freute sich darauf, sie wiederzusehen, aber er machte sich Sorgen, was ihre Fähigkeit betraf, Leistung auch außerhalb der Konzernumgebung zu erbringen. Er sah auf den kleinen Videoschirm. »Ist sie die Beste, die du hast?«

Jane nickte, so daß ihre blonden Locken flogen. »Ich weiß, das ist kein guter Zeitpunkt, um neue Leute einzuarbeiten, aber McFaren ist tot, und du brauchst magische Hilfe.«

Ryan wußte, daß sie recht hatte. McFaren war der Magier von Assets gewesen. Vor ein paar Tagen war er bei dem Run gegen die Atlantische Stiftung ums Leben gekommen, einer Organisation, die angeblich nach der versunkenen Stadt Atlantis suchte, jedoch mehr darauf bedacht zu sein schien, magische Artefakte aller Art zu bergen und in ihren Besitz zu bringen, und zwar mit allen Mitteln.

Mitglieder der Atlantischen Stiftung hatten das Drachenherz aus Dunkelzahns Höhle gestohlen, und McFaren hatte Ryan dabei geholfen, es sich zurückzuholen.

Jane fuhr fort. »Miranda ist die Beste, die du im Moment bekommen kannst. Dunkelzahns Tod hat auch in den Schatten ziemliche Unruhe geschaffen, und gute Magier sind noch seltener als üblich, da sie aus einer Vielzahl von Angeboten auswählen können.«

Ryan nickte. »Danke, Jane. Gibt es Neuigkeiten in bezug auf Lethe?«

Lethe war ein nach dem Fluß des Vergessens benannter, mächtiger freier Geist mit einer mysteriösen Vergangenheit. Er hatte Ryan ebenfalls dabei geholfen, sich das Drachenherz von der Atlantischen Stiftung zurückzuholen. Lethe war bereits seit mehreren Tagen verschwunden.

»Tut mir leid, Chummer«, sagte Jane. »Ich habe nicht das geringste gehört.«

Ryan wußte nicht, was er davon halten sollte, aber Lethe war ein Geist. Wer wußte schon, warum ein Geist plötzlich verschwand? »Okay, was gibt es noch?«

Janes Stirnrunzeln wich einem sanften Lächeln. »Ich habe eine Nachricht von Nadja.«

Ryan zuckte zusammen, da sich die Schmerzen in seiner Magengegend verdoppelten. »Na schön, gib sie mir.«

Jane nickte und verschwand dann. An ihrer Stelle füllte das zierliche Oval von Nadja Daviars Elfengesicht den Schirm aus. Ihre weit auseinanderstehenden smaragdgrünen Augen waren wunderschön und bezwingend. Aufrichtig. Ihr langes rabenschwarzes Haar fiel locker über ihre spitzen Ohren. Ihre dunkelrot gefärbten Lippen verzogen sich zu einem sanften Lächeln. »Ryan«, sagte sie, »es tut mir leid, daß ich diese Botschaft aufzeichnen mußte. Die Dinge haben sich mittlerweile ziemlich hektisch entwickelt, und es ist hier sehr früh am Morgen. Ich habe noch nicht geschlafen und werde wahrscheinlich die ganze Nacht nicht ins Bett kommen.«

Für Ryan war der Klang ihrer Stimme wie das verführerische Rauschen eines träge dahinfließenden

Bachs, sanft und zärtlich. Er konnte den Blick nicht von ihr abwenden.

»Ryan, ich weiß, daß du dir Sorgen wegen der Geschehnisse vor ein paar Tagen machst. Ich kenne dich. Du wirst nicht eher ruhen, bis du mit dem, was du getan hast, zurechtkommst. Damit, was es uns angetan hat. Daher halte ich es für das Beste, wenn du die anderen die Suche fortsetzen läßt und nach Washington kommst. Wir müssen miteinander reden.«

Ryan schüttelte den Kopf. Sie hatte recht. Was sie brauchten, war eine offene Aussprache darüber, was er ihr angetan hatte. Aber jetzt gleich? Er wollte nicht einmal daran denken, diese Anlage zu verlassen. Die Versuchung war zu groß.

Auf dem Schirm lächelte Nadja weich. »Ryan, ich weiß, daß du meinen Vorschlag für keine gute Idee hältst, aber du mußt dieses Thema begraben. Wir müssen es hinter uns lassen und … und es gibt noch andere Dinge, über die wir uns unterhalten müssen. Zum Beispiel über meinen Wunsch, dich in meiner Nähe zu haben. Wenn du die Nachrichten gesehen hast, weißt du, daß die Dinge hier außer Kontrolle geraten, und ich muß unbedingt mit dir reden, von Angesicht zu Angesicht.«

Ryan brach fast das Herz. Seit Nadja vor ein paar Tagen nach Washington zurückgekehrt war, hatte er sich keine Nachrichten angesehen, hatte tatsächlich sogar jeden Gedanken daran zu vermeiden versucht. Er hatte sich einzureden versucht, daß nichts eine Rolle spielte außer seinem Auftrag, Burnouts Leiche zu finden und das Drachenherz zu bergen. Dennoch hatte er nicht aufhören können, an Nadja zu denken und daran, daß er sie für das Drachenherz beinahe getötet hätte. Er empfand Scham und Reue, aber es schien so, als könne er nichts mehr daran ändern.

»Ryan, ich weiß, es ist sehr schwer für dich, gerade jetzt nach Washington zu kommen, aber denke bitte sorgfältig über meinen Vorschlag nach. Eine kurze Erholung ist vielleicht genau das, was du brauchst, um die richtige Einstellung zu finden, die du für die Suche nach dem Herz und die Erfüllung deines Auftrags benötigst.«

Ryan lauschte gar nicht so sehr ihren Worten, sondern vielmehr ihrer unendlich beruhigenden Stimme. Vielleicht sollte er auf sie hören.

»Ich habe recht in dieser Sache. Denk darüber nach, wozu Dunkelzahn geraten hätte, wenn er noch bei uns wäre.«

Das war das Entscheidende. Weil Ryan nicht die geringste Ahnung hatte, wozu der Drache tatsächlich geraten hätte.

Vielleicht hat Nadja recht, dachte er. *Vielleicht weiß sie besser als ich, was der Drache gewollt hätte.*

Nadja beugte sich vor, und auf dem Schirm waren nur noch ihre Augen zu sehen, die wie von Tau bedeckte Tropfen aus grünem Glas aussahen. »Bitte, um unser beider willen, komm für ein paar Tage zu mir.«

Der Bildschirm wurde dunkel, und Ryan fiel plötzlich auf, daß er das Armbandkom sehr dicht vor dem Gesicht hielt. Anstelle von Nadjas Gesicht sah er sein eigenes Spiegelbild auf dem schwarzen Schirm. Große, bläuliche Ringe schienen seine silbern gesprenkelten blauen Augen zu verschlingen und kündeten von Tagen mit viel zu wenig Schlaf. Auf seinem zerfurchten Gesicht sproß ein Dreitagebart, der jedoch weder die eingefallenen Wangen noch die tiefen Linien um die Lippen verbergen konnte, welche die Anspannung hineingegraben hatte.

Ryans drahtiges kastanienfarbenes Haar war ungekämmt, und er fuhr unwillkürlich mit dicken, schwieligen Fingern hindurch, um einige der widerspenstigeren Strähnen zu glätten. Er sah aus wie jemand, der eine Pause brauchte.

Plötzlich kam Grinds heisere Stimme über den Ohrstöpsel des Phillips Tacticom – eine winzige Einheit, die genau in sein Ohr paßte und über ein mimetisches Band mit einem fleischfarbenen Kehlkopfmikro und einer Sendeeinheit an seinem Gürtel verbunden war. Das Phillips war ein militärisches System und mit einem Zerhacker versehen, dessen Verschlüsselungen nicht leicht zu knacken waren. »Quecksilber«, sagte Grind, indem er Ryan mit dessen Codenamen anredete, »wir bekommen Gesellschaft.«

Ryan sah sich um und konzentrierte sich dabei auf seinen magisch verschärften Gehörsinn, und tatsächlich konnte er über dem Rauschen des Windes, der durch den Canyon heulte, das rhythmische Schrappen von Hubschrauberrotoren ausmachen. »Anzahl und Entfernung?«

Grind war ein Zwerg, ein Kampf- und Waffenexperte, der bei einer ganzen Reihe von Söldnereinheiten gedient hatte, bevor er vor ein paar Jahren die Aufmerksamkeit Dunkelzahns erregte. Gegenwärtig war er für die Abwehrsysteme der Anlage zuständig. »Drei Echos sind soeben von Süden in den Radarbereich eingedrungen. Sie kommen rasch näher, fliegen in Angriffsformation und halten direkt auf uns zu.«

Ryan lief rasch zum Eingang der unterirdischen Anlage zurück. »Dhin soll seine Drohnen zurückrufen. Und hol Axler aus dem Canyon herauf. Ich weiß nicht, was das für Leute sind, aber ich will auf alles vorbereitet sein.«

»Verstanden«, sagte Grind mit einem Anflug von Erregung in der Stimme.

Ryan erreichte den neu angelegten Eingang in dem Augenblick, als Axler mit ihrem Northrup Wasp Einmannhubschrauber über den Rand des Canyons flog. Axler landete den Hubschrauber und stieg aus. Ryan wartete vor dem Eingang auf sie.

Axler war ein Mensch etwa Mitte Zwanzig, sehr attraktiv mit schulterlangen blonden Haaren und braunen Augen. Ryan wußte, daß sich unter ihrem Plycra-Bodysuit zahlreiche kybernetische Verstärkungen verbargen, aber oberflächlich war davon nichts zu sehen. Alles war sehr diskret.

Axlers sonst so harte Miene war schlaff vor Erschöpfung. »Grind hat mir alles erzählt.« Ein Anflug von Streß in ihrem Tonfall verriet Ryan, wie sehr sie sich verausgabt hatte. Sie näherte sich ihrer Leistungsgrenze.

Grind erschien in der Tür. Der schwarzhäutige Zwerg reichte Axler bis zum Ellbogen, war aber ebenso breit wie lang. Er war äußerst muskulös, und seine offensichtlichen Cyberarme hatten die mattgraue Farbe alter Kriegsschiffe. Grinds krauses Haar war kurz geschnitten.

»Seid ihr bereit zum Tanz?«

»Ich war schon an dem Tag bereit, als sie mich aus Mamas Bauch schnitten«, sagte Grind mit einem kurzen Lachen.

»Axler?«

Ihr Tonfall war kühl. »Ich bin bereit, wenn du es bist.«

Ryan machte sich nicht die Mühe, auf die unterschwellige Beleidigung in ihren Worten zu reagieren. Sie war immer noch mißtrauisch, seit er versucht hatte, sich das Drachenherz anzueignen und er sich mit Nadja angelegt hatte. Axler war zudem verärgert, weil er ihr die Führung von Assets Incorporated entrissen hatte. Sie hatte nichts Offenkundiges gesagt, aber Ryan wußte Bescheid. Axler war ein hervorragender General, aber kein guter Soldat.

Ryan verdrängte all diese Gedanken und kam zur Sache. »Also gut«, begann er. »Wir haben drei unbekannte Echos in Angriffsformation. Wenn sie aus der Luft angreifen, holen wir sie vom Himmel. Dhin?«

Die Stimme des Ork-Riggers klang gelassen und ohne zu zögern über Tacticom. »Die Drohnen können auf dein Signal sofort gestartet werden.«

»Verstanden. Wenn sie angreifen, übernehmen Dhins Drohnen die Spitze, und wir schießen sie der Reihe nach ab, wobei wir mit der führenden Maschine beginnen.«

»Verstanden«, sagten Axler und Grind wie aus einem Mund.

»Wenn sie landen, warten wir zunächst ab. Denkt daran, daß Jane uns ganz offiziell als Wetterstation eingetragen hat. Also werden wir uns an diese Geschichte halten.«

Plötzlich tauchten die drei Hubschrauber am Horizont über dem Rand des Canyons auf. Es waren keine gewöhnlichen Maschinen. Ryan identifizierte alle drei als Aztechnology-Kampfhubschrauber vom Typ Aguilar-EX. Schnell, stark bewaffnet und extrem teuer. Sie hatten ihre Schalldämpfungssysteme eingeschaltet und kamen gegen den Wind herein, so daß Ryan sie zu spät gehört hatte.

Das sind Profis.

»Verdammt noch mal!« Ryan schaltete sein Armbandkom ein. »Dhin, hast du sie?«

Dhins Knurren klang nicht mehr ganz so gelassen wie zuvor. »Ja. Was, zum Teufel, machen die jetzt schon hier?«

»Ich habe ein ganz schlechtes Gefühl, Leute. Seid auf der Hut, ganz besonders du, Dhin. Wenn es ungemütlich wird, mußt du genug Feuerkraft aufsteigen lassen, um diesen Drek daran zu hindern, uns zu nahe zu kommen.«

»Ich kann nichts versprechen, Boß. Die Azzies haben verdammt zähe Vögel gebaut, aber ich kann sie zumindest etwas aufhalten.«

Ryan beobachtete den ersten Überflug der Kampfhubschrauber. Wie Rieseninsekten schwirrten sie an den Felswänden vorbei. Die roten Jaguare, die auf ihre Flanken gemalt waren, funkelten in der Sonne. Sie lösten ihre Angriffsformation auf. Der führende Hubschrauber flog zum Landeplatz, während die anderen beiden über der gegenüberliegenden Felswand in Abwehrposition gingen.

Die Landung des großen Kampfhubschraubers auf dem Plastibeton wirbelte einen Stauborkan auf. Der Pilot schaltete den Motor aus, und der Staub senkte sich langsam wieder auf den Boden. Die kleine Luke auf der ihnen zugewandten Seite des Hubschraubers schwang nach oben, und ein kleiner Mann stieg aus, dem zwei weitere Menschen folgten.

Ryan konzentrierte sich und wechselte auf astrale Beobachtung. *Verchromt bis zum Gehtnichtmehr*, dachte er, als er die toten Stellen in ihrer Aura sah. Er entspannte sich und wechselte wieder auf normale Sicht.

»Wir machen gute Miene zum bösen Spiel«, flüsterte er. »Wir stellen uns dumm. Wenn es Ärger gibt, tritt Ablenkungsplan Beta in Kraft.«

Mit Axler und Grind als Rückendeckung trat Ryan vor und verzog die Lippen zu einem breiten Grinsen.

Der führende Mann war klein, kaum einen Meter fünfzig, untersetzt und muskulös wie ein sehr großer Zwerg, aber eindeutig ein Mensch. Er ging schnell, den Rücken gerade, die Schultern zurückgenommen, und trug einen schwarzen Overall, der den massiven Körperpanzer darunter nicht ganz verbergen konnte. Das rote Jaguar-Abzeichen über dem Herzen sah wie ein Fleck getrockneten Bluts aus.

Alles an ihm schrie nach Militär, und dasselbe galt für die beiden Söldner hinter ihm. Der kleinere Mann ging auf Ryan zu, und seine pechschwarzen Augen musterten ihn ebenso, wie Ryan ihn musterte.

Sein wettergegerbtes Gesicht war finster und dunkelhäutig, sein Grinsen breit, obwohl jene schwarzen Augen völlig humorlos blickten. Der Mann streckte die Hand aus. »Ich muß mich für die Störung entschuldigen, Señor«, sagte er mit tiefer Stimme und starkem Aztlan-Akzent. »Es wird nicht lange dauern.«

Ryan schüttelte dem Mann die Hand, die trocken und warm war, der Griff entspannt und freundschaftlich. Ryan zwang sich, das Grinsen des Mannes zu erwidern. »Ich bin für die Sicherheit der Station verantwortlich. Wir bekommen nicht allzu viele Besucher. Es ist eine angenehme Abwechslung. Wie können wir Ihnen helfen?«

Beide ließen die Hand des anderen gleichzeitig los. Ryan sah über den Kopf des Mannes hinweg zu dessen beiden Begleitern, die die Umgebung wie Profis musterten. Ihre Körperhaltung ließ die Steifheit extremer Anspannung erkennen. Sie waren bereit, bei der geringsten Provokation zu kämpfen.

Ryan hoffte nur, daß Axler und Grind den entspannten Ausdruck besser beherrschten als ihre Aztlan-Widerparts.

Das Grinsen des Mannes erlosch. »Es handelt sich um eine äußerst heikle Angelegenheit, und ich hoffe, ich kann auf ihre Diskretion zählen.«

Ryan warf einen Blick auf den Aztlan-Kampfhubschrauber, dann nickte er. »Es scheint so, als hätten Sie einen weiten Weg hinter sich, vielleicht sogar einen etwas *zu* weiten, aber ich bin sicher, daß dieser Besuch unter uns bleiben kann. Vorausgesetzt, Sie sind nicht hier, um sich Informationen über unsere … Wettersatelliten zu beschaffen.«

Der kleine Mann lachte, ein abgehackter, erstickt klingender Laut, als sei seine Kehle diese Art von Betätigung nicht gewöhnt. »Ich bin General Dentado, und ich kann Ihnen versichern, Mister …«

Ryan zwang sich wieder zu einem Grinsen. »Deacon, Phillip Deacon.«

General Dentado lächelte auf eine verschwörerische Art, um anzudeuten, daß er Ryans Fassade durchschaute. »Ich kann Ihnen versichern, Mister Deacon, daß wir kein Interesse an Ihren Satelliten haben.« Er warf einen Blick auf Axler und Grind. »Kann ich Sie kurz sprechen ... unter vier Augen?«

Ryan nickte, und die beiden gingen zum Klippenrand.

»Mister Deacon, mein Land hat eine äußerst wertvolle Hardware verloren, und – ich will aufrichtig mit Ihnen sein – unsere letzte Peilung von ihm erfolgte ganz in der Nähe dieser Anlage. Ich habe keine Ahnung, was er hier wollte, aber wir wissen, daß er hier war.«

Ryan schüttelte den Kopf. »Ich dachte, sie sagten, sie hätten eine Hardware verloren.«

»Das stimmt.«

»Warum reden Sie von der Hardware dann als ›er‹?«

Dentados Lächeln war dünn und gefährlich. »Auch in diesem Punkt bin ich gezwungen, mich auf Ihre Diskretion zu verlassen. Haben Sie hier in den letzten Tagen etwas Ungewöhnliches bemerkt? Er ist kaum zu übersehen, weil er ziemlich groß ist.«

Ryan blieb stehen. »Ich verstehe Sie immer noch nicht. Hat dieser Bursche Ihnen Hardware *gestohlen*?«

Das Gesicht des kleineren Mannes nahm einen Ausdruck der Ungeduld an. »Beantworten Sie einfach nur die Frage, Mister Deacon.«

Hinter sich hörte Ryan das Rascheln von Kleidung und das unmißverständliche Klicken einer automatischen Waffe, die durchgeladen wurde. Sowohl er und der Azzie drehten sich um, der kleinere Mann nur unwesentlich langsamer als Ryan.

Der Anblick, welcher sich Ryan bot, war das Bild eines unmittelbar bevorstehenden Ausbruchs von Gewalt. Axler und einer der Azzies standen sich gegenüber, und die Mündung von Axlers Predator grub eine

Furche in den Hals des Mannes, während der Azzie seine Pistole gegen Axlers Brustbein preßte.

Grind hatte sich auf ein Knie sinken lassen und seinen Manhunter auf die Stirn des zweiten Azzies gerichtet. Der Mann versuchte ruhig zu bleiben, aber die Nervosität des Mannes war für Ryan offensichtlich.

»Keiner rührt sich!« rief Ryan.

»Nur die Ruhe!« blaffte General Dentado.

Ryan wandte sich an den kleineren Mann. »Befehlen Sie Ihren Männern, die Waffen wegzustecken. Wir wollen keinen Ärger.«

Der dunkelhäutige Mann betrachtete ihn stirnrunzelnd. »Für einen Mann, der so groß ist, scheinen Sie gehörig Angst vor einer direkten Konfrontation zu haben. Sagen Sie mir, was ich wissen will, oder ich lasse Sie alle töten. So einfach ist das.«

Ryan nickte. »Na schön ... Ja, dieser Bursche war hier. Vor ungefähr drei Tagen. Er hat einen Hubschrauber gestohlen und ist geflohen, bevor wir ihn schnappen konnten.«

Dentado betrachtete Ryan, der einen Moment lang spürte, wie seine Aura sondiert wurde. Dann nickte Dentado und wandte sich an seine Männer. »Rico, es reicht.«

Der Mann, der Axler von Angesicht zu Angesicht gegenüberstand, wandte keinen Sekundenbruchteil den Blick von ihr, als er antwortete: »Aber General, diese Frau ist ...«

»Das interessiert mich nicht, Captain. Stecken Sie die Waffe ein!«

Der Mann nahm langsam seine Pistole von Axlers Brust.

»Axler«, rief Ryan. »Lassen Sie es gut sein.«

Mit einem tödlichen Lächeln senkte Sie den Predator. »Das ist ein gefährlicher Ort, Captain«, sagte Axler. »Es wäre doch ein Jammer, wenn Ihnen etwas zustieße.«

Axler und Grind wichen ein paar Schritte zurück, bis gut fünf Meter zwischen ihnen und den beiden Azzies lagen, aber beide hielten ihre Waffen immer noch bereit.

General Dentado wandte sich wieder an Ryan. »Ich weiß Ihre Kooperation zu schätzen und entschuldige mich für den Übereifer meiner Männer. Außerdem dürfen Sie sich glücklich schätzen, daß es Ihnen nicht gelungen ist, den fraglichen Mann zu stellen, weil ich diese nette kleine Unterhaltung nicht mit einer Leiche hätte führen können.«

Ryan schüttelte den Kopf. »Sie haben, was Sie wollten, also sehen Sie zu, daß Sie verschwinden. Wenn ich Ihre Maschinen noch einmal auf dem Radar sehe, verständige ich so schnell die Regierung, daß Sie abgeschossen werden, bevor Sie den Canyon erreichen.«

General Dentado lächelte. »Ich erwarte nichts anderes. Im übrigen hoffe ich, daß Sie mit Ihren … Wetterforschungen gut vorankommen. Guten Tag, Mister … Deckerd.«

»Deacon.«

»Natürlich. Verzeihen Sie.« Damit ging der kleine Mann zu seinem Hubschrauber zurück, gefolgt von den beiden anderen Azzies, die mit immer noch gezogenen Waffen rückwärts gingen.

Minuten später waren sie verschwunden.

Ryan ging zu Axler und Grind, die miteinander redeten und lachten. »Gute Schau, ihr zwei.«

Grind drehte sich um. »Danke, Quecksilber. Ich glaube, wir waren einen halben Herzschlag zu spät, aber es war nicht leicht, deine Körpersprache zu deuten.«

Ryan schüttelte den Kopf und lächelte. »Nein, etwas früher, und er hätte gewußt, daß etwas nicht stimmt. Es war genau richtig.«

Axler nickte nachdenklich. »Die Burschen waren gut. Ich wette meinen gesamten Chrom, daß sie nur darauf gewartet hatten, daß wir etwas unternehmen würden, als wir dann loslegten.«

Ryan betrachtete die Stelle am Himmel, wo die Hubschrauber verschwunden waren. »Ich hatte denselben Eindruck.«

»Sie haben Burnout gesucht, nicht wahr?« sagte Grind.

»Ja. Wahrscheinlich wollen sie die Tech bergen. Dieser Drek ist ziemlich teuer.« Ryan zuckte zusammen. »Sie wußten, daß dies keine Wetterstation ist«, sagte er. »Aber ich glaube, sie haben uns die Geschichte abgekauft, daß er uns überfallen hat und dann verschwunden ist.«

Axler schüttelte den Kopf. »Ich habe das unbestimmte Gefühl, daß wir diese Burschen wiedersehen.«

»Ich auch«, sagte Grind.

Ryan kehrte ihnen den Rücken, als der vertraute Schmerz wieder in seinen Eingeweiden wütete. In der sengenden Sonne traf ihn plötzlich die Erschöpfung wie ein Schlag. Er war die endlose Suche nach Burnout und den immer gleichen Anblick des Hells Canyon leid. Er war den ganzen Auftrag leid, den Dunkelzahn ihm erteilt hatte.

Vielleicht hat Nadja recht. Vielleicht sollte ich eine Pause einlegen und zuerst die Dinge mit ihr klären. Vielleicht ist es das, was Dunkelzahn mir geraten hätte.

Am Himmel stieg die Sonne hoch in das verwaschene Blau über den Bergen. *Aber kann ich es mir überhaupt erlauben, jetzt von hier zu verschwinden? Was ist, wenn General Dentado diesen Burnout vor mir findet? Was ist, wenn Aztechnology das Drachenherz in die Hände fällt?*

Er wußte nicht, was er tun sollte. Unentschlossenheit war ihm normalerweise fremd: Er war ein Mann der überlegten Tat. Eine Waffe, die von Dunkelzahn geführt wurde.

Nadja wird es wissen, dachte er. *Sie wird mir dabei helfen, all das durchzudenken.*

Vorausgesetzt, sie haßt mich nicht dafür, daß ich sie beinahe umgebracht hätte.

2

Es war ein langer und mühsamer Aufstieg aus den Tiefen des Hells Canyon gewesen, der vor mehreren Tagen begonnen hatte. Lethe würde ihn nie vergessen. Das Gefühl des Ertrinkens, als Burnout auf den Grund des Snake River gesunken war, bis sein Vorrat an komprimierter Luft automatisch eingesetzt wurde, um die organischen Teile mit Sauerstoff zu versorgen.

Es war unglaublich, daß dieser Körper noch lebte, wenn auch nur gerade eben. Der Cyberzombie verfügte über eine Reihe eingebauter Vorrichtungen wie den Lufttank in seinem künstlichen Torso, die alle darauf abzielten, ihn unter schwierigsten Bedingungen am Leben zu erhalten. Soweit Lethe das beurteilen konnte, waren an natürlichem Gewebe nur noch Burnouts Wirbelsäule und ein Teil seines organischen Hirns übrig. Seine Glieder waren mechanisch, sein Rumpf von Menschenhand gemacht, und alle inneren Organe waren durch einen Batteriesatz und ein System ersetzt worden, welches das organische Nervensystem mit Nahrung und Sauerstoff versorgte.

Dann war ein dumpfes Geräusch an Burnouts kybernetische Ohren gedrungen, und Lethe hatte es gehört. Lethe lauschte dem gedämpften Pochen und erkannte, daß es ein Boot war. Wenn er die metallenen Glieder ausreichend bewegen konnte, um an die Oberfläche zu steigen, war er vielleicht in der Lage, sich an dem Boot festzuhalten und das Drachenherz zu retten.

Lethe fand heraus, daß der Körper seinem Willen gehorchte, weil Burnout bewußtlos war. Er stieß sich vom Grund ab, und tatsächlich gelang es ihm, sich an dem düsengetriebenen Boot festzuhalten. Sie fuhren in weniger als einer Stunde fast fünfundvierzig Kilometer flußaufwärts. Als das Boot anlegte, war es dunkel, und Burnouts Vorrat an komprimierter Luft ging rapide zur Neige.

Lethe hatte den Körper auf einen Kiesstrand wanken lassen und ihn zwischen einem Wirrwarr größerer Felsbrocken versteckt. Ein paar Stunden später ging der Mond auf – ein aufgeblähtes blutfarbenes Ding, das wie ein bösartiges Geschwür am Horizont klebte.

Burnout hatte langsam das Bewußtsein wiedererlangt, doch als der Geist des Mannes erwachte, verlor Lethe die Kontrolle über die Maschine. Er wurde wieder zu einem gefangenen Passagier, einem Insassen im Körper einer verchromten Tötungsmaschine. In den ersten Minuten nach seinem Erwachen schien Burnout verwirrt und irgendwie verloren zu sein. Er hatte keine Ahnung, wo er war und wie er dorthin gekommen war.

Es dauerte einen Augenblick, bis Lethe erkannte, daß der Cyberzombie damit gerechnet hatte, daß der Fall ihn töten würde. Zwar hatte Burnout sich immer auf die praktische Unzerstörbarkeit seiner Metallhülle verlassen, aber er fand es dennoch unvorstellbar, daß irgend etwas, selbst ein Wesen wie er, diesen Absturz hatte überleben können.

Bei diesem Gedanken registrierte Lethe ein überwältigendes Gefühl der Erleichterung in Burnout, als sei ihm eine schwere Last von den Schultern genommen worden. Doch dann wurde Burnout sich seiner Umgebung bewußt, riß sich zusammen und rief einen internen Mechanismus auf, den er bei sich als GPS bezeichnete – Globales Positionssystem.

Binnen weniger Sekunden kannte Burnout seine genauen Koordinaten, erfaßte die gesamte Situation und formulierte die Umrisse eines Plans. Erst jetzt registrierte er die Anwesenheit des Drachenherzens, das sich immer noch in den Überresten von Burnouts zusammengekrampften Teleskopfingern befand.

Einen Moment lang verhielt Burnout sich ganz still, dann fing er an zu lachen. Es begann als leises Kichern und steigerte sich allmählich zu einem jubelnden Kreischen, bis Lethe nicht mehr wußte, ob es ein Lachen oder ein Schmerzensschrei war. Es hielt so lange an, daß Lethe sich fragte, ob der Absturz den labilen Verstand Burnouts nicht doch unwiderruflich durcheinandergebracht hatte.

Lethe wäre fast wieder in Panik geraten. Gefangen zu sein, war schon Folter genug, aber zusammen mit einem wahnsinnigen Tier eingesperrt zu sein... Es war entsetzlich. Lethe konzentrierte sich und versuchte die Kontrolle über den Körper zu übernehmen. Tatsächlich gelang ihm ein zögernder Schritt, bevor Burnouts Gelächter nachließ und in ein trockenes Kichern überging.

Der Mann schien seine unfreiwillige Bewegung gar nicht bemerkt zu haben, sondern hob einfach das Drachenherz und hielt es auf Armeslänge vor sich. Das blutige Licht des Mondes beschien die herzförmige Kugel aus goldenem Orichalkum. »Also habe ich doch noch gesiegt, Ryan Mercury«, sagte Burnout leise. »Das eine muß ich dir lassen – du warst seit Jahren die größte Herausforderung, aber am Ende habe ich dir deine Magie doch gestohlen.«

Dann veränderte sich etwas in ihm. Lethe konnte eine Kälte in der Aura des Mannes spüren, ein Gefühl rasender Wut. »Nein. Ich habe dir zwar die Beute entrissen, aber du hast mich trotzdem besiegt, nicht wahr?«

Lethe konnte den eisigen Haß nicht verstehen, der von Burnout ausging. Schließlich hatte Burnout über

Ryan triumphiert und sich unterm Strich in Besitz des Drachenherzens gebracht. Plötzlich kam ihm die Erleuchtung, als könne er die intensiven Gedanken in Burnouts Verstand lesen. Burnout hatte diesen Sieg den Klauen der Niederlage entrissen, und der Mann kannte keine Niederlage im Kampf, seit er zu diesem Alptraum von einem magisch-metallenen Widerspruch geworden war. Für ihn war der Sieg fast noch wichtiger als der Besitz des Drachenherzens.

Außerdem begriff Lethe noch etwas, von dem er vermutete, daß es Burnout soeben zu Bewußtsein kam. Ryan war immer noch dort draußen und verfügte über Ressourcen, Waffen und Personal, denen sogar der Cyberzombie, obwohl er eine perfekte Tötungsmaschine war, nichts entgegenzusetzen hatte. Burnout war ganz auf sich allein gestellt, während Ryan eine beachtliche Armee hatte, mit der er auch den hervorragendsten Feind suchen lassen, aufspüren und schließlich besiegen konnte.

Burnout wurde langsam klar, daß er noch weit von seinem Ziel entfernt war und der Sieg erst dann wirklich ihm gehören würde, wenn er Ryan Mercury unter seinem Absatz zu Staub zertreten hatte. Rasch wickelte Burnout das Drachenherz in ein Stück tarnfarbenen Stoffes, das er sich von seiner Weste riß und an seinem Gürtel festband. Dann machte er eine rasche Bestandsaufnahme von sich, wobei er entdeckte, daß er in überraschend guter Verfassung war, wenn man die Umstände berücksichtigte. Seine Teleskopfinger waren verklemmt oder abgerissen, im wesentlichen nutzlos, und seine linke Schulter war aufgrund eines beschädigten Servos in ihrer Bewegungsfreiheit eingeschränkt. Sein magnetischer Generator funktionierte ebenfalls nicht. An den Stellen, wo sein Körper durch die Reste der schwarzen Bekleidung durchschien, war die im Bottich gezüchtete Haut bis auf die metallene Außenhaut abgeschürft, die im Licht des Vollmonds rötlich glänzte.

»Gar nicht so schlecht«, murmelte er vor sich hin. »Eigentlich habe ich mich nicht mehr menschlicher und klarer im Kopf gefühlt seit … seit ich meine Seele an die Azzies verkauft habe. Vielleicht liegt es an dem Herz.«

Burnout checkte sich weiter durch. »Was ist das?« sagte er. »Ich habe Zugang zu meinem Gliederarm.« Lethe spürte, wie Burnout ein Schauder der Erregung durchzuckte, als ein dritter Arm den Stoff auf seinem Rücken zerriß und über seinem Kopf in Stellung ging. Am Ende des Arms war eine Waffe mit rotierendem Lauf befestigt, deren Magazine voll und feuerbereit waren. »Der Sturz muß die Sperre kurzgeschlossen haben.«

Der Cyborg aktivierte die Waffe, und der Lauf surrte, als er rotierte, aber er verschoß keine Kugeln. Dann schien ihm etwas anderes aufzufallen, und er deaktivierte die Waffe und fuhr den Arm wieder ein. »Ich muß mich bald aufladen«, sagte er. »Die Batteriereserven halten nur noch ein paar Tage vor. Bei diesem Gelände müßte das ausreichen.«

Lethe fand es tröstlich, wenn Burnout seine Gedanken laut aussprach. Das gab dem Geist die Möglichkeit, die sich ständig verändernde Aura des Mannes besser zu deuten.

Dann hatten sie sich in Marsch gesetzt und waren dabei angesichts des zerklüfteten Geländes, durch das sie sich bewegen mußten, unglaublich schnell vorangekommen. Rasch waren sie eine schmale Spalte bis zum Rand des Abgrunds emporgeklettert.

Sie waren Tag und Nacht marschiert und hatten nur innegehalten, wenn Burnouts hochempfindliches Gehör vom Nahen einer Flugmaschine kündete. Bei diesen Gelegenheiten grub Burnout sich wie ein Tier ein, wenn der Untergrund einigermaßen weich war, und bedeckte sich mit so viel Zweigen wie möglich, um seine Wärmeabstrahlung vor Sensoren und seine

Aura vor Magie zu verbergen. Er wußte, daß seine Bemühungen bestenfalls schwach waren, glaubte aber, jede mögliche Maßnahme könne gerade die sein, welche ihn vor der Entdeckung bewahrte.

Am zweiten Tag hatten sie die Berge überquert und den Salmon River erreicht, ein breites Wasserband mit üppig bewachsenen Ufern, das sich wie eine Schlange dahinwand. Burnout hielt sich so lange dort auf, wie es dauerte, seinen Wassertank aufzufüllen. Als er sich zum träge dahinfließenden Wasser herunterbeugte, sah Burnout zum erstenmal, was noch von seinem Gesicht übrig war. Was ihm aus dem dunklen Wasser entgegenstarrte, ähnelte nichts Lebendigem. Es war eine grauenhafte Mischung aus zerkratztem Chrom und herabhängenden Fetzen Fleisches.

Der Anblick entsetzte Lethe, aber aus irgendeinem Grund fand Burnout den Anblick auf grimmige Weise amüsant. »Also schön, Mercury.« Wiederum war seine Stimme gefährlich leise. »Du hast dein Bestes getan, und ich bin immer noch da. Aber wenn wir uns das nächste Mal begegnen, wirst du nicht mehr Burnout gegenüberstehen. Ich bin jetzt der schwarze Mann. Ich bin dein schlimmster Alptraum, der zum Leben erwacht ist. Bei meinem Blick wirst du wissen, daß der Tod an die Tür klopft.«

Dann lachte er und füllte weiter seine Tanks auf.

Zu diesem Zeitpunkt kam es Lethe so vor, als sei er bloßes Gepäck. Eine Gelegenheit, Burnout zu kontrollieren, ergab sich nur, wenn der Mann das Bewußtsein verlor oder seine Aufmerksamkeit so sehr nachließ, daß er sich seiner Umgebung nicht mehr bewußt war. Nur dann konnte Lethe die neurale Verbindung zum Silikon-Interface herstellen.

Doch als sie den Fluß überquerten, konzentrierte Burnout sich darauf, den breiten Streifen offenen Geländes so rasch wie möglich zu überqueren, um wieder in den Schutz des dichten Pinienwaldes zu gelangen. In diesem Augenblick spürte Lethe, daß sich ihnen etwas im Astralraum näherte. Etwas Finsteres, Gefährliches und Bösartiges.

Als Lethe sich dem Etwas zuwandte, erkannte er sofort, was es war. Es handelte sich um ein zweibeiniges Wesen, das aus getrocknetem Blut zu bestehen schien. Das Wesen folgte ihnen geduckten, schlurfenden Schrittes.

Wo sich Risse in der Haut der Kreatur zeigten, trat dunkles Blut aus, zäh wie Öl. Es war ein Blutgeist, der aus den geopferten Überresten eines lebendigen Metamenschen beschworen worden war. Als Geist war die Kreatur armselig, insbesondere im Vergleich zu Lethe, und wenn er in seinen Bewegungen frei gewesen wäre, hätte er ihn mühelos bannen können. Innerhalb des magischen Netzes, das ihn gefangenhielt, konnte Lethe seine Kräfte jedoch nicht anwenden.

Er muß geschickt worden sein, um Burnout zu suchen, dachte er. Lethe wurde klar, daß es dem Geist offenbar möglich gewesen war, sie anhand der Verschmutzungsspur zu verfolgen, die Burnout im Astralraum zurückließ.

»Verschwinde«, sagte Lethe zu dem Geist. »Dieses Wesen geht dich nichts an und wird bald nicht mehr hier sein. Laß uns in Frieden ziehen.«

Die Antwort des Blutgeists bestand aus einem bellenden Lachen.

Burnout lief immer noch mit extremer Geschwindigkeit über den Asphalt, wobei er tiefen Kratern und Felsbrocken geschmeidig und mühelos auswich. Er war blind und taub für den Geist, der ihn rasch einholte, sich der Tatsache nicht bewußt, daß er von einer Macht gejagt wurde, die ihn unabhängig von seinen physischen Fähigkeiten zerstören konnte.

Je näher der Geist kam, desto verzweifelter wurde Lethe. Er mußte Burnout irgendwie mitteilen, welche Gefahr ihm drohte. Vielleicht konnte der verschlagene

Mensch noch einen Trick aus dem Hut zaubern. Lethe nahm seine ganze Willenskraft zusammen und versuchte die Laufrichtung des Cyberzombies zu ändern, so daß er den Blutgeist bemerken würde, der ihn verfolgte, aber Burnout war zu sehr auf sein Ziel konzentriert.

Der beinahe greifbare Gestank des Blutgeists nach reinem Bösen drohte Lethe zu überwältigen, als er sich nur wenige Meter von Burnout entfernt in der physikalischen Welt manifestierte und seine langen steinernen Hände ausstreckte, um den Cyberzombie zu packen und zu vernichten.

»Burnout! Hinter dir!« Es war ein unfreiwilliger Aufschrei. Und wie ein weit entferntes Echo hörte Lethe den Widerhall seiner Worte tief in Burnouts Verstand.

Der Cyberzombie zögerte keinen Augenblick. Gedankenschnell warf er sich mitten im Schritt zur Seite, rollte sich ab und kam geduckt wieder auf die Beine. Chromklingen schnappten aus seinen Unterarmen, und sein Gliederarm fuhr aus und ging über seinem Kopf in Stellung. Der Lauf des Maschinengewehrs fing an zu rotieren, und plötzlich zerriß ein stakkatoartiges Knattern die Stille, als die Waffe einen kontinuierlichen Strom von Kugeln ausspie.

Der Blutgeist brüllte auf. Es war ein Laut der Überraschung und der Wut, enthielt jedoch trotz des Beschusses mit den großkalibrigen Kugeln, die in dem gallertartigen roten Fleisch verschwanden, keinen Unterton von Schmerz. Dann griff er sie an. Mit einem ungeschlachten Sprung landete er an der Stelle, wo Burnout Sekundenbruchteile zuvor noch gestanden hatte.

Der Cyberzombie reagierte in Erwartung des Angriffs, indem er ein einhändiges Rad schlug und dabei mit seinen Cybersporen nach dem Blutgeist hieb. Das Maschinengewehr drehte sich, so daß der Geist auch weiterhin mit einem Kugelhagel eingedeckt wurde.

Die Kugeln schienen überhaupt keine Wirkung zu zeigen, doch als Burnouts Sporne über den Oberschenkel des Geists fuhren, sah Lethe, wie sich ein dünner Riß öffnete und mehr dunkles Blut aus der Wunde quoll. Als die Kreatur diesmal aufheulte, handelte es sich unüberhörbar um einen Schmerzenslaut.

Der Blutgeist begegnete dem Angriff mit blitzartiger Geschwindigkeit. Er warf sich mit ausgestreckten Armen auf Burnout und packte ihn an der Hüfte.

Plötzlich glaubte Lethe, in Flammen zu stehen. Das Böse brannte in seinem Innersten und schien seine Lebensessenz zu verzehren. Er schrie auf und Burnout ebenfalls, als der Geist mit aller Kraft zudrückte und dabei die mechanischen Stiche von Burnouts Spornen in Hals und Gesicht ignorierte.

Lethe wehrte sich, versuchte den Schmerzen, dem stinkenden Übel zu entkommen. Er warf sich mit aller Kraft gegen die Fasern des magischen Netzes, das ihn in Burnout festhielt. Lethe konzentrierte sein ganzes Wesen auf eine Richtung in dem Bemühen, nur eine einzige der Fasern zu zerreißen.

Die Faser riß nicht, sondern dehnte sich nur. Weg von der Enge von Burnouts Körper, weg von den Schmerzen. Lethe verstärkte seine Bemühungen noch einmal, und plötzlich kam er mit dem Drachenherz in Kontakt.

Wie kühles Wasser in der Wüste linderte das Herz seine Qualen und erfüllte ihn mit seiner herrlichen reinen Macht. Ohne nachzudenken benutzte Lethe das Herz als Quell für seine Kräfte und schlug mit einem Blitz aus reiner Energie zu, der den Blutgeist in Fetzen riß und seine Essenz in alle astralen Winde zerstreute.

Burnout fiel zu Boden und lag einen Moment lang still. Dann sagte er laut: »Ich erkenne einen Bann, wenn ich einen sehe. Wo bist du? Zeig dich.«

Lethe wurde langsam wieder zurück in die Enge des sich zusammenziehenden magischen Netzes gedrängt. Er versuchte sich daran zu erinnern, was er getan hatte, um Burnout zuvor seine Warnung zu übermitteln. Er verankerte seine Worte in Burnouts Gedächtnisspeicher. »Du hast keinen Grund zur Furcht.«

Diesmal wurde ein kybernetischer Schaltkreis aktiv, und Lethe spürte, wie seine Worte über das Interface in den Verstand des Mannes weitergeleitet wurden.

Anstatt sich zu entspannen, sprang Burnout auf und sah sich geduckt um, wobei die Waffe an seinem dritten Arm auf der Suche nach seinem unsichtbaren Gegner hin und her schwenkte. »Wie, zum Teufel, aktivierst du meinen IGS? Ich nehme es Leuten ziemlich übel, wenn sie in meinem Verstand oder meiner Cyberware herumpfuschen. Und jetzt zeig dich.«

»Ich werde Lethe genannt, Burnout, und ich kann mich nicht zeigen, weil ich keinen Körper besitze.«

»Ein verdammter Geist«, murmelte Burnout, während er sich vollständig erhob. »Ich habe noch nie von einem Geist mit derartiger Macht gehört. Nun, wer du auch bist, ich schätze, ich bin dir was schuldig, sowohl für die Warnung als auch für den Bann.«

Die Maschine übersetzte. »Ich bin kein Geist, und ich nehme an, daß du weitaus weniger dankbar sein wirst, wenn du die Wahrheit erfährst.«

»Leg dich nicht mit mir an, du astraler Wichser. Ich habe mich bedankt, und jetzt mache ich mich wieder auf den Weg. Wenn du kannst, hindere mich daran, andernfalls laß mich in Ruhe.«

Lethe seufzte und erwartete eigentlich nicht, daß die Maschine den Laut übersetzte, war aber auch nicht überrascht, als sie es doch tat. »Ich kann dich weder an irgend etwas hindern noch kann ich dich in Ruhe lassen. Hätte ich geahnt, daß ich diese IGS-Vorrichtung benutzen kann, um mich mit dir zu verständigen, hätte ich mich schon vor Tagen bemerkbar gemacht.«

»Invozierter Gedächtnisstimulator«, murmelte Burnout, während er sich wieder in Bewegung setzte.

»Was?«

»Der IGS«, sagte Burnout. »Er stimuliert mein Gedächtnis, wenn mein Geist ziellos umherwandert. Oder jedenfalls hat man mir gesagt, daß er das tut. Seit dem Absturz hat er es noch nicht einmal getan.«

»Vielleicht liegt das an mir.«

»Erzähl mir von dir.«

Während sie weitergingen, schilderte Lethe ihm das Vorgefallene. Wie er Besitz von Burnout ergriffen hatte, um das Drachenherz zu schützen, und daß er nun in der Falle saß. Lethe erzählte ihm, daß er in der Lage war, Burnouts Körper zu bewegen, wenn der Cyberzombie das Bewußtsein verlor, und wie er sich an dem Boot festgehalten und sie aus dem Fluß gezogen hatte.

»So bin ich Mercury also entkommen. Ich schätze, ich schulde dir noch mehr, als ich dachte.« Burnouts Tonfall klang zum erstenmal zufrieden. Aber danach schwieg er lange Zeit, und Lethe hatte den Eindruck, als denke er nach.

»Burnout«, sagte Lethe. »Ich glaube, dieser Blutgeist wurde geschickt, um dich zu suchen. Aber ich glaube nicht, daß er von Ryan geschickt worden ist.«

»Also suchen auch die Azzies nach mir«, überlegte Burnout. »Das kann schon sein. Der Geist hat versucht, mich zu betäuben. Ich bin ziemlich wertvoll für sie.«

»Ich habe damit begonnen, die Fährte zu maskieren, die du im Astralraum hinterläßt«, sagte Lethe. »Sie ist nicht völlig unsichtbar, aber für Geister und Magier wird es viel schwerer, uns zu finden.«

»Dazu bist du in der Lage?«

»Meine Kräfte sind hier drinnen ziemlich beschränkt, aber ich tue mein Bestes.«

»Danke«, sagte Burnout. »Obwohl ich es nicht mag, in jemandes Schuld zu stehen.«

In jener Nacht schlug Burnout zum erstenmal so etwas wie ein Lager auf, an der Basis einer lotrecht aufragenden Felswand, die sich mehrere hundert Meter hoch in die Luft erhob. Sie unterhielten sich fast bis zum Morgengrauen und beratschlagten, wie sie sich am besten der Entdeckung durch Ryan Mercury und Aztechnology entziehen konnten. Außerdem überlegten sie gemeinsam, wo sie einen sicheren Zufluchtsort finden mochten, schweiften dabei aber nie sehr weit vom Thema Drachenherz ab. Burnout war von dem Artefakt fasziniert, von der Macht, die er spüren, ja fast greifen konnte, die jedoch gerade außerhalb seiner Reichweite lag.

»Als der Blutgeist mich umklammerte«, sagte Burnout, »und du ihn gebannt hast, habe ich die Macht gespürt. Fast so, als sei ich ein Teil der Magie. Ich habe dieses vertraute Kribbeln nicht mehr empfunden seit ...«

Burnout schoß kerzengerade in die Höhe. »Natürlich. Daran hätte ich schon früher denken sollen.«

Lethe spürte, wie sich Erregung in Burnout aufbaute und Vorfreude.

Burnout erhob sich und betrachtete die Sterne. »Ich war nicht immer so. Das mag offensichtlich sein, aber die Wahrheit dahinter ist es nicht. Ich war früher nämlich ein Magier. Ich habe mit Geistern wie dir geredet und diese Geister auch beherrscht.«

Diese Offenbarung verblüffte Lethe. Er wußte, daß das Metall in Burnouts Körper dessen magische Fähigkeiten beeinträchtigte, und konnte nicht verstehen, wie ein Magier seine Fähigkeiten aufgeben und zu einer derartigen Ungeheuerlichkeit werden konnte. »Warum hast du dich verwandelt?«

Burnouts Stimme klang entrückt. »Es war keine Absicht. Nur eine Abfolge kleiner Veränderungen, von denen jede für sich genommen scheinbar harmlos war. Bis meine Magie so ausgedörrt war wie der Wüstenboden. Ich war immer der Beste in allem, was ich tat, also lernte ich mit den Händen zu töten, als ich irgendwann nur noch meine körperlichen Fähigkeiten besaß. Ich lernte mit Waffen umzugehen, und schließlich verkaufte ich mich an Aztechnology im Austausch für … für dieses Leben. Wenn man es so nennen kann.« Burnout schüttelte den Kopf. »Nach den cybermantischen Operationen habe ich nicht mehr viel darüber nachgedacht. Eigentlich habe ich überhaupt nicht mehr viel nachgedacht.«

»Es tut mir leid.«

Burnouts Stimme war rauh vor Zorn. »Bemitleide mich nicht, Geist. Das kann ich nicht ertragen.«

»Aber jetzt spürst du wieder etwas von der Magie?«

»Ja, es ist dasselbe Gefühl wie ganz zu Anfang, bevor ich meine Kunst lernte. Deshalb werden wir zum Pony Mountain gehen und den Kodiak besuchen.«

»Den Kodiak?«

»Ja. Er ist ein sehr mächtiger Schamane, der dem Bär-Totem folgt. Er war der erste, der die Magie in mir erkannte. Als ich noch ein Kind war, habe ich ein paar Monate bei ihm gelebt.«

Lethe war verwirrt. »Ein paar Monate? Das scheint mir eine sehr kurze Zeit für einen Schüler zu sein, um Magie zu erlernen.«

Burnout zuckte die Achseln, setzte sich wieder und lehnte sich an die Felswand. »Nun, die Dinge entwickelten sich nicht so, wie der Kodiak es gehofft hatte. Obwohl ich mir die allergrößte Mühe gab, konnte ich mit keinem Totem Kontakt aufnehmen. Irgend etwas schien mit seinen magischen Methoden nicht in Ordnung zu sein. Schließlich sagte er mir, daß ich gehen müsse. Das hat mir fast das Herz gebrochen. Ich hielt mich für einen Versager. Aber er hat mich bei der Hand genommen und mich nach oben auf den Gipfel des Pony Mountain geführt. Wir schauten hinunter in das tiefe Tal, und dann sagte er zu mir, daß es mehr als nur einen Weg zur Macht gebe. Meine Gabe sei anders sei als seine, und ich müsse mir, wenn ich mir diese Gabe erschließen wolle, einen anderen Lehrer suchen. Einen, der meine Form der Magie praktizierte.«

Lethe seufzte. »Warum willst du jetzt zu ihm gehen?«

»Verstehst du das nicht? Das Herz ist universelle Magie, die jeder anzapfen kann, ob Magier oder Schamane. Vielleicht muß ich nur den Weg noch einmal neu erlernen. Vielleicht kann mich der Kodiak einen neuen Weg lehren, so daß ich mir die Macht des Herzens nutzbar zu machen vermag.«

Lethe schwieg, war jedoch aufs äußerste bestürzt. Burnout redete jetzt ganz genauso wie Ryan Mercury. Doch es blieb ein Funken Hoffnung. Wenn dieser Schamane so mächtig und gütig war, wie Burnouts Schilderung vermuten ließ, konnte er vielleicht dazu überredet werden, Lethe dabei zu helfen, aus Burnouts Körper zu entkommen und auch das Drachenherz zu Thayla zu bringen.

»Was du sagst, hat einiges für sich, obwohl mir scheinen will, daß du mit einer Enttäuschung rechnen mußt.«

Burnout antwortete nicht.

»Das Drachenherz ist mächtig, vielleicht das mächtigste magische Artefakt, das es augenblicklich auf der ganzen Welt gibt. Aber in dir ist so viel totes Material ...«

Burnout nickte, und Lethe wurde klar, daß der Cyberzombie geweint haben würde, hätte er noch menschliche Augen gehabt. »Ja. Ich habe mich von allem getrennt. Aber ich muß es versuchen. Auch wenn die Chance verschwindend gering ist, einen Versuch ist es wert. Außerdem stehe ich ohnehin mit dem Rücken zur Wand. Das ist die einzige Möglichkeit, mir einen Vorteil gegenüber Ryan zu verschaffen. Ich kenne seine Art. Er wird nicht aufgeben. Er wird immer mehr gegen mich auffahren, bis er mich erledigt hat. Ich muß es tun.«

In diesem Augenblick lugte die Sonne über die Felswand, und strahlendes Licht zuckte durch die kühle kristallklare Luft, die nach Pinien roch. Burnout erhob sich, und dreißig Zentimeter lange Klingen schossen aus seinem Unterarm, als er nach dem Fels griff. Die Klingen bohrten sich in das Gestein und verankerten sich darin. Burnout stemmte einen Fuß gegen den Fels und hielt ihn dort, während ein langer Sporn aus der Ferse schoß und sich ebenfalls im Gestein verankerte.

»Zeit zum Aufbruch«, sagte Burnout. Dann zog er sich hoch und begann mit den Verankerungen für den nächsten Schritt in seinem Bemühen, die Felswand zu erklimmen.

Sie hatten ungefähr die Hälfte geschafft, als sie das unmißverständliche Dröhnen sich nähernder Hubschrauber hörten.

3

Ryan schaute durch die zerkratzten Makroplastfenster der Lear-Cessna Platinum III. Der Flug vom Hells Canyon war ohne besondere Vorkommnisse verlaufen, so daß er genügend Zeit gehabt hatte, wegen seiner bevorstehenden Begegnung mit Nadja nervös zu werden.

Können wir einander je wieder nahe sein? fragte er sich.

Die endlose Stadt breitete sich über das Land unter ihm aus. In der Ferne reckten sich Konzern-Arcologien und Regierungs-Wolkenkratzer aus blauem und silbernem Glas in die Höhe, deren Glanz vom Dunst des blutfarbenen Smogs gedämpft wurde und die in der spätnachmittäglichen Sonne dunkler wirkten.

Der Sprawl lag da wie ein Tiger, der von einem Rudel Hyänen niedergekämpft worden war. Das riesige Raubtier hatte Tausende winziger Wunden erlitten, bis ihn die Kraft zu kämpfen oder zu fliehen verließ. Es lag einfach nur noch da und blutete sein Leben in den rostfarbenen Potomac.

In den in Schutt und Asche liegenden Bereichen der Stadt brannten noch die Feuer der Krawalle und ließen schwarzen Rauch aufsteigen. Außerhalb des Zentrums waren Wohngebäude und niedrigere Bürogebäude mit Brettern vernagelt. Nur wenige Leute wagten sich nach Dunkelzahns Ermordung auf die Straße. Die einzigen Fußgänger waren Krawallmacher, kleine Gruppen schwer bewaffneter Bundespolizisten und Abteilungen der Konzernsicherheit.

Ryan wußte, daß diese Stadt kein Einzelfall war. In tausend anderen konnte es ebenso aussehen. Tausend individuelle Namen – Newark, Philadelphia, Baltimore –, doch alles nur ein endloser Streifen aus Stahl und Beton. Eine unendliche Metropolis, die von Boston nach Atlanta reichte.

Es hätte jede Stadt sein können, aber das war es nicht. Es war Washington FDC, der Regierungssitz der Vereinigten Kanadischen und Amerikanischen Staaten. Die Stadt, in der Dunkelzahn ermordet worden war. Bis zu seinem vorzeitigen Tod vor zwei Wochen war der Großdrache Ryans Herr und Gebieter gewesen – sein Wohltäter, Lehrer, Freund und Ersatzvater. Ryan vermißte den alten Wurm.

»Boß, wir landen auf dem National Airport mitten im Herzen des Bundesbezirks, und es sieht ganz so aus, als würden Limousinen auf der Landebahn warten. Miss Daviar muß beachtliche Hebel in Bewegung gesetzt haben, um die Sicherheitsvorkehrungen derart zu umgehen.« Dhins tiefe, heisere Stimme klang an diesem Nachmittag gutgelaunt. Er war froh, Urlaub von der erschöpfenden Routine des Hells Canyon zu haben. »Ich stehe auf hochrangige Freunde.«

Ryan nickte, obwohl Dhin ihn nicht sehen konnte. Nadja hatte nach der Verlesung von Dunkelzahns Testament und der sich daraus ergebenden Konsequenzen genügend Einfluß, um in der ganzen Welt Hebel in Bewegung zu setzen. Vor Dunkelzahns Tod war sie die Stimme des Drachen gewesen und hatte seine telepathischen Reden für die Welt übersetzt. Außerdem hatte sie seine Präsidentschaftskampagne geleitet, und zwar mit Hingabe und äußerster Intelligenz.

Jetzt, nach dem Anschlag, war Nadja die Leiterin der Draco Foundation, einem neuen Megakonzern, der aus den größeren Besitzungen des Drachen gebildet worden war. Außerdem war sie für das Amt des Vizepräsidenten der UCAS nominiert. Ein Wink ihrer makellos manikürten Finger, und Leute in den entferntesten Winkeln der Erwachten Welt beeilten sich, ihren Wünschen nachzukommen.

Ryan lächelte, als er an Nadja dachte, an die Schönheit ihres Gesichts, ihren kurvenreichen Körper, ihr unbeirrbares Pflichtgefühl, ihren scharfen Intellekt und unbestechlichen Verstand, ihre befehlsgewohnte Aura. All das besaß sie, und all das hatte sie ihm angeboten, rückhaltlos und mit einer tiefen, dauerhaften Liebe und einem gleichermaßen starken Vertrauen, das ihm den Atem zu rauben drohte. Es verblüffte ihn, daß eine derart tüchtige, fähige Frau in den wenigen Momenten, die sie allein zusammen verbrachten, so sanft und zärtlich sein konnte.

Wenigstens war es früher so gewesen ...

Mit einem dumpfen Schlag und dem Jaulen bremsender Düsentriebwerke setzte die Platinum III auf der Landebahn auf. Ryan stand auf, knöpfte seinen

Haifischhautmantel zu und nahm seinen Koffer. Äußerlich sah er wie ein ganz gewöhnlicher hochrangiger Exec aus, aber unter der Verkleidung verbargen sich natürliche Haut und magisch verstärkte Muskeln. Unter der Armanté-Garderobe steckte ein Arsenal, bei dessen Anblick ein Waffenfetischist vor Neid grün geworden wäre. Pistolen und Wurfpfeile, Granaten und Messer, alles gut verborgen.

Die Maschine rollte aus, und Ryan ging nach vorn, wo ihm Dhin begegnete, der soeben das Cockpit verließ. In Dhins knorrigem Gesicht sah Ryan einen Spiegel seiner eigenen Erschöpfung. Der Ork trug einen braunen Anzug, der ihm etwas zu klein zu sein schien und über der tonnenförmigen Brust und den muskulösen Armen spannte, aber der Eindruck trog. Der Anzug verdeckte sehr wirkungsvoll die beiden vernickelten Pistolen vom Typ Savalette Guardian unter den Armbeugen. Dhins faltige Lippen teilten sich zu einem Grinsen, bei dem er gelbliche Zähne und einen abgebrochenen linken Hauer zeigte. »Ende der Reise – alles aussteigen.«

Der Ork drückte auf den Knopf, der das Druckschott öffnete. Dumpfe, feuchte Hitze überflutete die kühle Kabine und brachte einen vertrauten Gestank mit sich, den Ryans magisch verstärkter Geruchssinn mühelos wahrnahm. Es war der Gestank des Schlachtfelds, ein verbrannter, toter Geruch, der von beispielloser Gewalt und ungeheurem Leiden kündete.

Dhin rümpfte seine platte Nase. »Das stinkt so, als sei da draußen irgendwas gestorben.«

Ryan nickte. »Ist es auch.« Dann trat er hinaus in den schwülen Nachmittag.

Als er die Stufen zum heißen Rollfeld hinunterging, war Ryan sich der Tatsache bewußt, daß Dhin dicht hinter ihm war. Die Haltung des Orks konnte er sich lebhaft vorstellen: Wie seine Augen die Landebahn nach möglichen Gefahrenquellen absuchten, eine klobige Hand in der Anzugjacke vergraben und bereit, beim ersten Anzeichen von etwas Verdächtigem eine Guardian zu ziehen. Er würde seine Leibwächterrolle bis zum äußersten ausreizen.

Ryan erreichte den Boden, und Ausbildung und Instinkte lösten höchste Alarmstufe in ihm aus, während seine Sinne jede Nuance der stinkenden Brise und jeden möglichen Hinterhalt in den umliegenden Gebäuden prüften, wo sich ein Heckenschütze verbergen mochte, und seine Infrarotsicht nach Wärmequellen an Orten suchte, wo es eigentlich keine geben durfte. Sein Gehör unterdrückte automatisch die dumpfen Hintergrundgeräusche, die es auf jedem geschäftigen Flughafen gab, und suchte nach jenem einen Laut, der nicht dorthin gehörte, der Gefahr heraufbeschwor.

Ryan konzentrierte sich, als er den beiden Limousinen entgegenstrebte, und wechselte auf Astralsicht, um auch auf dieser Ebene nach Gefahren Ausschau zu halten. Er entdeckte nichts Außergewöhnliches.

Die Limousinen waren pechschwarze Mitsubishi Nightskys, deren schnittige Karossen auf Hochglanz poliert waren und das Sonnenlicht in einem Regenbogen leuchtender Farben widerspiegelten. Auf den Seitentüren prangte das holografische Logo der Draco Foundation.

Ryan schüttelte den Kopf. Er wäre lieber auf einem der kleineren, weniger prestigeträchtigen Flugplätze gelandet und anschließend in etwas weniger Protzigem zu Dunkelzahns Anwesen in Georgetown gefahren, wie zum Beispiel in einem gepanzerten Lieferwagen. Aber in der von der Konzernwelt und der Regierung dominierten Innenstadt von DC war diese Protzerei weniger auffällig als alles andere.

Die Tür im Fond der vorderen Limousine öffnete sich, und ein dünner Mensch mit weißen Haaren stieg aus und ging ihnen entgegen. Der Anzug des Mannes ähnelte Ryans, obwohl er wegen der hageren Gestalt des Mannes sehr locker saß. Er lächelte. »Mr. Mercury?«

Ryan nickte und nahm die ausgestreckte Hand des Mannes, die wie ein toter Fisch in seiner lag – schlaff, weich und feucht.

»Ich bin Maxwell Hersh, Assistent von Miss Carla Brooks. Sie wollte Sie persönlich abholen, aber durch ihre neue Stellung in der Scott-Kommission ist sie äußerst beschäftigt. Sie läßt Sie grüßen und hofft, daß Ihre Reise ereignislos und glatt verlaufen ist.«

Ryan grinste zum erstenmal an diesem Tag. Carla Brooks alias Black Angel – Dunkelzahns ehemalige Sicherheitsleiterin – hatte noch nie auch nur einen halb so langen Satz gebildet, ohne wenigstens sechs Kraftausdrücke zu benutzen. Jetzt war Carla die Sicherheitschefin für Nadja und die Draco Foundation und gehörte der Scott-Kommission an – einem in erster Linie politischen Komitee, welches das Attentat auf Dunkelzahn untersuchte. Ryan war froh darüber. Es gab niemanden, der besser dafür geeignet war.

Maxwell erwiderte das Grinsen, als verstehe er Ryans Gedanken hinsichtlich der Fähigkeiten seiner Chefin. »Außerdem hat sie mir ein paar Anweisungen erteilt, obwohl sie sagte, sie würden ihnen vermutlich widersprechen, woraufhin ich darauf bestehen solle, bis Sie kurz davor seien, mich halb totzuschlagen, um Ihnen dann zu gestatten, was Sie für das beste halten. Wenn es Ihnen recht ist, überspringen wir den verbalen Schlagabtausch und beginnen gleich an der Stelle, wo Sie tun, was Sie wollen. Einverstanden?«

Hinter Ryan hallte Dhins brüllendes Gelächter über die Landebahn.

Ryan lächelte breiter. Er fühlte sich so gut wie schon seit Tagen nicht mehr. »Einverstanden«, sagte er. »Wie lauten Ihre Anweisungen?«

Maxwell deutete auf die Limousine. »Zu dem

Wagen gehört auch ein Rigger. Unter keinen Umständen sollte ich gestatten, daß Ihr Begleiter sie fährt. Miss Brooks scheint zu glauben, daß Sie in irgendwelche Schwierigkeiten geraten, wenn Sie sich selbst überlassen sind. Und ...« Maxwell schaute von Ryan zu Dhin und maß den Ork mit einem einzigen beiläufigen Blick. »Miss Brooks scheint außerdem zu glauben, daß die Draco Foundation bald ein sehr teures Luxusautomobil verlieren wird, wenn Ihrem Begleiter gestattet wird, sich ans Lenkrad zu setzen.«

Dhin schnaubte. »Als könnte sie es sich nicht leisten.«

Ryan ging zu Maxwell, legte ihm einen Arm um die mageren Schultern und drehte ihn in die Richtung der Limousine. »Ich werde Ihrer Chefin sagen, daß Sie Ihr Bestes getan haben, mich von Eigenmächtigkeiten abzuhalten, und sich sogar vor den Wagen geworfen haben, um uns daran zu hindern, eine Dummheit zu begehen. Wie Carla jedoch korrekt vorausgesehen hat, wird mein Begleiter fahren. Ich nehme an, Sie finden den Weg zur anderen Limousine.«

Maxwell nickte und öffnete die Tür im Fond des vorderen Nightsky für Ryan.

Dhin ging zur Fahrertür, öffnete sie und bedeutete der darin wartenden Fahrerin auszusteigen, was die Frau auch tat, ohne mit der Wimper zu zucken.

»Vielen Dank, Maxwell. Es war mir ein Vergnügen, Sie kennenzulernen.«

»Gleichfalls, Mister Mercury. Möge Ihre Reise zügig verlaufen und ihren Zweck erfüllen.«

Ryan lächelte und schloß die Tür. Sekunden später fuhr die Limousine durch das Tor der Ausfahrt und fädelte sich in den spärlichen Verkehr ein. Allein in dem üppig eingerichteten Fond und auf einem Polster, das sich jeder Kontur seines Körpers anzupassen schien, verlor sich seine gute Laune wieder. Sein Verstand weigerte sich einfach abzuschalten, weigerte sich zuzulassen, daß er sich entspannte.

Bei der Bergung des Drachenherzens war alles schiefgegangen, und zum erstenmal seit dem Tod seiner Eltern hatte Ryan versagt. Er war dieses Gefühl nicht gewöhnt und wollte sich auch nicht daran gewöhnen. Sein Magen hatte sich verkrampft, und dumpfe Schmerzen zuckten durch seine Eingeweide.

Er erinnerte sich wieder an Dunkelzahns Botschaft, die ihm vor ein paar Tagen von einem Geist übermittelt worden war, der selbst nach dem Tod des Drachen noch irgendwie gebunden gewesen war.

»Dein Auftrag lautet, das Drachenherz zur metaplanaren Stelle des großen Geistertanzes zu bringen und ihn der Frau zu geben, deren Lied die Zacke schützt. Sie heißt Thayla. Ich wiederhole das noch einmal, Ryanthusar, weil es so wichtig ist. Hole das Drachenherz und bringe es zur metaplanaren Stelle des Großen Geistertanzes – zur Brücke, die nicht fertiggestellt werden darf.

Um deinen Auftrag zu erfüllen, mußt du dich der Dienste eines mächtigen Magiers versichern, der das Ritual beherrscht, dich und das Drachenherz auf die Metaebenen zu bringen. Dieser Magier muß der Sache ebenfalls absolut ergeben sein. Unter all meinen Freunden gibt es nur zwei, auf die diese Kriterien zutreffen …

Ich habe dir von den Zyklen der Magie erzählt, aber bisher hat es noch niemand gewagt, sie so zu manipulieren, wie das jetzt der Fall ist, und damit dieses Zeitalter so bald in diesem Manzyklus an den Rand der Zerstörung zu bringen. Die Entdeckung eines Locus durch Darke könnte das verheerendste Ereignis der gesamten Geschichte sein. Wenn der metaplanare Abgrund überbrückt wird, bevor wir bereit sind, werden wir alle leiden. Alle Lebewesen werden sterben.

Alle Lebewesen.

Die anderen Drachen sind zu überheblich und glauben, sie könnten sich in ihren Höhlen verstecken, wie sie es immer getan haben. Doch wenn der Feind kommt, werden die Ungeheuer in der Lage sein, unsere Technologie einzusetzen, um unsere Höhlen zu finden und in sie einzudringen. Diesmal ist kein denkendes Wesen sicher. Je mehr das Mananiveau ansteigt, desto schmaler wird der Abgrund, bis der Feind ihn auch ohne Brücke überqueren kann. Doch diesmal wird es keine Möglichkeiten geben, sich zu verstecken. Die Technologie verändert alles. Keine Magie kann vor ihr schützen.

Diesmal also kein Verstecken, sondern Krieg. Wir müssen uns vorbereiten. Wir müssen die Zeit gewinnen, die wir brauchen, um *unsere* Technologie zu entwickeln, so daß wir die Fähigkeit besitzen, den Feind zu bekämpfen, wenn er kommt. Aber um Zeit zu gewinnen, müssen wir unsere natürlichen Grenzen schützen. Sie dürfen nicht fallen, und das Drachenherz wird dafür sorgen. Thayla wird wissen, wie sie es anwenden muß. Bring es zu ihr, bevor es zu spät ist …«

Dann war der Geist verschwunden, da er seine Aufgabe erfüllt hatte. Ryan war wie betäubt gewesen. Wie konnte Dunkelzahn ihm so eine Verantwortung aufbürden?

Ich will sie nicht.

Ryan holte tief Luft und sank in die Polster. Der Auftrag war zu gewaltig, zu erschreckend, und außerdem hatte er nicht die geringste Ahnung, wie er auch nur beginnen sollte.

Ryan war immer eine Waffe gewesen, die vom Großdrachen Dunkelzahn mit äußerster Präzision eingesetzt worden war.

Jetzt war Dunkelzahn tot. In einer gewaltigen Explosion gestorben. Verdampft.

Ryan war zwar als Waffe nicht stumpf geworden, aber es gab keine Hand mehr, die ihn führte. Jetzt war er auf sich allein gestellt.

Seit seiner Feuerprobe bei Roxborough dachte Ryan häufiger an sich. Daran, was *er* vom Leben wollte. An die Annehmlichkeiten des Lebens, die andere genossen. Annehmlichkeiten wie ein Heim und eine liebevolle stabile Beziehung.

Annehmlichkeiten, die Ryan sich noch nie gegönnt hatte.

Dhins Stimme unterbrach seine Grübeleien. »Erwartest du Gesellschaft, Boß? Scheint so, als hätten wir einen Schatten bekommen.«

Ryan richtete sich auf. Er holte tief Luft und sagte: »Danke, Dhin. Behalt ihn im Auge.«

Er aktivierte sein Armbandkom und wählte Carla Brooks' Nummer. Eine Sekunde später füllte sich der winzige Bildschirm mit ihren platinblonden Haaren, der schwarzen Haut und den scharfen elfischen Zügen. Ihr Lächeln war warm, obwohl ihr Tonfall trocken war. »Aha, Quecksilber, wie ich sehe, erledigen Sie die Dinge immer noch gern auf Ihre Weise. Ich habe gerade mit Maxwell gesprochen ...«

»Keine Zeit für Plaudereien, Black Angel. Haben Sie meine Handlungsweise vorausgesehen und unauffälligen Begleitschutz angeordnet?«

Carlas Lächeln erlosch, und ihre Augen verengten sich. »Sie sollten mich eigentlich besser kennen. Solche Spielchen spielen wir zwei nicht miteinander. Ihrem Gesichtsausdruck entnehme ich, daß Sie unerwünschte Gesellschaft bekommen haben.«

Ryan nickte.

Carlas Miene nahm einen Ausdruck der Besorgnis an. »Wollen Sie, daß ich ein Abfangteam schicke?«

Ryan schüttelte den Kopf. »Wir kümmern uns selbst darum. Dhin wird Sie mit den Fahrzeugdaten und allen Informationen versorgen, die er hat. Überprüfen

Sie den Wagen von Ihrem Ende aus. Wenn ich in drei Minuten nichts von Ihnen gehört habe, schlagen wir zu.«

»Verstanden, Quecksilber. Gute Jagd.« Carlas Gesicht verschwand vom Bildschirm.

Ryan zog seine Anzugjacke aus, krempelte die Ärmel seines Hemds hoch und holte die mattschwarze Ingram Warrior Maschinenpistole aus ihrem maßgeschneiderten Futteral an seiner Hüfte. Er prüfte das Magazin, dreißig Schuß, einer davon in der Kammer. Ryan zog den Schalldämpfer aus dem dazugehörigen Halfter und schraubte ihn auf den Lauf der Ingram. Als *Ki*-Adept folgte er dem Lautlosen Weg und achtete wann immer möglich auf Stille und Verstohlenheit.

Ryan legte die schallgedämpfte Ingram neben sich auf den Sitz und griff dann in die Innentasche seiner Anzugjacke, um den MGL Mini-6 Granatwerfer herauszuholen. Wiederum überprüfte er das Magazin. Sechs hochexplosive Geschosse. Einer Eingebung folgend, zog er ein weiteres Magazin aus der Tasche. Sechs Phosphorgranaten.

Das Magazin mit den Explosivgeschossen stopfte er in das Futteral, in dem zuvor die Ingram gesteckt hatte, und lud den Werfer mit den Phosphorgranaten. Außerdem hatte Ryan noch seinen üblichen Brustgurt mit Betäubungswurfpfeilen, die er vorzugsweise benutzte. Aber wenn die Dinge nicht so liefen, wie er es erwartete, würde das Phosphor seine Verfolger aus ihrem Fahrzeug treiben und die Ingram den Rest erledigen. Er hoffte nur, daß es dazu nicht kam.

Drei Minuten verstrichen, ohne daß Carla Brooks sich meldete. »Dhin, Statusmeldung«, sagte Ryan zu dem Ork.

»Sie sind noch bei uns.«

»Abstand?«

»Sie hängen zweihundert, zweihundertfünfzig Meter zurück.«

Sie hatten den Abstand nicht verringert. Das an sich war merkwürdig. Sie mußten wissen, daß Ryan sie entdeckt hatte.

Irgend etwas nagte in Ryans Hinterkopf, etwas, das er übersah. Er rieb sich die Augen und verfluchte sich dafür, nicht ausgiebig geschlafen zu haben. Er war nicht so hellwach, wie er sein mußte, und in der Welt der verdeckten Unternehmungen war Trägheit des Geistes gleichbedeutend mit einem raschen Tod.

An ihrer Stelle hätte Ryan eines von zwei Dingen getan. Entweder hätte er sich zurückfallen und ein Reserveteam die Verfolgung übernehmen lassen, vorausgesetzt es gab eines, und Ryan mußte annehmen, daß dies der Fall war. Wenn kein Reserveteam verfügbar war, wäre Ryan in Angriffsposition gegangen, bevor das Opfer die Zeit hatte, Abwehrmaßnahmen zu ergreifen.

Das leise Unbehagen wollte nicht verschwinden, ein vertrautes Zwicken, das er einfach nicht einordnen konnte. Fast ein Gefühl des déjà vu. Diese ganze Situation kam ihm irgendwie bekannt vor, aber dennoch konnte er sie nicht unterbringen.

»Hätten wir die Möglichkeit, sie abzuhängen?« fragte Ryan.

Dhins Kichern war kalt und humorlos. »In diesem Schiff? Sie fahren einen frisierten Eurocar. Schnittig, schnell und, welch Überraschung, leicht gepanzert. Keine Chance, ihnen wegzufahren.«

»Haben wir irgendwelche Drohnen an Bord?«

Nach einer kurzen Pause: »Ja, eine.«

»Überwachung oder Angriff?«

Dhin lachte wieder. »Tja, ich schätze, Angriff faßt es wohl zusammen, weil das alles ist, was sie kann. Es ist eine modifizierte Stealth Sniper II, aber jemand mit einer Vorliebe für Feuerkraft hat sämtliche Panzerung entfernt und das Präzisionsgewehr durch eine Minikanone ersetzt. Sie hat ziemlich heiße Munition, mit der sie den Eurocar in zwei Hälften zerlegen kann, aber ein Treffer mit einer Fliegenklatsche, und die Drohne war einmal.«

Ryan lächelte.

»Boß, soll ich sie von der Straße drängen?«

Ryan dachte kurz über diese Möglichkeit nach, bevor er sie verwarf. »Nein, das Resultat wäre zu ungewiß. Außerdem würden wir hier eine ganze Menge unerwünschtes Aufsehen erregen.«

Ryan beugte sich zum Telekom vor und rief eine Straßenkarte vom Herzen des DCer Sprawls auf. Das Konturgitter erschien und zeigte ihre Position auf der George-Mason-Gedächtnisbrücke. Wenn Ryan sich die Zeit genommen hätte, aus dem Fenster des Nightsky zu schauen, hätte er das Smog-vernebelte Sonnenlicht auf dem vergifteten Wasser des Potomac funkeln gesehen.

»In Ordnung, Dhin, folgender Plan. Nimm nach dem Jefferson-Denkmal die Vierzehnte am Weißen Haus vorbei.«

»Willst du, daß sich die Bundespolizei um sie kümmert?« Dhins Tonfall enthielt eine Spur Unglauben.

»Nein. Fahr weiter bis zur K Street.«

Dhin koppelte seinen Bildschirm an Ryans Telekomschirm, so daß er sehen konnte, wovon Ryan redete.

»Siehst du die Ecke dort, direkt an der Fünfzehnten?«

»Ja.«

»Kurz bevor wir dort ankommen, drück auf die Tube. Nimm die Ecke, so schnell es geht. Sie werden beschleunigen und versuchen mitzuhalten. Wenn du um die Ecke bist, setz die Drohne aus. Wegen der Wolkenkratzer werden die anderen nichts von dieser Aktion mitbekommen. An dieser Stelle biegst du ab.« Ryan fuhr den Cursor auf die nächste Ecke einen Block weiter, die wieder zur Fünfzehnten führte. »Aber sorg dafür, daß sie es mitbekommen. Dann biegst du in diese Gasse ein.«

»Spielen wir Katz und Maus, Boß?«

»Ja, aber diesmal haben die Mäuse ziemlich scharfe Zähne. In dem Augenblick, wenn du in die Gasse eingebogen ist, hältst du an, und ich steige aus. Dann fährst du zum anderen Ende der Gasse und stellst dich quer, so daß sie gesperrt ist. Wenn sie um die Ecke biegen, haben wir sie in der Zange. Auf mein Zeichen greifst du sie mit der Minikanone der Drohne an. Leg den Wagen still, aber achte darauf, daß die Insassen noch laufen und reden können, wenn wir mit ihnen fertig sind.«

Dhin pfiff durch die Zähne. »Die armen Kerle werden nicht mal wissen, was sie da überrollt hat.«

»Ich hoffe, du hast recht.«

Eine Minute später meldete Dhin sich wieder zu Wort. »Wir nähern uns der Fünfzehnten. Verfolger hält immer noch Abstand.«

»Fertig.«

»Es geht los!«

Ryan hörte das schrille Quietschen der Reifen auf dem Asphalt, während ihn die Beschleunigung in die Polster drückte. Mit einer Hand nahm er die Ingram vom Sitz neben sich, mit der anderen die Mini-6 von seinem Schoß.

»Erste Ecke!«

Obwohl er sich in die Kurve lehnte, wurde Ryan gegen die Tür geworfen, als die schwere Limousine um die Ecke schleuderte. Dann hörte er ein metallisches Klicken, als die Drohne aus dem Kofferraum gestartet wurde.

»Verfolger beschleunigt. Zweite Ecke!«

Ryan packte den Türgriff und bereitete sich darauf vor auszusteigen.

»Gasseneinmündung!«

Ryan wurde zur Seite und vorwärts geschleudert, als Dhin die Kurve nahm und sofort auf die Bremse trat. Ryan öffnete die Tür und ließ sich mit der Bewegung des Wagens in die düstere, schmutzige Gasse fallen. Er rollte herum, bis er gegen einen Müllcontainer prallte. Schmerzen zuckten durch seine Schulter, doch er ignorierte sie und eilte hinter den Container, wobei er Magie einsetzte, um sich zu tarnen und mit der dunklen Umgebung zu verschmelzen.

Er überprüfte noch einmal seine Waffen, während Dhin wieder aufs Gaspedal trat. Alles war noch am rechten Platz.

Ein zweiter Satz Reifen quietschte, als der viel kleinere Eurocar an ihm vorbeischoß. Ryan sah zwei Gestalten in dem Wagen, und seine Infrarotsicht vermittelte ihm den Eindruck, daß der Fahrer ein Ork und der Beifahrer ein Mensch war.

Am Ende der Gasse bremste Dhin so hart, daß blaugrauer Rauch von den gequälten Reifen der Limousine aufstieg. Der Eurocar folgte seinem Beispiel, und für einen langen Augenblick war alles ruhig.

Dann leuchteten die Rückfahrscheinwerfer des Eurocar weiß auf, und der kleine Sportwagen raste rückwärts.

Ryan aktivierte seine Armbandtelekom. »Jetzt!«

Das schrille Jaulen des rotierenden Laufs der Minikanone ertönte aus fünf Metern Höhe, während Ryan mit schußbereiten Waffen mitten in die Gasse trat. Das Donnern der Geschosse, die auf die leichte Panzerung trafen, dröhnte durch die Enge der Gasse und ließ Ryan beinahe taub werden.

Er sah zu, wie sich der vordere Teil des Eurocar vor seinen Augen auflöste. Metallsplitter und Funken prasselten gegen die umliegenden Gebäude, als die Minikanone den Motorraum des Eurocar durchlöcherte wie Hagelkörner dünnes Glas. In weniger als fünf Sekunden war alles vorbei. Der Motor des Eurocar trennte sich vom Rest des Fahrzeugs.

Ryan hörte, wie das schrille Jaulen des rotierenden Laufs verstummte, dann kehrte in der Gasse wieder

Ruhe ein. In seinen Ohren rauschte der Nachhall der Schießerei.

Er trat vor, die Ingram erhoben. »Insassen des Fahrzeugs!« rief er. »Steigen Sie aus und halten Sie die Hände so, daß ich sie sehen kann.«

Eine lange Pause trat ein, dann öffnete sich langsam die Beifahrertür, und ein großer, massig gebauter Mann Mitte Vierzig stieg aus. Sein graues Haar war stoppelkurz geschnitten, und er trug einen leichten Körperpanzer, der von einer kurzen Armeeweste verdeckt wurde. Die Hände des Mannes waren erhoben, und in seinen braunen Augen tanzten Funken des Humors, die sich auch in seinem breiten Grinsen widerspiegelten.

»Mister Mercury!« sagte er lachend. Seine vertraute Stimme klang entspannt. »Ein Glück für uns, daß Sie zufällig in der Nähe waren. Mit unserem Wagen scheint etwas nicht zu stimmen. Wie oft habe ich den Jungens vom Management schon gesagt, sie sollen keine ausländischen Wagen kaufen – die verdammten Dinger scheinen andauernd eine Panne zu haben.«

Ach, Drek, dachte Ryan, als er die Ingram senkte. Plötzlich wußte er, was das Nagen im Hinterkopf ihm hatte sagen wollen. Das Gefühl des déjà vu.

4

Luceros Geist streifte mit ihrem Herrn und Gebieter über die Metaebenen. Sie ging auf einem rissigen Felsplateau innerhalb eines fleckigen Kreises auf und ab. Auf dem magischen Vorsprung, der vom Lied der Göttin beschützt wurde.

Sie war der dunkle Fleck in dem Meer aus Licht. Sie war sein Kern und sein Ursprung, und irgendwo in den Tiefen ihres Verstands wußte sie, daß der Makel dieses Schattens sich dem Ansturm des Lichts nur wegen ihr widersetzen konnte.

Zu Anfang hatte sie gedacht, daß es möglicherweise die Stimme Quetzalcóatls war, die dort sang, um zu versuchen, sie von ihrem innewohnenden Übel zu reinigen. Doch sie befürchtete, daß selbst seine Macht nicht ausreichte, um sie von ihrem Makel zu befreien, dem Fluch ihrer Blutgier. Von der Sehnsucht nach der Macht des Blutes.

Von ihrer Sucht nach Blut.

Der dunkle Fleck auf ihrer Seele wollte sich nicht abwaschen lassen.

Lucero sah in ihrer Astralform fast genauso aus wie auf der physikalischen Ebene: nackte Haut, die von runenförmigen Narben bedeckt war, und kahlköpfig. Einst schön, jetzt abstoßend.

Sie hörte auf, in der Mitte des vom Blut geschwärzten Kreises auf und ab zu gehen. Der Kreis war eine winzige Insel der Stille inmitten eines Meers von Gesang. Wunderschöne Musik auf einem gewölbten Felsvorsprung.

Der Boden unter Luceros vernarbten Füßen war mit einer klebrigen, zähen Flüssigkeit durchtränkt, die ihre Haut bis zu den Knöcheln bedeckte. Der Eisengestank der frisch Verstorbenen war allgegenwärtig.

Die Berührung einer glatten, leblosen Hand löste eine beinahe erotische Empfindung in ihr aus, und ein Schauder überlief sie, als sie auf die klaffende Wunde unterhalb des Kinns des toten Mädchens starrte. *So jung*, dachte Lucero. *So viel Leben, das nun nicht mehr gelebt werden kann.*

Lucero wurde von einer düsteren Faszination gepackt. Sie kniete sich neben das junge Mädchen und berührte mit den Fingern die klaffende Wunde, die immer noch in den letzten Regungen des Lebens zuckte. Dies war das frischeste Opfer, und der Körper des Mädchens strahlte noch Wärme aus.

Lucero sah mit losgelöster morbider Faszination zu, wie ihre Finger in den gräßlichen Schnitt im Hals des Mädchens eintauchten. Sie spürte glitschige Wärme und zog die Hand fast gegen ihren Willen zurück. Ihre Finger waren mit dem Blut des Kindes bedeckt, und sie hob sie an die Lippen.

Ein Schauder der Ekstase durchfuhr sie, als sie den Geruch nach Eisen wahrnahm, als sie die schwindende Lebensenergie im Blut des Kindes spürte. Lucero konnte nicht länger widerstehen, und sie steckte sich die Finger in den Mund und sog gierig an der metallischen Flüssigkeit, die sie bedeckte. Ein Hunger verzehrte sie, und ihre Finger tauchten wie von selbst erneut in die Wunde ein. Sie zog die Hand zurück und leckte inbrünstig das Blut ab, das ihre Hand herunterlief.

Wie als Reaktion darauf steigerte sich die Musik außerhalb des kleinen dunklen Kreises zu einem so wunderschönen, so schmerzhaften Crescendo, daß Lucero innehielt, damit sie besser zuhören konnte. Das Lied sprach zu ihr wie die Stimme des Guten, zeigte ihr den Greuel dessen, was sie tat. Es erstickte den Hunger in ihr.

Lucero erhob sich rasch, wobei sie es nicht wagte, die verstreut daliegenden Leichen ringsumher zu betrachten. Sie war nicht allein in diesem Kreis der Toten. Señor Oscuro, ihr Herr und Gebieter, war bei ihr und arbeitete fieberhaft. Seine blutverschmierte Klinge zuckte über eine Kehle nach der anderen, während ihm der Schweiß über Stirn und Wangen in seinen dunklen Bart lief.

Seine kohlschwarzen Augen strahlten Macht aus, und sein rabenschwarzes Haar spiegelte das rote Leuchten der Kraft des Blutes wider, die er den aus der physikalischen Welt beschworenen Opfern entzog.

Er brachte sie durch Magie hierher, bevor er ihre Lebensenergie opferte.

Lucero sah zu, wie Oscuro sich näherte und die Leiche des jungen Mädchens aufrichtete. Dann schleifte er sie zum am weitesten entfernten Rand des Kreises und legte den Kopf des Mädchens so, daß die leblosen Augen nach außen starrten und den Kreis bewachten.

Lucero stand benommen da. Tief im Innersten ihres Herzens sehnte sie sich nach der sengenden Schönheit des Schmerzes der Musik, nach der Reinheit, die sie den dunklen Fleck auf ihrer Seele, das Krebsgeschwür ihrer Sucht vergessen ließ.

Oscuro kehrte in die Mitte des Kreises zurück und wandte sich an sie. »Lucero?« Seine sanfte Stimme schien über ihre Haut zu krabbeln, so daß sie zu jucken begann. Doch ein Teil von ihr wurde von dem schieren Bösen getröstet, das sie dort spürte. Wenn sie seine Stimme hörte, fühlte sich ihre verderbte Seele wohler.

Sie trat vor, bis sie den Gestank nach Blut und Schweiß riechen konnte, den der bärtige Mann verströmte. »Ja, mein Gebieter«, sagte Lucero mit geneigtem Kopf.

Er legte ihr eine blutverschmierte Hand auf die Wange. Die Empfindung brachte Abscheu mit sich, obwohl der Blutgeruch ihren Hunger wieder weckte und an den Grundfesten ihres Verstandes, an ihrer geistigen Gesundheit zerrte. »Ich muß jetzt in die physikalische Welt zurückkehren«, sagte er, indem er ihr eine Blutspur über Wangen, Stirn und Lippen zog.

Er schien sie absichtlich in Versuchung zu führen. Sie riß sich zusammen, um nicht den Mund zu öffnen und die Flüssigkeit an seinen Fingerspitzen abzulecken. »Ja, Gebieter«, flüsterte sie und leckte sich dabei langsam über die Unterlippe.

»Die Gestalt hat sich bis zum Punkt des Zusammenbruchs abgeschwächt. Der Locus ist nur teilweise aktiv, und er kann ihnen nur eine gewisse Zeit helfen, mich hier an diesem metaplanaren Ort zu erhalten. Jetzt ist die Zeit für die Prüfung. Ich glaube, daß ich genug geleistet habe, um dich hier halten zu können, aber du mußt dich konzentrieren. Du mußt die Verbindung aufrechterhalten.«

Lucero nickte.

»Sei stark, Kind. Unser Werk ist fast vollendet. Bald werden wir die Spitze des Vorsprungs erreicht haben. Und dann werden wir die Macht der *Tzitzimine* spüren. Sie werden uns dabei helfen, die Brücke zu vollenden und unsere Verbündeten über sie zu führen.« Seine Stimme gewann an Intensität. »Ah, das wird ein herrlicher Tag. Unsere Verbündeten von der anderen Seite des Abgrunds werden uns dabei helfen, die Welt zu beherrschen.«

Mit diesen Worten verschwand er, zurück in die physikalische Welt.

Lucero sehnte sich danach, bei ihrem Gebieter zu sein. Sie wußte, wohin er in der physikalischen Welt ging. Er würde in seinem Körper hoch oben in der Stufenpyramide *Teocalli* in San Marcos auftauchen. Die Felsen des Tempels würden die Restwärme der Tageshitze abstrahlen. Die Nacht würde still und warm sein.

In Luceros Erinnerung stach der alte Turm des Vergnügungsparks direkt gegenüber von der *Teocalli* in den Himmel wie ein in schwarzes Blut getauchtes Stilett. Unter ihm befand sich der von Quellen gespeiste See, wegen der Unterwasserscheinwerfer leuchtete er blaugrün. Im Zentrum des Lichts ruhte der Locus, ein obsidianschwarzer, behauener Stein.

Der Locus strahlte Macht aus. Obwohl nur teilweise aktiv, war seine Kraft spürbar und knisternd.

Lucero sehnte sich danach, die Kraft des Steins anzuzapfen. Eine unbefleckte Magie, die in ihr die Hoffnung weckte, daß sie vielleicht später wieder über Mana gebieten konnte. Daß sie wieder das wurde, was sie einmal gewesen war, eine Herrscherin über Lebensenergie. Eine Magierin.

Wenn ich doch nur noch eine Chance bekäme, dachte sie. *Ich würde den Makel nicht hinnehmen. Die Sucht nach Blutmagie. Das verzweifelte Verlangen, das meine Seele befleckt.*

Jetzt, auf den Metaebenen, verankert auf dem blutigen, rissigen Gestein inmitten eines schwarzen Kreises von Leichen, brach Lucero zusammen. Sie stolperte und fiel, landete auf dem ersten Kreis von Leichen, und ihre Wange kam auf den kindhaften Brüsten eines älteren Mädchens zur Ruhe. Ihr Mund war nur Zentimeter von einem Klumpen geronnenen Blutes auf dem Schlüsselbein des Mädchens entfernt.

Die Musik setzte wieder ein und übertönte mühelos die Dunkelheit. Die Melodie quälte sie und erfreute sie zugleich, und ihre weißglühende Hitze brannte alle Gedanken an das Böse aus ihrem Verstand. *O große Geister,* dachte sie. *Könnte es doch nur immer so weitergehen.*

Das Licht warf gräßliche Schatten zwischen die Toten, und ihr Flackern bewirkte, daß die Leichen der jungen Menschen im Takt zur Musik zu schwanken und zu tanzen schienen. Für Lucero waren die Schatten gleichbedeutend mit der langsamen Zerstörung des Lichts und der Musik – etwas so Perfektem, so schmerzlich Schönem, daß sie sich nicht würdig fühlte, so etwas erleben zu dürfen.

Es ist meine Schuld, weinte sie lautlos. *Ich habe dir das durch meinen Blutdurst angetan. Ohne mich wärst du sicher und ungetrübt.*

Tränen liefen ihr über das Gesicht. Sie verfluchte die Dunkelheit in ihr, und zum erstenmal in ihrem Leben betete sie zu etwas anderem als Quetzalcóatl, dem großen Gefiederten. Sie betete jetzt zum Licht. Sie flehte es an, sie zu töten, bevor Oscuro sie benutzen konnte, noch mehr Zerstörung anzurichten.

In diesem Augenblick geschah etwas. Der Schmerz des Liedes ließ nach, obwohl das Lied selbst lauter wurde. Ihr Atem wurde gleichmäßiger. Sie sah sich staunend um. Die Toten waren noch abstoßender als einen Augenblick zuvor, aber das Licht ... das Licht war herrlich.

Ihr Verstand und ihre Seele erbebten unter seiner Schönheit. Es war immer noch schmerzhaft, aber der Schmerz hatte so sehr nachgelassen, daß sie außer an ihre eigenen köstlichen Qualen auch noch an andere Dinge denken konnte. Sie richtete den Blick nach innen und sah, was sie bereits wußte. Der dunkle Fleck ihrer Sucht war noch da, würde es vielleicht immer sein, aber er hatte sich verändert.

Das Lied reinigte ihre Seele, färbte ihr schwarzes Herz grau.

5

Dhin«, rief Ryan zum anderen Ende der Gasse. »Hol die Drohne ein. Es ist alles in Ordnung.«

Ryan sah zu, wie das Sonnenlicht auf der Außenhaut der Drohne aufblitzte. Das Ding sah wie ein großer Käfer aus, der durch die verschmutzte Luft schwirrte. Dhin steuerte sie mühelos in den Kofferraum des Nightsky zurück.

»Äh, Mercury?« Die Stimme sprach jetzt mit einem schleppenden Südstaatenakzent. »Macht es Ihnen etwas aus, wenn ich die Hände runternehme? Ich werde auch nicht jünger, und ich glaube, das ganze Blut fließt zu meinem Herzen. Wär doch 'ne echte Tragödie, wenn ich den Löffel abgäbe, bevor wir uns richtig begrüßt haben.«

Ryan wandte sich dem Mann zu. Das breite Grinsen war einem schiefen Lächeln gewichen, und die dunkelbraunen Augen betrachteten Ryan mit einer Intensität, die dieser beinahe bestürzend fand.

»Zum Teufel mit Ihnen, Matthews. Was hat der Secret Service vor? Will er Sie umbringen? Wenn ich die Sache anders angegangen wäre, wären Sie jetzt tot, und ich würde bis zum Hals in bürokratischem Drek stecken.«

Matthews senkte seine klobigen Hände, und das Lächeln verschwand aus seinem Gesicht. »Das muß ich Ihnen lassen, Mercury. Sie haben alles gelernt, was ich Ihnen beigebracht habe, und dann noch eine Kleinigkeit dazu. Ich hätte mir fast den Anzug ruiniert, als ich Ihre Limousine anhalten sah.«

Plötzlich fühlte Ryan sich müder als je zuvor. Der Adrenalinkick verflog, und das Zittern setzte ein. Seine Schulter schmerzte, seine Eingeweide schmerzten, und außerdem spürte er, wie sich eine unangenehme Übelkeit in seiner Magengegend ausbreitete. »Ja, wie auch immer. Ich bin froh, daß diese Situation nicht zu häßlich geworden ist.«

Matthews' Lächeln war grimmig. »Tja, tatsächlich ist sie eine Spur häßlicher, als Sie ...«

Er wurde vom Klicken der sich öffnenden Fahrertür des Eurocar unterbrochen. Eine Orkfrau stieg aus, und Ryan betrachtete sie mit gelindem Staunen. Für ihren Metatypus war sie groß. Es hatte den Anschein, als schäle sich immer mehr von ihr aus dem Wagen, bis Ryan nicht mehr glauben konnte, daß sie überhaupt hineingepaßt hatte.

Ihre Größe von über zwei Metern ließ das Fahrzeug winzig erscheinen. Sie war ähnlich gekleidet wie Matthews, nur beulte sich bei ihr alles unter dem Druck gewaltiger Muskeln aus. Eine tiefe häßliche Narbe reichte vom linken Mundwinkel bis zu den Überresten ihres linken Ohrs. Die Narbe sah wie eine dieser Wunden aus, die eigentlich hatten töten sollen.

»Ah, Mercury, ich möchte Ihnen meinen neuen Partner vorstellen.« Matthews deutete von Ryan auf die gewaltige Orkfrau. »Mercury, das ist Agent Phelps. Phelps, das ist der berüchtigte Ryan Mercury, der beste Schüler, den ich je hatte, auch wenn ihm nicht klar zu sein scheint, daß es schlechter Stil ist, wenn der Schüler seinen Lehrer bloßstellt.«

»Neuer Partner?« Ryan grinste. »Also hat Edgefield schließlich doch noch jenen raren Schreibtischjob beim Secret Service bekommen, von dem er immer geträumt hat.«

Matthews wandte sich mit einer wohlabgemessenen Kopfbewegung wieder Ryan zu. Der eindringliche Blick war wieder da.

Ryans Grinsen erlosch.

»Wir haben Bob vor zwei Wochen unter die Erde gebracht. Vorgestern war der Trauergottesdienst. Sie hätten dort sein sollen, Mercury. Es war echt nett, viele Tränen, jede Menge Blumen.«

Ryans Nackenhaare richteten sich auf, und irgendein primitiver Warninstinkt flackerte auf. »Das habe ich nicht gewußt. Es tut mir leid.«

Matthews hob eine Augenbraue. »Das haben Sie nicht gewußt? Ich dachte, Sie wüßten besser über die schmutzige Kehrseite der Medaille in dieser hübschen Stadt Bescheid.«

»Ich war eine Weile nicht in der Stadt.«

»Nicht in der Stadt muß so ziemlich am anderen Ende des Sonnensystems gewesen sein, wenn Sie die Nachrichten im Trideo versäumt haben.«

»Ist er bei der Explosion gestorben?«

Matthews nickte nur.

Ryan spürte, wie seine Schultern herabfielen. »Hören Sie, es tut mir sehr leid wegen Bob.«

»Sagen Sie Ihrem Fahrer, daß er aussteigen soll.« Es waren Phelps' erste Worte, und ihre tiefe Orkstimme fegte durch die Gasse wie eine Ladung Napalm. Es war die Stimme einer Person, die es gewöhnt war zu befehlen und die es gewöhnt war, daß ihre Befehle befolgt wurden. Die implizite Drohung in ihrem Tonfall ließ Ryan lächeln.

»Wir regeln das gleich, Agent Phelps«, sagte Ryan, »also entspannen Sie sich einfach.«

Mit einer Bewegung, die so rasch war, daß sie fast vor seinen Augen verschwomm, zog Phelps ihr tschechisches Sturmgewehr, ein 88V. Unter günstigsten Umständen eine klobige, häßliche Waffe, sah sie von vorn betrachtet noch schlimmer aus.

Es bedurfte jedes Fünkchens von Ryans Selbstbeherrschung, um sie nicht mit einem raschen Feuerstoß aus seiner Ingram zu töten. Sie hatte sich schnell bewegt, überraschend schnell, aber er hatte den winzigen Schritt zurück und das Anspannen ihrer Halsmuskeln mitbekommen. Er hätte sie umlegen können und hätte es beinahe instinktiv getan.

Phelps sprach erneut. »Ich wiederhole mich nur einmal. Sagen Sie Ihrem Fahrer, daß er aussteigen soll.« Diesmal lag keine Drohung in ihrem Tonfall, und ihre Stimme klang beinahe sanft.

Ryan wandte sich an Matthews und warf ihm einen flehenden Blick zu.

Matthews zuckte nur die Achseln.

Ryan spürte einen neuerlichen Ansturm von Adrenalin. Sofort schaltete sein Verstand einen Gang höher. Er hatte immer noch den Müllcontainer im Rücken. Er wußte, daß er sich schneller bewegen konnte, als die Orkfrau ihm zu folgen imstande war. Er würde lange in Deckung sein, bevor sie ihn im Visier hatte und abdrücken konnte. Matthews' Hände waren leer, aber Ryan wußte, daß das nichts zu bedeuten hatte. Aus persönlicher Erfahrung hielt Ryan Matthews trotz dessen leerer Hände für eine größere Gefahr als die Orkfrau.

Wiederum zwang er sich zur Gelassenheit. Er hatte

keinen Streit mit dem Secret Service, und er wollte, daß das auch so blieb.

»Dhin! Steig aus dem Wagen. Die nette Dame vom Secret Service will einen Blick auf dich werfen.«

Dhin tat, wie ihm geheißen, und stieg aus der Limousine. Ryan registrierte, daß seine Jacke aufgeknöpft und seine Hände eine Spur zu nah am Körper waren. Er war bereit zum Tanz, und Ryan wußte, daß er vorsichtig sein mußte und Dhin keine falschen Signale geben durfte, weil sonst zwei vernickelte Guardians losballern würden.

Ryan wandte sich wieder an Matthews. »Also schön, wir spielen es auf Ihre Weise. Jetzt lassen Sie uns mit dem Drek aufhören. Warum sind Sie mir gefolgt? Wenn Sie mit mir reden wollten ...«

Wiederum unterbrach ihn Phelps. »Wenn Sie so nett wären, Ihre Waffen abzulegen, Mister Mercury, wüßten wir das sehr zu schätzen.«

Ryan sah Matthews an, der sich zu Phelps umdrehte. »Reizen Sie ihn nicht zu sehr, Phelps. Er hätte Sie umlegen können, als Sie das verdammte Gewehr gezückt haben. Wahrscheinlich hätte er Sie gegeekt, ohne es überhaupt zu merken, wenn er noch müder wäre. Außerdem könnte er mit bloßen Händen noch gefährlicher sein als bewaffnet nach allem, was ich von ihm gesehen habe. Also belassen Sie es dabei.«

»Agent Matthews, ich bin sicher, Sie glauben, daß Sie recht haben, aber ich verweise auf die Verfahrensweise für die Vernehmung Verdächtiger, Vorschrift sechs-acht ...«

Matthews drehte sich abrupt zu ihr um, und jetzt klang seine Stimme zornig und angespannt. »Geschenkt. Sie haben Mister Mercurys Geduld strapaziert, und jetzt strapazieren Sie meine.«

Ryan spürte, wie sich seine Schultermuskeln beim ersten richtigen Anflug von Zorn anspannten. »Vernehmung Verdächtiger? Drek, Matthews, geht es Ihnen darum? Glauben Sie etwa, ich hatte etwas mit Dunkelzahns ... mit dem Attentat zu tun?«

Matthews wandte sich wieder an Ryan. »Beruhigen Sie sich, mein Freund. Ich weiß, wie sich das für Sie anhören muß. Ich weiß auch, wie treu Sie dem alten Wurm ergeben waren, aber Sie müssen auch das Problem des Secret Service verstehen. Jemand hat einen Drachen gegeekt, Chummer. Einen verdammten Großdrachen.«

Ryan schüttelte den Kopf. »Dieser Drache war seit meinem zehnten Lebensjahr so etwas wie mein Vater. Ich hätte mich eher selbst getötet, als ihm irgendwie zu schaden.«

»Sie verstehen nicht, worauf ich hinaus will, Mercury. Niemand kann sich auch nur vorstellen, wie der Attentäter Präsident Dunkelzahn getötet hat, ganz zu schweigen davon, wer dahintersteckt.«

»Sie sagen mir nichts, was ich nicht selbst weiß, Matthews, und Sie fangen an, mir auf die Nerven zu gehen.«

Matthews hob beschwichtigend die Hände. »Dann lassen Sie es mich erläutern. Da wir nichts in der Hand haben, bleibt uns nur eine Vorgehensweise – uns jede Einzelperson und jede Gruppierung mit der Fähigkeit vorzunehmen, so einen Coup durchzuziehen.«

Ryan nickte. Das klang ziemlich logisch. Um einen Drachen zu töten, brauchte man mehr als nur ein Motiv. Man brauchte außergewöhnliche Begabungen und Ressourcen, sowohl magische als auch materielle. Man brauchte Schläue und einen ausgeklügelten Plan. Ryan war zu beschäftigt damit gewesen, nach Burnout zu suchen, um selbst Nachforschungen anzustellen, also hatte er keine Ahnung, wie das Attentat bewerkstelligt worden war.

Tatsache war jedoch, daß nur sehr wenige Leute das Attentat hätten ausführen können. Nachdem der Secret Service alle aussortiert hatte, denen die Mittel fehlten, waren nur noch ein paar Auserwählte übriggeblieben.

Matthews' Lächeln war grimmig. »Es gibt ein paar Stimmen, die der Ansicht sind, daß Sie ganz oben auf der Liste stehen sollten.«

Ryan sah Matthews in die Augen, las die beunruhigenden Fragen darin und erwiderte das grimmige Lächeln. »Das ist eine ziemlich zweifelhafte Ehre. Eine, die ich am liebsten so schnell wie möglich wieder loswerden möchte.«

Matthews trat näher, so nah, daß Ryan seinen Schweiß und sein Aftershave riechen konnte. »Hören Sie, alter Freund, ich weiß, daß Sie es nicht getan haben. Aber Sie sind eine von vielleicht drei Personen auf diesem Planet mit dem Wissen, den Fähigkeiten und dem Mumm, etwas in dieser Größenordnung durchzuziehen. Ganz zu schweigen davon, daß Sie dem Drachen nahestanden, so daß Sie Zugang zu ihm hatten. Der Hammer ist, daß die nachrichtendienstliche Abteilung des Service zu achtzig Prozent sicher ist, daß der Präsident einen Anruf von Ihnen erhielt, und zwar kurz bevor er seinen geplanten Tagesablauf drastisch änderte ...«

»Ja. Ich habe ihn angerufen. Aber zu diesem Zeitpunkt war ich außer Landes.«

»Und womit beschäftigt?«

»Mit Routineangelegenheiten.«

Ryan spürte das plötzliche Aufblitzen der Wut bei Matthews. »Belügen Sie mich nicht, mein Freund. Sie kümmern sich nicht um Routineangelegenheiten.«

»Also schön, dann sagen wir einfach, daß mein Auftrag nichts mit ...«

Ryans Armbandkom summte. Er warf Matthews einen fragenden Blick zu.

Matthews nickte.

Ryan nahm das Gespräch entgegen, und Carla Brooks' Stimme ertönte in der Stille der Gasse. »Ich habe mich gerade mit Quentin Strapp unterhalten, dem Sonderermittler für die Scott-Kommission. Was Sie auch tun, legen Sie sich nicht mit Ihrem Schatten an. Es ist der Secret Service, und Strapp sagt, es sei Routine.«

Matthews warf den Kopf in den Nacken und lachte.

Ryan mußte unwillkürlich grinsen. »Äh, Black Angel? Das habe ich bereits selbst herausgefunden. Aber danke für den Anruf.«

»Verdammt noch mal, Quecksilber, Sie haben doch nicht irgend etwas … Bedauerliches getan, oder?«

Ryan sah Phelps an, die keine Miene verzogen hatte. Das Sturmgewehr war immer noch auf seine Brust gerichtet. »Jedenfalls nichts Irreparables. Danke für Ihre Anteilnahme.«

Carlas Stimme nahm den trockenen Tonfall einer Ärztin an, die einem todkranken Patienten die schlechte Nachricht überbrachte. »Danken Sie mir noch nicht. Als ich mit Strapp geredet habe, sagte er, ich solle Sie bis zu seinem Eintreffen festnehmen. Im Moment ist er unterwegs zum Anwesen.«

»Festnehmen?«

»Das waren seine Worte, nicht meine, Quecksilber.«

»Diese Worte gefallen mir nicht, Black Angel.«

»Mir auch nicht. Irgend etwas geht vor, und es sieht ganz so aus, als wollte man Sie dabei haben.«

6

Die Nachmittagssonne schien auf die Felswand herab und wärmte das Gestein mit ihrer Hitze, während Lethe dem unverkennbaren und rasch lauter werdenden Dröhnen von Hubschrauberrotoren lauschte.

Lethe kämpfte gegen den Drang an, vor den sich

nähernden Hubschraubern zu fliehen. Statt dessen konzentrierte er sich darauf, sich und Burnout sowohl für physikalische als auch astrale Beobachtung unsichtbar zu machen. Der Cyberzombie preßte seinen großen, auffälligen Körper in eine schmale Felsspalte und richtete den Blick auf die drei Aztechnology-Hubschrauber vom Typ Aguilar-EX, die in bedrohlicher Angriffsformation an ihnen vorbeiflogen.

»Sie werden mich mit Sicherheit bemerken«, sagte Burnout. »Ich versuche sie abzuschießen.« Er verankerte sich mit seinen Fersenspornen in der Felsspalte und richtete automatische Waffen auf die sich nähernden Hubschrauber.

»Warte!« sagte Lethe. »Ich habe uns getarnt.«

Burnout zögerte, und die drei Hubschrauber flogen vorbei und verschwanden aus ihrem Blickfeld. Burnout wartete zwanzig Minuten, bevor er aus der Spalte in der Felswand kletterte und den Aufstieg fortsetzte. »Wie hast du sie daran gehindert, uns zu entdecken?« fragte er.

»Ich besitze die Fähigkeit, mich so zu maskieren, daß mich nur die Aufmerksamsten wahrnehmen können«, erklärte Lethe. »Diese Fähigkeit habe ich einfach auf dich ausgedehnt.«

»Ich stehe noch tiefer in deiner Schuld.« Und trotz aller Bemühungen Lethes, das Gespräch fortzusetzen, schwieg Burnout danach beharrlich.

Schließlich erreichten sie die Oberkante der Felswand und gingen rasch den sanft abfallenden, mit Pinien bewachsenen Hang hinab. »Gerade noch rechtzeitig«, sagte Burnout, während er durch den Wald eilte.

»Was meinst du?«

Burnout kicherte. »Seit dem Kampf mit dem Blutgeist bin ich auf Reserveenergie. Meine kybernetischen Teile brauchen Elektrizität, um funktionieren zu können. Und mittlerweile ist fast alles an mir kybernetisch. Noch einen Tag ohne Aufladung, und die ganze

Arbeit wäre vergebens gewesen. Wir wären bewegungsunfähig gewesen und dort gestorben, wo wir umgefallen wären.«

»Du kannst dich hier aufladen?« Lethe konnte nichts außer hohen Pinien ringsumher entdecken.

Burnout lachte. »Ja. Hör doch.«

Lethe konzentrierte sich auf Burnouts Gehör, und plötzlich vernahm er durch die leisen Geräusche der Wildnis ein schwaches Hupen. »Zivilisation.«

»Ist das nicht wunderbar? Aber es kommt noch besser. Laut GPS ist der Ort unmittelbar vor uns ein winziger Fliegendrek namens Kooskia direkt an der Kreuzung der Highways Dreizehn und Zwölf. Außerdem befindet sich dort zufällig ein Versorgungsdepot für die automatisierten Lastzüge, die über diese Autobahnen fahren. Mehr Energie für mich, als ich brauche. Wir können einfach hingehen und uns soviel nehmen, wie wir brauchen.«

Lethe dachte darüber nach. »Das Depot wird bewacht sein, oder nicht? Ich bezweifle, daß die Wachen dir ohne irgendeine Form von Bezahlung Energie abtreten.«

Burnout lachte. »Wie wollen sie mich daran hindern? Ein Blick in dieses Gesicht, und sie laufen wahrscheinlich schreiend in die Nacht. Diejenigen, die das nicht tun, werden sterben.«

Lethe gefiel die Vorstellung nicht, Unschuldige zu töten, und wollte gerade seinen Standpunkt klarmachen, als ihm ein anderer Gedanke kam. »Burnout, etwas beunruhigt mich. In der kurzen Zeit meiner Bekanntschaft mit Ryan Mercury habe ich erfahren, daß er sehr gewissenhaft, intelligent und äußerst methodisch ist. Wäre das nicht genau der Hinweis, nach dem er Ausschau halten wird?«

Burnout zuckte die Achseln. »Dieses Risiko muß ich eingehen. Wir hatten Glück, daß er uns bisher noch nicht gefunden hat, und ich werde versuchen, in das

Depot einzudringen, ohne daß jemand etwas merkt, aber ich brauche die Energie, um mich bewegen zu können. Ich muß den Kodiak möglichst schnell erreichen. Außerdem, selbst wenn er die Fährte hier aufnimmt, wird er sie wieder verlieren, wenn wir die Straße erreichen.«

Ein paar Minuten später näherte Burnout sich im Schutz der Dunkelheit der bedrückenden Wolkendecke der kleinen Siedlung. Sie umgingen die kleine Ansammlung von Häusern und Straßen und schlichen sich zum Südende des Orts, wo im weißen Schein einiger Lithiumlampen das Versorgungsdepot stand.

Burnout sah sich alles genau an und teilte seine Erkenntnisse dann Lethe mit. »Da vorn, auf der anderen Seite des asphaltierten Platzes«, sagte er, indem er auf ein schlichtes Gebäude mit einem roten Neonschild über der Tür zeigte. Auf dem Schild stand in verschnörkelten Buchstaben DEPOT. »Kein sonderlich einfallsreicher Name für ein Depot, aber er hält die Verwirrung in Grenzen«, sagte Burnout mit einem trockenen Kichern.

Lethe verstand nicht, warum Burnout das witzig fand. Ihm kam es vollkommen logisch vor, daß ein Depot auch so genannt wurde. Doch er beschloß, sich jeder diesbezüglichen Bemerkung zu enthalten.

»Schau, schau. Wir haben einen Wachmann am Eingang mit einer einfachen Dienstpistole, deren Lauf wahrscheinlich mit einem halben Kilo Rost verstopft ist. Keine Drohnen und nur minimale Videoüberwachung. Nur drei Mann Bedienungspersonal. Alle sehen ziemlich gelangweilt aus. Gelangweilt ist gut.«

Burnout bewegte sich rasch und umging die großen Inseln aus kaltem blauem Licht. Minuten später hatten sie die Rückseite des Gebäudes erreicht und bewegten sich lautlos an der Wand entlang. Burnout lugte um die Ecke auf den asphaltierten Platz.

Einer der riesigen Lastzüge war zum Auftanken vorgefahren. Die unbemannte Zugmaschine war ein schnittiger schwarzer Nordkapp-Conestoga Bergen und sah aus, als gehöre er eher auf Schienen als auf Räder. Die Zugmaschine wurde von einem Spatzenhirn kontrolliert, und hinter ihr befanden sich sieben Hänger mit eigenem Antrieb, jeder von der Größe eines Eisenbahnwaggons. Die Bedienungsmannschaft war bereits damit beschäftigt, das Ungetüm zu betanken.

Ohne Warnung trat Burnout ins Licht, als ein Wachmann lässig an ihnen vorbeischlenderte. Der Mann drehte sich scheinbar in Zeitlupe zu ihnen um. Burnout war bei ihm, bevor sich der Gesichtsausdruck des Mannes ändern konnte, und hatte ihm einen Sekundenbruchteil später das Genick gebrochen.

Lethe war benommen. Dieser jähe Gewaltausbruch. War so etwas nötig?

Burnout verstaute die Leiche des Wachmanns hinter dem Gebäude, bevor sie jemand sah. Er durchsuchte die Kleidung des Mannes und fand eine Ausweiskarte. »Damit«, sagte er, »müßte ich Zugang zur Stromversorgung bekommen.«

Burnout spurtete zum Eingang des Gebäudes und zog die Karte durch den Scanner des Magschlosses. Die Tür öffnete sich, und dann standen sie in einem kleinen Raum, der gefüllt war mit Maschinen, Kameras und …

Einem aufmerksamen Wachmann.

Burnout und Lethe starrten plötzlich in die gähnende Mündung eines Ares Predator II.

Der Wachmann schrak unfreiwillig zusammen, als er die Ruine von Burnouts Gesicht sah, aber der Predator bewegte sich keinen Millimeter. »Auf den Bauch, Mißgeburt. Sofort!« Die Stimme des Wachmanns zitterte nicht einmal.

Lethe wußte, was geschehen würde, und als Burnout sich bewegte, schrie er sein »Nein!« in den Verstand des Cyberzombies.

Dann explodierte die Nacht in einem Mündungsblitz und dem Krachen des Schusses.

7

Ryan und Matthews fuhren schweigend zum Anwesen. Phelps war bei dem zerstörten Eurocar geblieben, um auf den Abschleppwagen des Secret Service zu warten, und Matthews schien nicht allzusehr an einem Gespräch interessiert zu sein. Das war Ryan nur recht. Er war überhaupt nicht glücklich darüber, Gegenstand irgendeiner Untersuchung zu sein, ganz zu schweigen von einer, in deren Verlauf er des Mordes an Dunkelzahn angeklagt werden mochte.

Die nächsten dreißig Minuten würden sehr aufschlußreich sein. Er dachte an Nadja, und seine Besorgnis wuchs. Seit dem Vorfall im Hells Canyon hatten sie nicht mehr miteinander geredet, und ihre Botschaften waren zu kurz gewesen. Zu geschäftsmäßig.

Ryans Lächeln war grimmig. *Nun,* dachte er, *ich nehme an, wenn der Mann, den man liebt, einen als Geisel nimmt und beinahe umbringt, kann das auch den wärmsten Gefühlen einen ziemlichen Dämpfer versetzen.*

Matthews, der ihm gegenüber saß, bemerkte sein Lächeln. »Keine Sorge, Mercury. Strapp fühlt sich ständig angegriffen, seit er vom Schnaps los ist, aber im Grunde ist er ein guter Mann. Man hat ihn für diese Geschichte aus dem Ruhestand geholt. Seine letzte größere Untersuchung liegt über zehn Jahre zurück, und er ist ziemlich angespannt, seit diese ganze Sache angefangen hat. Aber er ist Ihnen nicht gewachsen, wenn Sie anfangen, Ihren Charme spielen zu lassen.«

Ryan ließ die Finger langsam um seine Schläfen kreisen. »Im Augenblick komme ich mir nicht sonderlich charmant vor.«

Matthews grinste. »Sie? Nicht charmant? Sehen Sie sich nur mal an, mit wieviel Charme Sie mich aus meinem Wagen und in Ihre große Limousine geholt haben. Und dabei sind Sie nicht mal mein Typ.«

Ryan lachte. »Danke für den Vertrauensbeweis, Matthews. Glauben Sie mir, ich weiß das zu schätzen.«

»Null Problemo, alter Freund. Arbeiten Sie einfach mit Strapp zusammen, und alles wird sich von allein regeln. Außerdem sind Sie nicht der Hauptverdächtige.«

Ryan beugte sich vor. »Was soll das heißen?«

Matthews seufzte. »So sehr es mich auch stört – von Strapp ganz zu schweigen –, spielt die Politik doch eine große Rolle bei dieser Untersuchung. Leute wie Sie dürften gar nicht existieren. Unabhängige ... *Feuerwehrmänner* wie Sie sind der schlimmste Alptraum der Megakonzerne. Die Konzernexecs bilden sich gerne ein, sie hätten alle Muskeln unter Verschluß. Daß alle anderen nur Marionetten sind, die sie nach Belieben herumkommandieren können, wenn sie der Bevölkerung einen Dämpfer versetzen müssen.«

»Soll ich mich jetzt besser fühlen?« fragte Ryan. »Damit wäre ich doch der perfekte Sündenbock. Ich sehe die Trideo-Talkshows schon vor mir, in denen von einem wahnsinnigen Angestellten berichtet wird, der allein gearbeitet hat.«

Matthews nickte. »Oberflächlich betrachtet haben Sie recht. Aber den Konzernen wäre es lieber, wenn es eine Terroristengruppe wäre, vorzugsweise eine große. Wenn sie es den Azzies anhängen könnten, würde ein feuchter Traum für sie wahr. Aber zugeben zu müssen, daß ein einziger Mann, wie gut er auch sein mag, so ein Chaos anrichten und einen ganzen Planet sprachlos machen kann, macht ihnen mehr Angst als die Möglichkeit, daß es sogar stimmen könnte. Selbst wenn Sie es getan hätten, würde die Geschichte nie an die Öffentlichkeit gelangen. Sie würden es trotzdem irgendeiner Randgruppe wie Alamos 20K anhängen und Sie dann im Schlaf geeken.«

Ryan lehnte sich zurück. »Sie können sich gar nicht vorstellen, wieviel besser ich mich jetzt fühle.«

Er schaute aus dem Fenster und sah, daß sie das Anwesen erreicht hatten. Ein Sicherheitsteam der Draco Foundation, das zweifellos von Carla Brooks ausgebildet worden war, hielt sie gemeinsam mit einer kleinen Einheit des Secret Service am Tor an, um ihre Identität zu überprüfen, bevor man ihnen die Durchfahrt durch das alte schmiedeeiserne Tor gestattete.

Die Sicherheit war hier umfangreicher denn je, und Ryan wußte, daß sie noch massiver war, als sie aussah. Zwischen den Eisenstäben war ein unsichtbares Netz aus Monodraht gespannt, während die Umgebung von verborgenen Kameras und bewaffneten Drohnen überwacht und patrouilliert wurde.

Das Tor schwenkte nach innen, und Dhin rollte über die Auffahrt und an dem langgezogenen Kirschbaumwäldchen vorbei. Die Bäume standen immer noch in voller Blüte. Ryan hatte nie herausgefunden, wie der Gärtner des Anwesens es schaffte, daß alles bis in den Spätsommer und Herbst hinein blühte. Die einzige Erklärung, die Ryan dafür hatte, war die, daß der Mann eine latente druidische Begabung besitzen mußte, weil das, was er mit Pflanzen anstellte, einem Wunder gleichkam.

Ryans Magen verkrampfte sich schmerzhaft, als die Limousine sich dem Eingang des Hauptgebäudes näherte. *Sie wird mir nie verzeihen können.*

Dann hielt die Limousine an, und Ryan stieg aus und trat in den warmen Sonnenschein. Zum erstenmal seit seiner Ankunft im Bundesbezirk roch es nach etwas anderem als Verwesung, Tod und verbranntem Plastik. Die Kirschblüten sonderten einen betörenden Geruch ab, der beinahe den zarten Duft der üppigen

Lincoln-Teerosen überdeckte, die den Aufgang des Anwesens säumten.

Das eigentliche Anwesen war ein Gebäude im Kolonialstil aus rotem Backstein und nachträglich errichteten großen Marmorsäulen auf der Vorderseite. Die Stufen, die zum Haupteingang führten, waren flach und sehr tief. Sie führten zu den Eingangstüren, die Dunkelzahn nach dem Kauf des Anwesens hatte erneuern lassen. Die Türen bestanden aus massiver roter Eiche und waren mit schmiedeeisernen Querstreifen besetzt. Jede Tür war drei Meter breit und fast zehn Meter hoch und reichte bis unter das Dach. Gerade die richtige Größe für einen Drachen, um eintreten zu können, ohne seine Gestalt ändern zu müssen.

Während Matthews ausstieg, stand Ryan wie verzaubert da. Alle Sorgen waren vergessen.

Nadja kam in einem schlichten smaragdgrünen Kleid die Treppe herunter. Sie war groß und schlank, und ihre elfischen Züge waren umwerfender, als er sie in Erinnerung hatte. Irgend etwas hatte sie mit ihren Haaren gemacht. Die ebenholzfarbenen Strähnen rahmten die Porzellanhaut ihres herzförmigen Gesichts ein.

Ohne nachzudenken, setzte Ryan sich in Bewegung. Sein ganzer Verstand geriet bei ihrem Anblick ins Schwimmen, hielt nach irgendeinem Zeichen Ausschau. Dann war sie in seinen Armen und sein Gesicht in ihrer Halsbeuge vergraben. Ryan sog den Duft ihrer Haut ein.

»Ich habe dich vermißt«, sagte er, als sich ihre Arme um seinen Hals legten. »Es tut mir so leid.«

Nadjas zierliche Hand strich ihm über den Kopf. »Schsch, mein Schatz. Alles ist verziehen.«

Er drückte ihren geschmeidigen Körper an sich und zerquetschte sie beinahe in dem Bemühen, alles an ihr gleichzeitig zu berühren. Sie küßte ihn, zärtlich und innig, eine Geste, die in krassem Gegensatz zu seiner ungestümen Umarmung stand.

Der Augenblick wurde durch eine Stimme von weiter oben ruiniert, die in einem schleppenden Tonfall sprach, ein Beleg für eine in den Konföderierten Amerikanischen Staaten verbrachte Kindheit. »Tja, nun, ich hasse es, diese rührende Szene zu unterbrechen, aber die Zeit ist knapp.«

Ryan löste sich von Nadja. Auf der obersten Stufe stand ein Mann von etwa vierzig mit dichten schwarzen Haaren mit einer einzigen schneeweißen Strähne und tiefen Geheimratsecken. Sein Gesicht war breit, Kiefer und Kinn kräftig, die Lippen sehr dünn. Buschige Augenbrauen wuchsen zwischen dunkelbraunen Augen zusammen, die ständig überallhin schauten und denen nichts entging.

Plötzlich richteten sich diese Augen auf Matthews. »Ah, Agent Matthews, wie ich sehe, nehmen Sie Ihre Überwachungsaufgaben ernst, obwohl ich angenommen hatte, Sie würden Mr. Mercury in Ihrem eigenen Wagen beschatten. Was ist mit Ihrem Partner geschehen?«

Matthews blinzelte im Sonnenlicht und zuckte die Achseln. »Wir hatten ein paar Probleme mit dem Wagen. Mister Mercury war so nett, mich mitzunehmen, während Phelps bei unserem Wagen geblieben ist.«

Quentin Strapps buschige Augenbrauen verengten sich. »Darüber reden wir später noch.«

Matthews lächelte. »Davon bin ich überzeugt, Sir. Es wird mir ein Vergnügen sein.«

Nadja nahm Ryans Hand und führte ihn die Stufen hinauf. Aus der Nähe war Quentin Strapp eher klein, aber breitschultrig und stark. Ohne nachzudenken, wechselte Ryan auf Astralsicht und sah zu seiner Überraschung, daß Strapps Aura unbeeinträchtigt war. Mit Ausnahme einer Datenbuchse hinter dem rechten Arm war der Mann vollkommen unvercybert. *Vielleicht ist er ein Magier.*

»Quentin Strapp«, sagte Nadja mit honigsüßer Stimme, die Ryan wieder in die physikalische Welt zurückholte, »ich möchte Ihnen Ryan Mercury vorstellen. Ryan, das ist Quentin Strapp. Mister Strapp hat seinen vollen Terminkalender extra umgestellt, um sich heute nachmittag mit dir zu treffen.«

Ryan verstand ihren Wink. Sie befand sich in äußerstem Alarmzustand. Alle Schutzschirme waren hochgefahren, während äußerlich nur eine glatte, freundliche Fassade sichtbar war. Er lächelte und streckte die Hand aus. »Freut mich, Sie kennenzulernen. Ich habe viel Gutes über Sie gehört. Es heißt, wenn jemand herausfinden kann, was mit dem Präsidenten geschehen ist, dann sind Sie der richtige Mann dafür.«

Strapp nahm Ryans Hand, schüttelte sie genau einmal und ließ sie dann wieder los. »Sollen wir ins Haus gehen? Von diesen verdammten Blumen bekomme ich Kopfschmerzen.«

Nadja lächelte und deutete auf die Tür, wobei sie Ryans Hand noch einmal drückte, bevor sie sie losließ. »Selbstverständlich. Wenn Sie bitte eintreten wollen.« Sie wandte sich dem Eingang zu und nahm erst jetzt ihren Sekretär Gordon Wu zur Kenntnis, der in der Tür stand und alles mit aufmerksamer Eindringlichkeit beobachtete. Der zurückhaltende Asiat begrüßte Ryan mit der Andeutung eines Kopfnickens. Zweifellos zeichnete er alles mit seiner Cyberkamera auf.

Nadja sah Wu an, während sie Strapp ins Haus führte. »Mein Arbeitszimmer dürfte der richtige Rahmen für ein vertrauliches Gespräch sein.«

Ryan verstand die Botschaft. Strapp war gefährlich, extrem gefährlich. Daß Nadja sie in ihr Arbeitszimmer führte, war ein Hinweis darauf, wie gefährlich er war.

Sie versuchte zu erreichen, daß er sich so wohl wie möglich fühlte, ohne ihm die Kontrolle über die Situation einzuräumen. Es war ein Schachzug, den sie sich normalerweise für Leute vom Kaliber eines Damien Knight vorbehielt.

Damien Knight war der Geschäftsführer von Ares Macrotechnology, einem der acht multinationalen Megakonzerne. Er war eine extrem bedeutende Persönlichkeit, jemand, dessen Unterstützung ausschlaggebend war und dessen Zorn verheerende Konsequenzen haben konnte. Wenn Strapp auch nur annähernd so gefährlich war, würde Ryan in Topform sein müssen.

Sie betraten den langen Hauptflur. Dicke persische Läufer bedeckten den polierten schwarz-grünen Marmorboden. Die Wände waren mit einer eklektischen Kunstsammlung geschmückt. Sie bestand in erster Linie aus Mosaiken aus der Zeit des späten Ottomanischen Reichs und modernen afrikanischen Skulpturen. Sie gingen an der breiten gewundenen Treppe auf der linken Seite vorbei. Nadja übernahm die Führung gefolgt von Strapp und Ryan. Gordon Wu bildete den Abschluß.

Die Luft wurde unmerklich wärmer und feucht, als sie die schmucke Doppeltür aus Glas passierten, die zum Arboretum führte. Die Türen hatten Drachen-Proportionen und waren mit Zinn-Intarsien in Form von Farnen verziert. Ryan holte tief Luft und wurde für einen Augenblick melancholisch, als er sich daran erinnerte, wie oft er und Dunkelzahn in dem Arboretum zusammen trainiert hatten.

Er erinnerte sich an die gewaltigen Ausmaße des Raums, fünfzehn Meter hoch mit einer Makroglasdecke, die von acht gewaltigen Marmorsäulen getragen wurde. Die Säulen waren so gestaltet, daß sie wie Baumstämme aussahen, was steinerne Äste und Wurzeln einschloß. Dunkelzahn züchtete hier preisgekrönte Orchideen und tropische Bäume, aber er hatte den Raum auch gern benutzt, um Ryan im Lautlosen Weg auszubilden.

Ryan erinnerte sich an eine Gelegenheit, als der Drache menschliche Gestalt angenommen und genau wie Michelangelos David ausgesehen hatte. Jugendliches Gesicht, braune Locken, perfekt proportionierter Körper.

Die Worte des Drachen fielen Ryan wieder ein. *Wir kämpfen jetzt.* Dann war Dunkelzahn in dem Wald aus Marmorbäumen verschwunden.

Ryan hatte in seinem schwarzen Tarnanzug tief Luft geholt und war selbst in Deckung gegangen. Es war dunkel, und das Mondlicht schien durch die steinernen Zweige und warf skelettartige Schatten auf den Boden. In der heißen feuchten Luft wischte Ryan sich den Schweiß von der Stirn und versuchte sich zu konzentrieren, so daß er Dunkelzahn hören und seinen Standort anhand von Geräuschen ermitteln konnte.

Einer der Schlüssel zum Lautlosen Weg ist die Fähigkeit, sich absolut still zu verhalten und diese Stille gegen deine Gegner einzusetzen. Verrate niemals deinen Standort, Ryanthusar. Erst wenn du bereit bist zuzuschlagen.

Als Ryan nichts hörte, schlich er sich um einen Baum herum. Er betrachtete die Schatten der Baumstämme in der Hoffnung, eine Ausbuchtung oder Verzerrung zu sehen, die Dunkelzahns Standort verriet. Sein eigener Schatten wurde von dem Baum zu seiner Linken verdeckt.

Auf diese Art ist der Lautlose Weg wie Schach. Ein Spiel der Irreführung und der List.

Dort war er, der schmale Schatten eines Knies und eines Beins, der die Silhouette eines Zweigs verlängerte. Ryan stellte eine Berechnung an und eilte zu Dunkelzahns Standort, bereit zuzuschlagen.

Niemand war dort.

Ein Anhänger des Lautlosen Wegs nutzt das Gelände zu seinem Vorteil aus, Ryanthusar, und macht Gebrauch von all seinen Möglichkeiten, auch von jenen, die verloren zu sein scheinen.

Ryan hörte nichts, spürte jedoch die leichte Veränderung des Luftdrucks, als Dunkelzahn hinter ihn trat. Der Schatten war ein Köder gewesen. Eine Falle.

Auch in seiner menschlichen Gestalt schlug der Drache rasch und mit so viel Kraft zu, daß Ryan durch den Raum flog. Schmerzen durchzuckten Ryan, als er gegen eine Steinbank prallte. Schmerzen waren die Strafe für Versagen.

Komm, Ryanthusar, ertönte Dunkelzahns Stimme in Ryans Verstand, *laß es uns noch einmal versuchen.*

Sie taten es immer wieder, bis Ryan es richtig machte. Bis er in der Lage war, Dunkelzahn ein Unentschieden abzuringen. Er hatte den Wurm nie besiegt, aber mit der Zeit hatte er immer seltener verloren.

Die Erinnerung verblaßte, und an ihrer Stelle empfand Ryan Verärgerung. Er war wütend auf Strapp, weil er seine Heimkehr störte. Ryan unterdrückte seinen Ärger rasch, als sie Nadjas Arbeitszimmer betraten. Jetzt war nicht der richtige Zeitpunkt.

Das Durcheinander sprach Bände, wie ausgefüllt Nadjas Tag seit Dunkelzahns Tod war. Sim-aufgezeichnete beeidete Ausagen lagen verstreut auf ihrem riesigen Schreibtisch, während sich auf mehreren Tischen an der Rückwand des Raums schriftliche Anfragen stapelten, die alle an die Draco Foundation gerichtet waren. Memos aus Präsident Kyle Haeffners Büro waren nach Datum geordnet. Zweifellos hatten sie mit ihrer Nominierung für den freien Posten des Vizepräsidenten zu tun.

Nadja war sehr beschäftigt.

Ryan betrachtete sie eingehend, als sie sich umdrehte, und versuchte objektiv zu sein, sich seinen Scharfblick nicht durch seine Gefühle für sie trüben zu lassen. Ja, er konnte den Streß sehen, den Druck, unter dem sie stand. Sie sah immer noch bezaubernd aus, aber die Erschöpfung lauerte wie ein Ungeheuer unter der Oberfläche eines stillen, wunderschönen Sees, das jeden Augenblick aus dem Wasser schießen konnte.

»Mister Strapp, bitte nehmen Sie doch Platz.« Nadja deutete auf einen der beiden hochlehnigen Ledersessel vor ihrem Schreibtisch, während sie um ihn herumging, um sich auf ihren Schreibtischstuhl zu setzen.

Ryan nahm Platz, aber Strapp blieb stehen. »Vielen Dank, aber es wird nicht lange dauern.« Er zückte einen kleinen Audiorecorder und zeigte ihn Nadja und Ryan. »Macht es Ihnen etwas aus, wenn ich unser Gespräch aufzeichne?«

»Absolut nicht.«

Gordon Wu schloß die Tür und blieb einfach im Zimmer stehen.

Strapp wandte sich an Ryan. »Mister Mercury, ich bin sicher, Sie haben eine Ahnung, warum ich hier bin.«

Ryan nickte. »Natürlich, und ich werde Ihnen auf jede mir mögliche Weise helfen. Den Mörder des Präsidenten zu finden, ist von vorrangiger Wichtigkeit sowohl für das Land im allgemeinen als auch für mich im besonderen.« Ryan gestattete sich ein Stirnrunzeln. »Dunkelzahn und ich standen uns sehr nahe, und ich fühle mich schuldig, weil ich nicht hier war, als es geschah. Ich denke immer wieder, daß ich vielleicht etwas hätte tun können. Ich weiß nicht, was, aber ich glaube trotzdem, ich hätte das Geschehene vielleicht verhindern können, wäre ich nicht außer Landes, sondern hier in Washington gewesen.«

Strapp stand einen Moment lang schweigend da, wandte den durchdringenden Blick jedoch nicht einen Sekundenbruchteil von Ryans Gesicht. »Natürlich. Trotzdem würde ich Ihnen gern ein paar Fragen darüber stellen, wo Sie sich zum Zeitpunkt des Attentats aufgehalten haben. Einfache Routine, wie Sie verstehen werden, aber ich muß Sie dennoch darauf hinweisen, daß ich ein Magier bin und den Wahrheitsgehalt einer Aussage erkenne.«

Ryan begegnete seinem Blick und fand darin trotz des warmen Tonfalls nichts als kalte Berechnung. »Natürlich.«

»Nun gut, also fangen wir an. Sie sagten, Sie seien außer Landes gewesen. Ist das korrekt?«

»Ja.«

»Wo?«

Ryan lächelte. »Ich habe mich um einige von Dunkelzahns Geschäftsinteressen in Aztlan gekümmert.«

Strapp lächelte. »Tatsächlich? Das ist ein ziemlich finsteres Land für eine Geschäftsreise.«

Ryan nickte. »Ich will Ihnen nichts vormachen. Die Reise war nicht ganz ungefährlich.«

»Gibt es jemanden, der Ihren Aufenthalt in Aztlan bestätigen kann? Hatten Sie vielleicht noch jemanden bei sich?«

Ryan runzelte die Stirn. »Ich war allein.«

»Ich verstehe.«

»Carla Brooks kann für mich bürgen, Mr. Strapp.«

»Ja, vielleicht ist das der Fall, aber Ms. Brooks war zum Zeitpunkt des Attentats hier in Washington.«

»Ich habe kurz vor der Explosion mit ihr am Telekom gesprochen.«

Strapp lächelte und zeigte gelbliche Zähne hinter seinen dünnen Lippen. »Ist das derselbe Anruf, den der Präsident kurz vor dem Anschlag erhielt?«

Wiederum nickte Ryan. »Ja. Carla hat mich mit Dunkelzahn verbunden. Ich hatte entdeckt, was ich suchen sollte, und strikte Anweisung, ihn in diesem Fall sofort anzurufen. Ich befolge meine Befehle.«

Strapps Blick wurde noch durchdringender. »Was haben Sie entdeckt?«

Ryan schüttelte den Kopf. »So gern ich Ihnen das

auch sagen würde, es steht mir nicht frei, Ihnen diese Information zugänglich zu machen.«

Strapp wandte sich abrupt ab und begann mit einer oberflächlichen Inspektion der alten Bücher in den Regalen des Arbeitszimmers. »Mister Mercury, Sie sind nach dem Tod des Präsidenten für ein paar Tage verschwunden. Wo waren Sie?«

Ryan lächelte und ließ sich seine Erschöpfung anmerken. »Nun, mein Stolz würde gern behaupten, daß ich mich nach meiner Rückmeldung versteckt hielt, aber ich nehme an, ich bin nicht ganz so gut bei verdeckten Operationen, wie ich es gern wäre. Ich wurde kurz nach meinem Telekomanruf gefaßt. Danach hat man mich mehrere Tage lang festgehalten, bevor ich gerettet wurde.«

Strapp drehte sich langsam zu ihm um, und seine Miene verriet Unglauben. »Sie wurden gefaßt? Warum finde ich das jetzt gerade ein wenig zu bequem?«

Ryan ließ einiges von seinem Ärger durchblicken. »An meiner Stelle hätten Sie es nicht ganz so bequem gefunden, Mr. Strapp. Es war kein reines Vergnügen.«

»Vielleicht nicht, aber gibt es Aufzeichnungen über Ihre Inhaftierung? Gibt es jemanden, der Ihre Geschichte bestätigen kann?«

Ryan spürte, wie seine Verärgerung wuchs. Er erinnerte sich daran, wie er in Roxboroughs Delta-Klinik erwacht war. Ohne zu wissen, wer er war, hatte er dem Gesicht auf dem Bildschirm vertraut – dem jungenhaften Gesicht von Thomas Roxborough. Ryan hatte sich selbst für Roxborough gehalten. Er hatte dabei helfen wollen, Roxborough aus seinem Bottich zu befreien. Der Mann hatte ihm leid getan.

Roxborough hatte Ryans Gedächtnis mit Hilfe von Drogen ausgelöscht. Seine Wissenschaftler hatten ihm speziell gezüchtete Retroviren implantiert, um Roxboroughs Erinnerungen und seine Persönlichkeit in Ryans Verstand zu verankern. All das als Teil eines

Plans, Roxboroughs Geist aus seinem sich auflösenden Körper zu holen und in Ryans zu versetzen.

Das Bild von Roxboroughs Körper in seinem Bottich tauchte vor Ryans geistigem Auge auf, und die Ranken von Hirnmasse trieben in der dickflüssigen Salzlösung wie Dreadlocks. Drähte und Cyberware funkelten inmitten der durchscheinenden rosafarbenen Masse, die mit den dicken schwarzen Kabeln verbunden waren, welche aus dem Tank zu seinem Matrix-Interface führten. Teile nicht mehr voneinander abgegrenzten Gewebes waren über das amorphe Fleisch verteilt. Knochen, Muskeln und Organe.

Die rücksichtslose Persönlichkeit dieses Mannes hatte Ryan beinahe überwältigt, und nur Nadjas Liebe hatte seine eigenen Erinnerungen zurückgebracht. Und später war es wiederum Nadjas Liebe im Verbund mit Dunkelzahns Lehren gewesen, die Ryan dabei geholfen hatten, Roxboroughs üble Begierden in ihm zu bekämpfen. Insbesondere seine Begierde, das Drachenherz und die mit ihm verbundene Macht für sich zu behalten.

Jetzt schüttelte Ryan die Erinnerung ab und funkelte Strapp an. »Nein«, sagte er zähneknirschend. »Ich war allein in Gefangenschaft, und ich bezweifle, daß es irgendwo Aufzeichnungen über meinen Aufenthalt gibt.«

Strapp nickte, und vielleicht spürte er, wie gereizt Ryan mittlerweile war, weil er seine Taktik änderte. »Na schön, gehen wir die Sache anders an. Nehmen Sie an, daß Ihre Entdeckung die Azzies dazu veranlaßt haben könnte, etwas gegen den Präsidenten zu unternehmen?«

Ryan zuckte die Achseln. Bisher hatte er nichts Konkretes über die Regierung von Aztlan oder Aztechnology vorgebracht, aber es hatte keinen Sinn, Spielchen mit Strapp zu spielen. Er war mindestens ebenso erpicht darauf wie der Agent, Dunkelzahns Mörder zu entlarven und dingfest zu machen. »Ich verstehe, worauf Sie hinaus wollen, aber ich glaube es nicht. Verstehen Sie mich nicht falsch, die Azzies haben Dunkelzahn nie gemocht und wollten ihn vielleicht sogar tot sehen. Aber sie hätten Wochen der Vorbereitung gebraucht, und nach allem, was ich weiß, fand der Anschlag Minuten nach meinem Anruf statt. Wenn sie das Attentat nicht schon länger geplant hatten, kann meine Entdeckung nichts damit zu tun gehabt haben.«

Strapp kratzte sich die Bartstoppeln unter seinem Kinn. »Genau meine Meinung, aber ich mußte fragen. Haben Sie bei diesem Telekomgespräch mit dem Präsidenten noch über andere Dinge geredet?«

»Nein.«

Strapp nickte und baute sich hinter Ryan auf. »Na schön, nächste Frage. Wie gut kennen Sie Damien Knight?«

Zum erstenmal war Ryan tatsächlich überrascht. »Knight? Nicht sonderlich gut. Ich bin ihm einmal begegnet, aber nur kurz und inoffiziell.«

»Wie denken Sie über die Beziehung zwischen Dunkelzahn und Damien Knight?«

Ryan kicherte. »Nicht viel. Dunkelzahn hat Knight respektiert, glaube ich. Sie haben zusammen Schach gespielt, was bedeutet, daß Knight ein Meister des Brettspiels sein muß. Davon abgesehen weiß ich nicht viel darüber. Warum?«

»Ich gehe nur allen Hinweisen nach. Als Geschäftsführer von Ares verfügt Knight wie jeder andere hochrangige Exec eines Megakonzerns mit Sicherheit über die Mittel, so ein Attentat durchzuziehen. Aber Knight scheint dem Präsidenten nähergestanden zu haben als die meisten anderen. Dunkelzahns Testament ist ziemlich umfangreich, aber mir ist aufgefallen, daß Knight ein Schachspiel bekommen hat – ein viel persönlicheres Vermächtnis als Geld, was auf eine langjährige Freundschaft hindeutet. Jeder, der mit einem Drachen

Schach spielen kann, könnte in der Lage sein, ihn auch zu töten.«

»Sie haben ihn in Verdacht?«

Strapp bedachte Ryan mit einem harten Blick. »Nicht mehr als Sie, Mister Mercury. Sind Sie nicht der ›Ryanthusar‹, dem Dunkelzahn sein Herz vermacht hat?«

Ryan zuckte unwillkürlich zusammen. »Ja, aber …«

»Und was ist dieses Herz? Ist es ein altes magisches Artefakt? Ist es ein kleiner persönlicher Gegenstand? Es spielt eigentlich keine Rolle, Mr. Mercury, weil es Sie so oder so belastet. Es gibt Ihnen ein Motiv.«

»Aber ich …«

Strapp unterbrach ihn und sah abwechselnd von Nadja zu Ryan. »Sie haben beide ein Motiv, da Sie Milliarden von Nuyen und vielleicht mächtige Magie geerbt haben. Sie haben beide dem Präsidenten sehr nahegestanden, und Sie, Mister Mercury« – Strapp zeigte auf Ryan – »hatten auch die Mittel, um das Attentat durchzuführen. Sie haben ein Alibi, aber das ist keinesfalls wasserdicht. Sie können diesen Anruf aus Aztlan oder auch von der nächsten Ecke getätigt haben. Sie haben niemanden, der Ihre Gefangennahme bezeugen kann, und vielleicht sind Sie einfach nur untergetaucht, bis Sie die Beweise vernichten konnten.«

Ryan klatschte in die Hände. »Wunderbare Geschichte, Mr. Strapp, aber sie würde wohl kaum einer genaueren Betrachtung standhalten.« Doch bei sich dachte er: *Dieser Mann könnte das Attentat tatsächlich Nadja und mir anhängen, obwohl wir nichts damit zu tun hatten.*

Strapps Blick verlor ein wenig von seiner Härte. »Vielleicht noch nicht, aber wir werden sehen, was unsere weiteren Nachforschungen erbringen.« Er wandte sich abrupt an Nadja. »Vielen Dank, daß Sie so verständnisvoll waren; ich weiß, daß Ihr Terminkalender diese Besprechung eigentlich nicht zugelassen hätte.« Dann wandte er sich wieder an Ryan. »Sie waren sehr kooperativ, und dafür danke ich Ihnen.«

Er lügt wie gedruckt, dachte Ryan.

»Ich gehe davon aus, daß Sie mein Büro informieren, sollten Sie irgendwelche Reisepläne haben.«

Ryan stand auf, zwang sich, den Anschein der Höflichkeit zu wahren, und streckte die Hand aus. »Natürlich. Sollten Sie noch Fragen haben, rufen Sie mich einfach an. Wie ich schon sagte, ich bin gerne bereit, Ihnen auf jede nur erdenkliche Art und Weise zu helfen.«

Strapp machte sich nicht die Mühe, Ryans Hand zu nehmen, sondern sah sie nur beide wie aus weiter Ferne an. »Ich werde herausfinden, wer den Präsidenten getötet hat«, sagte er. »Und ich hoffe um Ihretwillen, daß Sie nichts damit zu tun haben, denn falls doch, werde ich Sie zur Strecke bringen.«

Ryan ignorierte die Drohung. »Wer Dunkelzahn auch getötet hat«, sagte er, »war stark und gerissen genug, eines der mächtigsten Lebewesen umzubringen, das jemals existiert hat. Selbst wenn Sie es herausfinden, ohne selbst dabei getötet zu werden, wie wollen Sie die Schuldigen zur Rechenschaft ziehen?«

Strapp lächelte. »Ich habe das Militär der UCAS. Und ich nehme an, Sie und die Draco Foundation sowie zweihundert Millionen wütende Bürger der UCAS würden ebenfalls gern helfen?«

»Das sehen Sie vollkommen richtig, Chummer«, sagte Ryan. »Sie können auf mich zählen.«

8

Alice war gelangweilt. Trübsinnig.

Hohe Gebäude aus Beton und verspiegeltem Glas schraubten sich in einen Nachthimmel ringsumher, aber es gab keinen Verkehr auf der Straße, als sie durch Wunderland City spazierte. Straßenlaternen beleuchteten die Gehwege und reflektierten sich in silbernen Streifen, die sich über die Chromfenster der Gebäude zogen. Aber es gab keine Menschen.

Nur Alice, eine leichte Brise und die absolute Stille der leeren Stadt. Wunderland City war ihr ganz privates, ultraviolettes elektronisches Universum. Ein persönlicher Abschnitt der miteinander verbundenen Computersysteme, welche die Welt umspannten.

Ihr selbst erschien Alice so, wie sie aussah, als sie noch einen fleischlichen Körper besessen hatte. Als ihr Bewußtsein noch ein natürliches neurales Netzwerk bewohnt hatte, das menschliches Gehirn genannt wurde. Jetzt lebte ihr Bewußtsein in ... Nun, eigentlich umspannte es die ganze Matrix. Alice sah wie eine junge Frau aus, etwa fünfundzwanzig Jahre alt mit schulterlangen blonden Haaren, heller Haut und blauen Augen. Sie trug schwarze Jeans und ein einfaches weißes Top.

Sie nahm einen Zug von ihrer Zigarette und faltete einen Abschnitt des Matrixraums in sich. Der Mann vor ihrem geistigen Auge stand nackt in einem Gehölz, und sein korpulenter Leib schien sich im Wind zu kräuseln und zu zittern. Neben ihm auf einer kleinen Lichtung war eine verrückte Teeparty im Gange. Der Verrückte Hutmacher und der Märzhase saßen sich an einem großen Tisch gegenüber.

Ach ja, die Pläne, die sie für Thomas Roxborough hatte. Nur an sie zu denken, jagte ihr einen köstlichen kleinen Schauder über den Rücken. Ryan Mercury hatte ihr die Zugangscodes zu Roxboroughs System in Panama gegeben. Das hatte den Ausschlag gegeben und ihr ermöglicht, sein Bewußtsein in ihrer virtuellen Realität zu fesseln. An einem Ort, wo sie die Regeln aufstellte.

Roxborough hatte das System konzipiert, in dem es

sie vor so vielen Jahren erwischt hatte. Das war ihre Rache. Sie lachte, und der Ausdruck ihrer guten Laune hallte durch die finstere Stadt ringsumher wie ein Kichern im Wind.

Roxborough sah sich um, und sein höhnisches Grinsen wich einem Ausdruck milder Bewunderung. »Nun, das ist ganz gewiß beeindruckend.« Er streckte die Hand aus und berührte das Fell des Märzhasen.

»Hören Sie mal! Behalten Sie Ihre Pfoten bei sich, alter Mann. Möchten Sie einen Tee? Nun, Sie bekommen keinen.« Damit sammelten der Hutmacher und der Hase rasch alle Gegenstände auf dem Tisch ein und verschwanden in der kleinen Hütte.

»Alice? Ich weiß nicht, wo du bist, aber ich muß dir ein Kompliment machen. Das ist der solideste Code, der mir je begegnet ist.«

»Willkommen im Wunderland, Rox.«

Roxborough sah sich in dem Gehölz um und versuchte die Stelle auszumachen, von der Alices Stimme kam. Plötzlich sah er Alice direkt an, als sie zuerst ihr breites Grinsen, dann ihren Kopf und schließlich ihren Schwanz auf der Tischplatte erscheinen ließ. Alles dazwischen ließ sie durchsichtig.

Roxborough lächelte und zeigte dabei breite Zähne. »Alice?«

»Ja.«

»Ich dachte, da steckt noch mehr dahinter, Katze. Die Stadt ist gut gemacht, aber das hier … Das hier ist einfach entzückend.«

Alices Tigerkatzenlächeln verbreiterte sich zu einem bösartigen, wölfischen Grinsen. »Die Stadt ist für die geistig gesunden. Du, Rox, bist der schlimmste Fall von Größenwahn, dem zu begegnen ich je das Mißvergnügen hatte. Ich wußte, du würdest dich hier sofort heimisch fühlen. Aber vielleicht interessiert dich die eine oder andere Information. Lewis Carrolls Alice hatte sehr viel Glück. Wunderland steckt voller tödlicher kleiner Überraschungen, und selbst ein ausgewachsener mörderischer Soziopath wie du könnte rasch in Schwierigkeiten geraten.«

Roxborough grinste wieder. »Mörderischer Soziopath? Meine liebe Alice, du beziehst dich doch nicht etwa schon wieder auf dieses längst vergangene Crash-Virus, oder? Du solltest wirklich etwas gegen dieses zwanghafte Verhalten tun und professionelle Hilfe in Anspruch nehmen. Warum programmierst du dir nicht einen netten kleinen freudianischen Psychoanalytiker? Bei deinem Geisteszustand könnte er Wunder wirken.«

Der körperlose Schwanz fing an zu zucken. »Rox, du befindest dich in diesem Augenblick in einer äußerst prekären Situation. Ich würde vorschlagen, du kooperierst.«

Roxborough setzte sich auf den Stuhl, der soeben von dem Verrückten Hutmacher geräumt worden war. »Kooperation ist eine wunderbare Sache, Katze. Sie bewirkt, daß sich die Welt dreht, wußtest du das nicht? Aber du hast mir nichts gegeben, womit ich kooperieren könnte. Du bringst Anschuldigungen vor und verhüllte Drohungen, aber bis jetzt hast du mir noch nicht einmal gesagt, was du überhaupt willst.«

Alice ließ langsam den Rest ihres Icons Gestalt annehmen. »Ein Schuldeingeständnis wäre ein Anfang.«

Roxborough verschränkte die Arme vor seiner nackten Brust. »Ein Schuldeingeständnis wofür? Ich habe nichts getan.«

Alice zog das Wunderland-Universum näher zu sich heran und riß Roxborough von seinem Stuhl. »Spiel nicht mit mir, Rox. Ich weiß, daß dein System der Crash-Entität an dem Tag zu Hilfe gekommen ist, an dem sie meinen fleischlichen Körper erledigt hat, also wäre das Geständnis eines versuchten Mordes ein guter Anfang. Im Anschluß daran können wir fortfahren.«

Roxborough sah mit einem Glitzern in seinen braunen Augen zu ihr auf. »Meine Liebe, du befindest dich in einem tragischen Irrtum. Ich hatte mit dem Angriff des Virus nichts zu tun, und wenn du glaubst, mein System sei ihm zu Hilfe gekommen, dann gibt es wohl nichts, was ich sagen kann, um dich davon abzubringen. Aber es stimmt ganz einfach nicht.«

Alice lächelte. »Okay, du willst also nicht gestehen. Trotzdem wird es dich vielleicht interessieren, daß die Crash-Entität niemals vom Echo-Mirage-Team zerstört wurde. Sie wurde beschädigt und verjagt. Aber sie könnte immer noch irgendwo dort draußen sein und sich verstecken. Lernen und wachsen. Intelligenter, schneller und tödlicher werden. Ich weiß nicht, wo sie ist, aber ich habe die Absicht, sie ausfindig zu machen und zu zerstören.«

Plötzlich gab Roxboroughs Knie nach, und er fiel mit einem Schmerzensschrei zu Boden. »Alice!«

»Es fängt gerade an«, sagte sie. »Du durchlebst noch einmal deine Krankheit.« Vor mehreren Jahren war Roxborough von einem systemischen Lupus befallen worden – eine degenerative Krankheit, die ihn schließlich gezwungen hatte, den Rest seines Lebens in einem Bottich zu verbringen, angeschlossen an Leitungen und die Matrix. Seitdem war Roxborough besessen davon, den Bottich zu verlassen und wieder einen echten Körper zu bekommen.

»Alice, ich schwöre, daß ich nichts mit dem Crash zu tun hatte.«

»Ich habe den Ursprung des Virus auf drei mögliche Hosts eingeengt. Dein System bei Acquisition Technologies, Gossamer Threads und die alten NASA-Mainframes. Sowohl Dunkelzahn, der Eigentümer von Gossamer Threads, als auch die NASA haben durch den Crash eine Menge verloren. Du hast jedoch nur Daten verloren, die für einen einzigen Konzern von

Bedeutung waren. Das allein reicht schon, um dich zum Hauptverdächtigen zu machen.«

»Glück«, sagte Roxborough mit einem kurzen Auflachen. »Schlichtes blindes Glück.«

»So viel Glück gibt es nicht.«

Roxborough wurde wieder ernst, und für einen Sekundenbruchteil blitzte es in seinen Augen auf. »Größtenteils würde ich dir zustimmen. Und vielleicht sogar auch in diesem Fall. Du willst ein Geständnis? Also schön. Ich sage dir, was ich weiß.«

Alice zog an ihrer Zigarette und wartete.

Roxborough setzte sich ins Gras und rieb sein Knie. »Vor langer Zeit versuchte ich einen Konzern aufzukaufen, der Dunkelzahn gehörte, obwohl ich das damals nicht wußte. Der Konzern sah wie eine Frucht aus, die reif zum Ausquetschen war. Er beschäftigte sich mit Programmierung und produzierte auch einige unbedeutende Hardware. Ich sah eine Menge brachliegendes Potential. Also habe ich ihn ausgekundschaftet.«

»Du hast ihn ausgekundschaftet?«

»Ja. Ich warb eine Hackerin an, die in sein System eindrang. Alte Terminologie, ich weiß, aber das war vor den Cyberdecks und der ASIST-Technologie. Ich wollte ein Druckmittel ausfindig machen, das ich in der Hinterhand behalten konnte, wenn ich mein Angebot machte. Die Hackerin drang sehr tief ein und fand etwas, das mir angst machte. Ihr System brannte durch, aber es gelang ihr, einige der kopierten Daten zu retten.«

»Wer war sie?«

»Die Hackerin?«

»Ja.«

»Sie hieß Eva Thorinson. Aber ich glaube, sie ist vor ein paar Jahren gestorben.«

»Sehr bequem für dich«, sagte Alice mit einem Grinsen. »Was hat die Datenanalyse ergeben?«

»Die Datei enthielt nur wenig Code, aber die Implikationen waren schwindelerregend. Ich glaube fest, daß das, was ihren Computer ausgebrannt hat, ein Vorgänger des Crash-Virus war. Mehr Informationen habe ich nicht, und es ist das einzige Geständnis, was du je von mir bekommen wirst.«

In dem Gehölz fing Alices Tigerkatzenschwanz wieder an zu zucken. »Das paßt nicht zusammen«, sagte sie. »Dunkelzahn hat infolge des Crashs von '29 Milliarden Nuyen verloren. Warum sollte er etwas unterstützen, das praktisch jeder Gesellschaft in seinem Besitz unermeßlichen Schaden zufügt? Drachen haben nicht die Angewohnheit, auf diese Weise Vermögen zu verschleudern.«

Roxborough seufzte. »Für so eine schlaue Katze bist du hoffnungslos naiv. Es gibt zwei plausible Möglichkeiten. Erstens, derjenige, der für die Programmierung verantwortlich war, hat die Kontrolle verloren und dem Crash-Virus die Flucht ermöglicht. Es *könnte* ein Unfall gewesen sein.«

Alice dachte einen Augenblick darüber nach. »Das entbindet dich nicht von deiner Schuld. Die zweite Möglichkeit?«

»Ist einfach die, daß wir es mit einem Drachen zu tun haben.«

»Was soll das jetzt bedeuten?«

»Ganz einfach, meine Liebe. Drachen werfen nichts ohne Grund weg, aber wir reden hier über die intelligentesten, vorausdenkendsten, machiavellistischsten Schweinehunde auf dem Antlitz dieser Welt. Wer kann je sagen, warum sie tun, was sie tun? Vielleicht war der Crash nur Teil eines unglaublich komplexen Plans des alten Wurms. Eines Plans, dessen Früchte die Verluste wert waren.«

Alice mußte zugeben, daß an dem, was er sagte, etwas dran war, obwohl sie der Gedanke ärgerte, Roxborough könne unschuldig sein. »Ich werde deine Geschichte überprüfen. Ich hoffe um deinetwillen, daß du die Wahrheit gesagt hast.«

Roxborough nickte dem verschwindenden Tigerkatzen-Icon zu. Dann schob Alice diesen Abschnitt der Matrix weg von sich und überließ ihn wieder sich selbst, während sie darüber nachdachte, was Roxborough ihr erzählt hatte.

Ein leichter Nieselregen fiel, der die Straßen von Wunderland City glänzen und leuchten ließ und Alices Stimmung widerspiegelte. Dunkelgrauer Himmel, der von den Gebäuden reflektiert wurde.

Wenn Dunkelzahn diese Computer-Entität geschaffen hatte, die sowohl den Crash von '29 als auch den Tod von Alices fleischlichem Körper verursacht hatte, würde sie dafür sorgen, daß es alle Welt erfuhr. Diese Neuigkeit würde die Welt verändern, die den alten Drachen größtenteils geliebt hatte. Wenn es stimmte, würde Dunkelzahns Image und alles, was mit ihm verbunden war, großen Schaden erleiden.

Sie hoffte mit allem, was in ihr noch menschlich war, daß Roxborough log.

9

Ryan stieß einen Seufzer der Erleichterung aus, nachdem Quentin Strapp Nadjas Arbeitszimmer verlassen hatte. Er haßte es, so im Rampenlicht zu stehen. Er wollte nicht, daß *irgend* jemand wußte, wo er sich aufhielt und was er vorhatte.

Nadja stand auf und wandte sich an Gordon Wu. »Ich bin für eine Weile indisponiert«, sagte sie zu ihrem Sekretär.

Gordon nickte, dann drehte er sich um und ging schweigend ins Büro nebenan.

Nadja sah Ryan an, und ein schelmisches Lächeln bildete sich auf ihrem bezaubernden Gesicht. »Komm mit«, sagte sie, wobei sie seine Hand nahm. Sie führte ihn ins Eßzimmer, dessen Marmorboden mit indonesischen Wollteppichen bedeckt und das sparsam mit Antiquitäten aus poliertem Rosenholz möbliert war.

Auf der großen Marmorplatte des Tisches war ein aufwendiges Essen vorbereitet. Als Nadja ihm bedeutete, Platz zu nehmen, bemerkte er plötzlich, daß er sehr hungrig war. Sie aßen ein paar Minuten lang schweigend, und Ryan genoß den vollen Geschmack seines echten Steaks.

Dabei erinnerte er sich an die Szene in Hells Canyon, als er unter dem Einfluß von Roxboroughs Persönlichkeit gestanden hatte und trunken von der Macht des gerade an sich gebrachten Drachenherzens gewesen war.

Nadja war in ihrem Jet gelandet. Sie war gekommen, um ihn davon zu überzeugen, das Drachenherz aufzugeben und Dunkelzahns Auftrag auszuführen. Er war geflohen und hatte versucht, den Hubschrauber zu erreichen, um nicht mit ihr reden zu müssen. Sich nicht rechtfertigen zu müssen.

Sie hatte sich mit ihren Wachen zwischen ihn und seine Fluchtmöglichkeit gestellt und ihm den Weg zum Hubschrauber versperrt.

Von Roxboroughs Persönlichkeit besessen, hatte er sie angeschrien, ihr Obszönitäten an den Kopf geworfen. Dabei war er mehr Roxborough gewesen als er selbst. Dessen böse Stimme war seit dem Erinnerungstransfer in Aztlan ein Teil von ihm geworden. Der dunkle Teil in ihm wollte das Drachenherz behalten und es selbst benutzen, anstatt es fortzugeben, wie Dunkelzahn es von ihm verlangt hatte.

Unter Roxboroughs Einfluß hatte er Nadjas Begleitschutz überrascht. Gedankenschnell war er an ihnen vorbeigehuscht, hatte sich Nadja geschnappt und ihr seine Pistole an den Kopf gehalten. Er hatte gedroht, sie umzubringen, falls sie ihn nicht gehen ließen.

Und dabei hatte sie ständig mit ihm geredet, ihn beruhigt. Auch die Bedrohung mit der Waffe hatte ihre Gelassenheit nicht erschüttern können.

Bis Ryan sich schließlich an sich selbst erinnert hatte, zusammengebrochen war und sie um Verzeihung gebeten hatte. Und sie hatte ihn gehalten und ihm Worte des Trostes und der Unterstützung zugeflüstert.

Jetzt schob er seinen leeren Teller weg und sah Nadja an. »Es tut mir so leid«, sagte er. »Alles tut mir leid. Wie konnte ich das nur tun? Wie konnte ich zulassen, daß Roxboroughs Persönlichkeit die Kontrolle übernahm und dich bedrohte?«

Sie begegnete seinem Blick schweigend.

»Ich will, daß wir uns nahe sind«, sagte er. »Ich will … ich will darüber hinwegkommen.«

»Und nun?« fragte sie. »Hast du immer noch die Kontrolle?«

»Ja. Ganz sicher. Gelegentlich blitzt eine Erinnerung von Roxborough auf, aber ich handle nicht mehr nach seinen Eingebungen.«

»Du hast dich verändert.« In ihrer Miene lag so etwas wie Trauer.

Ryan nickte. »Ja. Ich glaube nicht, daß ich je wieder so sein werde wie zuvor.« Er trank einen Schluck Rotwein. »Ich bin nicht mehr der blinde Soldat, der ich einmal war. Ich denke jetzt viel zu oft über die großen Zusammenhänge nach. Ich denke überhaupt zuviel nach. Tatsächlich bin ich von Unentschlossenheit erfüllt.«

Ryan sah sie an, und sein Blick war eine sanfte Liebkosung. »Aber mein innerstes Wesen ist noch dasselbe.«

»Ich weiß«, sagte sie. »Der Teil, an dem mir etwas liegt, ist noch da.«

»Glaubst du?«

Sie lächelte und nickte. Ryan wurde von einer Woge der Zuneigung überschwemmt. Er liebte sie. Spontan beugte er sich vor und versuchte sie zu küssen.

Sie wich ihm aus und lachte.

»Was ist?«

Immer noch lachend, sagte sie: »Es tut mir leid, Ryan, aber du brauchst eine Dusche und auch eine Rasur. Du bist jetzt in der Zivilisation.« Sie beugte sich vor und küßte ihn auf die Wange.

Ryan stand auf. »Also gut, dann ein Bad. Kommst du mit mir in die große Wanne?«

»Natürlich.«

Sie gingen ins Badezimmer, wählten ein heißes Schaumbad und schalteten die Düsen ein. Die Wanne war groß und sehr tief, so groß, daß drei Trolle darin baden konnten, ohne sich beengt vorzukommen. Ryan zog sich aus und glitt in das heiße Wasser. Er lehnte sich zurück, um sich von den Düsen seine schmerzenden und erschöpften Muskeln massieren zu lassen.

Nadja schloß sich ihm eine Minute später an, als sie in ihrem weißen Frotteebademantel durch die Tür kam. Sie sah ihm in die Augen, als sie den Bademantel ablegte, und hielt absichtlich seinen Blick auf ihr Gesicht fixiert. Er war versucht, den Blick zu senken, den Kurven ihres Elfenkörpers bis zu den Zehen zu folgen. Aber er beherrschte sich. Dafür war später noch genug Zeit.

Sie stieg ins Wasser und glitt neben ihn. Er tauchte den Kopf unter, um sich die Haare naß zu machen und das Gesicht zu waschen. *Ihr Geister, es ist so ein gutes Gefühl, sich darauf zu konzentrieren, sauber zu werden.* Als er den Kopf aus dem Wasser hob, war sie bei ihm. Ihre Arme legten sich um seinen Hals, und ihr Körper preßte sich an seinen.

Ihr Mund näherte sich seinem.

Ein leises Klopfen an der Tür ließ sie innehalten. Sie

spannte sich, richtete sich auf und strich sich die Haare zurück. »Was ist?« fragte sie.

Gordon Wus Stimme ertönte. »Tut mir leid, Sie stören zu müssen, Miss Daviar«, sagte er. »Aber Damien Knight ist auf Leitung eins. Er sagte, es sei dringend.«

»Drek«, flüsterte Nadja. Dann hob sie die Stimme, wobei sie Ryan einen entschuldigenden Blick zuwarf. »Danke, Gordon. Ich nehme das Gespräch hier entgegen.«

Sie seufzte und griff zu dem Telekom auf dem kleinen Marmortisch neben der Wanne. Sie schaltete die Düsen der Wanne ebenso aus wie die leise Hintergrundmusik, bedeutete Ryan zu schweigen und schaltete dann auf Leitung eins, vermutlich ohne Bild.

Ryan lehnte sich zurück und wartete. Solch eine Unterbrechung war wohl unvermeidlich, wenn man Nadjas Position als Vorsitzende der Draco Foundation und als Kandidatin für das Amt des Vizepräsidenten der Vereinigten Kanadischen und Amerikanischen Staaten berücksichtigte. Aber es war verdammt ärgerlich.

»Damien, mein lieber Freund«, sagte Nadja.

Ryan wußte, daß sie Damien Knight, der ein Konzernhai war, wie er im Buche stand, nicht ausstehen konnte. Er war einer der mächtigsten Männer der Welt und unabhängig von ihren Gefühlen jemand, den man nicht einfach ignorieren konnte.

»Nadja«, ertönte Damiens Stimme, »was ist das, kein Bild? Ich hoffe, ich störe Sie nicht.«

Ryan war Knight nur einmal begegnet, und zwar in Lake Louise auf einer Geburtstagsparty, die der Drache für Nadja gegeben hatte. Ryan wußte noch, wie Knight sie mit einem Geburtstagskuß begrüßt hatte. Er war etwas kleiner als Nadjas zwei Meter, breit gebaut und hatte graumeliertes Haar und ein zerfurchtes Gesicht. Außerdem hatte er haselnußbraune Augen und eine mit Platin überzogene Datenbuchse, die diskret in seiner Schläfe funkelte und fast ganz unter dem perfekt frisierten Haar verborgen war. Er war sehr glatt und strahlte die Aura eines Mannes aus, der es gewohnt war, seinen Willen zu bekommen und der seine Umgebung beherrschte.

Nadja wappnete sich, und ihr Gesicht wurde zu einer Maske, obwohl die Kamera ausgeschaltet war. »Was wollen Sie, Knight?«

»Ich hoffte, Sie könnten sich dazu durchringen, mir das Stimmrecht für Ihre Gavilan-Aktien zu übertragen.«

Nadja lächelte. »Damit Sie die Kontrolle über vierunddreißig Prozent von Ares haben?«

Ryan wußte, daß Knight zweiundzwanzig Prozent der Ares-Aktien besaß, ebenso viele wie der Aufsichtsratsvorsitzende Leonard Aurelius. Die beiden kämpften seit Jahren um die Kontrolle über den Konzern. Da Nadja soeben Gavilan Ventures von Dunkelzahn geerbt hatte, was zwölf Prozent Ares-Aktien beinhaltete, war sie eine vorrangige Zielscheibe für die Konzernpolitik.

»Und was hätte ich davon?« fuhr Nadja fort.

»Meinen Segen bei der Scott-Kommission und meinen Einfluß im Kongreß, um dessen Zustimmung zu Ihrer Ernennung als Vizepräsident zu bekommen.«

»Sie haben einigen Einfluß dort?« fragte Nadja.

»Es gibt einige Kongreßabgeordnete, die sehr viel von meiner Meinung halten.«

Ryan zweifelte nicht daran. Knight hatte wahrscheinlich ein Drittel des UCAS-Kongresses in der Tasche und beträchtlichen Einfluß auf den größten Teil des Rests. Ares Macrotechnology war der bedeutendste Arbeitgeber in den gesamten UCAS und der einzige ›Heimat‹-Megakonzern dieser Nation. Ares' Hauptniederlassung war unweit von Detroit gelegen, während sich die Hauptniederlassungen der anderen

Megas entweder in Japan, Deutschland oder Aztlan befanden.

Nadja lachte. »Was noch?«

»Nadja, Sie sind ein zäher Verhandlungspartner.« Knights Stimme war ein tiefer, geschmeidiger Bariton. »Das gefällt mir.«

»Wenn das alles ist, Damien, lautet meine Antwort nein.«

»Vielleicht brauchen Sie etwas Zeit, um darüber nachzudenken.«

»Offen gesagt, Damien, sehe ich nicht ein, wie zwölf Prozent von Ares mit etwas politischem Einfluß im Bundesbezirk aufgewogen werden sollen. Ich glaube nicht, daß ich lange darüber nachdenken werde.«

»Sind Sie sicher, daß die Scott-Kommission Ihnen Ihre Unbedenklichkeit bescheinigen wird?« fragte Knight. »Es wäre doch eine Schande, wenn man Sie der Verschwörung zu einem Attentat auf den Präsidenten bezichtigen würde. In den Augen der Medien könnte das bereits einer Verurteilung gleichkommen.«

Nadja zuckte nicht mit der Wimper angesichts dieser unverhohlenen Drohung. »Ich kann mit den Bürokraten umgehen, Damien. Sie auch?«

Knights tiefes Lachen hallte aus dem Telekom. »Wir sollten irgendwann einmal eine Partie Schach spielen, Nadja. Ich glaube, Sie wären ein ziemlich harter Gegner.«

Nadja bleckte lächelnd die Zähne. »Ja, ich glaube, das könnte mir gefallen. Sobald ich Mr. Aurelius geschlagen habe, würde es mich freuen, eine Partie mit Ihnen zu beginnen.«

»Sie stehen in Kontakt mit Leonard?«

»Denken Sie darüber nach, Damien.«

Ryan wußte nicht, ob Nadja mit Aurelius gesprochen hatte oder nicht, aber die bloße Möglichkeit würde Knight schon nervös machen. Aurelius und Knight besaßen gleich viele Anteile von Ares. Wenn

Aurelius das Stimmrecht für Nadjas Gavilan-Aktien bekam, würde Knight die Kontrolle über Ares und zweifellos seinen Posten als Geschäftsführer verlieren.

Knights Stimme klang rauh. »Sie spielen in einem äußerst komplexen Spiel mit, Nadja, das Konzernpolitik heißt. Es ist ein sehr gefährliches Spiel. Wenn Sie Leonard das Stimmrecht für Ihre Aktien überschreiben, wird Ares auseinanderbrechen. Die anderen Megakonzerne würden reagieren. Die Auswirkungen würden sich weltweit bemerkbar machen, und die Draco Foundation würde darunter leiden. Ebenso wie die UCAS.«

Nadjas Stimme troff vor Sarkasmus. »Aber Sie würden das alles natürlich verhindern.«

Knight ignorierte ihren Tonfall. »Dunkelzahn war informiert, und er hat immer zum Wohl des Konzerns gestimmt. Bei neunzig Prozent aller Abstimmungen hat er genauso gestimmt wie ich, das können Sie nachprüfen. Aber es war noch mehr als das, Nadja, Dunkelzahn und ich waren Freunde. Er hat mir vertraut. Er würde wollen, daß auch Sie mir vertrauen.«

Ryan glitt tiefer in das heiße Wasser. Knight mochte recht haben, und er mochte lügen, wahrscheinlich ein wenig von beidem. *Ich beneide sie nicht*, dachte er, als er die Linien des Zweifels sah, die sich jetzt auf Nadjas Gesicht abzeichneten. *Sie hat einen härteren Job, als ich ihn je wollen würde.*

Nadja stieß einen unhörbaren Seufzer aus. »Ich weiß nicht, was Dunkelzahn gewollt hätte, und Sie wissen es auch nicht. Ich kontrolliere Gavilan jetzt, ob zum Besseren oder zum Schlechteren, und die Entscheidung liegt bei mir ganz allein.«

»Natürlich, ich ...«

»Also, ich weiß jegliche Unterstützung Ihrerseits in bezug auf den Kongreß und meine Nominierung zum

Vizepräsidenten zu schätzen«, sagte sie. »Und auch in bezug auf die Scott-Kommission ...«

»Abgemacht.«

»Aber ich muß noch mehr Informationen einholen, bevor ich Ihnen Gavilans Stimmrecht übertrage. Sie können doch gewiß mein Bedürfnis verstehen, vorsichtig zu sein, oder?«

Knight stieß ein rauhes Lachen aus. »Natürlich. Wir sprechen uns bald wieder.« Die Leitung war tot.

Nadja sah auf und stieß einen tiefen Seufzer aus. »Ich hasse diesen Mann«, sagte sie.

Ryan schaltete die Düsen wieder ein, so daß das Wasser wieder in Bewegung geriet. »Du warst umwerfend«, sagte er. »Knight weiß immer noch nicht, was ihm widerfahren ist.«

Nadja lehnte sich zurück, schloß die Augen und ließ sich vom Wasserstrahl massieren. Die Spannung aus dem Körper trommeln.

Ryan glitt zu ihr und zog sie in seine Arme. Er goß sich etwas aromatisches Öl auf die Handflächen und massierte ihre Schultern. Der stechende Geruch nach Ananya erfüllte den Raum.

Sie reagierte mit einem Lächeln, öffnete aber nicht die Augen.

Schließlich hatte er sämtliche Anspannung aus ihren Muskeln massiert. Sie lehnte sich gegen ihn, als er sich tiefer ins Wasser sinken ließ. Die Düsen bearbeiteten seinen verkrampften Rücken, als er ihren Nacken küßte. Und als er sich weiter zu ihrem zierlich zugespitzten Ohr vorarbeitete, wurde ihm langsam klar, daß sie eingeschlafen war.

Wunderbar, dachte er, indem er ihren Kopf auf seine Schulter legte. *Wie steige ich jetzt aus der Wanne, ohne sie aufzuwecken?*

10

In der Kontrollzentrale des Depots hallte Lethes Schrei durch Burnouts Verstand und hätte ihn beinahe erstarren lassen. Er war wie das Heulen eines in der Falle sitzenden Geistes und ließ seine Schaltkreise zu Eis werden.

Der Wachmann schoß, und der Rückschlag ließ die großkalibrige Pistole zucken.

Burnout faßte sich gerade noch rechtzeitig, um dem Schuß mit einem gedankenschnellen Schritt zur Seite auszuweichen. Dann riß er den Fuß hoch und trieb seinen Fersendorn in die entblößte Kehle des Wachmanns. Mit einem Ruck nach unten riß der Dorn den Hals des Wachmanns in einem Sprühregen von Blut und Knorpel auf.

Der Wachmann fiel zu Boden, während seine Hände zu seiner vorstehenden Luftröhre fuhren. Er erstickte an seinem eigenen Blut.

Burnout war bereits wieder in Bewegung. Das gelangweilt aussehende Bedienungspersonal wirkte jetzt und gar nicht mehr gelangweilt. Die Männer schritten auf Burnout zu und zogen dabei Waffen aus den Taschen ihrer Overalls.

Bei den Männern handelte es sich keinesfalls um einfaches Bedienungspersonal. Diese Männer waren Profis, Söldner. Einen Moment lang fragte sich Burnout, ob Ryan seine Handlungsweise vorausgesehen und ihm eine Falle gestellt hatte, aber dann unterdrückten seine Instinkte alle bewußten Gedanken, und die M107 mit dem rotierenden Lauf, die an seinem Gliederarm befestigt war, donnerte über seinem Kopf. Zwei kurze kontrollierte Feuerstöße, und die Söldner wurden zurückgeschleudert, während faustgroße Löcher in Brust und Bauch erschienen.

Das wäre geschafft, dachte Burnout.

Die Nacht war still, aber er wußte, daß sie nicht

lange so bleiben würde. Er hatte gehofft, diese Situation mit minimaler Geräuschentwicklung in den Griff zu bekommen, doch selbst an diesem spärlich bevölkerten Ende des Orts würde der Lärm der M107 die Leute aufhorchen lassen. Im Sprawl wären die Schüsse nicht weiter aufgefallen. Dort lief so viel Drek ab, daß die Anwohner sich nur selten einmischten. In einem kleinen Kaff wie diesem nahm Burnout an, daß in der Vermittlung in der örtlichen Polizeistation die Lämpchen aufleuchteten wie Mündungsblitze bei einer Schießerei in einer mondlosen Nacht.

Er umrundete das vordere Pult und ging dann in das Büro zurück. Ein Ankunfts- und Abfahrtsplan für die automatisierten Lastzüge hing an der rückwärtigen Wand. Der Lastzug, der gerade betankt wurde, sollte in drei Minuten abfahren.

Perfekt, dachte Burnout.

»War es nötig, sie zu töten?«

Burnout hatte Lethes Einmischung fast vergessen. Er verließ das Büro und lief zur Hauptstromversorgung des Depots. »Laß uns eines klarstellen. Halte dich in Zukunft zurück. Mit diesem Schrei hättest du uns beinahe beide gegeekt.«

Lethe klang aufrichtig zerknirscht. »Entschuldigung.«

Burnout zog die Kabel aus den Anschlüssen und betrachtete sie nachdenklich. Sie hatten einen beachtlichen Durchmesser, und das bedeutete, daß der Saft schnell fließen würde. Er mußte aufpassen, daß er sich nicht überlud und einen Kurzschluß verursachte. Er riß sich die Überreste seines Hemds vom Leib und fand die beiden Kontakte an seinem Unterleib. Er brachte die Kabel an und ließ den Generator laufen.

Während der Strom floß, sagte er: »Warum bist du so in Panik geraten?«

Eine lange Pause trat ein, in der ihm seine Batterieanzeige verriet, daß er bis zum Anschlag aufgeladen war. Er schaltete den Generator ab.

»Burnout, ich wollte dich nicht in Gefahr bringen. Ich finde nur unnötiges Töten verabscheuungswürdig.«

Burnout schnaubte verächtlich, während er zur Leiche des nächsten Söldners lief und rasch dessen Kleidung anzog. »Unnötig? Hast du den Predator des Wachmanns gesehen? Der Lauf von dem Ding ist groß genug, um einen Panzer hineinzufahren. Es hieß, er oder wir.«

Burnout streifte dem toten Wachmann dessen langen Duster ab. Das Kleidungsstück war blutbefleckt, aber es war besser als das, welches er getragen hatte. Der Duster war in den Schultern zu eng, also riß Burnout die Ärmel ab. Als er den Duster anzog, hörte er zwei Geräusche. Das eine war das tiefe Dröhnen des Lastzugs, als dessen Motor gestartet wurde.

Das andere war das schrille Jaulen entfernter Sirenen.

Burnout lief rasch zu dem Lastzug – einer niedrigen Schlange in greller Leuchtfarbe. Der Kühlergrill reichte bis fast zum Boden hinunter, und das Profil war lang und schnittig. Die Zugmaschine war zehn Meter lang und hatte zwei Dreifachachsen. Ein schwarzer Spoiler zog sich vom Dach des Führerhauses bogenförmig zum Heck.

Die Hänger hatten die Form eines stumpfen Keils, und die Abstände zwischen ihnen waren so klein, daß man den Eindruck gewinnen konnte, der Lastzug habe eine einzige lange zusammenhängende Karosserie. Die Hänger waren ebenfalls mit Spoilern versehen, um das Fahrzeug auf der Straße zu halten, wenn es seine Reisegeschwindigkeit von über zweihundert Stundenkilometern erreichte.

»Unser Taxi wartet«, sagte er, doch Lethe antwortete nicht. Burnout glaubte nicht, daß der Geist viel Sinn für Humor hatte, und nun, wo er darüber nachdachte, konnte er sich nicht erinnern, jemals selbst viel davon gehabt zu haben. Das hieß natürlich, vor seiner Begegnung mit Lethe.

Darüber dachte er nach, während er in dem Büro nach Unterlagen suchte. Er fand eine Anzeige, die Routen, Spritverbrauch und Bestimmungsort auflistete. Der Lastzug war unterwegs nach Billings und würde unterwegs nicht mehr haltmachen.

Als er das Kennzeichen des Lastzugs auf der Seite suchte und fand, staunte er über die Veränderung, die in ihm stattgefunden hatte, seit er am Ufer des Snake River zu sich gekommen war. Er fühlte sich viel klarer im Kopf, viel wacher als zuvor. Zuerst hatte er angenommen, es sei das Herz, das ihm die Klarheit und die Einsichten brachte. Doch jetzt war er nicht mehr so sicher. Seit er Lethe entdeckt hatte, fielen immer mehr Mosaiksteine an die richtige Stelle.

Zuvor hatte er sich in einem beständigen Krieg mit sich selbst befunden. Wenn er nicht in Bewegung war und schreckliche Gewalttaten ausführte, brodelte unablässig die Wut in ihm. Er konnte nicht stillstehen, ohne sofort Haß auf alles und jeden zu empfinden. Der automatische Drogenverteiler, der sein Nervensystem betäubte, wenn er kurz vor einer Explosion stand, war seit dem Absturz noch nicht einmal aktiv geworden.

Zuvor hatten seine Vorgesetzten ihm sogar den Zugriff auf gewisse Waffen wie den Gliederarm und dessen Minikanone verwehrt, weil sie befürchteten, er könne sie bei einem seiner Ausbrüche gegen sie einsetzen.

Bislang hatte sein IGS Erinnerungen für ihn hervorgeholt und ihn davon abgehalten zu vergessen, daß er lebendig war, was er manchmal tat. Doch jetzt setzte der IGS nur ein, wenn Lethe mit ihm redete. Burnout fühlte sich so lebendig wie noch nie seit seiner Cybermantie.

Er wußte nicht, wie das möglich war, aber aus welchem Grund auch immer, er war dankbar. Er verbrachte nicht mehr alle seine Wachstunden in einer dumpfen Benommenheit.

Mit schrillem Jaulen setzte sich der Lastzug in Bewegung, wie Burnout es gehofft hatte. Er lief aus dem Büro, wobei er nur kurz innehielt, um den Predator an sich zu nehmen, während der Lastzug beschleunigte. Burnout sprang auf, als der letzte Hänger des Lastzugs die Lichtinsel auf dem Platz des Depots verließ.

Er hielt sich an der Leiter fest, dann kletterte er hinter den breiten Schild des Spoilers. Mit seinem dritten Arm hakte er sich in die Verstrebungen des Spoilers ein und setzte sich. Die Fahrt würde nicht sehr lange dauern.

Das Jaulen der Sirenen, das stetig lauter geworden war, wurde wieder leiser. Das war gut. Angesichts der Zerstörung des Hauptterminals würden die Cops wahrscheinlich annehmen, daß er sich in die Wildnis abgesetzt hatte. Nur ein Narr würde versuchen, auf einem dieser Lastzüge mitzufahren. Ein Narr oder jemand, der stark genug war, sich trotz aller Widrigkeiten während der unruhigen Fahrt festzuhalten. Weil die Lastzüge von Spatzenhirnen gesteuert wurden, konnten sie mit unglaublicher Geschwindigkeit fahren und Kurven so schnell nehmen, daß dabei schon einmal ein paar G Querbeschleunigung auftraten. Nichts für Schwächlinge.

Außerdem würden die Cops eine Zeitlang brauchen, bis sie sich die Aufnahmen der Überwachungskameras des Depots angesehen hatten. Bis dahin würde Burnout den Lastzug und den Zuständigkeitsbereich der Cops längst verlassen haben. Zweifellos mußte er sich Sorgen wegen Ryan Mercury und auch wegen dieser Azzie-Hubschrauber machen, aber bis es einem von ihnen gelang, seine Spur aufzunehmen und ihn aufzuspüren, würde er längst vorbereitet sein.

Der Wind heulte in seinen Ohren, als der Lastzug seine Reisegeschwindigkeit erreichte. Burnout fühlte sich gut, und es war das erstemal seit langer, langer Zeit, daß er so empfand.

»Macht es dir etwas aus, wenn ich frage, wohin wir gehen?«

Burnout mochte den Geist mit jedem verstreichenden Tag mehr. Er konnte die Veränderungen förmlich spüren, die in ihm stattfanden. Vor Lethe hatte er seine Zeit in wütender Stimmung oder auf Drogen verbracht. Immer am Rande der Explosion, niemals stabil. Niemals beherrscht.

Jetzt war so viel Magie um ihn und in ihm, daß er praktisch erwacht war. Wo er zuvor nur gehandelt hatte, verstand er jetzt. Er kannte den Preis seiner Cybermantie, seines Lebens jenseits der Grenzen des Erlaubten. Und er träumte davon, seine Magie zurückzuerlangen.

Er erinnerte sich an den alten Getty, den ersten Magier, den er gefunden hatte, der bereit war, dafür zu sorgen, daß er all den schamanistischen Hokuspokus wieder verlernte, den der Kodiak ihm beigebracht hatte. Der alte Getty hatte damit begonnen, den jungen Billy Madson auf den richtigen Weg zu seiner Magie zu bringen. Es war Getty, der ihn gelehrt hatte, sich auf die Methode zu konzentrieren und nicht auf Empfindungen, der ihm jedesmal, wenn er in seine alten Gewohnheiten abglitt, mit einem langen dünnen Stock auf die Finger gehauen hatte. Getty hatte ihn gelehrt, die Vergangenheit hinter sich zu lassen und nach der Zukunft zu greifen und nach allem, was sie bereithielt.

Burnout faßte sich an die Seite, wo das Herz unter dem Duster hing. Preßte es an sich. Er konnte die Macht förmlich riechen, die dort untätig wartete. *Mana!*

Burnout lächelte. »Ich sage dir, wohin wir gehen,

Lethe.« »Wir gehen zurück in die Zeit der alten Meister und der neuen Magie. Zurück zu den Anfängen.«

11

Der Mond war fast voll, und sein Licht schien in horizontalen Linien durch die Schlitze der Jalousien und auf die Laken. Ryan lag wach in dem großen Bett. Er hatte nur ein paar Stunden geschlafen und war von Träumen über Dunkelzahns Tod aufgewacht.

Er stieg aus dem Bett und stand nackt im Mondlicht. Er betrachtete die schlafende Nadja. Ihr dunkles Haar war über das weiße Kopfkissen ausgebreitet, und ihr Gesicht hatte einen schlaffen, unvorteilhaften Ausdruck angenommen.

Er lächelte. *Diese Unschuld im Schlaf,* dachte er. *Könnte ich doch lange genug vergessen, um mich auch einmal so auszuschlafen.*

Ryan wandte sich ab und ging zu der breiten Doppeltür, die sich auf den Privatbalkon öffnete. Er trat in die kühle Luft, schaute auf Nadjas persönlichen Hof hinunter und genoß die Kälte des Marmors unter seinen Füßen.

Der Wind strich sanft über seine Haut und beruhigte zwar seinen Körper, wühlte aber seinen Geist auf. Er wußte, er brauchte Schlaf, aber der wollte sich nicht einstellen, und sein Verstand weigerte sich abzuschalten. Die Zusammenkunft mit Strapp beschäftigte ihn noch immer. Solange Ryan im Blickpunkt der Untersuchung stand, vergeudete der Secret Service wertvolle Zeit und Ressourcen damit, in die falsche Richtung zu blicken.

In einem Punkt hatte Strapp recht. Ryan wollte bei der Untersuchung helfen. Er verfügte nicht nur über Ressourcen, die der Secret Service nicht hatte, er machte sich auch Sorgen, daß der Service möglicherweise nicht die Möglichkeiten besaß, die Attentäter zur Strecke zu bringen, sollte man tatsächlich herausfinden, wer hinter dem Mord steckte. Dabei konnte Ryan dem Secret Service helfen.

Strapp war ein Narr, wenn er glaubte, ein Mann hätte das Attentat bewerkstelligen können, obwohl es möglich war, daß ein Mann die ganze Sache geplant hatte. So, wie das Attentat über die Bühne gegangen war, mußte es ein großangelegtes und koordiniertes Unternehmen gewesen sein. Umfangreiche Hilfsmittel würden erforderlich gewesen sein und vielleicht sogar Hilfe von innen.

Ryan ballte die linke Hand zur Faust. Es war so frustrierend, anderen dabei zuzusehen, wie sie an so einer wichtigen Aufgabe herumstümperten, wo er ganz genau wußte, daß er den Job besser erledigt hätte. Er konnte noch vor Morgengrauen ein Team auf die Beine stellen und vor Ende der Woche dem Mörder auf der Spur sein. Nun, da er das Gefühl hatte, daß sein Gehirn wieder auf allen Zylindern lief, wußte er, daß er den Mörder finden konnte, wenn er nur eine Woche hatte, um sich darauf zu konzentrieren.

Ein wenig Wühlarbeit, etwas Undercoverzeit, und er würde etwas Konkretes haben, das er Strapp geben konnte. Bei einem derart aufwendigen Unternehmen konnten einfach nicht alle Spuren auf immer und ewig verwischt werden, wie gut der oder die Attentäter auch sein mochten.

Er entspannte die Faust und lachte. *Wer ist jetzt der Narr?* Es gab Hunderte von Leuten, die sich mit der Suche nach Dunkelzahns Mörder beschäftigten, und er hatte große Probleme, einen toten Cyborg zu finden.

Seine Gedanken wurden unterbrochen, als sein Armbandtelekom summte. Er nahm das Gespräch entgegen, und Janes weibliche Reize füllten den kleinen Schirm aus. »Jane, was gibt es?«

Jane lächelte, schaffte es dabei aber irgendwie, ihre vollen Lippen zu einem Schmollmund zu verziehen. »Ziemlich abrupte Art und Weise, einen Boten zu begrüßen, der gute Nachrichten bringt.«

Die Muskeln in Ryans Nacken spannten sich. »Du hast ihn gefunden.« Es war eine Feststellung, keine Frage. »Und er ist nicht tot.«

Jane nickte, wobei ihre blonden Locken in alle Richtungen flogen. »Es scheint so, als hätten General Dentado und seine Azzies die Treibstoffdepots in der ganzen Gegend gewarnt, daß sie mögliche Primärziele für unseren Cyberzombie seien. Die Sicherheit der Depots hat daraufhin kurzfristig ein paar Profis unter Vertrag genommen, um die Depots undercover zu bewachen. Ich habe die Daten dieser Chummer überprüft, und sie waren ziemlich heiß. Söldner aus den Wüstenkriegen mit jahrelanger Erfahrung. Aber Burnout hat sie umgelegt, als seien sie Grünschnäbel.«

Ryan spürte, wie die Haut auf seinem Rücken zu kribbeln anfing. »Hast du Trideomaterial?«

Jane lächelte wieder. »Überlebensgroß und in Farbe. Er sieht aus wie ein Monster aus einem alten Horrorschinken, Ryan. Du hast ihn ziemlich übel zugerichtet. Bedauerlicherweise scheint der Schaden in erster Linie kosmetischer Natur zu sein. Er hat sich so verdammt schnell bewegt, daß ich das Trid dreimal abspielen mußte, um zu erkennen, was er genau getan hat.«

Ryan fluchte. Zwar hatte er sich mit der Tatsache abgefunden, daß Burnout noch lebte, aber er hatte gehofft, daß der Cyberzombie zumindest angeschlagen sein würde.

»Ryan, verzeih mir, wenn ich das sage, aber dieser Chummer läßt bei mir sämtliche Warnlampen aufleuchten.«

Roxboroughs Selbstzweifel krochen aus ihrem Versteck, doch Ryan unterdrückte sie. »Du hast recht, Jane. Er ist ein ziemlich übler Hurensohn. Aber er hat mir etwas weggenommen, und ich habe vor, es mir zurückzuholen. Wenn ich die Sache richtig angehe, werde ich ihn schnell erledigen, und dann ist dieses Problem aus der Welt geräumt.«

Janes Stirnrunzeln vertiefte sich. »Und wenn du die Sache nicht richtig angehst?«

Ryan lächelte. »Dann wirst du neue Besitzerin von Assets.«

Jane schüttelte den Kopf. »Ich würde passen.«

»Okay, Jane. Kannst du Axler und ihr Team einweisen? Und eine unauffällige Flugmöglichkeit für mich arrangieren?«

»Bin schon dabei.«

Er unterbrach die Verbindung, dann wählte er Carla Brooks' Privatnummer. Sie nahm das Gespräch sofort an. Ihre weißen Haare waren durcheinander, und ihre Augen sahen müde aus. »Nun, Quecksilber, wie ich sehe, bin ich nicht die einzige, die nicht schlafen kann.«

»Black Angel, ich brauche eine offizielle Transportmöglichkeit, um das Anwesen zu verlassen. Nicht zu protzig, vielleicht als Mitglied einer Wachmannschaft. Außerdem müssen Sie mich beim Secret Service decken.«

Brooks' Augen weiteten sich. »Hat das mit Ihrem Auftrag zu tun?«

Ryan fuhr sich mit den Fingern durch die Haare, während ihm zum erstenmal bewußt wurde, daß er nackt war. »Ja, wir haben eine heiße Spur, der wir nachgehen müssen.«

Brooks nickte. »Betrachten Sie alles als arrangiert. Richten Sie sich darauf ein, das Anwesen in weniger als einer Stunde zu verlassen. Ich werde mich mit Jane in Verbindung setzen. Ich weiß noch nicht, was ich Strapp sage, aber mir wird schon irgendwas einfallen.«

»Danke, Black Angel. Ich wußte, daß ich mich auf

Sie verlassen kann.« Er unterbrach die Verbindung und stand für einen Augenblick nur da, bevor er sich der Anwesenheit einer anderen Person bewußt wurde. Er lächelte, als Nadjas Arme sich um seine nackte Taille legten.

Ryan drehte sich in ihrer Umarmung. Sie hatte sich in das Laken gehüllt und sah auf dem Balkon im Mondlicht wie eine Göttin aus. Er legte eine Hand unter ihr Kinn und hob es, so daß sie zu ihm aufsah. Er war überrascht, Tränen auf ihrer Wange zu sehen.

»Du gehst schon wieder?« fragte sie.

Ryan nickte. »Ich wünschte, ich könnte noch bleiben.«

Nadja entzog ihm ihr Gesicht und schaute auf den Boden des Balkons. »Ich habe uns ein Strandhaus in Georgia reserviert«, sagte sie. »Ich dachte, wir könnten dort vielleicht ein paar Tage zusammen verbringen. Nach der Kongreßabstimmung über meine Nominierung als Vizepräsident.« Ihre Augen sahen ihn durch feuchte Wimpern an.

Ryan musterte ihr Gesicht. Die drohende Erschöpfung schien dichter unter der Oberfläche zu lauern als je zuvor. »Ich werde nicht lange fort sein«, sagte er.

Nadja schüttelte den Kopf. »Das glaube ich nicht.«

Ryan trat zu ihr, als sie sich von ihm abwandte. Er legte seine kräftigen Arme um ihre zierlichen Schultern und neigte den Kopf in ihre Halsbeuge. Ihr Duft war überwältigend.

Ihre Stimme jedoch klang müde. »Ich habe das Gefühl, in einem reißenden Strom zu schwimmen, und wie sehr ich mich auch bemühe, die Strömung reißt mich immer wieder unter Wasser. Die Besprechungen, die Termine, die Verabredungen. Leute, die etwas von mir wollen oder Anschuldigungen gegen mich vorbringen.«

Ryan hielt sie fest und küßte ihren Hals.

»Als ich dich heute aus dem Wagen steigen sah,

hatte ich das Gefühl, mich an einem kleinen Floß festhalten zu können. Als müßte ich zum erstenmal nicht alles selbst machen. Daß da jemand war, der versteht, wie ich mich fühle. Jemand, der gekommen war, um mich zu unterstützen.«

Sie drehte sich zu ihm um, und ihre Wangen waren tränenüberströmt. »Und jetzt gehst du schon wieder. Ich weiß nicht, ob ich das alles allein schaffe.«

Ryans Liebe für sie war stark und hingebungsvoll, und es wollte einiges heißen, wenn sie zugab, daß sie vielleicht nicht stark genug war. Er küßte sie auf die Stirn, auf ihre samtigen Wangen, auf die weiche Rundung ihres Mundes.

»Du bist die stärkste Person, die ich je kennengelernt habe, Nadja. Du wirst es schaffen, das weiß ich. Es gibt nichts, was ich lieber täte, als hier bei dir in Washington zu bleiben und Hinweisen auf Dunkelzahns Mörder nachzugehen.« Ryan seufzte. »Aber du weißt, daß ich das jetzt tun muß. Es ist das, was Dunkelzahn wollte ... Ich muß diese Sache zu Ende bringen.« In seiner Stimme lag keine Überzeugung, und das wußte er auch.

Sie schien es nicht zu bemerken. Sie nickte und lächelte durch ihre Tränen. »Ich weiß, Ryan, ich weiß. Natürlich hast du recht. Du hast es schon immer verstanden, unbequeme Entscheidungen zu treffen. Es ist kein Wunder, daß du der Liebling des alten Drachen warst.«

Ryan lachte und dachte bei sich: *Ich habe eher das Gefühl, daß mir die Entscheidungen aufgezwungen werden.*

»Nein, Nadja, du bist die Unbeugsame. Ich dachte immer, du brauchtest niemanden.«

»Das tue ich auch nicht.«

Ryan lachte lauter und wischte ihr die Tränen von den Wangen. »Ihr Geister, ich liebe dich.«

Ihr Lächeln wurde verführerischer. »Wie lange noch, bis du gehst?«

Ryan sah auf die Zeitanzeige auf seinem Armbandtelekom. »Weniger als eine Stunde.«

Nadja trat zurück und ließ ihr Laken auf den Boden gleiten. Ihre vollen Brüste bebten, und die braunen Warzen versteiften sich in der kühlen Brise. Sie wandte sich zur Tür, und Ryan bewunderte die eleganten Kurven ihres nackten Körpers, als sie wieder hineinging. »Das ist nicht viel Zeit. Ich schätze, wir müssen einfach das Beste daraus machen.«

Er grinste und folgte ihr hinein.

12

Blut und Musik auf den Metaebenen.

Musik und das liebliche, schmerzende Licht, das trüber wurde.

Blut und die feuchte, flüsternde Dunkelheit, die sich rasch ausbreitete.

Lucero stand in ihrer Astralform am Rand des dunklen Kreises aus schwarzem Blut, wo sie in der schmerzhaften Schönheit der Musik und des Lichts badete.

Allein.

Sie sehnte sich danach, den letzten Schritt zu tun. Das endgültige Eintauchen in die Helligkeit. *Reinheit.*

Sie tastete sich weiter vor. Noch weiter. Bis ...

Ohne Vorwarnung tauchte Señor Oscuro neben ihr auf. Er sank auf ein Knie, als lege sich eine gewaltige Last auf seine Schultern. Schweiß glänzte ihm auf der Stirn, und seine Gesichtsmuskeln spannten sich vor Schmerzen.

Er biß auf die Zähne und erhob sich. Es schien all seine Kraft zu erfordern, sie zu berühren, doch als er es tat, war die Berührung sanft. Er zog sie in die Mitte des dunklen Kreises zurück.

Wo das Blut am tiefsten war.

»Du ... du hältst dich ... gut«, sagte er.

Lucero hätte beim Klang seiner Stimme fast aufgeschrien, aber sie zwang sich, ruhig zu bleiben. »Wenn es dir gefällt, Gebieter.«

»Es ... gefällt mir.«

Der Geruch nach Blut drang ihr in die Nase, und die Musik und das Licht von außen wurden schwächer. Lucero spürte das Verlangen wieder in sich wachsen, doch sie widerstand ihm. Sie konzentrierte sich auf das blendende Licht, auf die makellose Reinheit des wunderbaren Lieds.

Das jetzt so dumpf klang. So weit entfernt.

Ein Junge tauchte neben Oscuro auf – ein kleiner Junge, nicht älter als dreizehn, mit Akne auf den Wangen. Der leere Blick schien den Jungen für einen Augenblick zu verlassen, als Oscuro ihn auf einen Altar legte, den er aus den Leichen der ersten zehn Opfer errichtet hatte.

Oscuro packte den Jungen bei den Haaren und zog heftig, so daß seine Kehle entblößt wurde.

Dieses Opfer fand tatsächlich noch die Zeit, einen kurzen schrillen Schrei auszustoßen, bevor Oscuros Hand vorzuckte. Das blutverschmierte Messer schnitt den Schrei ab und ließ ihn in einem grellen Pfeifen enden, das aus der klaffenden Luftröhre drang.

Oscuro legte eine Hand auf die Wunde, so daß sich der Blutfluß verlangsamte, und packte den Jungen im Nacken. Er ignorierte dessen Zucken und trug ihn zum Rand des Außenkreises.

Die Anstrengung zeigte sich ganz deutlich in den verkrampften Muskeln von Oscuros blutverschmierten Armen. Alles, was er tat, schien jetzt mit gewaltiger Mühe verbunden zu sein, als müsse er gegen die Musik ankämpfen, um auch nur in Bewegung zu bleiben. Als Oscuro den Rand des Außenkreises erreichte, nahm er die Hand vom Hals des Jungen und ließ das

Blut ungehindert fließen. Er zog die letzten Meter des Kreises mit dem sprudelnden Leben des Jungen. Als der Kreis geschlossen war, wurde die Musik noch leiser.

Lucero wußte nicht, wieviel Zeit verstrich, während Oscuro immer mehr Opfer an den Rändern des größer werdenden Kreises aufeinanderlegte. Sie wußte nur, daß sie sich tief im Herzen danach sehnte, diesen Ort zu verlassen. Sie wünschte sich die Kraft, sich aus dem Blutkreis zu entfernen. Durch die Mauer der Dunkelheit zu springen, die sich am Rand des Kreises erstreckte. Sie sehnte sich danach, sich ins Licht zu stürzen.

Schließlich kam Oscuro zu ihr, da sie inmitten der Leichen hockte. Sie war benommen und dem Wahnsinn nahe durch den Schock der vielen Tode, aber als sie den düsteren Mann ansah, wußte sie, daß es ihm noch schlimmer gehen mußte.

Oscuro litt furchtbare Schmerzen, sein Gesicht war vor Anstrengung verzerrt. Während sich ihr dunkler Teil aufhellte, wurde sein Kampf immer schwerer. »In der *Teocalli* wird die Gestalt wieder schwächer«, sagte er. »Zu große … Anstrengung wird sie alle töten. Sie müssen sich … ausruhen.«

Lucero nickte.

»Du … bleibst hier. Ich kehre zurück, wenn … wenn die Gestalt wieder stärker ist.«

Dann war er wieder verschwunden.

Mehr Zeit verstrich. Sie wußte nicht, wieviel, während sie langsam über die Leichen kroch, bis sie den Außenkreis erreichte. Sie blieb am Rand stehen, nicht in der Lage weiterzugehen. Sie sprach zum Licht. »Er irrt sich«, sagte sie. »Ich bin nicht stark. Du hast mir eine Kraft gegeben, die viel besser ist als jede Blutmagie. Du hast mir gezeigt, daß man für ein größeres Gut arbeiten kann, als ich es je kennengelernt habe.«

Die Musik umtoste sie wieder, und sie wußte, daß der dunkle Fleck in ihr wieder etwas heller geworden war. Sie hörte das Lied, und für einen Augenblick verstand sie es. Die Worte waren gedämpft, unverständlich, aber sie wußte, daß das Lied Armeen des Schreckens und des Bösen zurückhielt. Das Lied verriet ihr, daß der Vorsprung niemals zu einer Brücke werden durfte.

Das Lied bohrte sich in ihren Verstand und enthüllte ihr, daß der dunkle Kreis das Licht bedrohte. Der dunkle Kreis mußte zerstört worden. Lucero mußte den Makel auf ihrer Seele akzeptieren und sich selbst verzeihen.

Sie hatte die erste Herausforderung bestanden und sich nicht von dem bärtigen Mann verführen lassen. Als sie versuchte, mehr von dem Lied zu verstehen, beugte sie sich über die Leiche am Rand des blutigen Kreises und streckte die Hand aus, um die äußere Barriere zu berühren. Sie sehnte sich danach, aufzustehen und den Kreis zu verlassen, sich in dem Licht und der Musik zu ertränken.

Lucero schüttelte den Kopf und zog die Hand zurück. Sie wußte, damit würde sie nichts anderes erreichen, als Oscuro auf ihre Absicht aufmerksam zu machen. »Ich werde dich nicht enttäuschen«, sagte sie zu der Musik. »Ich werde das Böse aufhalten, koste es, was es wolle.«

21. AUGUST 2057

13

In den frühmorgendlichen Schatten tief im Herzen von Hells Canyon empfand Ryan einen Anflug von Verärgerung, als Dhin noch einmal über den Landeplatz hinwegflog. Der gewaltige Felsvorsprung auf drei Vierteln der Höhe der steil aufragenden Felswand, der Assets Incorporated beherbergte, wurde von starken Winden heimgesucht, die durch den Canyon peitschten und das Flugzeug bei seinem senkrechten Landeanflug behinderten.

Bei dem Flugzeug handelte es sich um eine Embraer-Dassault Mistral – einen dickbäuchigen Transportshuttle. Der Wind zerrte an der Maschine, als spiele eine Katze mit einer Maus. Im Cockpit sah Ryan den Boden näher kommen. Wind peitschte den dicken Rumpf der Mistral und drohte das schwere Flugzeug über das Landefeld hinaus und in den Canyon zu ziehen.

»Wir setzen auf«, sagte Dhin.

Ryan mußte dem Ork ein großes Lob zollen. Er spürte die Landung kaum. Er drehte sich um, während er seinen Sicherheitsgurt löste. »Du bist ein zuverlässiger Chummer«, sagte Ryan. »Gerade dachte ich noch, uns steht ein tiefer Fall bevor, und im nächsten Augenblick landest du sicher auf der Piste.«

Dhin stöpselte sich aus und richtete sich auf. »Du weißt nicht, wie dicht wir daran waren, Steine zu fressen. Wenn du das nächste Mal mitten in der Nacht verschwinden willst, weihe mich vorher ein. Ich hätte Jane gesagt, daß dieses alte Schiff hier zu groß für unsere Landebahn ist. Das Miststück reagiert so feinfühlig wie ein Straßensamurai mit zuviel Alkohol im Blut.«

Ryan nickte. »Abgemacht.«

Endlich grinste auch der Ork. »Laß uns zu den anderen gehen.«

Als sie das Transportshuttle verließen, erblickte Ryan Axler, die vor dem Eingang des Hauptgebäudes stand. Der Wind zerzauste ihre blonden Haare und ließ ihren schwarzen Trenchcoat flattern. Doch kein noch so starker Sturm konnte den Eindruck unerschütterlichen Selbstvertrauens stören, den sie ausstrahlte.

Ryan bedachte sie mit einem Grinsen, das sie nicht erwiderte. Sie war ganz kühl und geschäftsmäßig.

Ryan freute sich nicht besonders auf die nächsten Stunden. Die Runner vertrauten seiner Führungskraft immer noch nicht hundertprozentig und waren offenbar verärgert darüber, daß er ihre erste anständige Nachtruhe seit einer Woche mit seinem Telekomanruf unterbrochen hatte.

Dhin hatte sich mehr als nur ein wenig darüber aufgeregt, mitten in der Nacht aus dem Bett gescheucht zu werden, und seine Ork-Begleiterin hatte auch nicht allzu begeistert ausgesehen.

Agent Phelps vom Secret Service war nackt noch beeindruckender als in ihrem Körperpanzer, und Ryan hatte sich unwillkürlich gefragt, wo sie wohl die Ingram MP versteckt hatte. Aber sie hatte mit ihr hinter der Tür gestanden, als er eingetreten war, und keine Anstalten gemacht, die Waffe zu senken, bis Dhin ihr sagte, sie solle sich entspannen, während er sich aufgesetzt und sich die Augen gerieben hatte.

Nachdem sie gestern auf dem Anwesen angelangt waren, hatte der Ork etwas davon gemurmelt, zu der Gasse zurückzukehren und Phelps mit dem beschädigten Eurocar zu helfen. Eines hatte zum anderen geführt und dann weiter und noch weiter.

Ryan war wütend gewesen, im Grunde nicht auf Dhin, sondern mehr auf sich selbst. Nun, da Phelps wußte, daß er das Land verließ, würde sie den Secret Service alarmieren. Das bedeutete, Strapp würde Carla Brooks in wenigen Stunden die Hölle heiß machen. Aber es ließ sich jetzt nicht mehr ändern.

Ryan folgte Dhin hinaus und ging zu Axler, die vor dem neu angelegten Eingang zu der unterirdischen Anlage stand.

Axler trat vor, um sie zu begrüßen. »Ryan, war das dein Ernst, als du sagtest, Burnout hätte den Absturz in den Canyon überlebt?«

»Jane hat ihn auf Trid. Das Material wurde gute hundert Kilometer von hier aufgenommen.«

»Drek«, sagte sie. »Das hätte ich nie für möglich gehalten.«

»Ich auch nicht, Chummer.«

»Kennst du die Einzelheiten?«

»Ein paar«, sagte Ryan. »Aber vorher habe ich noch einige Dinge zu sagen. Wie sieht es hier aus?«

Sie erstattete Bericht, während sie ins Gebäude zurückgingen. Ihr Tonfall war sehr förmlich. Die Veränderungen, die Ryan angeordnet hatte, waren längst nicht abgeschlossen. Der Bohrtrupp würde noch mindestens eine Woche brauchen, bis der Platz für die Krankenstation aus dem Fels gehauen sein würde. Weitere zwei Tage kamen hinzu, bis alle Ausrüstungsgegenstände eintreffen würden. Der Trupp hatte bis morgen Urlaub und war in Dhins Werkstatt einquartiert.

Ryan nickte beifällig. Als Dunkelzahn ihm Assets in seinem Testament vermacht hatte, war die Anlage nur eine baufällige Ansammlung von Gebäuden auf einem Felsvorsprung gewesen. Axler hatte für ein paar Verbesserungen gesorgt, doch Ryan hatte beschlossen, noch einen Schritt weiterzugehen.

Kaum war die Suche nach Burnout in vollem

Gange gewesen, als Ryan einer diskreten Bergwerksgesellschaft den Auftrag erteilt hatte, Freiraum in dem Canyon zu schaffen, und zwar mit dem Ziel, die Größe der Anlage zu vervierfachen. Seine Pläne schlossen Einrichtungen für ein cyberchirurgisches Labor, eine magische Bibliothek und ein Übungsgelände ein, um das ihn Knight Errant beneiden würde.

Im Hinterkopf hatte Ryan wieder zu planen begonnen. Wenn ihn dieser Auftrag nicht umbrachte, mußte er an die Zukunft denken. Er hatte die Absicht, aus Assets die schlagkräftigste, weitreichendste Organisation für Shadowrunner zu machen, die die Welt je gesehen hatte.

Wenn Dunkelzahn nicht mehr da war, um eine Armee zusammenzustellen, würde Ryan das für ihn tun. Wenigstens zum Teil. Er hörte die Stimme des Geistes wieder, der Dunkelzahns Anweisungen übermittelt hatte. Nachdem Axler und ihr Team ihn aus Roxboroughs Klinik in Panama befreit hatten, war Ryan in Dunkelzahns Höhle in Lake Louise in den Kanadischen Rocky Mountains des ehemaligen British Columbia mit Nadja zusammengetroffen.

Nadja hatte Ryan in eine versiegelte Kammer tief im Innern der Höhle geführt, wo er vor allen Attentatsversuchen durch rituelle Magie geschützt war. Ein Geist hatte mit Dunkelzahns Stimme zu ihm gesprochen wie der Geist des alten Wurms und Ryan den Auftrag erteilt, das Drachenherz an die metaplanare Stelle zu bringen, wo der Große Geistertanz stattgefunden hatte.

Diesmal also kein Verstecken, sondern Krieg, hatte der Geist gesagt. *Wir müssen uns vorbereiten. Wir müssen die Zeit gewinnen, die wir brauchen, um unsere Technologie zu entwickeln, so daß wir die Fähigkeit besitzen, den Feind zu bekämpfen, wenn er kommt.*

Das Drachenherz würde ihnen diese Zeit verschaffen, aber jetzt wollte Ryan bei den Vorbereitungen für diesen Krieg helfen, indem er Assets zum Arm verdeckter Unternehmen für die Draco Foundation machte. Und bis jetzt lief alles glatt.

Als sie eintraten, strich er sich das Haar aus der Stirn und dankte im stillen den Geistern, daß wenigstens etwas störungsfrei verlief. Er wandte sich an Axler. »Gibt es schon Strom in der Kommandozentrale?«

Axler nickte. »Die Stromversorgung steht, und wir haben Verbindung mit Jane. Grind und ich haben letzte Nacht die fehlende Ausrüstung installiert, weil der Sturm eine weitere Erkundung des Canyons unmöglich gemacht hat.«

»Wie ist die neue Magierin?«

Axler schnaubte. »Miranda hat noch zu viele Angewohnheiten aus ihrer Zeit bei Fuchi. Aber ansonsten ist sie cool und kennt sich aus.«

Dhin kam herein und brachte Staub und Wind mit sich. Er ließ Ryans Tasche auf den Boden fallen. »Was liegt an?« fragte er.

Ryan schaute von Dhin zu Axler. »In fünf Minuten soll sich das ganze Team in der Kommandozentrale versammeln. Die Zeit drängt.«

Axler wandte sich ab. »Geht klar.«

Dhin nickte und steuerte die Kommandozentrale an.

Ryan nahm seine Tasche und drang tiefer in den Tunnel ein. Die Leute vom Bohrtrupp hatten primitive Lampen aufgehängt, aber als er sein Privatquartier betrat, wurde er angenehm überrascht.

Der große Raum war mit einem Einzelbett, einer Naßzelle, einem Schreibtisch mit einem Fuchi Cyber-6 und einem Telekom eher spartanisch eingerichtet. Ryan streifte nie selbst durch die Matrix, aber er spielte taktische Simulationen durch und setzte von Zeit zu Zeit das eine oder andere von Janes Smartframes ein.

Nachdem er sich das Gesicht mit kaltem Wasser abgewaschen hatte, trat er wieder hinaus in den Tunnel und wandte sich nach links, noch tiefer in den Felsen hinein. Er erreichte eine massive Doppeltür. Sie war hitzerestistent und bestand aus zwanzig Zentimetern Plastibeton und weiteren zwanzig Zentimetern Plexan. Die Tür konnte Treffer von allem unterhalb einer Panzerabwehrrakete überstehen, ohne auch nur einen Kratzer davonzutragen.

Ryan legte seine Hand auf den Abdruckscanner, und die Türen glitten lautlos beiseite.

Die Kommandozentrale war ein kreisförmiger Raum, der von einem großen ovalen Tisch beherrscht wurde. Der Tisch selbst enthielt einen leistungsfähigen holografischen Generator, der entweder eine Präsentation auf den Tisch projizieren oder als Heads-up-Display für jeden einzelnen Platz dienen konnte.

Der Umstand, daß der Tisch mühelos fünfzig Personen Platz bot, war ein Beweis für Ryans weitreichende Pläne.

Die Runner hatten sich in dem großen Raum verteilt, und Ryan zog seine Schlüsse daraus, wie sie saßen. *Sie haben die langweilige Suche satt.*

Axler und der Zwerg Grind saßen in der Nähe der Tür nebeneinander. Sie schauten auf, als Ryan eintrat, unterhielten sich aber weiterhin in gedämpftem Tonfall. Dhin saß ihnen gegenüber, und er grinste und zuckte die Achseln.

Die neue Magierin, Miranda, saß allein am anderen Ende des Tisches. Sie war ein kleiner Mensch mit einem breiten ovalen Gesicht und einem Schopf pechschwarzer Haare, die ihr auf den Rücken fielen. Sie hielt eine dampfende Tasse Soykaf in den Händen und sah aus, als sei sie nicht richtig wach.

Ryan betrat den Raum. »Miranda?«

Sie schaute auf und erschrak sichtlich. »Travis? Travis, bist du es wirklich?«

Ryan lächelte. »Du siehst gut aus, Miranda«, sagte er. »Aber ich heiße nicht Travis, sondern Quecksilber oder Ryan. Und ich führe dieses Team von Shadowrunnern an.«

»Und bei Fuchi …«

»Habe ich undercover gearbeitet.«

Miranda verzog das Gesicht. »Du warst plötzlich verschwunden. Man sagte mir, du seist nach Kyoto versetzt worden, aber ich konnte dich nicht erreichen.«

»Nein«, sagte Ryan. »Es war nur eine vorübergehende Anstellung, so daß ich eine solide Identität hatte, als Aztechnology mich extrahierte. Es ist nicht leicht, die Azzies zu infiltrieren.«

Miranda seufzte und trank einen Schluck von ihrem Soykaf. »Du bist zu Aztechnology gegangen? Das ist echt massiver Drek.« Dann fügte sie mit einem strahlenden, intimen Lächeln hinzu. »Ich bin froh, daß du ihnen lebend entkommen bist.«

Ryan erinnerte sich, in den Labors bei Fuchi mit ihr zusammengearbeitet zu haben. Dem äußeren Anschein nach war sie ganz Profi gewesen und hatte die Konzernrichtlinien befolgt. Aber er hatte etwas darunter gesehen, das in den wenigen Augenblicken durchgekommen war, in denen sie Gelegenheit gehabt hatten, sich näherzukommen. Eine verborgene wilde Unterströmung.

Ryan hatte nie zugelassen, mit ihr intim zu werden. Er war schon damals in Nadja verliebt gewesen. Außerdem hätte er sich nie gestattet, jemandem zu nahe zu kommen, während er undercover war. Er und Miranda waren Freunde geworden. Freunde am Rand von mehr.

Ihr Leben – das Konzernleben – hatte etwas Verlockendes: Sicherheit und Einfachheit im Schutze des riesigen Konzerns. Ein Leben sorgenfreien Glücks.

Ryan hatte noch nie geglaubt, daß so eine Existenz

auch nur im entferntesten befriedigend sein konnte. Er war ohne ein Wort verschwunden, hatte aber bedauert, sich nicht von ihr verabschieden zu können, um ihr eine Erklärung zu geben.

»Ich werde berichten, was geschehen ist«, sagte Ryan, indem er zum Kopfende des Tisches ging. »Jane, bist du bei uns?«

»Nicht in Fleisch und Blut, aber in der zweitbesten Sache, Quecksilber«, ertönte Janes Stimme über die Zimmerlautsprecher.

»Gut, dann laßt uns anfangen«, sagte Ryan. »Die Zeit ist knapp, und wir haben viel zu besprechen. Zunächst habe ich etwas zu sagen.«

Axler und Grind nickten. Dhin grunzte, und Miranda lugte durch den Dampf, der von ihrem Soykaf aufstieg.

Ryan sah Axler und Grind direkt an. »Ich will euch allen eine Erklärung für mein Verhalten in den letzten Tagen geben. Ich habe zwar die Kontrolle über Assets übernommen, war euch gegenüber aber nicht sonderlich mitteilsam. Ich habe euch ohne große Erklärung ganz schön hart rangenommen. Außerdem war ich ziemlich launisch, und wahrscheinlich hatte es von außen den Anschein, als sei ich kurz davor durchzudrehen. Ich kann verstehen, wenn ihr mich für geistig labil haltet. Ihr könntet sogar der Ansicht sein, daß ich nicht in der Lage bin, dieses Team vernünftig anzuführen.«

Er sah Axler zustimmend nicken.

»Es gibt eine Erklärung für mein sonderbares Verhalten, und die werde ich euch mitteilen. Ich weiß, daß *ich* nicht mit jemandem zusammenarbeiten könnte, den ich für eine Last hielte.«

Axlers Blick wurde weicher. »Wir halten dich nicht für eine Last, Ryan. Aber du bist nicht mehr du selbst, seit wir dich aus dieser Klinik herausgeholt haben. Du hast ein paar schlechte Entscheidungen getroffen, Entscheidungen, wie du sie vor drei Monaten nicht gefällt hättest. Das bereitet uns Kopfzerbrechen.«

Ryan holte tief Luft. »Als ich in dieser Delta-Klinik in Panama war, hat man versucht, mein Gedächtnis zu löschen und mir eine andere Persönlichkeit aufzupfropfen. Habt ihr je von dem größenwahnsinnigen Thomas Roxborough gehört, dem ein großes Stück von Aztechnology gehört? Es war sein Verstand, den sie mir aufpfropfen wollten. Ihr habt mich gerade noch rechtzeitig befreit, aber mein Gedächtnis war praktisch ausgelöscht, und es gab eine Zeit der Anpassung, die ziemlich verwirrend war. Es war so, als hätte ich keine Kontrolle über das, was ich tat, obwohl ich wußte, daß es falsch war. Könnt ihr das verstehen?«

Miranda stieß einen leisen Pfiff aus. »Aztechnology ist einer der skrupelloseren Konzerne, und Roxborough steht in dem Ruf, äußerst rücksichtslos zu sein. Das ist ziemlich massiver Drek.«

Ryan lächelte dünn. »Gelinde gesagt. Aber jetzt sind die Dinge anders. Roxborough ist noch bei mir, aber Quecksilber ist obenauf.«

Axler runzelte die Stirn. »Wie können wir dessen sicher sein? Du hast Jane und mir die Führung aus den Händen genommen. Das hätte der alte Ryan nicht getan. Assets lief glatt, bevor du deine ›Verbesserungen‹ durchgesetzt hast.«

Jane meldete sich über Lautsprecher. »Ich muß Axler zustimmen, Quecksilber. Insbesondere lehne ich meine gegenwärtige Rolle im Team ab. Ich gehöre offiziell nicht Assets an, aber ich habe immer die Kontrolle über Runs gehabt, an denen ich teilgenommen habe. Von hier aus meiner Box mit meinem virtuellen Zugriff auf alle Daten ist es viel leichter für mich, mir ein vollständiges Bild von den Vorgängen zu machen, als dies jemandem vor Ort möglich ist.«

»Jane, ich ...«

»Ich bekomme Inputs von allen Runnern plus Matrixdaten. Ich kann Entscheidungen auf der Grundlage viel umfassenderer Informationen und noch dazu viel schneller treffen.«

»Jane, ich weiß deine Fähigkeiten zu schätzen und werde sie nötiger denn je brauchen. Insbesondere bei den nächsten Runs. Aber ich werde dieses Team anführen. Ich habe eine Gefechtsausbildung, die ihr nicht habt, und ich weigere mich, die Verantwortung zu delegieren.« Ryan wandte sich an Axler. »Ich will, daß du mein Stellvertreter wirst, und ich brauche deinen Rat. Ich weiß, daß es schwer wird, sich umzugewöhnen, aber auf lange Sicht glaube ich, daß sich die Dinge dadurch verbessern werden.«

Stille trat ein, nachdem Ryan geendet hatte.

»Okay«, fuhr Ryan fort, »niemand muß bleiben, der mit dieser Regelung nicht einverstanden ist. Ihr habt jetzt alle die Gelegenheit, aus Assets auszusteigen, wenn ihr wollt. Jeder, der glaubt, daß ich ihn vorzeitig ins Grab bringe, kann sich zurückziehen. Für jeden von euch liegen zwanzigtausend Nuyen auf einem Nummernkonto bereit. Ich gebe euch den Code, und ihr könnt mit meinem Segen gehen.«

Dhin schüttelte zögernd den Kopf, aber niemand sagte etwas.

»Ihr wißt alle, daß Roxborough euch niemals so einen Freifahrschein ausstellen würde«, sagte Ryan schließlich.

Axler nickte.

Ryan sah sich im Raum um und hielt inne, als sein Blick auf Dhin fiel. »Also, will jemand aussteigen? Denn wenn ihr euch entscheidet, an Bord zu bleiben, seid ihr auch bis zum Ende dabei. Ich habe ein paar gewichtige Pläne für diese Organisation, in deren Verlauf Shadowrunner auf der ganzen Welt aufgefordert werden, eine ernste Rolle bei der Sicherung der Zukunft dieser Welt zu spielen.«

Axler horchte auf. »Ich kenne einen Haufen Runner,

die ihr Gewicht gern in die Waagschale werfen würden«, sagte sie. »Aber in unserer Branche haben Runner kein großes Mitspracherecht in bezug darauf, ob wir auf der richtigen oder auf der falschen Seite stehen. Shadowrunner müssen tun, was Johnsons wollen, und wissen oft nicht einmal, auf wessen Seite sie eigentlich sind. Wie kannst du das ändern?«

Ryan lächelte. »Wir brauchen niemanden zufriedenzustellen außer uns selbst. Wir werden unabhängig finanziert und haben die Mittel, unser Gewicht in die Waagschale zu werfen.«

»Unter deiner Führung?« fragte Axler.

»Stimmt genau. Ihr werdet mir vertrauen müssen.« Er sah sich langsam um und forderte jeden von ihnen heraus, aufzustehen und den Raum zu verlassen.

Dhin war der erste, der antwortete. »Du hast mich überzeugt, Boß. Ich gehe nirgendwohin.«

Miranda hatte ein wölfisches Lächeln auf den Lippen und strahlte Ryan auf eine Weise an, wie er sie noch von Fuchi kannte, wenn sie sich auf ein bevorstehendes Projekt freute. »Ich auch nicht.«

Grind sah Axler an und lachte dann. »Ich bin dabei«, sagte er.

Ryan musterte Axler durchdringend. »Ich brauche dich, Chummer. Du bist mein verdammter Stellvertreter.«

Axler lächelte. »Schon gut, Ryan. Was soll's, ich bin bis zum Ende dabei. Laß uns mit diesem Run fortfahren.«

Ryans Blick huschte zu den Lautsprechern. »Was ist mit dir, Jane?«

Ein glockenhelles Lachen erfüllte den Raum. »Mußt du noch fragen?«

»Fürs Protokoll, ja.«

»Nun, dann also fürs Protokoll, ich bleibe bei dir. Wir mögen Meinungsverschiedenheiten haben, aber die können wir nach diesem Run bereinigen.«

Ryan nickte, und eine unsichtbare Last fiel von seinen Schultern. »Gut. Da das nun geregelt ist, können wir wieder zum Geschäft kommen. Wie ich schon sagte, Burnout hat überlebt. Er hat den Sturz nicht nur heil überstanden, er hat uns überdies ausmanövriert.«

Grind nickte. »Das ist mal ein echt zähes Stück Tech.«

Ryan nickte. »Jane, fahr das Trid ab.«

Der Hologenerator erwachte summend zum Leben, und plötzlich lief die Szene aus dem Depot mitten auf dem Tisch in Zeitlupe vor ihnen ab. Als das Trid abgelaufen war, sah Ryan sich in dem Raum um. »Irgendwelche Bemerkungen?« fragte er.

Axler nickte. »Das gibt uns nicht nur einen Hinweis auf Burnouts Aufenthaltsort, sondern es zeigt uns auch, wie zäh der Bursche ist. Trotz des offensichtlichen Schadens, den sein Äußeres genommen hat, hat er den Sturz in den Canyon wie eine Vergnügungsreise überstanden.«

»Ja«, stimmte Ryan zu. »Wir müssen davon ausgehen, daß Burnout noch hundertprozentig funktionstüchtig ist. Er ist schnell, er ist bösartig, und er ist gut bewaffnet.«

Dhin räusperte sich. »Wann wurde das aufgezeichnet?«

»Vor ungefähr acht Stunden.«

Dhin schüttelte seinen massigen Kopf. »Das ist 'ne Menge Zeit für so einen Chummer. Er könnte mittlerweile überall sein.«

Ryan lächelte. »Das stimmt, ist aber glücklicherweise unerheblich. Burnout hinterläßt eine Spur im Astralraum, eine Art Witterung. Ich habe sie schon wahrgenommen.«

Axlers Blick wechselte zwischen Ryan und Miranda hin und her, und sie sagte mit kühler Stimme: »Also können wir seine Fährte aufnehmen und ihn im Astralraum verfolgen?«

»Genau. Danach ist es nur eine Frage der Zeit, bis wir ihn stellen.«

Grind nickte. »Und dann? Wenn du den Burschen umlegen willst, hast du besser eine ganze Armee in der Hinterhand.«

Ryan lächelte. »Ich brauche keine Armee. Ich habe schließlich euch. Wir werden es nicht auf eine direkte Auseinandersetzung ankommen lassen. Eigentlich ist es mir völlig egal, was mit ihm geschieht, obwohl ich es am liebsten sähe, wenn sein Metallarsch in einer Schrottpresse landete. Nein, wichtig ist nur das Drachenherz.«

Axler räusperte sich. »Du hast zweimal gegen ihn gekämpft. Welche ist die beste Methode, ihn auszuschalten?«

Ryan schüttelte den Kopf. »Es gibt keine beste Methode. Aber Tatsache ist, daß er konstruiert wurde, um zu töten. Er ist taktisch gewitzt, aber sein Denken scheint ein wenig linear zu sein. Ich glaube, das können wir zu unserem Vorteil ausnutzen.«

Axler entspannte sich. »Außerdem gehen ihm die Alternativen aus. Unser freundlicher Besucher, General Dentado, hat angedeutet, daß Burnout desertiert ist. Er kann nicht auf Rückendeckung seitens der Azzies zählen. Er ist auf sich allein gestellt.«

»Das ist gut«, sagte Grind. »Fünf zu eins ist ein Kräfteverhältnis, wie ich es liebe.«

Ryan lächelte. »Ich muß betonen, daß unser Ziel das Drachenherz ist. Burnout zu töten, ist zweitrangig. Sobald wir das Herz haben, können wir ihn nach Belieben fertigmachen.«

»Genau«, sagte Dhin. »Ich kann ihn aus neunhundert Meter Höhe umlegen.«

»Ja«, sagte Ryan, »aber unglücklicherweise können wir erst dann eine Rakete auf ihn abschießen, wenn wir ihm das Drachenherz abgenommen haben. Ich weiß nicht, was es aushält, und wir können auf gar keinen Fall das Risiko eingehen, es zu zerstören.«

In dem Raum schienen vier Köpfe gleichzeitig zu nicken.

»In Ordnung. Wir starten in fünfundvierzig Minuten. Volle Kampfausrüstung. Das ist alles.«

Der Raum leerte sich, und nur Dhin blieb. Er kam langsam zu Ryan und legte ihm eine schwielige Hand auf die Schulter. »Ich bin jetzt seit fast fünfzehn Jahren Rigger und habe mehr Drek geriggt, als ich mich erinnern kann. Bei deiner Geschichte über Roxborough habe ich mir zum erstenmal die Frage gestellt, wie es wohl wäre, wenn jemand anders mich riggen würde. Willkommen daheim, Boß.«

Dhin wandte sich ab und ging.

Ryan stand allein in der Kommandozentrale. »Jane?« fragte er.

Einen Moment lang herrschte Schweigen, dann ertönte Janes Stimme. »Es tut mir leid, was passiert ist, Quecksilber. Ich glaube nicht, daß du Roxborough schon gänzlich los bist, aber ich habe mich diesem Run verschrieben und werde ihn bis zum Ende durchziehen.«

»Gut. Ich brauche deine Unterstützung.«

Janes Stimme klang jetzt überzeugter. »Du hast's erfaßt. Und jetzt laß uns diesen Wichser erledigen.«

»Danke.« Ryan ging rasch in sein Quartier zurück. Als er die Tür öffnete, stellte er fest, daß jemand bereits seine Ausrüstung hergerichtet hatte. Minuten später war sein Körper in einen gepanzerten Nachtanzug aus elastischem Plycra gehüllt, der mit Kevlar-III-Platten gefüttert war, um Flexibilität und Bewegungsfreiheit zu gewährleisten. Ryan war auch in extremen Gefechtssituationen auf Lautlosigkeit und Schnelligkeit angewiesen.

Er überprüfte, ob seine Weste Granatwerfer und Betäubungspfeile enthielt. Die Pfeile waren reine Gewohnheit. Er nahm sie mit, obwohl er wußte, daß sie gegen den Cyberzombie nichts ausrichten würden.

Die Magazine mit Explosiv- und panzerbrechenden Geschossen für seine Ingram glichen das mehr als aus.

Als er fertig war und sich innerlich gesammelt hatte, steckte Ryan sich den Hörer für die Phillips Tacticom-Einheit ins rechte Ohr und befestigte das selbstklebende Minimikrofon an seiner Kehle. Als alles eingestöpselt war, aktivierte er die Einheit. »Sind alle soweit?«

Axlers Stimme war voller Humor. »Alle außer dir, Quecksilber. Wir sind bereits an Bord.«

Ryan grinste. »Bin gleich da.«

Der Wind pfiff in seinen Ohren, als er zum Schwebepanzer ging. Der Saeder-Krupp Phoenix II war groß und wartete an der Stelle, wo noch eine Stunde zuvor die Mistral gelandet war. Ryan trat unter die keilförmige Nase des Phoenix und ging unter den winzigen Stummelflügeln hindurch zur Rampe und ins Innere. Der Rest des Teams trug mattschwarze Esprit-Kampfpanzer einschließlich Helm und integralem Commlink.

Miranda war die Ausnahme. Sie trug ein T-Shirt, eine Hose und Stiefel in Tarnfarben. Bei näherer Betrachtung konnte Ryan die gelben Smiley-Gesichter auf ihren Socken sehen, wo sie über den Stiefelrand reichten. Sie hatte einen kleinen juwelenbesetzten Spazierstock bei sich, und Handgelenke und Hals schienen mit Amuletten und Fokussen überladen zu sein. Das mattschwarze Kopfset wirkte auf dem Kopf der kleinen Frau völlig deplaziert.

Miranda sah auf und registrierte Ryans forschenden Blick. Sie zuckte die Achseln. »Du sagtest, volle Gefechtsausrüstung.«

Axler hatte eine Panther-Sturmkanone in der Hand und überprüfte das Magazin. »Wir sind startbereit und warten nur noch auf dein Zeichen«, sagte sie.

Hinter Ryan schloß sich die Rampe, und er wandte sich dem Cockpit zu. Dhin trug seinen Panzer, jedoch ohne Helm, und war eingestöpselt. Er saß zusammengesunken auf dem Pilotensitz.

»Hat Jane dir schon das lokale Gitter überspielt?«

Dhins schlaffer Körper reagierte nicht, aber seine Stimme kam über Ryans Kopfset. »Positiv. Aber ich hoffe, die Reise dauert nicht lange. Die Wettersatelliten melden, daß ein höllisches Gewitter unterwegs ist. Gegen Mittag wird es die ganze Gegend eindecken.«

Ryan nickte. »Start.«

Der Phoenix erwachte dröhnend zum Leben, und Ryan hatte kaum noch Zeit, zu seinem Sitz zu gehen, bevor der Schwebepanzer abhob und davonraste.

14

Im Zwielicht des Morgengrauens erfaßten die Geländereifen des klobigen Ford Canada Bison den lockeren Kies am Rande des Asphalts und wirbelten Steine und Staub auf. Burnout legte sich in die Kurve, drehte sich nach links und trat zu.

Die Tür auf der Fahrerseite, die sich nach Burnouts gewaltsamem Eindringen nicht mehr richtig schließen ließ, segelte in die kühle Luft und landete mit einem lauten Knall am Straßenrand, während der Bison auf dem gesprungenen Asphalt des alten Highway 83 weiter beschleunigte. Wind heulte durch die Fahrerkabine des Lasters und wirbelte Bonbonpapier und kleinere Abfälle auf.

In den Stunden, seit er von dem Lastzug abgesprungen war, hatte sich Burnouts Laune entschieden verschlechtert. Die ständige Anwesenheit Lethes bewirkte, daß er viel zu eingehend über alles mögliche nachdachte, und der Geist fing an, ihm ziemlich heftig auf die Nerven zu gehen.

»Sie war ein Schwein«, murmelte Burnout vor sich

hin, ohne mit einer Bemerkung Lethes zu rechnen. Der Geist war immer noch wütend, weil Burnout die Fahrerin des Bison gegeekt hatte.

»Sie war eine Unschuldige.« Lethes Stimme ließ sich in seinem Kopf nieder wie Burnouts längst vergessenes Gewissen.

Burnout grunzte abfällig. »Unschuldig, am Arsch. Glaubst du, das alte Miststück war hier um vier Uhr morgens auf Vergnügungsreise? Zehn zu eins, daß wir uns eine ganze Wagenladung brandheißer BTL-Chips eingehandelt haben, die für Seattle oder Spokane bestimmt waren. Vielleicht fühlst du dich gleich besser, wenn ich dir sage, daß wir wahrscheinlich gerade fünfzig Chipheads das Leben gerettet haben.« Burnout interessierten Better-Than-Life-Süchtige einen Drek, aber er war nicht sicher, ob Lethe das wußte oder nicht.

Eine lange Pause trat ein, dann sagte der Geist: »Nein, ich fühle mich nicht besser.«

Burnout lachte. »Das ist es, was mir an dir so gefällt. Alles ist schwarz oder weiß. Es wird Zeit, daß du dich an die Realität gewöhnst, Chummer. Die Welt funktioniert auf andere Weise. So etwas wie Gut und Böse gibt es nicht, nur verschiedene Grau-Schattierungen.«

»Erkläre mir das näher.«

Burnout seufzte und beschleunigte den Bison um weitere zwanzig Stundenkilometer. Seinem GPS zufolge mußten sie den stillgelegten Postweg in weniger als vierzig Minuten erreichen, vorausgesetzt, er konnte dieses Schiff auf der Straße halten. »Es gibt immer Gründe für scheinbar böse Taten.«

»Gerechtfertigte Tötung?«

»Ja.«

»Nein, so etwas gibt es nicht.«

Burnout hieb mit der Faust auf das Armaturenbrett und versuchte seine Wut zu bezähmen. »Also schön, vergessen wir für einen Augenblick, daß unsere kleine alte Dame ein Stück Drek war und mit ihrem schnellen Abgang aus dieser Welt einen besseren Ort gemacht hat.«

Lethe kicherte, ein leises, sanftes Geräusch, das Burnout seltsam tröstlich fand. »Also schön, es ist vergessen.«

Burnout nickte. »So ist es schon besser. Nehmen wir einfach mal an, daß sie 'ne harmlose alte Oma war, die nur die Gören ihrer Gören besuchen wollte. Ich habe diesen Wagen aus einem ganz bestimmten Grund ausgewählt. Es ist schon Jahre her, seit ich zuletzt hier war. Ich weiß nicht, ob das Gelände sich verändert hat. Ich habe zwei Jackrabbits und einen Westwind durchgelassen, bevor dieser Wagen kam.«

»Ich kann dir schon wieder nicht folgen.«

»Dann hör zu, verdammt noch mal! Oma kommt also in einem Wagen vorbei, der für unsere Zwecke perfekt ist. Also, es spielt überhaupt keine Rolle, daß sie nichts Unrechtes getan hat, daß sie ein makelloses Leben geführt hat. Wir brauchten diesen Laster, richtig?«

Lethe kicherte wieder. »Nun, zumindest kann ich dir jetzt folgen.«

Burnout wurde langsamer, um eine langgezogene Kurve zu nehmen, dann trat er wieder aufs Gas. »Und jetzt nimm einmal an, wir hätten die Oma am Leben gelassen. Was hätte sie wohl getan, wenn der nächste Wagen vorbeigekommen wäre?«

Lethes Stimme nahm den vorsichtigen Tonfall an, den er, wie Burnout aufgefallen war, immer dann anschlug, wenn er Mühe hatte, Burnouts Logik zu verstehen. »Sie würde dem Wagen bedeuten, anzuhalten und sie mitzunehmen?«

Burnout lachte. »Verdammt richtig. Und wenn der Wagen angehalten hätte, was würde sie dann als nächstes getan haben?«

»Ich glaube, ich verstehe deine Argumentation langsam. Sie hätte die Behörden von unseren Aktivitäten verständigt.«

»Ein Punkt für den Geist. Ich glaube, du hast es begriffen. Weißt du, selbst wenn sie keine Schmugglerin gewesen wäre, hätte ich sie geeken müssen, um sie daran zu hindern, Mercury auf uns aufmerksam zu machen.«

Eine weitere lange Pause. »Natürlich ist deine Argumentation an dieser Stelle falsch.«

Burnout grunzte und wurde langsamer, um ein paar tiefen Schlaglöchern auszuweichen. »Falsch? Was soll das heißen? Meine Argumentation ist völlig logisch. Ich mußte es tun.«

»Vielleicht bin ich ein wenig voreingenommen, und verzeih mir, wenn ich nicht allem ganz genau folgen konnte, aber wenn sie eine Schmugglerin war, dann ...«

Burnout riß endgültig der Geduldsfaden. »Dann was? Spuck's schon aus.«

»Wenn die Frau eine Schmugglerin war, dann würde sie, wenn ich die Dinge richtig sehe, auf gar keinen Fall etwas mit den Behörden zu tun haben wollen. Deiner Beweisführung zufolge hättest du sie am Leben lassen können, ohne dadurch in irgendeiner Weise dein Vorhaben zu gefährden.«

Burnout saß in dem heulenden Wind, während es ihm wie Schuppen von den Augen fiel. Er hätte beinahe die scharfe Kurve übersehen, die die Straße beschrieb. Er riß das Steuer herum und kämpfte, bis er den Laster wieder unter Kontrolle hatte, während er das Geräusch brechender Zweige hörte, da die voluminösen Reifen einige Sträucher im Straßengraben erfaßten und zermalmten.

In den langen Augenblicken, die folgten, ging Burnout noch einmal alles im Geiste durch. Das Quietschen der Reifen des Bison, als er vor ihnen hielt, der Gestank nach verbranntem Gummi und Teer. Der Aufschrei der Frau, das Kreischen der Tür, die unter seinen Chromfingern nachgab, der Anblick des Predator, den sie unter dem Sitz hervorzog, und schließlich das Geräusch, als ihr Genick brach, dumpf und feucht, während ihr Körper unter ihm erschlaffte.

Als Burnout den Laster wieder im Griff hatte, redete er mit leiser Stimme, die unter dem Heulen des Windes, der durch die offene Tür peitschte, kaum zu verstehen war. »Weißt du, ich hasse es, wenn du das tust.«

Lethes Stimme klang zerknirscht. »Entschuldigung. Ich wollte dich nicht ärgern. Es ist nur so, daß ich den Tod in all seinen Formen hasse, und unnötigen Tod …«

»Ich habe diese Rede schon gehört. Drek, ich hasse das.«

»Ich bitte noch einmal um Entschuldigung.«

Sie erreichten in dem Augenblick ein längeres Stück schnurgerader Straße, als die Sonne über den Bergen im Osten hervorlugte. Burnout trat das Gaspedal bis zum Boden durch, so daß der Laster mit einem Satz vorwärtssprang. »Tja, ich glaube einfach nicht, daß es falsch war, sie zu geeken, obwohl ich weiß, daß ich sie hätte am Leben lassen können. Auch wenn sie eine Schmugglerin war, Ryan hat einen ziemlich langen Arm. Er hätte vielleicht ein wenig länger gebraucht, aber er hätte trotzdem herausgefunden, was passiert war. Aber darum geht es gar nicht, es geht vielmehr darum, daß ich eine blitzschnelle Entscheidung treffen mußte. Als sie den Predator zog, hatte ich zwei Möglichkeiten.«

»Ja«, sagte Lethe. »Du hast deine Gründe dargelegt. Im nachhinein mögen sie zwar nicht so überzeugend sein, wie du es gern hättest, aber ich sehe ein, daß du deine Entscheidung nicht leichtfertig getroffen hast. Ich habe dich unterschätzt, und das hast du nicht verdient. Bitte akzeptiere meine Entschuldigung.«

Da wurde Burnout von einem Gefühl durchströmt, wie er es seit Jahren nicht mehr empfunden hatte. In der ganzen Zeit unter Slavers Befehl war er behandelt worden wie eine Killermaschine. Wie etwas, das man auf den Feind richtete und dann von der Kette ließ, und wenn kein Feind da war, hatte Slaver ihn behandelt, als existiere er gar nicht, als sei er weniger als nichts.

Er kannte das Gefühl. Es hatte damit zu tun, daß man ihm *Respekt* entgegenbrachte. Es fühlte sich besser an als jeder Tötungsrausch und jeder Drogenkick. Es war fast berauschend.

Er lächelte. »Entschuldigung angenommen.«

Sie fuhren weitere zwanzig Minuten schweigend, da die Straße in derart schlechtem Zustand war, daß Burnout jedes Fünkchen seiner Konzentration benötigte, um den Laster einigermaßen auf Geschwindigkeit zu halten. Schließlich zeigte Burnouts GPS an, daß dies die Stelle war, und er fuhr den Bison an den Straßenrand.

Im frühmorgendlichen Sonnenlicht erstreckte sich auf beiden Seiten des Highways eine breite Schlucht. Zu seiner Rechten konnte Burnout die verkohlten Überreste einer alten Kirche in einer entfernten Ecke des Feldes sehen. Auf der anderen Seite der schmalen, ungeteerten Straße standen die eingestürzten Reste einer alten Holzhütte, bei der die Jahre der Vernachlässigung offenbar ihren Tribut gefordert hatten.

»Hier ist es«, sagte Burnout.

»Hier ist was?«

»Hier ist es, wo die Abzweigung sein soll. Dieses verbrannte Gebäude dort war eine kleine Kirche, als ich noch ein Junge war. Der Kodiak hat mir mal erzählt, daß die alte Hütte seinem Urgroßvater gehört hat, lange vor dem Erwachen.«

Burnout wandte den Kopf nach links und ließ den Bison langsam vorwärts rollen. »Früher war hier der alte Postweg.« Links von dem Fahrzeug war nichts außer trockenem gelblichem Gras, das sich bis zur Baumlinie erstreckte.

»Da!« Burnout zeigte auf eine Schneise in der durchgehenden Baumlinie, die nur direkt von vorn zu sehen war. Er fuhr den Laster vom Highway herunter und vorsichtig über das Gras. Als sie durch die Schneise in den Wald fuhren, war die überwachsene Straße nur noch anhand zweier Furchen zu erkennen, die jedoch zu schmal für die dicken Reifen des Bison waren.

Burnout fuhr so schnell, wie er es gerade noch riskieren konnte, und in der nächsten Stunde kletterten sie immer höher, wobei sie die Serpentinenkurven vorsichtiger nahmen. Die Luft wurde dünner, und die leichte Brise, die durch die fehlende Fahrertür in das Führerhaus drang, wurde wärmer, da die Luft von der Sonne erhitzt wurde.

Die Straße, die von Anfang an kaum als solche zu erkennen gewesen war, wurde noch schlechter, bis sogar der Bison dem schmalen, schlüpfrigen Weg nicht mehr folgen konnte. Schließlich hielt Burnout den Laster an.

»Weiter fährt diese Mühle nicht«, sagte er, während er den Motor abstellte. Tatsächlich war er überrascht, daß sie es so tief in die Rocky Mountains von Montana geschafft hatten. Im Sonnenlicht konnte er die majestätische, zerklüftete Felswand des Swan Mountain zu seiner Rechten und darüber die abgerundete, mit Pinien bewachsene Kuppe des Pony Mountain erkennen. Es roch nach Geißblatt und Heidelbeeren, und ein Star flog von einem Ast auf und schoß in den Himmel.

Burnout sammelte ein, was noch von seiner Ausrüstung übrig war. Hinten im Laderaum fand er Reservemagazine für seine mittlerweile zwei Predator. Irgend etwas an dem Laderaum kam ihm merkwürdig vor, da er ihm fast einen Meter zu kurz erschien.

Er beugte sich vor, riß den Teppich von der Trennwand zwischen Laderaum und Führerhaus und fand einen zweiten, mit einem Vorhängeschloß gesicherten Laderaum dahinter. Ein Hieb mit seiner Faust, und das massive Schloß zersprang.

Hunderte von BTL-Chips flogen durcheinander. Better-Than-Life-Chips waren hochgradig suchterzeugende SimSinn-Chips mit illegal hohen sensorischen Outputs. Härter als chemische Drogen und suchterzeugender, brannten diese Silikon-Babys ihre Benutzer aus, und viele von ihnen starben.

Burnout schüttelte den Kopf. »Ich hab's dir doch gesagt. Bist du jetzt zufrieden?«

»Glück.«

Es war nur ein einzelnes Wort, aber es grub sich tief in Burnouts Verstand und weigerte sich zu verschwinden. Er antwortete nicht und versuchte sich auf die unmittelbar vor ihm liegenden Aufgaben zu besinnen. Er schloß den Laderaum und stopfte die Reservemagazine in die Taschen seines Dusters. Dann sah er nach dem Herz, um sich zu vergewissern, daß es noch gut befestigt war, und marschierte ins Gebüsch.

Sie kletterten schnell. Burnouts Beine stampften, und seine Hände griffen nach allem, was auch nur den geringsten Halt bot. Felsen und Bäume huschten fast vorbei, so schnell bewegte er sich, da er sich ganz darauf konzentrierte, rasch voranzukommen. Er ignorierte den Weg, den sie nach zehn Minuten Klettern kreuzten. »Diesem Weg bin ich gefolgt, als ich noch ein Junge war. Er ist noch in gutem Zustand, was bedeutet, daß der Kodiak ihn regelmäßig benutzt.«

Der IGS setzte ein. »Was ist, wenn er von jemand anders als deinem Freund benutzt wird? Es ist möglich, daß er gestorben ist und jemand anders, der nicht so hilfsbereit ist, sich auf diesem Berg niedergelassen hat.«

Burnout grunzte und packte den tiefhängenden Ast

eines Baumes, um sich einen Steilhang hinaufzuziehen. »Möglich, aber nicht wahrscheinlich. Außerdem werden wir es erfahren, wenn wir dort ankommen, und das kann nicht mehr lange dauern.«

Trotz seiner schlagfertigen Antwort mußte Burnout feststellen, daß Lethes Bemerkung mehr als nur ein wenig Zweifel in ihm weckte. Wenn der Kodiak nicht mehr da war, würden Burnouts Möglichkeiten erheblich zusammenschrumpfen.

Plötzlich ging ihm auf, daß er nervös war. Ein Gefühl, das er so nicht mehr erlebt hatte seit dem Tag, an dem er im Alter von siebzehn Jahren das ganze Ausmaß seiner Kräfte entdeckt hatte.

Er war weniger nervös, weil der Kodiak vielleicht tot war, sondern mehr deswegen, weil der alte Mann möglicherweise beschloß, ihnen nicht zu helfen, oder – noch schlimmer – ihm sagte, daß er nicht helfen konnte. Daß das Herz ewig außerhalb seiner Reichweite bleiben würde.

Was geschieht mit mir? fragte er sich. Vor Lethe war diese Art Selbstzweifel ein dumpfes Gefühl gewesen, das er leicht hatte unterdrücken oder durch Betätigung hatte abmildern können. Jetzt kam mit einem zunehmend umfassenderen Begreifen der Welt ringsumher auch die Erkenntnis, wie gefährlich die ganze Situation geworden war.

Lethes Bemerkungen über die Schmugglerin störten ihn immer noch, aber er wußte nicht, warum. Ihr Tod war mehr als gerechtfertigt. Vielleicht war es Reue. Vielleicht lag es daran, daß er es nicht gründlich genug durchdacht hatte. Daß Lethe recht hatte. Burnout hatte *Glück* gehabt. In diesem Spiel, mit diesen Chancen und bei diesem hohen Einsatz konnte er sich nicht allein auf Glück verlassen.

Er mußte in Zukunft vorsichtiger sein, vielleicht sogar mit Lethe reden, wenn er einen Plan faßte.

Die bloße Vorstellung, jemanden um Rat zu fragen,

bevor er etwas unternahm, verursachte ihm einen Juckreiz an einer Stelle, die er nicht kratzen konnte. Aber die Wahrheit war, daß der Geist die Dinge aus einem ganz anderen Blickwinkel betrachtete, der sich als äußerst wertvoll erweisen mochte.

Darüber dachte Burnout immer noch nach, als sie das Ende eines Steilhangs erreichten und dann ans Ufer eines kleinen Sees traten. Das ruhige grüne Wasser des fast vierhundert Meter durchmessenden und an drei Seiten von dichtem Wald umgebenen Sees sah kühl und sauber aus. Nicht weit vom Ufer entfernt sah Burnout einen Fisch springen, einen großen Lachs, von dem er vermutete, daß er hier laichen und sterben würde.

»Das ist der Cat Lake«, sagte er. »Im Winter, wenn die Jagd beschwerlich ist, fischt der Kodiak hier.«

»Er ist wunderschön.«

Burnout sagte nichts, sondern umrundete den See nur bis zu einer Stelle, wo der felsige Uferboden sanft anstieg. Während er den flachen Hang erklomm, betrachtete er das ausgedehnte Tal, das sich neben und unter ihm ausbreitete, und für einen Augenblick war er wieder ein Junge, der sich an die Hand seiner Mutter klammerte, verängstigt, müde und voller ehrfürchtiger Scheu, da er von endloser Wildnis umgeben war.

Er hatte seine gesamte Kindheit in der Enge des Sprawls verbracht, und obwohl man ihm erzählt hatte, daß es solche Orte immer noch gab, war er doch nie in der Lage gewesen, sich vorzustellen, wie ehrfurchteinflößend sie sein konnten. Er hatte die Hand seiner Mutter fest umklammert und auf eine beschwingte, fast berauschte Weise gelacht.

Seine Mutter war einfach nur mit ihm weitergegangen.

Jetzt nahm seine Unruhe zu, als sie den Kamm des flachen Hangs erreichten, und Burnout blieb stehen.

Nur hundert Meter voraus, jenseits einer Fläche aus

glattem Granit, erhob sich ein Turm in den Himmel, dessen Gerüst aus rohen Holzbohlen von einer kreisrunden Kuppel bedeckt wurde. An der Basis des Turms war eine Hütte unter Benutzung der großen Hauptstützpfeiler als Ecken errichtet worden.

Aus dem kleinen Kamin auf dem Dach der Hütte stieg eine dünne graue Rauchfahne in den Himmel, bis sie vom Wind erfaßt und zerstreut wurde. Burnouts kybernetischer Geruchssinn nahm den Rauch wahr, und zum erstenmal seit Beginn dieser Reise fiel eine gewaltige Last von ihm ab. Er kannte diesen moschusartigen Geruch, und er brachte viele Erinnerungen mit sich, die ihn überfluteten und ein Gefühl mit sich brachten.

Es roch nach Zuhause.

Plötzlich hörte er ein Geräusch aus den Tiefen des Waldes hallen. Burnout machte sich bereit, und binnen einer Minute schob sich eine große schlurfende Gestalt mit einer gewaltigen Ladung Feuerholz auf den Armen durch die Bäume und zur Hütte. Die Gestalt war die eines Mannes, größer noch als Burnout, obwohl der Cyberzombie ihn noch viel größer in Erinnerung hatte.

Der Mann trug locker sitzendes Leinen und einen dunklen Fellmantel. Die Kleidung verstärkte noch den Eindruck von riesiger Größe und Kraft, obwohl sie den ausladenden Bauch nicht verbergen konnte. Ein schneeweißer Bart fiel ihm auf die Brust und vereinigte sich in prächtigem Filz mit dem graumelierten lockigen Haar des Mannes.

Der Mann machte noch zwei weitere Schritte, bevor er innehielt. Er hob den Kopf. Breite Nasenflügel blähten sich und witterten.

Mit einer Bewegung, die so schnell war, daß sie für einen Mann mit einer derartigen Masse unmöglich erschien, ließ der Mann das Holz fallen und wandte sich in Burnouts Richtung. Die große zweischneidige Axt, die am Gürtel des Mannes gehangen hatte, schien sich in seinen gewaltigen Pranken zu materialisieren.

Er witterte wieder, die winzigen Augen geschlossen. Dann sprach der alte Mann in einem tiefen Brummton: »Ich kenne deinen Geruch nicht, und du gehörst nicht hierher. Geh auf demselben Weg, den du gekommen bist.«

Burnout spürte ein seltsames Zittern in seinem Körper, etwas, das ihn aufforderte zu gehorchen. Er lachte.

»Alter Kodiak, ich bin es. Burn ... Billy Madson. Es ist lange her, seit du mich die Anfänge des Weges gelehrt hast. Meine Mutter hat mich gebracht, erinnerst du dich noch?«

Die Abwehrhaltung des alten Mannes änderte sich nicht im geringsten. »Ich kann mich an meinesgleichen erinnern, Kreatur. Billy Madson war sehr begabt, eigensinnig und ungeduldig. Du bist nicht er. Geh jetzt.«

Burnout trat einen Schritt vor. »Alter Kodiak, die Dinge haben sich geändert, mehr als mir lieb ist. Aber ich bin tatsächlich Billy Madson. Ich bin zu dir zurückgekehrt, weil ich deine Hilfe brauche und sie die letzte Möglichkeit ist, die mir noch offensteht. Bitte, du mußt mir helfen.«

Endlich richteten sich auch die Augen des alten Mannes auf Burnout. Sie schienen aufzuleuchten, und Burnout wußte, daß er in den Astralraum sah. Der Kodiak starrte eine Minute, dann wich er einen Schritt zurück. »Billy, mein Sohn, was hat man dir angetan?« In der tiefen Stimme lag jetzt ein Unterton der Verzweiflung. »Von dir ist kaum noch etwas übrig, und selbst das wenige von deiner Seele wird von etwas Goldenem überstrahlt, das in dir gefangen ist.«

Der alte Mann trat vor. »Bist du zu mir gekommen, um deine Seele von dieser Ungeheuerlichkeit zu befreien? Um die Dinge wieder geradezurücken?«

Burnout schüttelte traurig den Kopf, da er sich abrupt seines Chromkörpers bewußt wurde und sich unsäglich dafür schämte, was aus ihm geworden war. »Nein, Kodiak. Ich habe meine Entscheidungen getroffen, und ich zweifle nicht daran, daß das Ende rasch kommen wird. Aber zuerst muß ich mit dir reden.«

Der alte Mann runzelte die Stirn. »Mein Sohn, was könnte jemand, der allem abgeschworen hat, was das Schicksal für ihn zu sein bestimmt hat, zu sagen haben?«

Burnout spürte diese Worte wie Schläge, aber dennoch mußte er lächeln, als seine Hände in das Tuch an seiner Hüfte griffen.

»Was ich zu sagen habe, kann warten. Zuerst muß ich dir etwas zeigen.« Burnout hielt dem alten Mann das Herz hin. Das Sonnenlicht fing die Perfektion seiner Schöpfung ein, die das Licht in einem blendenden goldenen Glanz reflektierte, neben dem sogar die Sonne verblaßte.

Unter dem Glanz des Herzens sank der alte Mann auf die Knie. »Ach, mein Sohn! Ich fürchte um dich, denn du hältst den Anfang oder möglicherweise auch das Ende der Welt in deinen Händen.«

15

Ryan sank in seinen Sitz, als der Phoenix II in die Luft schoß. Der Wind hatte wenig Einfluß auf die schwere Maschine, und der Flug war stabil, wenn auch ein wenig ruckelig, da Dhin versuchte, das lokale Radar zu unterfliegen.

Dhins Stimme ertönte über das Tacticom. »Geschätzte Ankunftszeit dreiundvierzig Minuten.«

Ryan nickte. »Verstanden«, sagte er. »Jane, bist du bereit?«

»Ich bin in meinem virtuellen Stahlkasten und warte nur darauf, jedermanns Output zu verarbeiten«, ertönte ihre digitale Stimme.

»Ausgezeichnet, du wirst meine Hellseherin für die anderen sein. Wie sieht es vor Ort aus?«

»Na ja, Quecksilber, das wird dir nicht gefallen. Es wimmelt dort von lokalen Gesetzeshütern. Sie sind ziemlich stinkig wegen Burnout und haben den Verkehr in alle Richtungen gesperrt. Irgendein dort ansässiger Schamane veranstaltet einen Haufen Hokuspokus, aber er scheint nicht so recht voranzukommen. Das nervt die örtliche Polizei noch mehr, falls das überhaupt möglich ist. Wenn ihr sie auf dem falschen Fuß erwischt, könnten die Dinge eine Wendung zum Häßlichen nehmen.«

Axler mischte sich ein. »Wechseln wir auf Plan Beta, Quecksilber?«

Bei Plan Beta handelte es sich um ein simples Ablenkungsmanöver, bei dem Dhin irgendwo außerhalb der Absperrungen landen und dann zusammen mit Jane für Verwirrung sorgen würde, während sich das Primärteam hinein und anschließend wieder hinaus schlich.

Ryan dachte darüber nach und lachte dann. »Nein. Dhin, flieg ganz direkt hin. Lande auf einem befestigten Platz in der Nähe des Depots.«

Axler lachte. »Hast du vor, einfach dort aufzukreuzen und die ganzen Cops herumzuscheuchen, als seist du Daniel Howling Coyote persönlich und gerade aus dem Grab auferstanden?«

Ryan nickte. »Genau das habe ich vor. Jane, kannst du mir Nadja auf eine private Leitung legen?«

»Sicher, Quecksilber. Ich verbinde.«

Ryan wartete einen Moment lang schweigend. Dann hörte er Nadjas schläfrige Stimme in seinem Kopfhörer. »Ryan? Ist alles in Ordnung?«

Ein dumpfer, leerer Schmerz füllte plötzlich Ryans

Brust aus. »Ja, es ist alles bestens. Du mußt mir einen Gefallen tun.«

»Welchen?«

»Wir steuern direkt auf eine ziemlich heiße Situation bei Kooskia im Salish-Shidhe Council zu. Wir brauchen offizielle Rückendeckung, weil wir zwar wenig Zeit, es dafür aber mit um so mehr Cops zu tun haben. Ich will nicht, daß uns irgendein Kleinstadtbulle sagt, daß wir uns das Depot nicht ansehen dürfen. Glaubst du, daß du uns helfen kannst?«

Nadjas Stimme klang nicht mehr besorgt, sondern nur noch geschäftsmäßig. »Wieviel Zeit bleibt noch?«

»Ungefähr zwanzig Minuten.«

Nadja seufzte. »Die Native American Nations haben Dunkelzahn geliebt, und Salish-Shidhe bildet da keine Ausnahme. Du wirst die uneingeschränkte Kooperation der gesamten Regierung bekommen.«

»Danke. Dadurch werden wir wertvolle Zeit gewinnen.«

»Gern geschehen«, sagte Nadja. »Ryan?« Jetzt hatte ihre Stimme wieder den besorgten Unterton.

»Ja?«

»Weißt du, was du tust?«

Ryan lächelte. »Ich kümmere mich so schnell ich kann ums Geschäft, damit ich wieder zu dir zurückkehren kann.«

Nadja lachte. »Gute Antwort.«

Die Verbindung wurde unterbrochen.

Grinds Stimme hallte in seinen Ohren wider. »Drek, Ryan. Mußt du uns ständig die Grundregeln für Shadowruns vor Augen führen?«

Miranda merkte auf. »Welche Grundregeln?«

Axlers Stimme enthielt eine Spur Ungeduld. »Setze *alle* deine Möglichkeiten ein, auch wenn manche davon legal sind.«

Zwanzig Minuten später hatten sie ihr Ziel erreicht, und während das Team noch ein letztes Mal seine

Ausrüstung überprüfte, setzte der Schwebepanzer zur Landung an. Mit einem dumpfen Krachen setzten sie auf, und Dhin schaltete den Antrieb aus. Die Türen öffneten sich zischend, und das Team stieg aus, um gleich darauf in die Läufe von mindestens zwanzig Sturmgewehren zu starren.

Ein großer Mann trat vor und in die Abluft aus den Düsen des Phoenix. Die dunkle Gesichtshaut wies ihn als Amerindianer aus, die Hauer in seinem Unterkiefer als Ork. »Name und Anliegen, oder wir eröffnen das Feuer.«

Ryan blieb nicht einmal stehen. »Setzen Sie sich mit Ihren Vorgesetzten in Verbindung. Ich habe die Freigabe, hier an diesem Tatort das Kommando zu übernehmen.« Ryans magisch verstärkte Sinne waren hellwach, und er fühlte sich zuversichtlich. »Ich kann niemanden gebrauchen, der mir im Weg steht. Und jetzt nehmen Sie diese Kanonen herunter, sonst hole ich mir Ihre Dienstmarke.«

Über Tacticom hörte Ryan Grind flüstern: »*Cojones* aus reinem Titan.«

Der große Ork gab keinen Millimeter nach. »Ich sagte, Name und Anliegen, oder wir ...«

Ryan winkte verächtlich ab und fiel ihm unwirsch ins Wort. »Ich habe Sie schon beim erstenmal verstanden. Setzen Sie sich mit Ihrem kommandierenden Offizier in Verbindung, und dann gehen Sie uns aus dem Weg. Ich gebe Ihnen eine Minute.«

Ryan konnte das Zögern in den Augen des Orks erkennen.

Der Cop starrte Ryan an, als wolle er dessen Aufrichtigkeit ergründen. »Drek!« fluchte er schließlich, um sich dann abzuwenden. »Ich brauche eine Verbindung zu Captain Novak. Sofort!«

Der Ork ging zu seinem Fahrzeug und redete ein paar Sekunden durch sein Commlink. Das Gespräch schien sehr hitzig zu sein. Binnen einer Minute kehrte er mit steifem Rücken und hochrotem Gesicht zurück. »Ich bitte um Entschuldigung für den Empfang, Sir. Meine gesamte Truppe steht natürlich zu Ihrer Verfügung.«

Ryan bedeutete dem Rest seines Teams auszurücken. »Sagen Sie Ihren Jungens nur, Sie sollen uns aus dem Weg gehen. In ein paar Minuten sind wir wieder verschwunden.«

Er wartete die Antwort des Mannes nicht ab, sondern bedeutete Miranda, sich das andere Ende der Anlage vorzunehmen, um dann selbst auf Astralsicht zu wechseln, während er zur Station ging. Es dauerte kaum eine Minute, um zu erkennen, daß Burnout tatsächlich dort gewesen war. Das ganze Gebiet war verschmutzt. Doch so sehr er auch suchte, er fand keine Spuren, die von dem Depot wegführten.

»Miranda, siehst du irgend etwas?«

Mirandas Stimme kam über Tacticom. »Es ist merkwürdig ... Ich sehe einen Haufen Hintergrund, aber keine eindeutige Spur. Wenn ein Cyberzombie hiergewesen wäre, müßten die Spuren offensichtlich sein.«

In diesem Augenblick meldete sich Jane. »Quecksilber«, sagte sie, »ich habe die Nachricht von einem Mord an der Kreuzung der Interstate 200 mit der Alten Route 83 aufgeschnappt. Der Mord trägt eindeutig Burnouts Handschrift. Die örtlichen Cops haben außerdem die Tür eines Ford Canada Bison nur ein paar Minuten entfernt auf der 83 gefunden.«

»Nur die Tür?«

»Ja, und sie ist ziemlich hinüber. Geradewegs aus den Angeln gerissen. Sieht so aus, als wäre unser Metallmonster von dem Lastzug abgesprungen und hätte sich einen fahrbaren Untersatz gekapert.«

Ryan drehte sich um und beschrieb mit dem Arm kreisförmige Bewegungen über dem Kopf, das Zeichen für alle, sich zu sammeln und zum Phoenix zurückzukehren. »Wir fliegen weiter«, sagte er, während er zurücklief. »Danke, Jane. Gib Dhin die Koordinaten. Wir sind schon unterwegs.«

Dann war er wieder im Schwebepanzer, und kurz darauf hoben sie ab. Durch das kleine Fenster sah Ryan in die hochgereckten Gesichter der hiesigen Gesetzeshüter. Ihre Verwirrung war so offensichtlich, daß er unwillkürlich lachen mußte, während der Phoenix in den Morgenhimmel schoß.

Ein paar Minuten später meldete Dhin sich über Tacticom. »Nähern uns den Zielkoordinaten.«

Ryan lugte durch das dicke Makroglas des kleinen Seitenfensters. Er konnte ein paar Streifenwagen und einen ziemlichen Rückstau ziviler Fahrzeuge erkennen, aber darüber hinaus gab es nicht viel zu sehen. Er wechselte auf Astralsicht und sah sich nach den unverwechselbaren Anzeichen für Burnouts Anwesenheit um.

Die Spur war subtil, wie eine schimmernde Welle, ein Hitzeflimmern, dessen Umrisse grünlich funkelten. Sie war viel undeutlicher, als das hätte der Fall sein müssen. Damit war Ryans Frage beantwortet, warum er sie nicht am Depot hatte aufnehmen können. Nur weil der astrale Hintergrund hier viel trüber war als dort, konnte Ryan die Spur überhaupt erkennen.

Burnout maskiert irgendwie seine Aura, dachte Ryan. *Vielleicht ist das eine Nebenwirkung des Drachenherzen.*

»Ich glaube, ich habe die Spur aufgenommen«, sagte Miranda. »Aber sie hat nicht die geringste Ähnlichkeit mit der Schleimspur eines Cyberzombies.«

Ryan wechselte wieder auf normale Sicht und wandte sich an sie. »Kannst du ihr folgen?«

»Ich glaube schon«, sagte Miranda. »Laß mich mal sehen.« Dann sank sie zusammen, als sie ihr Bewußtsein in den Astralraum projizierte und der Spur folgte, die Burnout hinterlassen hatte. Dazu war Ryan nicht in der Lage. Als *Ki*-Adept konnte er zwar in die Astralebene schauen, aber er konnte sein Bewußtsein nicht von seinem Körper trennen.

Axler und Grind saßen bereit, den Blick auf Mirandas zusammengesunkene Gestalt gerichtet. Plötzlich öffneten sich Mirandas Augen. »Die Spur führt geradewegs nach Norden.«

Ryans Faust entkrampfte sich. Er hatte sich Sorgen gemacht, daß die Spur in die entgegengesetzte Richtung weisen könne, was bedeutet hätte, daß Burnout wußte, daß er verfolgt wurde. Nun sah es jedoch so aus, als steuere der Cyberzombie sein Ziel direkt an, und falls er nicht noch einen ganz besonderen Trumpf in Gestalt einiger fähiger Freunde, die ihm helfen würden, auszuspielen hatte, wußte er nicht, wie dicht das Team ihm auf den Fersen war.

Um so besser. Wenn Burnout Zeit hatte, sich vorzubereiten, mochte er ihnen einen heißen Empfang bereiten, aber wenn es ihnen gelang, ihn zu überrumpeln, konnten sie ihn vielleicht ausschalten, bevor er überhaupt wußte, wie ihm geschah.

Ryan wandte sich an Miranda. »Verfolge ihn im Astralraum, bis wir wissen, wo er sich befindet.«

Miranda nickte und schloß wieder die Augen.

»Dhin«, sagte Ryan.

»Ja?«

»Nach Norden, bis ich etwas anderes sage.«

»Verstanden.«

In der Kabine heulten die Triebwerke auf, da der Phoenix vorwärts schoß. Sie flogen etwa fünf Minuten, bis Miranda wieder die Augen öffnete. »Drek, der Junge ist schnell unterwegs.«

Ryan setzte sich auf den Sitz gegenüber von der Magierin. »Du hast ihn aufgespürt?«

Miranda nickte. »Ja, aber da ist etwas, das du wissen solltest.«

»Was?«

»Er hat einen Schamanen und irgendeinen Geist bei sich.«

Ryan, der für einen Moment seinen eigenen Gedanken nachgehangen hatte, wurde wieder in die Wirklichkeit zurückgerissen. »Was für einen Geist?« fragte er mit einem Gefühl der Beklommenheit.

»Keine Ahnung«, entgegnete Miranda. »Aber es ist der mächtigste Geist, den ich je gesehen habe, und er steckt in unserem Cyberzombie.«

Lethe, dachte Ryan. *Wer sollte es sonst sein?*

16

In der schwülen Vormittagsluft stieg grauer Rauch von dem kleinen Lagerfeuer zum Blätterdach der Pinien auf. Im Osten sah Burnout die dunkle Wolkenmasse, die immer näher kam. Ein Gewitter zog herauf, er konnte die atmosphärische Spannung in der drückenden Stille spüren.

Es wird uns bald erreichen, dachte er.

Auf der anderen Seite des Lagerfeuers kniete der Kodiak auf einem riesigen Bärenfell, das gerade in den großen Kreis aus Talismanen paßte, die er auf dem felsigen Boden ausgebreitet hatte. Sein Medizinzelt. Neben dem Kodiak ruhte das gelblich leuchtende Herz in einer riesigen Bärentatze. Das Herz schien vor dem sich verdunkelnden Himmel matt zu leuchten.

Burnout sah zum Kodiak auf. Der alte Mann hatte seine spirituelle Reise vor fast einer Stunde mit leisem Singsang begonnen, der vom rhythmischen Klappern einer Knochenrassel begleitet wurde. Jetzt hatte der Schweiß Streifen auf seinem bemalten Gesicht hinterlassen, und er sang auch nicht mehr. Statt dessen schwankte er in irgendeinem inneren Rhythmus hin und her, den nur er hören konnte.

Ganz wie in alten Zeiten, dachte Burnout.

Seit dem Beginn der Zeremonie hatte Lethe geschwiegen, obwohl Burnout fast spüren konnte, wie der Geist außerhalb seiner Wahrnehmung kommunizierte. Je länger sie zusammen waren, desto mehr Einklang schien zwischen ihm und Lethe zu herrschen.

Burnout beobachtete die heranziehende Gewitterfront, und ein Gefühl der Beklommenheit wuchs in ihm. Sein Gefühl sagte ihm, daß ... daß ...

Mercury kommt.

Burnout betrachtete seinen verstümmelten Körper, an dem die Haut an den Händen in Fetzen herunterhing, so daß der blanke Chrom sichtbar war und die Dermalpanzerung durch ein gezacktes Loch in seinem Overall schien. Die Teleskopfinger, die ihm so gute Dienste geleistet hatten, waren verbogen und verdreht, an einigen Stellen durchtrennt und praktisch nicht mehr einziehbar.

Burnout wußte, daß er die wirkungsvollste Tötungsmaschine war, die Tech und Magie produzieren konnten. Bei beiden Begegnungen hatte sich Ryan, der simple Mensch – ohne Chrom, der Burnout aufgefallen wäre –, als zäher erwiesen als alles, was Burnout sich hatte vorstellen können. Jedes Mal hatte der Mann Burnout Schaden zugefügt und die Auseinandersetzung lebend überstanden.

Fragen quälten Burnout mit der Intensität ihrer Unbeantwortbarkeit. Warum war dieser Mann von Dunkelzahn ausgewählt worden? Was lag unter Mercurys menschlichem Äußeren verborgen, daß er es mit dem Besten aufnehmen konnte, was Wissenschaft und Schwarze Künste je hervorgebracht hatten?

Aus dem Augenwinkel sah er, daß der Kodiak aufgehört hatte zu schwanken und die Augen geöffnet hatte. Das Herz hatte sich verdunkelt und lag still und untätig da. Der Kodiak stieß einen schweren Seufzer aus und richtete sich auf dem Bärenfell auf. Linien der

Erschöpfung hatten sich in sein Gesicht gegraben, als er sprach. »Ich habe mit Bär geredet, mein Sohn. Er hat mir die Wahrheit hinter den Dingen gezeigt, sowohl den sichtbaren als auch den unsichtbaren.«

Burnout beugte sich wißbegierig vor. »Was hat Bär dir über das Herz gesagt?«

Die zusammengekniffenen Augen des Kodiak schauten traurig drein. »Über das Artefakt, das du Herz nennst, hat Bär nur gesagt, daß es seiner eigenen Bestimmung folgt. Es steht weder dir noch irgendeinem anderen Menschen zu, es zu besitzen und zu beherrschen. Es hat einen Platz im geheiligten Tanz, und wenngleich es dir gegenwärtig nützlich sein könnte, wird es seine Bestimmung erfüllen.«

Burnout lehnte sich zurück, da er nicht wußte, wie er die Worte des alten Mannes auffassen sollte. »Heißt das, ich kann seine Energie anzapfen? Daß ich …«

Der alte Mann winkte ab. »Deine Beziehung zum … Herz ist bestenfalls nebelhaft. Du kannst das mit ihm tun, was du eben kannst. Es kann dir nicht die Gabe wiedergeben, die du weggeworfen hast.«

Burnout nickte. Er hatte sich danach gesehnt, die Macht der magischen Künste wieder zu spüren, der er sich früher einmal mit Vergnügen bedient hatte. Jetzt verblaßte diese Sehnsucht mit einem grimmigen Seufzer.

»Während das Herz sich im Takt des geheiligten Tanzes bewegt, könntest du in der Lage sein, dich mit ihm zu verbinden. Mehr kann ich dir nicht sagen.«

Burnout wußte, daß er auf mehr nicht hatte hoffen dürfen; wahrscheinlich war das mehr, als er verdiente. Er wollte schon aufstehen, als der Kodiak weitersprach. »Bär hat auch von dem Geist gesprochen, der bei dir ist.«

Wiederum beugte Burnout sich gespannt vor.

»Derjenige, den du Lethe nennst, ist direkt mit dem Herz und seinem geheiligten Tanz verbunden, obwohl er jetzt durch unaussprechliche Methoden auch mit dir verbunden ist. Bär glaubt nicht, daß ihr zwei gegenwärtig getrennt werden könnt. Und selbst wenn es möglich wäre, würde diese Trennung höchstwahrscheinlich einen von euch töten, wenn nicht sogar beide.«

Burnout fragte sich, wie Lethe sich als Gefangener in ihm fühlen mochte.

Der Kodiak kicherte. »Also schlage ich vor, daß du dich an ihn gewöhnst, Sohn. Es sieht so aus, als würde Lethe noch eine Zeitlang bei dir bleiben.«

Burnout nickte. »Ich will Lethe gar nicht loswerden, Kodiak. Er hat sich bewährt, und ich vertraue ihm.«

Der alte Mann schloß die Augen und lächelte müde. »Das ist gut, mein Sohn, weil die Anwesenheit dieses Geistes der einzige Faktor ist, der dich menschlich macht. Die Ungeheuerlichkeit, zu der du geworden bist, wird durch die Nähe zu Lethe gemildert. Mit ihm in deiner Nähe bist du mehr als die Summe deiner Teile. Ohne ihn wird jede noch so geringe Chance für dich verschwinden, mit der Essenz des Herzens in Verbindung zu treten.«

Wiederum nickte Burnout, wenngleich diesmal mehr zu sich selbst. Es war genau so, wie er es sich gedacht hatte. Lethe war derjenige, der für sein wacheres Bewußtsein und sein besseres Erinnerungsvermögen verantwortlich war.

Das Gesicht des alten Mannes wurde ernst. »Bär hat mir außerdem noch von einem anderen erzählt, der mit dir und dem Herz verbunden ist.«

»Von einem anderen?«

»Von einem, der dich verfolgt.«

Ryan. Also hat mich meine Ahnung nicht getrogen.

Burnout erhob sich, da er plötzlich eine unbestimmte Furcht verspürte. »Ja. Er heißt Ryan Mercury.«

»Bär sagte mir, daß derjenige, den du Mercury

nennst, in eben diesem Augenblick auf der Jagd nach dem Herz ist, das du trägst.«

Also kommt Mercury mit Gewißheit. Burnout spürte, wie ihn die bekannte Vorfreude durchzuckte. *Ich werde für dich bereit sein, Mercury. Du magst der Beste sein, dem ich bisher begegnet bin, aber ich werde dich ebenso vernichten wie alle anderen.*

»Dieser andere, der dich verfolgt, dieser Mercury … Weißt du, wie mächtig er ist?«

Burnout nickte. »Er ist der eindrucksvollste Gegner, den ich je hatte, und er wird bei jeder Begegnung besser. Er erfährt immer mehr über meine Fähigkeiten und scheint jederzeit in der Lage zu sein, mich zu überraschen.«

Der alte Mann strich sich seinen dichten Bart. »Bär hat mir gesagt, daß er noch mächtiger ist, als du dir vorstellen kannst.«

Burnout musterte ihn durchdringend. »In welcher Hinsicht?«

Der Kodiak runzelte die Stirn. »Bär hat keine Einzelheiten genannt und nur gesagt, das Wesen namens Mercury sei so mächtig, daß selbst du – so verändert, wie du bist – ihm nicht gewachsen seist. Es gibt jedoch etwas, das du zu deinem Vorteil nutzen kannst.«

Burnout betrachtete die Ruine seines Körpers. »Sag es mir! Ich kann alle Hilfe brauchen, die ich bekommen kann.«

»Mercury hat keine Ahnung, wie mächtig er eigentlich ist.«

Burnouts Kopf ruckte hoch. »Was?«

»Mercury hat sein wahres Potential noch nicht einmal ansatzweise erkannt.«

Burnout grinste. »Er kann nichts einsetzen, von dem er nichts weiß. Er ist nur so stark, wie er glaubt.«

»Er wird bald hier sein«, sagte der Kodiak. »Und er kommt kampfbereit.«

Burnout stand auf. »Dann bereite ich mich ebenfalls

vor. Ich glaube, Mercury stehen ein paar Überraschungen bevor, wenn er eintrifft.«

Der alte Mann trat vor Burnout. »Mein Sohn, er kommt mit Macht. Wie gut du dich auch vorbereitest, du hast keine Möglichkeit, seinem Angriff allein standzuhalten.«

Burnout zuckte die Achseln. »Danke für den Rat, Kodiak. Aber ich bin es leid zu fliehen, und ich könnte nirgendwohin, selbst wenn ich noch fliehen wollte.«

Die Stimme des alten Mannes wurde mitfühlend. »Ich sagte, du könntest ihm nicht allein standhalten. Aber dies ist mein Berg und mein Heim. Welchen dunklen Pfaden du auch folgen magst, du warst einmal mein Schüler, und das macht dich ebenso zu meinem Sohn wie eine Blutsverwandtschaft. Niemand tut meinen Kindern in meinem Heim etwas zu Leide. Ich bin nicht mehr so jung, wie ich einmal war, aber meine Kräfte haben noch nicht nachgelassen. Ich bin heute viel mächtiger als an dem Tag, als du vor vielen Jahren zu mir kamst. Du wirst nicht allein sein, wenn Mercury kommt.«

Burnout sah den alten Mann an. »Danke«, sagte er. »Danke für alles.«

In Lethes Stimme schwang grimmige Entschlossenheit mit, als der Geist sich in seinem Kopf zu Wort meldete. »Nein. Du wirst nicht allein sein. Der Kodiak und ich werden hier bei dir sein. Ryan hat bereits einmal versucht, das Herz für sich selbst zu stehlen. Er hat seine Treue zu seinem alten Meister verraten, und nur deiner Einmischung ist es zu verdanken, daß ihm das Drachenherz aus den selbstsüchtigen Händen gerissen wurde. Er darf das Herz nie wieder zurückbekommen.«

17

Ryan saß in der Kabine des Phoenix II, der über der Alten Route 83 schwebte, und lauschte dem Dröhnen des Antriebs. Draußen heulte der im Vorfeld des sich nähernden Gewitters auffrischende Wind wie ein Banshee. Seine Beklommenheit wuchs, während er Miranda zuhörte.

»Es ist so, als sei Burnout besessen, aber nicht ganz. Seine Aura sieht anders aus als alles, was ich bisher bei Cyberzombies gesehen habe. Es ist so, als sei er von einem anderen Geist umgeben, und dieser Geist ist überdies ein ziemlicher Brocken. So eine Ausstrahlung ist mir noch nie untergekommen.«

Axler wandte sich an Ryan. »Denkst du, was ich denke?«

Ryan nickte. »Lethe.«

Axlers dünne Augenbrauen kräuselten sich. »Ich habe diesem astralen Stück Drek von Anfang an nicht getraut.«

Ryan seufzte. »Das erklärt auch, warum Burnouts Aura maskiert war und seine Spur so schwer zu verfolgen ist. Wo sind sie?«

»Er ist auf einem Berggipfel nicht weit von hier.«

Ryan stand auf und sah Miranda an. »Du sagtest, ein Schamane sei bei ihm?«

»Ich glaube schon. Ich bin ganz gut darin, sie zu erkennen. Er ist ganz sicher ein begabter alter Mann, aber er kann auch ein Magier sein.«

»Hat der Schamane dich entdeckt, als du sie dir angesehen hast?«

Miranda lächelte und zeigte dabei ihre weißen Zähne. »Null Chance. Ich war sehr diskret.«

»Ich verlasse mich darauf«, sagte Ryan. »Wenn Burnout weiß oder auch nur vermutet, daß wir kommen, ist er auf uns vorbereitet. Oder er ist verschwunden.« Ryan wandte sich ab und sprach ins Tacticom. »Dhin?«

»Ja?«

»Was ist mit dem Gewitter, das du mir versprochen hast?«

»Sieh aus dem Fenster, Boß. Ein Bild sagt mehr als tausend Worte.«

Ryan sah durch das Makroglas-Bullauge. Riesige schwarze Wolken, in denen Blitze zuckten, breiteten sich bedrohlich aus. Der Schwebepanzer steuerte direkt das Herz der Dunkelheit an.

In Ordnung, dachte Ryan. Der Taktiker in ihm übernahm. Das Gewitter würde den Berg innerhalb der nächsten Stunde erreichen, und sein Team würde ihm folgen, ein Angriff wie aus dem Lehrbuch.

Er drehte sich um. »Jane?«

Ihre Stimme ertönte in seinem Kopfhörer. »Hier, Quecksilber.«

»Hast du Satellitenbilder vom Pony Mountain?«

»Ich bin gerade in die Wetterdaten gedeckt, die wir Ares Macrotechnology verdanken«, erwiderte Jane. »Sie entsprechen nicht militärischem Standard, sollten für unseren Angriff aber ausreichen. Zudem sind sie farbig und dreidimensional topografisch.«

»Danke«, sagte Ryan. Im hinteren Teil der Kabine erhellte sich die kleine holografische Anzeige, und eine dreidimensionale Karte der Umgebung leuchtete auf.

Ryan wandte sich an Miranda. »Kannst du seinen Standort festmachen?«

Mirandas Mandelaugen fixierten Ryan, und sie lächelte. »Natürlich.«

Ryan trat vor die Holoanzeige. »Dann zeig ihn mir.«

Miranda deutete auf die Anzeige. »Die Kammlinie dort. Pony Mountain. Am Südostrand steht irgendein Turm.«

Ryan nickte, während er das Gelände der Bergkuppe studierte, die wie ein auf der Spitze stehendes Dreieck geformt war.

Grind pfiff durch die Zähne. »Das ist ziemlich hartes Gelände, Ryan. Steile Felswände auf zwei Seiten, dichter Wald und freie Felder auf den anderen.«

Axler ging zur Anzeige. »Die einzige Landezone ist dieser kahle Fleck hier direkt oberhalb des winzigen Sees. Das heißt, wenn wir keinen Geländemarsch unternehmen wollen.«

Miranda schüttelte den Kopf. »Nur im äußersten Notfall.«

Axler fuhr fort. »Das Gelände zwingt uns direkt in die Nähe des Turms. Wenn er auf uns vorbereitet ist oder unseren Vogel zu früh hört, kann er uns mit ein paar Raketen erledigen, bevor wir dreihundert Meter weit kommen.«

Ryan betrachtete einen Moment lang die Karte, dann stand sein Plan fest. »Okay, wir werden es auf meine Art machen.«

Grind baute sich neben ihm auf. »Du willst ihn tatsächlich holen? Ich weiß, daß du ein guter Taktiker bist, Ryan, aber das ist allerbestes Gelände für einen Hinterhalt. Die übliche Strategie würde verlangen, daß wir ihn von dem Berg herunter und in eine Stellung unserer Wahl treiben, nicht seiner.«

Ryan sah den Zwerg an. »Macht dir unser Cyberzombie angst?«

»Er ist eine Killermaschine, Ryan.«

»Ja, aber ich habe einen Plan.«

Axler meldete sich zu Wort. »Dann spuck ihn aus. Wir sind ganz Ohr.«

Ryan lächelte und wandte sich wieder der Holoanzeige zu. »Zweimal wäre ich fast gestorben, weil ich Burnout unterschätzt habe. Diesen Fehler werde ich kein drittes Mal begehen.«

Der Rest des Teams versammelte sich um ihn und die Anzeige.

»Also gut«, sagte Ryan. »Wir werden es folgendermaßen machen.«

Er sah die anderen an. »Axler, du und Miranda, ihr seid das Alpha-Team. Grind und ich sind Beta.« Er wandte sich wieder der Karte zu. »Grind hat recht. Das Gelände arbeitet hier gegen uns. Wir müssen annehmen, daß Burnout diese Stelle gewählt hat, um sein Risiko so gering wie möglich zu halten.«

Axler nickte. »Der einzige Weg zum Turm ist wie ein Gang in ein Drachenmaul. Er wird uns durchkauen und gleich wieder ausspucken.«

Ryan lächelte. »Ja, aber diesen Weg werden wir nicht nehmen.«

Axler sah Ryan kühl an. »Welchen dann?«

Ryan zeigte auf die Felswand auf der anderen Seite der Lichtung. »Diesen hier.«

»Das ist verdammt gefährlich«, sagte Axler.

»Hört mich erst mal an«, sagte Ryan. »Dieser Plan hat seine Schwachpunkte, aber hört ihn euch wenigstens erst an, bevor ihr ihn auseinandernehmt. Burnout ist gerissen, und er ist zäh. Wir werden alle zusammenarbeiten müssen, wenn wir gewährleisten wollen, daß niemand von uns den Löffel abgibt.«

Axler wartete. »Nur weiter.«

Ryan nickte und wandte sich wieder der Karte zu. »Burnout hat ein unglaubliches Gehör und wird den Phoenix trotz des Gewitters bemerken, bevor wir uns ihm auf tausend Meter genähert haben. Dieser Schwebepanzer hat die Aerodynamik eines großen Steins, wenn man den Antrieb ausschaltet. Er fällt, und zwar schnell. Dhin wird den Panzer auf seine maximale Gipfelhöhe steigen lassen – etwa zweitausend Meter, wenn ich mich nicht irre – und uns an einen Punkt hier über der Klippe bringen.«

Er zeigte wieder auf die steile Felswand.

»Dann schaltet Dhin den Antrieb aus. Wir sinken im freien Fall auf eine Höhe dicht unterhalb des Klippenrandes, und dann schaltet er den Antrieb wieder ein. Bei dem Schub, der nötig ist, um unseren Fall abzubremsen, sollte sich das wie ein Donnerschlag anhören, der durch das Tal rollt.«

Ryan sah sie an. Axler und Grind nickten lächelnd. Nur Miranda sah ein wenig ängstlich aus. »In den folgenden Sekunden steigen die beiden Teams am Klippenrand aus. Dann zieht Dhin den Phoenix hoch und landet ihn hier auf der Lichtung, wo Burnout eine Landung erwarten würde.«

Ryan zeigte auf den Südrand des Kamms. »Das Alpha-Team umgeht die Klippe hier, während das Beta-Team diesem Hang folgt.« Er zeigte auf die Nordseite, die auf den See wies.

»Inzwischen landet Dhin und setzt die beiden Drohnen aus. Eine in der Luft, eine am Boden, und zwar in Richtung des Turms. Sie werden gerade so viel Lärm machen, daß Burnout sie für uns halten wird.«

Grinds Gesicht verzog sich zu einem knorrigen Grinsen. »Einfach und genial. Sehr nett.«

»Danke. Das erste Team, das Burnout ausmacht, meldet sich. Das werden hoffentlich die Drohnen sein, aber wenn nicht, unternimmt dieses Team nichts, bis das andere Team in Stellung ist. Verstanden?«

Miranda kleidete ihre Besorgnis in Worte. »Was ist, wenn Burnout uns zuerst findet?«

Ryan nickte. »Gute Frage. Wenn es zu einem unvermeidlichen Aufeinandertreffen kommt, wird Dhin die Drohnen einsetzen, um ihn zu beschäftigen, bis Verstärkung eintrifft. Noch Fragen?«

Axler strich sich eine verirrte Haarsträhne aus dem Gesicht. »Ja. Was ist mit dem Schamanen? Er könnte ein paar ziemlich unangenehme Überraschungen für uns bereithalten.«

Miranda lachte. »Überlaßt den alten Mann mir. Kein hinterwäldlerisches Stück Drek wird uns in unsere Pläne pfuschen. Ich verspeise ihn zum Mittag.«

Ryan zuckte zusammen. Miranda war eine ausgezeichnete Magierin, insbesondere auf dem Gebiet der

Theorie und der Spruchentwicklung, aber würde sie sich auch außerhalb der Konzernwelt zurechtfinden? Er wußte es nicht. »Ich hoffe, du hast recht, Miranda, andernfalls wird dieses Unternehmen in einer Katastrophe enden.«

Miranda befingerte den Rubin-Anhänger, der um ihren Hals hing. »Vertraut mir. Der alte Mann wird auf die harte Tour herausfinden, daß ich sehr genau weiß, was ich tue.«

Ryan starrte sie an und suchte nach Hinweisen dafür, was sich hinter ihrer Arroganz verbarg. »Hast du irgendwas gegen Schamanen?«

Miranda schüttelte den Kopf. »Es sind undisziplinierte Burschen«, knurrte sie, wobei sie Ryan mit einem listigen Lächeln bedachte. »Nein, ich habe nichts gegen sie. Ich bin nur in Kampfstimmung. Es ist lange her, seit ich das Vergnügen hatte, das Mana wogen zu spüren.«

Ryan lächelte. »Verpulvere nur nicht alles auf einmal.«

Ihr Lächeln verblaßte. »Du kümmerst dich um Taktik, ich regle die arkanen Dinge.«

Ihre Einstellung störte ihn, aber er hatte eigentlich keine andere Wahl, als in diesem Zweifelsfall zu ihren Gunsten zu entscheiden. »Okay«, sagte er mit einem Blick auf die anderen. »Noch weitere Fragen?«

Alle schüttelten den Kopf.

»Dhin?«

»Ja?«

»Alles klar?«

Ryan hörte Gelächter in seinem Kopfhörer. »Ich bin schon in Position für den Sturzflug. Das Gewitter ist mittlerweile ziemlich heftig geworden. Ihr schnallt euch besser an. Das wird eine ziemliche Höllenfahrt.«

Ryan schaltete die holgrafische Anzeige aus. »Jane?«

»Bereit, Tacticom und Video von hier aus zu koordinieren, Quecksilber.«

»Also schön. Jeder schnallt sich an.«

In den nächsten Sekunden legten die Teammitglieder die Sicherheitsgurte an und überprüften noch einmal Waffen und Munition. Als alle soweit waren, sagte Ryan: »Dhin. Bring uns nach unten.«

Das stete Dröhnen, das bisher ein beständiges Hintergrundgeräusch gewesen war, verstummte. Ryans Magen schoß ihm in den Hals, als der Phoenix zu fallen begann und dabei immer schneller wurde.

18

Am Rande der Matrix, in einer verborgenen Nische aus reiner ultravioletter Information, streckte die Welt Wunderlands tastende Finger in den Cyberspace aus. Alice reiste nur selten durch die Matrix, um zu finden, was sie suchte. Statt dessen zog Wunderland diese Informationen zu sich heran.

Alice und Wunderland waren ein und dasselbe. Zwei Facetten desselben Juwels. Zwei Manifestationen desselben Codes. In diesem Fall überprüfte sie Roxboroughs Geschichte über Dunkelzahns Rolle beim Crash von '29.

Die funkelnde Stadt reckte sich rings um sie in einen glänzend schwarzen Himmel. Sie war niedergeschlagen und rauchte mehr Zigaretten, als gut für sie war. Virtuelle Zigaretten hatten nicht die schädlichen Nebenwirkungen echter Zigaretten, aber die berauschende Wirkung war einprogrammiert. Die Straße der Stadt wirkte wie eine Schlucht aus verspiegeltem blauem Glas, wie ein Graben aus gleißendem Nebel über einer leeren urbanen Landschaft. Keine Personen, nur Gebäude. Dies war ihre Stadt, und die teilte sie nur selten.

Ich schätze, ich muß mich früher oder später mit Rox befassen. Wunderland hatte seine Geschichte überprüft, jedoch ein paar Widersprüche entdeckt. Anomalien. Alice mochte keine Anomalien.

Sie öffnete ein Fenster und schaute hindurch und auf das Land, das darauf programmiert war, wie Lewis Carrolls Wunderland zu funktionieren. Sie klinkte sich als die Tigerkatze in diese Realität ein und sah, daß Rox überlebt und einen sorgfältig gepflegten Garten mit weißen Rosen erreicht hatte, von denen einige rot angemalt zu sein schienen.

Auf der anderen Seite des Gartens war ein Krocketspiel im Gange. Menschengroße Spielkarten, jede mit Schwertern auf den Bildseiten, lehnten gegeneinander und bildeten auf diese Weise Tore.

Eine große Frau in einem schmucken roten Kleid und einer Kristallkrone in ihrem hochgesteckten Haar schrie sich die Lunge aus dem Leib. »›Runter mit seinem Kopf!‹ sagte ich. ›Runter mit seinem Kopf!‹«

Die Wachen, die umgefallen waren, als sie zu schreien begonnen hatte, liefen hektisch durcheinander und versuchten den Stein des Anstoßes zu finden. Unglücklicherweise schien die Herzkönigin in alle Richtungen zu zeigen, erst in eine, dann in eine andere. Sie zeigte sogar auf einen Rosenstrauch, den eine übereifrige Wache bereits gestutzt hatte.

Die Herzkönigin sah den Strauch an und heulte auf. »Jetzt runter mit *seinem* Kopf.« Diesmal hatte sie sich auf die Wache festgelegt, die den Rosenstrauch gestutzt hatte.

Die anderen beiden packten die betreffende Wache und schleiften sie weg.

Alice sah sich nach Roxborough um und entdeckte ihn schließlich in der Nähe des Garteneingangs. Er hatte sich einen großen rosafarbenen Flamingo unter den Arm geklemmt, der sich verzweifelt wehrte, während Roxborough versuchte, den kleinen Igel vor seinen Füßen so lange ruhig zu halten, daß er ihn mit dem Flamingo schlagen konnte.

Roxborough sah Jahre älter aus als beim letzten Mal und hatte seinen fetten Leib mit einem Tischtuch bedeckt, in das er sich wie in ein Handtuch gewickelt und unter den Achseln festgeklemmt hatte. Er zuckte vor Schmerzen zusammen, als er sich langsam bückte.

Alice wußte, daß der Lupus sehr qualvoll war und sich ständig verschlimmern würde, wenn ihr Programm den vorgesehenen Verlauf nahm.

Roxborough verzog das Gesicht und ließ den Flamingo los, der in einer Explosion rosafarbener Federn wegflatterte. Plötzlich schrie er auf und brach zusammen. Der kleine Igel gab seine schützende Kugelform auf und hoppelte dem Flamingo nach.

Roxborough sah Alices Tigerkatzen-Icon und funkelte sie an. »Verdammt noch mal, Alice! Ich habe dir alles gesagt, was ich weiß.«

»Oh, das glaube ich kaum, Rox. Tatsächlich warst du sehr ungezogen.«

»Ungezogen? Werde nicht komisch, Alice.«

Alice setzte sich hoch oben auf den nächsten Baum. »Du scheinst den einen oder anderen Datenpuls ausgelassen zu haben, was die Geschichte über deinen angeblichen Versuch betrifft, Gossamer Threads aufzukaufen.«

Roxborough sah sie an und schüttelte dann den Kopf. Er litt ganz offensichtlich unter starken Schmerzen, obwohl er es zu verbergen versuchte. »Ein Jammer, daß du ausgerechnet jetzt auftauchen mußtest. Ich hatte das Spiel endlich begriffen. Ich glaube, ich hätte die Königin in dieser Runde schlagen können. Aber dieser verdammte Flamingo war ein Blindgänger, der nicht mal den Hals steifhalten wollte. Jedesmal, wenn sein Kopf gegen den Igel stieß, rollte der kleine Dreksack höchstens einen Meter weit.«

Alices Tonfall war sanft. »Rox, bleib beim Thema, sonst bist du der nächste, der hier den Kopf verliert.«

»Habe ich da jemanden etwas vom Kopfverlieren sagen hören?«

Die Königin kam schwer atmend zum Baum gewatschelt. »Hallo, Tigerkatze. Soll ich diesem kleinen Bastard hier den Kopf abschlagen lassen?«

Alice grinste Roxborough an.

»Es wäre mir ein Vergnügen, müßt Ihr wissen. Wir hatten schon lange keine gute Enthauptung mehr.«

Roxborough schnaubte. »Ihr habt noch vor ein paar Augenblicken den Wachmann enthaupten lassen.«

Die Königin sah verblüfft aus. »Sagte ich das nicht? Wir hatten schon lange keine gute Enthauptung mehr.«

Roxborough warf Alice einen flehenden Blick zu. »Also schön, Katze. Wie du schon sagtest, zurück zum Thema. Wessen beschuldigst du mich?«

»Zum einen der Unwahrheit. Du hast mir gesagt, du hättest versucht, Gossamer Threads zu kaufen, aber du hast mir verschwiegen, wie du das anstellen wolltest. Und schließlich hast du die Reihenfolge ein wenig verändert, in der die Dinge sich abgespielt haben.«

Roxborough hob eine Augenbraue. »Ach?«

Zorn erfüllte Alice. »Du hast mir gesagt, du hättest deine Hackerin zu Gossamer Threads geschickt, nachdem du dich entschlossen hattest, den Konzern aufzukaufen. Das habe ich überprüft. Eva Thorinson hat für Acquisition Technologies gearbeitet und Routine-Runs gegen eine Reihe kleiner Konzerne unternommen. Du hast erst versucht, dir Gossamer Threads anzueignen, nachdem Thorinsons Ausrüstung verschmort war. Und du hast auch nicht versucht, den Konzern zu kaufen. Es gab nämlich keinen Verhandlungstisch, an den du dich hättest setzen können. Du hast es mit einer Übernahme versucht.«

»Gossamer Threads hatte Schutzvorrichtungen, die so gut waren, daß sie Eva abwehren konnten, und die wollte ich auch«, sagte Roxborough mit einem nervösen Blick auf die Herzkönigin, die das Gespräch mit entrückter Faszination beobachtete.

Alice grinste. »Aber du hast die wichtigste Regel vergessen. Laß dich nie mit Drachen ein und noch besser, versuch nie, einen Drachen über den Tisch zu ziehen. Dunkelzahn hat dir bei diesem Deal ordentlich eins auf die Finger gegeben.«

Roxborough sah zu ihr auf und zuckte zusammen. »Hör mal, Alice, laß uns das Schritt für Schritt durchgehen. Gut, ich war nicht ganz aufrichtig, aber das spielt keine Rolle. Dunkelzahn war derjenige mit dem Code, nicht ich.«

»Ich glaube dir nicht. Ich halte es für mindestens ebenso wahrscheinlich, daß du die Crash-Entität entwickelt hast und dazu benutzen wolltest, eine Reihe von Konzernen unter deine Kontrolle zu bekommen. Vielleicht ist der Schuß einfach nach hinten losgegangen.«

»Du glaubst mir nicht? Warum überprüfst du nicht deinen alten Freund Damien Knight? Er war so sicher, daß Dunkelzahn hinter der ganzen Schweinerei steckte, daß er seit Jahren an einem Plan arbeitet, den alten Wurm zu geeken.« Roxborough stieß ein rauhes Lachen aus. »Und er könnte durchaus derjenige gewesen sein, der es geschafft hat.«

Alice fühlte sich, als habe sie soeben einen Tritt in die Magengrube erhalten. »Knight?«

»Warum nicht? Sieh dir doch nur mal ihre Beziehung an. Tödliche Züge auf einem Schachbrett mit menschlichen Figuren. Damien hat erheblich vom Tod des Drachen profitiert. Sein Lakai, Kyle Haeffner, sitzt jetzt im Weißen Haus.«

Alice war wie vor den Kopf geschlagen. Damien war ein enger Freund von ihr. Er hatte sie am Leben erhalten, nachdem das Crash-Virus sie ausgeschaltet hatte. Damien hatte sie gerettet und eine ganze Weile dafür gesorgt, daß sie bei Sinnen geblieben war. Und die Erwähnung von Kyles Namen brachte Erinnerungen mit sich. Erinnerungen an ihren jungen menschlichen Körper. An Liebe und Heirat, an ein Leben, das vom Hier und Jetzt so weit entfernt war, daß es sich völlig fremdartig anfühlte. Vor achtundzwanzig Jahren hatte sie Kyle Haeffner geheiratet.

Die Königin meldete sich zu Wort. »Dieser hier!« Sie zeigte auf Roxborough. »Runter mit seinem Kopf!«

»Nein! Alice, denk darüber nach. Damien hatte das Geld, die Zeit, den Zugang und mehr als ein ausreichendes Motiv. Wie ich schon sagte, Knight glaubte immer schon, daß Dunkelzahn für den Crash verantwortlich sei. Knight hat dabei viel mehr verloren als nur Geld.«

Alice war für einen Augenblick völlig benommen. Sie durfte Roxborough nicht trauen, aber ohne Überprüfung paßte alles zu gut zusammen, um es einfach abtun zu können.

Wachen umringten Roxborough und führten ihn unter großer Mühe ab. Die Königin lächelte, und ihr errötetes Gesicht leuchtete vor Freude. »Endlich eine erinnerungswürdige Enthauptung.«

»Alice!« rief Roxborough. »Alice, gib mir wenigstens eine Chance!«

Doch Alice war bereits nicht mehr da. Sie stand im Regen, und die glänzenden Straßenlaternen reflektierten ihr Licht überall ringsumher in den verspiegelten Oberflächen. In den schwarz glänzenden Straßen und den Gebäuden, die sich in den Himmel schraubten.

Sie ging spazieren und ließ sich vom Regen durchnässen, bis sie durchgefroren war und sich elend fühlte. Wunderland würde die Matrix nach einer Bestätigung für Roxboroughs Behauptung absuchen, und in der Zwischenzeit ging sie spazieren. Allein bis auf die leere Stadt und das Hintergrundprasseln des Regens.

19

Grind und Axler johlten und hatten einen Ausdruck des Entzückens auf dem Gesicht, als der Phoenix II durch den schwarzen Gewitterhimmel stürzte. Mirandas Augen waren geschlossen, und sie wirkte zum erstenmal entspannt, seit Ryan den Angriffsplan erläutert hatte.

Die Donnerschläge des Gewitters wurden immer lauter, bis es den Anschein hatte, als stünden sie unter Beschuß. Ryan konnte rings um den Schwebepanzer grelle Blitze sehen, während sie durch die immer dunkler werdende Schwärze fielen.

»Alles festhalten! Das gibt einen ziemlichen Ruck.« Dhin klang äußerst gelassen.

Es gab einen ohrenbetäubenden Schlag, und gewaltige Beharrungskräfte drückten die Runner tief in ihre gepolsterten Sitze. Ryan hatte das Gefühl, als sei ihm die Luft aus den Lungen gepreßt worden.

»Klippenrand!« rief Dhin. »Los, los, los!«

Ryan war der erste, der sich von seinem Sicherheitsgurt befreit hatte. Er sprang zur Luke und betätigte den Öffnungsmechanismus.

Kalter Regen klatschte ihm ins Gesicht, als die Luke aufschwang, und direkt vor ihm erhellte ein gegabelter Blitz den schwarzen Himmel. Der Panzer schwebte direkt vor dem Klippenrand, und die Welt war in dem wolkenbruchartigen Regen ein einziges konturloses Grau.

»Gute Arbeit, Dhin«, rief Ryan ins Tacticom. »Wir können mühelos aussteigen.« Er sprang und landete auf einem nassen Felsvorsprung. Miranda war die nächste, dann folgten Axler und Grind, die gleichzeitig sprangen und mit gezogenen Waffen landeten.

»Alle sind unten«, sagte Ryan.

Das Luk des Phoenix II schloß sich automatisch,

während Dhin Schub gab und den Panzer steigen ließ. Er schoß über ihre Köpfe hinweg nach Osten.

Während Axler und Miranda nach Süden und Ryan und Grind nach Norden strebten, konnten sie den Schwebepanzer hören, da dieser bei seiner Landung Gebüsch verbrannte. Burnout glaubte hoffentlich, daß die Runner noch an Bord waren.

»Setze Drohnen ab«, sagte Dhin.

Dann gab es nur noch das Geräusch des Donners, die elektrischen Blitze und die Kälte des Regens.

Ryan und Grind kamen auf dem felsigen Gelände rasch voran. Tief unter ihnen zu ihrer Rechten konnten sie die schwarze spiegelnde Oberfläche des Cat Lake sehen, die sich von dem niederprasselnden Gewitterregen kräuselte.

Mirandas Stimme kam nervös über Tacticom. »Ich kann einen Drek in diesem Regen sehen«, sagte sie. »Außerdem habe ich den alten Mann verloren.«

Axler meldete sich. »Bleib cool«, sagte sie. »Konzentriere dich auf das Ziel. Der Schamane wird schon wieder auftauchen.«

Ryan nickte stumm. Axler hatte völlig recht. Ein guter Anführer, und sie würde hier auch das Kommando haben, wäre er nicht dabei. Grind und Ryan waren hundert Meter weit gekommen und bezogen gerade Position für ihren Vorstoß zum Turm.

Plötzlich war ein Krachen und Rumpeln durch das Prasseln des Regens zu hören, das kein Donner war.

»Drek, Miranda! Paß auf!«

Axlers Stimme.

Ein kurzer Schrei ertönte, der abrupt abbrach.

»Wir haben Kontakt! Miranda hat's erwischt!«

»Wir kommen«, sagte Ryan, der sofort einen raschen Laufschritt anschlug. Grind folgte ihm dichtauf. Dabei konnten sie hören, wie Dhins Drohnen das Feuer eröffneten.

»Jane, hast du Daten von ihnen bekommen? Was ist passiert?«

Janes Stimme klang wütend. »Ein Holzstapel ist ins Rutschen geraten und auf Axler und Miranda gestürzt«, berichtete sie. »Axler konnte gerade noch rechtzeitig ausweichen, aber Miranda liegt darunter. Ich weiß nicht, wie schlimm es ist, aber ich glaube nicht, daß sie den Löffel abgegeben hat.«

»Ich hoffe, es geht ihr einigermaßen«, sagte Ryan. »Wir brauchen sie.«

Jane unterbrach ihn. »Axler kämpft gegen eine riesige Kreatur, die ich nicht richtig erkennen kann. Sieht aus wie ein Bär oder so etwas. Sie könnte Hilfe brauchen.«

Ryan konzentrierte sich auf seine Magie und erhöhte sein Tempo. Er bewegte sich wie Wind zwischen den Bäumen, berührte kaum den Boden, wand sich durch die Pinienstämme. Er legte Abstand zwischen sich und Grind und war dem Zwerg zehn Meter voraus, als der Boden vor seinen Füßen explodierte.

Ein Wesen aus Wurzeln, Lehm und Humus schoß vor ihm in die Höhe. Ryan warf sich nach links, kurz bevor die Metallklingen des Ungetüms an der Stelle durch die Luft schnitten, wo er soeben noch gestanden hatte.

Er stolperte und schoß mit seiner Ingram. Vor ihm war etwas aus einem Alptraum. Burnout, nackt bis zur Hüfte, sein Körper schlammbedeckt, sprang aus einem Erdloch, als krieche irgendeine untote Kreatur aus dem Grab.

»Hinterhalt!« rief Grind und eröffnete dann das Feuer.

Doch Burnout war nicht mehr dort, wo er eben noch gestanden hatte. Mit flinken Bewegungen, denen Ryan kaum folgen konnte, sprang der Cyberzombie fast drei Meter hoch in die Luft. Während Burnout noch in der Luft war, konnte Ryan im

Flackern eines Blitzes sehen, wie der mechanische dritte Arm hochkam und sich die daran angebrachte Waffe auf Grind richtete.

Grind war bereits in Bewegung, und die Kugeln der Waffe pflügten den Boden an der Stelle um, wo sich eben noch der Zwerg befunden hatte.

Ryan rollte weiter, während der Cyberzombie floh. Er wechselte auf Astralsicht in dem Versuch, das Drachenherz auszumachen. *Hat Burnout es noch?*

Ryan fand sofort, was er suchte. Das Drachenherz leuchtete inmitten des grellen astralen Scheins von Burnouts Aura. Miranda hatte recht gehabt, Lethe war ebenfalls dort – wie ein Stabilisator, der die Seele des Cyberzombies fest verankerte. *Ist der Geist in ihm gefangen*, fragte Ryan sich, *oder bleibt er freiwillig in ihm? Oder hat er vielleicht sogar die Kontrolle über Burnout übernommen?*

Ein Sekundenbruchteil verstrich, bevor Ryan wieder auf normale Sicht wechselte. »Ziel gesichtet und Kontakt!«

Jane meldete sich. »Dhins Stealth Sniper kommt euch entgegen, Quecksilber.«

»Verstanden, Jane.«

Grind tauchte hinter Ryan auf und deckte Burnout mit einem Kugelhagel ein, um dem Cyberzombie das Zielen zu erschweren.

Als Ryan aufsprang, sah er, wie Grind von einer Salve in die Brust getroffen und zu Boden geschleudert wurde. Ryan zögerte nicht. Er wußte, er mußte Burnout in einen Nahkampf verwickeln. Die Waffe an seinem dritten Arm hatte zu viel Durchschlagskraft, um sich mit ihm auf ein Feuergefecht einlassen zu können.

Ryan bewegte sich blitzschnell und stürzte sich auf Burnout, bevor dieser reagieren konnte. Eine Kugel von einem der beiden Predator, die Burnout hielt, traf Ryan in der Schulter, aber er ignorierte den Treffer und verdrängte die Schmerzen, als er den größeren Mann angriff.

Er packte Burnouts dritten Arm und zerrte mit aller Kraft daran. Der Ruck bog die Waffe in Verbindung mit dem Schwung der Landung des Cyberzombies aufwärts, so daß die Servos überlastet wurden. Metall verbog sich, Hydraulik kreischte, und die großkalibrige Waffe verstummte.

Ryan verspürte einen stechenden Schmerz in der Seite und bewegte sich gerade schnell genug, um einem spitzen Metalldorn auszuweichen, der aus Burnouts Ferse ragte. Der Dorn stach ihn zwar in die Rippen, drang jedoch nicht tief genug ein, um innere Organe zu verletzen.

Zu verdammt knapp! Ryan ignorierte die Schmerzen, riß die Ingram hoch und drückte ab, den Arm auf den Rumpf des Cyberzombies gerichtet.

Burnout entwand sich Ryans Griff und wich den Schüssen aus. Dann schlug er nach Ryans Pistolenhand, so daß die Waffe zur Seite gerissen wurde. Die Schmerzen in seinen Eingeweiden ließen langsam nach, da er sich auf seine Magie konzentrierte. Ryan schoß vorwärts und setzte zu einem Sprungtritt an den Kopf an. Er traf in dem Augenblick, als sich die Hände des Cyberzombies um Ryans Knie schlossen.

Schmerzen explodierten in Ryans Wadenmuskeln, aber der Tritt schleuderte Burnout rückwärts. Der Cyberzombie schlug einen Salto und landete auf den Füßen, dann stürzte er sich auf Ryan, der noch am Boden lag.

Ryan erhob sich auf ein Knie, mit Blut und Schlamm bedeckt, und riß die Ingram hoch. Er wußte, daß er es nicht schaffen würde.

Er streckte seine magischen Fühler aus, versuchte das Drachenherz zu erreichen und Kraft daraus zu ziehen. Er konnte seine Anwesenheit spüren wie eine kleine Manasonne, aber er konnte seine Kraft nicht anzapfen. Sein telekinetischer Hieb ließ Burnout kaum zucken.

Der Cyberzombie prallte gegen Ryan, und Monoklingen schnappten aus seinen Unterarmen und zielten auf Ryans Kopf.

Ryan hieb die Füße auf Burnouts Metallkörper und rollte sich mit dem Aufprall ab, dann stieß er sich ab und schleuderte ihn über sich hinweg durch die Luft. Eine der Klingen hinterließ einen tiefen Schnitt in seinem Kevlar. Dann wurde es ringsumher hell vom Mündungsfeuer, und er hörte das Summen von Dhins fliegender Drohne, die Burnout mit Leuchtspurgeschossen aufs Korn nahm.

Das schien ihn zu verlangsamen, aber er wich aus und packte die fliegende Drohne in einer Bewegung, die so schnell war, daß Ryan sie fast nicht mitbekommen hätte. Burnout rammte die Hand zwischen die wirbelnden Rotoren und zerstörte die Drohne.

Ryan rappelte sich auf und riß die Ingram wieder hoch, diesmal mit dem Miniwerfer in der anderen Hand. Er gab einen Schuß mit der panzerbrechenden Munition ab und traf Burnout in der Schulter. Ein klarer Treffer, der offenkundig Wirkung bei dem Cyborg erzielte.

Burnout warf Ryan einen schmerzerfüllten Blick zu und verschwand dann einfach. *Was, zum Teufel ...?* Ryan wechselte auf Astralsicht und sah die Spur des Cyberzombies, die sich kaum sichtbar in die Dunkelheit erstreckte. *Wie hat er das angestellt?*

Ryan wußte, daß es keine Mimetik- oder Tarnungs-Technologie war. So etwas gab es nicht. *Es muß Magie sein,* dachte er. *Das war Lethes Werk.* Das machte Sinn. Lethe konnte sich im Astralen verstecken, aber Ryan wußte auch, wie er ihn entdecken konnte. Es bedurfte mehr Konzentration und erhöhte Aufmerksamkeit, was Einzelheiten betraf, aber Ryan hatte den Geist zuvor auch schon gesehen und konnte Burnout somit finden.

Hinter Ryan rappelte Grind sich auf, dessen Körperpanzer in Fetzen hing und dem dünne Blutfäden über die Brust liefen. Das Blut wurde rasch vom Regen weggewaschen.

Ryan ging zu ihm. »Du siehst wie ein Haufen Drek aus.«

»Ich bin okay. Wieder mal vom Esprit-Kampfpanzer gerettet. Aber es tut verdammt weh.«

Ryan legte ihm eine Hand auf die Schulter. »Komm weiter.«

Er hörte einen kurzen Schrei über das Tacticom.

»Wir werden hier massakriert«, ertönte Axlers keuchende Stimme. »Miranda hat zwei Naturgeister gebannt, bevor dieses Ding, das wie ein Bärenmensch aussieht, an mir vorbeiwalzte und sie angegriffen hat. Wenn wir nicht schnell Hilfe bekommen, bleibt nicht viel übrig, was ihr wieder mit nach Hause nehmen könnt.«

Jane mischte sich ein. »Miranda hat ihr Tacticom verloren, und Axlers optischen Eindrücken nach würde ich sagen, daß sie Hilfe brauchen, und zwar pronto.«

»Sind schon dabei«, keuchte Ryan, der zu rennen anfing. »Schildere die Situation.«

»Axler hat versucht, dieses Bärending und die Naturgeister zurück zur Lichtung zu locken, wo Miranda und sie freies Feld gehabt hätten, um sie zu erledigen. Sieht so aus, als hätten sie sich mehr eingehandelt, als sie verkraften können. Du beeilst dich besser, Quecksilber. Ich mache mir Sorgen um Miranda.«

Ryan lief ungläubig weiter. Wie schlimm konnte es sein? Axler war ein As im Kampf, im Nahkampf eine der Besten, die er je gesehen hatte. Aber was war aus Mirandas Zuversicht geworden?

Ryan erreichte die grasbewachsene Kuppe, die zu

der felsigen Lichtung führte. Zweihundert Meter weiter stand der Phoenix II wie ein monströser Käfer da, der sich vor dem Regen zusammenkauerte. Seine Positionslichter brannten, konnten sich aber nicht mit den Blitzen messen, die beständig durch die Dunkelheit zuckten. Donnerschläge ließen die Nacht mit dröhnendem Knall erbeben.

Während Ryan weitereilte, schoß plötzlich eine gewaltige Flammenzunge an ihm vorbei und nach links. In ihrem Schein sah er, wie Miranda von dem Feuer eingehüllt wurde.

Er bog in ihre Richtung und lief noch schneller.

Vor ihm wurde die brennende Gestalt Mirandas von zwei Wesen bedrängt, die Ryan die Sicht versperrten. Beide sahen wie Ansammlungen von Pelzen und Pflanzenmaterial aus. Sie waren manifestierte Naturgeister, die offensichtlich von dem Schamanen beschworen worden waren.

Plötzlich lief Axler in sein Blickfeld, die hinter einem Baum hundert Meter vor Ryan auftauchte. Vor ihr waren zwei weitere Geister – große, wie Bäume aussehende Wesen, die sich schneller bewegten, als es für so große, aus Pflanzen gebildete Wesen überhaupt möglich sein konnte. Axler wich vor ihnen zurück, während Dhins Steel Lynx die Geister mit der in die Drohne eingebauten Minikanone unter Beschuß nahm.

»Dhin!« rief Ryan. »Die Drohne kann den Geistern nichts anhaben. Such den Schamanen und nimm ihn unter Beschuß.«

Axler mischte sich ein, keuchte ihre Worte hervor. »Der Schamane sieht wie ein Bär aus«, sagte sie atemlos. »Vielleicht hat er irgendeinen Gestaltwandler-Zauber gewirkt.«

Etwas an Axler sah nicht richtig aus, und dann erkannte Ryan, daß ihr ein Teil des linken Arms fehlte. Chrom glänzte, und Ryan konnte deutlich sehen, wie in dem Loch in ihrem Ellbogen die Funken sprühten. Ryan war immer noch zwanzig Meter entfernt, als Axler sich plötzlich bewegte und eine riesige Gestalt angriff, die Ryan für einen Baumstamm gehalten hatte.

Der Bär-Mann.

In den Lichtblitzen war es selbst mit Infrarotunterstützung schwer, etwas zu erkennen, aber als der Bär-Mann einmal in Bewegung war, konnte er die schwache Wärmeabstrahlung unter dem schweren Umhang erkennen. Der Bär-Mann blutete aus vielen winzigen Schnitten und Schußwunden, obwohl sie ihn nicht zu beeinträchtigen schienen.

Er brüllte, wurde zum Berserker und schlug mit seiner riesigen Pranke zu. Der Hieb traf Axler mitten im Sprung und schleuderte sie durch die Luft.

Axler flog zwölf Meter weit und prallte dann gegen den Stamm einer großen Pinie. Ihr schlaffer Körper glitt zu Boden.

Ryan hörte Miranda schreien. Die beiden Baumgeister, die gegen sie kämpften, wurden zu Holzsplittern reduziert. Sie taumelte, und die Flammen, die sie umzüngelten, erloschen, dann brach sie infolge der Anstrengung zusammen, die mit dem Wirken von so viel Magie verbunden war. Es war nur eine vorübergehende Atempause, aber sie reichte.

»Nein!« schrie Ryan.

Der Bär-Mann eilte mit drei Schritten unglaublich schnell zu ihr. Eine riesige Pranke packte Mirandas rechten Oberschenkel, die andere ihren Hals.

Das Wesen hob sie über den Kopf, und ein dumpfes Brüllen hallte über die Lichtung.

Miranda schlug und trat im Griff des Schamanen um sich, wehrte sich, kämpfte mit ihrem freien Arm gegen die Kreatur an. Ohne Erfolg.

Ryan zielte mit seiner Ingram und eröffnete das Feuer. Die ersten Kugeln trafen, aber dann manifestierte sich ein Naturgeist und versperrte ihm die Schußlinie. Ryan reagierte sofort und lief ein paar Schritte zur Seite, um wieder ein freies Schußfeld zu bekommen. Er gab einen weiteren kurzen Feuerstoß ab, dann bewegte er sich wieder, als sich der Geist erneut manifestierte.

Der Bär-Mann wurde getroffen und sank auf ein Knie. Er hielt Miranda weiterhin hoch über dem Kopf.

Die Kreatur brüllte erneut, und in diesem Augenblick wußte Ryan, was der Schamane vorhatte. Er hechtete zur Seite, um einen Schuß an dem Naturgeist vorbei ins Ziel bringen zu können, und der Feuerstoß trennte den rechten Arm des Bär-Mannes am Ellbogen ab.

Doch es war schon zu spät.

Ryan sah hilflos mit an, wie der Bär-Mann Miranda heruntersausen ließ.

20

Trotz des üppig fließenden Blutes weigerte die Musik sich, leiser zu werden. Das Lied klang stark und hell und brandete gegen den immer breiter werdenden Kreis aus Blut und Opfern an.

Lucero stand am Rand des dunklen Flecks und nahm die blutverschmierten Glieder der Toten unter ihren Füßen nicht einmal zur Kenntnis. Ihr Herz strebte zur Musik, zum Licht, obwohl hinter ihr die vertraute Gestalt von Señor Oscuro immer mehr Blut vergoß.

Diesmal war irgend etwas anders. Trotz der Gestalt, trotz der Macht des Locus fiel ihm die Arbeit schwerer als zuvor. Sein Gesicht war eine schmerzverzerrte Grimasse, während er arbeitete, und es schien ihm schwerzufallen, sich auch nur zu bewegen.

Lucero drehte sich mit einem Gefühl der Furcht und

des Mitleids zu ihm um. Er würde die Musik nie verstehen, würde nie ihre Schönheit begreifen, weil seine Seele im Gegensatz zu Luceros ein Brachland der Stille und der Dunkelheit war.

Oscuro begnügte sich nicht mehr mit Einzelopferungen und hatte mehrere Akoluthen mitgebracht. Er tötete sie jetzt paarweise. Die starken Muskeln seines Unterarms spannten sich, als er den Schnitt machte, und aus den beiden Mädchen, die Seite an Seite auf dem Altar aus Leichen lagen, spritzte das Blut.

Oscuros Gesicht war eine Maske des Schmerzes, als er den Schädel einer Leiche als provisorischen *Chac-Mool* benutzte und das Blut der Geopferten in der leeren Hirnschale sammelte. Sobald der *Chac-Mool* gefüllt war, taumelte Oscuro zum Rand des Kreises, nur wenige Meter von Lucero entfernt.

Er zog die Finger aus den leeren Augenhöhlen des Schädels und ließ das Blut herauslaufen, so daß der Kreis geschlossen wurde.

Plötzlich wurde es dunkler, und die Musik wurde leiser.

Es tut mir leid, betete sie zum Licht. *Bitte verzeih mir für das, was dir angetan wird.*

Bei diesem Gedanken spürte sie, wie der graue Fleck in ihrer Seele heller und auch die Musik wieder ein klein wenig lauter wurde.

Oscuro fiel auf ein Knie, und sein keuchender Atem war über den Gesang hinweg zu hören. Er sah zu Lucero auf und lächelte, und der Ausdruck in seinen Augen ließ sie innerlich frösteln.

»Das war ziemlich knapp, mein Kind. Ich dachte schon, dieses Miststück würde mich schaffen, bevor ich die Barriere fertigstellen könnte.«

Sein Tonfall war abgehackt, als sei er gerade eine sehr lange Strecke gelaufen, und er wischte sich eine dunkle Flüssigkeit von der Stirn.

Er schwitzt Blut, wurde Lucero klar. Sie hatte gedacht, er sei nur vom Blut seiner Opfer verschmiert, aber wo er sich das Blut weggewischt hatte, konnte sie sehen, wie sich frische Blutperlen auf seiner blassen, kränklich aussehenden Haut bildeten.

Er sah ihr in die Augen und musterte sie einen Moment lang, und Lucero geriet plötzlich in Panik. *Er weiß es!* dachte sie. *Er muß es wissen! Ich bin der Grund, warum er so schwer kämpfen muß. Jetzt hat er mir in die Augen gesehen und meine Liebe für die Musik und mein Verlangen nach dem Licht entdeckt.*

Er sieht, daß meine Seele grau geworden ist.

Oscuro lächelte. »Hilf mir auf, Kind. Ich weiß, daß du aufgrund des heiklen Gleichgewichts, das du zu wahren hast, bei den Opferungen nicht helfen kannst, aber das heißt nicht, daß du deinem Herrn nicht auf die Beine helfen kannst.«

Lucero nahm all ihren Mut zusammen und ging zu dem bärtigen Mann.

Er streckte eine blutige Hand aus, und sie nahm sie mit einem Schaudern und zog.

Oscuro stand auf und hielt ihre Hand fest. Auge in Auge wurde Lucero sich plötzlich des Blutgeruchs bewußt, des lieblichen Duftes ihrer Sucht. Sie leckte sich nervös die Lippen, als ihr Hunger stärker wurde.

Plötzlich bildete sich ein Lächeln auf Oscuros Gesicht – ein Lächeln voller Freundlichkeit und Anteilnahme. Luceros Furcht ließ nach, und sie konnte nicht begreifen, wie sie für diesen erstaunlichen Mann jemals hatte Mitleid empfinden können.

»Meine Kleine, du hast so viel ertragen und so viel für mich erreicht. Du bist eine wahrhaft bemerkenswerte Dienerin.«

Sie neigte den Kopf. »Vielen Dank, Gebieter.«

Seine blutige Hand glitt unter ihr Kinn und hob ihren Kopf an, so daß sie ihm in die Augen schaute.

Für sie nahm er das Aussehen von etwas gefährlich Schönem an. Das Blut, das ihn bedeckte, lockte sie, und plötzlich stellte sie fest, daß sie sich wünschte, sie könnte ihn küssen, ihm das Blut vom Gesicht und von den Händen lecken.

Die Musik wurde lauter.

Nein! dachte sie. *Ich werde der Versuchung des Blutes widerstehen.*

Schmerzen flackerten über Oscuros Gesicht, und er wich einen Schritt vor ihr zurück.

Lucero schaute an sich herab und konnte das matte Leuchten sehen, das aus ihr kam. Sie erhellte den Kreis!

Das matte Leuchten drang nach außen und trieb Oscuro von ihr weg. Der Ausdruck des Schmerzes auf seinem Gesicht wich einem der Entschlossenheit. »Ich muß jetzt gehen.«

Sie war erfüllt Ehrfurcht vor dem, was mit ihr geschah. Die Musik wurde für sie immer lauter, bis Oscuro schreien mußte, um sich verständlich zu machen.

»Du wirst mit mir kommen.«

Ihre Stimme brach, als sie sagte: »Warum?«

Er zwang sich zu einem Lächeln. »Dein Geist ist stark, aber das Gleichgewicht ist gestört. Es ist dir nicht gestattet, ins Licht zu treten. Es würde dich vernichten.« Er war jetzt fast bis zu den aufgestapelten Leichen am Rand des dunklen Kreises zurückgewichen.

Dann, gerade in dem Augenblick, als Luceros matter Schein den Rand des dunklen Kreises erreichte, beschrieb Oscuro eine Geste in der Luft. Eine beiläufige Geste, die eine Röhre aus der Welt machte. Die Röhre sog sie auf und in einen Strom der Dunkelheit.

Hinter ihr überschwemmten die Musik und das Licht den dunklen Kreis und reinigten ihn. Brannten seinen Schmutz mit Schönheit und perfekter Harmonie aus. Tauchten ihn in ein strahlendes Reinweiß.

Doch sie war zu weit entfernt, um das Licht zu berühren und die Musik zu hören. Sie wurde von dem dunklen Strom mitgerissen und schrie. Und sie schrie immer noch, als ihr Geist wieder in ihren Körper fuhr.

21

In dem kalten Regen sah Ryan, wie Miranda fiel. Der Bär-Mann schmetterte sie auf sein Knie, und das Knacken ihres Rückgrats hallte über die Lichtung.

Mirandas Schrei enthielt einen Unterton äußerster Qual, und für einen Augenblick wurde die graue Welt rings um Ryan völlig still. Er spürte Regen auf seinem Gesicht und Schmerzen in Schulter und Eingeweiden, aber all das schien sehr weit entfernt zu sein.

Mirandas zweiter Schrei brachte alles wieder ins Bewußtsein, riß Ryan wieder in die Realität zurück. Seine Sinne schalteten einen Gang hoch, und seine Reflexe waren so angespannt wie Monodraht. Er lief auf den Bär-Mann zu und wich dabei dem Naturgeist mühelos aus.

Als er freies Schußfeld hatte, gab Ryan einen Feuerstoß aus seiner Ingram ab und bereitete sich auf die letzten Meter vor.

Keine Geister manifestierten sich, um den Kugelhagel abzuwehren, und der Mann fiel förmlich auseinander, explodierte in einem roten Sprühregen, der die Bäume färbte. Der Bär-Mann drehte sich zu Ryan um, hatte es aber erst zur Hälfte geschafft, als Ryans nächster Feuerstoß seine Knie zerfetzte. Der Bär-Mann brach zusammen, und die dadurch befreiten Geister verschwanden im Astralraum.

Tot.

Dann hatte Ryan ihn erreicht und wich ihm aus, um zu Miranda zu gelangen.

Sie lag wie eine Strohpuppe da, und ihre Beine standen unförmig von ihrem Rumpf ab. Ihr Gesicht war mit Blut und Lehm verschmiert. Wo die Haare nicht weggebrannt waren, klebten sie ihr wie ein schmutziger Helm am Kopf.

Blut lief aus ihrem Mund, und ihr fehlten mehrere Zähne.

Ryan konnte den Anblick fast nicht ertragen. In seinem Herzen war ein stechender Schmerz, und er akzeptierte die Verantwortung. »Dhin, ich bringe Miranda zum Panzer. Halte dich bereit für eine medizinische Notbehandlung.«

»Verstanden.«

»Axler?«

»Ich bin hier, Quecksilber«, ertönte Axlers Stimme. »Durchgekaut, aber nicht ausgespien.«

»Wirst du es schaffen?«

Axler kicherte. »Ich habe nichts, was nicht einige hundert K Nuyen wieder in Ordnung bringen könnten.«

»Freut mich zu hören«, sagte Ryan. »Bleib ruhig und halte die Augen offen. Burnout ist immer noch irgendwo dort draußen.«

Miranda öffnete plötzlich die Augen und sah ihn an. Ihre Stimme klang wie die eines Kindes, weich und atemlos. »Ryan.«

Er kniete sich neben sie. »Ich bin hier, Miranda.«

»Keine ... invasive Behandlung.«

Ryan nickte. Für einen Magier war jegliches Einsetzen von Metall in den Körper, jede Art von invasiver Behandlung, mit einem Machtverlust verbunden.

Sie schluckte, und mehr Blut sickerte aus ihrem Mund. »Der Wichser ist tot?«

Ryan drehte sich um, wälzte die riesige Gestalt herum und starrte sie verblüfft an. Das zerstörte Gesicht war immer noch von schmutzig weißen Barthaaren bedeckt. Die Schädeldecke des Mannes war völlig verschwunden. »Er ist tot«, sagte Ryan.

Miranda lächelte und schloß die Augen.

Ryan wechselte auf Astralsicht. Sie lebte noch, aber ihre Verbindung zu dieser Welt wurde mit jedem Augenblick schwächer.

»Jane, nimm Kontakt mit DocWagon auf und gib mir eine Schätzung, wie schnell wir uns mit einer ihrer Rettungsmannschaften treffen können.«

»Bin bereits dabei, Quecksilber. In Polson gibt es eine kleine Klinik. Mit dem Phoenix würde der Flug zehn Minuten dauern.«

»Dann machen wir es«, sagte er. »Und ruf ein Erste-Hilfe-Programm auf, einen von diesen virtuellen Ärzten.«

»Du willst, daß ich dir Anweisungen gebe, wie du sie zusammenflickst?«

»Ja, ohne Hilfe wird sie keine zehn Minuten mehr überstehen.«

Grind kam zu ihnen gehumpelt.

Ryan sah ihn an. »Bist du okay?«

Grind nickte.

»Kümmere dich um Axler«, sagte Ryan. »Hilf ihr dabei, in den Phoenix zu gelangen.«

»Geht klar.«

»Dhin, bring die Trage. Ich bin ziemlich sicher, daß ihr Rückgrat gebrochen ist.«

»Bin schon unterwegs, Boß.«

Zuerst muß die Blutung gestoppt werden, dachte Ryan. Er zog ein großes Kampfmesser aus seiner Stiefelscheide und schnitt mehrere Streifen aus seinem Nachtanzug, mit denen er ihre Wunden verband.

Dhin kam mit der Trage und half Ryan, sie unter Miranda zu schieben. Sie trugen sie die fünfzig Meter zum Phoenix II und setzten die Trage dann vorsichtig ab. Ryan biß die Zähne zusammen und versorgte ihre Wunden, wobei er Janes Anweisungen folgte.

Grind und Axler humpelten herein, wobei der Zwerg Axler stützte, da ihr rechtes Bein direkt unterhalb des Knies gebrochen zu sein schien. Sie war ziemlich übel zugerichtet, schien aber kaum Schmerzen zu haben.

»Ryan.« Das war wieder Miranda, und diesmal klang ihre Stimme noch schwächer.

»Ich bin hier, Miranda.«

Sie sah ihn an, und ihre Augen verloren immer wieder jeglichen Brennpunkt. »Habt ihr den Cyborg erwischt?«

Ryan sah sie einen Moment lang an und erwog, sie zu belügen. Dann schüttelte er den Kopf. »Tut mir leid. Aber das werden wir nachholen.«

Sie wollte noch etwas sagen, krampfte sich jedoch nur zusammen, als sie die Schmerzen von ihrem Rücken durchzuckten.

Dhin spritzte ihr Syndorphin.

Sie wurde schlaff und verlor das Bewußtsein.

»In Ordnung, Dhin. Ihr startet. Sofort.«

»Was ist mit dir, Boß?«

»Ich bringe die Sache mit Burnout zu Ende.«

Grind machte einen Versuch aufzustehen. »Wenn du bleibst, bleibe ich auch.«

Aus dem Augenwinkel sah Ryan eine Bewegung, so schnell, daß sie nur ein huschendes Schemen im Regen war. Er fuhr herum und zog die Ingram, doch schon als er die Waffe hob, wußte er, daß es zu spät war.

Eine ungeschlachte Gestalt verschwand in der Dunkelheit. Es war Burnout, aber er trug etwas. Den Schamanen. Burnout hatte ihnen die Leiche des Schamanen vor ihrer Nase gestohlen.

Grind lief bereits die Rampe hinunter.

»Dhin! Schaff Miranda und Axler zur Klinik.« Dann lief Ryan ebenfalls.

Er und Grind umrundeten das Piniengehölz und rannten dann an der zweiten Felswand entlang. Ein steiler Hang aus lockerem Schiefer. Völlig unmöglich zu überqueren, weil der Hang vom Regen spiegelglatt war und beständig Schiefergeröll den Berg herunterrutschte.

Sie machten einen Bogen um einen Felsvorsprung, und plötzlich stand Burnout vor ihnen. Der Cyberzombie hatte seinen jetzt nutzlosen dritten Arm um die Hüfte des Mannes gelegt und benutzte ihn als eine Art Schild. Er schoß mit seinem Predator auf Grind und traf den Zwerg an der Schulter. Grind wurde zurückgeschleudert.

Ganz in der Nähe zuckte ein Blitz über den Himmel. Der anschließende Donnerschlag übertönte das Knattern von Ryans Ingram vollständig, als dieser das Feuer eröffnete.

Die Leiche des Schamanen fing den größten Teil des Kugelhagels auf, aber Burnout wurde zweimal in den Oberschenkel getroffen und schwankte rückwärts.

Dann krachte Burnouts Predator erneut, und Ryan wich zur Seite aus. Er prallte auf den Boden, rollte sich ab und kam geduckt wieder hoch, die Ingram im Anschlag. Ein Feuerstoß durchlöcherte die Luft an der Stelle, wo Burnout soeben noch gestanden hatte.

Der Cyberzombie war wieder verschwunden, und einen Moment lang fragte Ryan sich, ob Lethe ihn abermals verborgen hatte. Doch als der Donner ausrollte, hörte Ryan das unverkennbare Geräusch einer Geröllawine. Das metallische Kreischen des Cyborgs, als dieser die Klippe herunterfiel.

Ryan sprang auf und lief die paar Meter zum Klippenrand. Als er nach unten sah, konnte er nichts als eine steile Felswand aus Schiefer sehen, die bis zu einem kleinen dunklen See mehrere hundert Meter unter ihnen reichte. Eine Steinlawine rumpelte die Felswand herunter, aber der dichte Regen erschwerte es Ryan, Burnout auszumachen, falls der Cyberzombie überhaupt dort unten war.

Drek, dachte er. *Nicht schon wieder.*

22

In Burnouts Körper fiel Lethe. Der glitschige Schiefer unter ihnen war wie eine Rutschbahn mit scharfen Kanten. Die regennassen Schieferbrocken bildeten vor und neben ihnen eine Lawine, die Tonnen von Gestein nach unten riß.

Burnout benutzte die Leiche des Kodiaks als eine Art Polster und versuchte sich bei ihrem Absturz eine Spur von Kontrolle zu bewahren. Die Luft war kalt und naß, der Wind wie Nadeln aus Eis. Lethe spürte alles, was Burnout spürte, mit absoluter Klarheit. Seine Essenz schien jetzt unwiderruflich an Burnout gebunden zu sein.

Einstweilen ist das vielleicht sogar das beste, dachte er.

Burnout war von Wut erfüllt, von Haß auf Ryan Mercury, weil er den Kodiak getötet hatte. Lethe konnte das Gefühl spüren wie einen Geschmack. Er empfand Burnouts Gedanken und Gefühle beinahe so, als seien sie seine eigenen. Tatsächlich fiel es ihm immer schwerer, sie zu ignorieren.

Die Wut erfüllte ihn und brachte ein Bild mit sich. Ein Elf mit einem bemalten Gesicht lümmelte sich in einem französischen Garten. Der Garten war von uralten Mauern umgeben. Salzige Luft und das matte Tosen des Meeres. Blauer Himmel und kobaltblaues Wasser.

Wut und Frustration brodelten in ihm, drohten ihn zu überwältigen.

Der Elf lächelte, doch seine Augen funkelten. »Das ist ein unerwarteter Besuch«, sagte er.

Es gab einen wütenden, hitzigen Wortwechsel. Ein Gespräch, das wie eine Collage von Gefühlen war.

Dann verblaßte die Szene, und Lethe konnte sich an nichts mehr erinnern.

»Was war das?« fragte Burnout, der die Fersen gegen die Felswand stemmte, um ihren Fall zu bremsen.

»Du hast es ebenfalls gesehen?«

»Ja.«

»Ich weiß es nicht«, sagte Lethe. »Ich glaube, es war eine Erinnerung.«

»Eine Erinnerung woran?«

»Ich weiß es nicht. Vielleicht war es eine von meinen Erinnerungen.«

Burnout sagte nichts.

Der See tauchte unter ihnen auf wie eine schwarze Mauer, wie eine undurchdringliche Schicht dunkelsten Asphalts. Doch Burnout hatte Fersen und Handballen in den Schiefer gegraben, um sie abzubremsen. Das dunkle Wasser prallte gegen sie, erschütterte ihren Körper bis in den Metallkern. Dann kam die Kälte, als sie von der eisigen Flut verschluckt wurden und auf den Grund sanken.

23

Ryan stand im strömenden Regen und schaute auf das schwarze Rund des dreihundert Meter tiefer gelegenen Sees. *Burnout hat diese Flucht geplant*, dachte er. *Er hat sich eine Fluchtmöglichkeit offengehalten.*

Ryan wußte, daß das Bände in bezug auf die Psyche des Cyberzombies sprach. Es bedeutete, daß Burnout seinem Leben einen Wert beimaß, und das war ungewöhnlich.

Cyberzombies hatten nur eine brüchige, schwache Verbindung zum Leben. Manchmal versagte die cybermantische Blutmagie, welche die Seele dazu veranlaßte, im Körper zu bleiben. Viele der ersten Cyberzombies waren ganz plötzlich gestorben. Daß Burnout ein Gefühl des Selbstschutzes entwickelt hatte, bedeutete, daß er als Individuum dachte. *Das muß der Einfluß des Drachenherzen sein*, dachte Ryan. *Oder vielleicht Lethe.*

Ryan sprach in das Tacticom-Mikro an seiner Kehle. »Dhin, bist du schon gestartet?«

»Bin gerade dabei.«

»Warte zehn Sekunden. Grind und ich kommen mit.«

Grind stand drei Meter entfernt und sah ihn an. »Du willst nicht nach ihm suchen?«

»Ich will diese Sache durchziehen«, sagte Ryan. »Aber alles zu seiner Zeit. Im Moment müssen wir uns um Miranda und Axler kümmern.« Er drehte sich um, lief zur Lichtung zurück und stieg in den Phoenix II.

Grind war dicht hinter ihm. »Ich bin drin«, sagte der Zwerg. »Los!«

Die Düsen jaulten, und der Schwebepanzer hob sich in den brodelnden schwarzen Himmel. »Ich habe Verbindung mit DocWagon in Polson aufgenommen«, ertönte Janes Stimme. »Wir werden bereits erwartet.«

»Ausgezeichnet«, sagte Ryan, indem er sich neben Miranda kniete. Er hielt ihren verbrannten Arm.

In diesem Augenblick erwachte sie. Ihr Blick war von dem schmerzstillenden Mittel vollkommen verschwommen, ihre Stimme ein Flüstern. »Ich habe ... geträumt.«

Ryan versagte die Stimme.

»Ich habe geträumt, daß du ... daß du noch rechtzeitig zu mir kommen würdest, Travis. Ich meine, Quecksilber.«

Ryan drückte zärtlich ihre Hand.

Miranda lächelte. »Hast du ihn erwischt?«

Wieder wollte Ryan lügen, wollte ihr sagen, daß Burnout eine verbogene Masse aus verkohltem Chrom war. Er sah ihr in die Augen und die Qual darin und konnte sie nicht täuschen. Er schüttelte den Kopf. »Wir haben ihn verloren. Er ist die Schieferwand hinabgerutscht und auf diese Weise entkommen.«

Miranda ließ den Kopf auf die zusammengefaltete

Plane sinken, die Dhin ihr anstelle eines Kissens untergelegt hatte.

»Aber wir kriegen ihn«, sagte Ryan. »Du und ich. Wir kriegen ihn gemeinsam, und wir werden ihn für das hier büßen lassen.«

Miranda lächelte, und ihre aufgesprungenen Lippen fingen an zu bluten. »Keine Lügen, Quecksilber, nicht … für dich und mich. Ich werde es nicht schaffen.« Ein Hustenanfall erfaßte sie, und Blut spritzte in einem feinen Nebel aus ihrem Mund.

Ryan strich ihr sanft über den Kopf und spürte die blasige Haut unter seiner Hand. »Du mußt dich jetzt ausruhen. Spar deine Kräfte. Du hast es bis hierher geschafft, und wir werden dich schon wieder zusammenflicken.«

»Selbst wenn ich es … schaffe, werde ich nicht … in der Verfassung sein …« – Mirandas Atem kam jetzt in keuchenden Stößen – »Burnout zu bekämpfen«, beendete sie den Satz.

»Schsch«, machte Ryan. »Burnout und ich sind durch das Drachenherz miteinander verbunden. Wir werden uns wiedersehen.«

Ihre Augen umwölkten sich. »Travis …« Miranda war jetzt im Delirium. »Travis, danke, daß du … mir geholfen hast … rauszukommen.«

»Schsch, Miranda.«

»Wegen dir … habe ich Fuchi verlassen. Dafür muß ich dir … danken.«

Miranda lächelte wieder, und das Blut aus ihrem Mund lief ihr über die Wangen. »War 'ne ziemlich wilde Fahrt.« Sie lachte, ein erstickter, röchelnder Laut, der einen weiteren Hustenanfall einleitete.

»Versuch nicht zu reden.« Ryan spürte kalte Wut in sich aufsteigen.

Sie seufzte, und der Laut blubberte in ihrer Brust. »Versprich … mir … eines.«

Ryan wurde vor Wut schwarz vor Augen. »Alles.«

Sie winkte ihn näher heran, und als er sich zu ihr herunterbeugte, flüsterte sie: »Versprich mir, daß es nicht ... vergebens war.« Miranda verlor das Bewußtsein.

Ryan ballte die Fäuste und biß die Zähne zusammen. »Ich verspreche es«, sagte er mit kalter, entschlossener Stimme. »Burnout wird büßen, und das Drachenherz wird seinen Bestimmungsort erreichen. Das verspreche ich dir, Miranda.«

Ryan wischte sich in dem Moment über die Augen, als Dhin den Phoenix II landete. Sanitäter von DocWagon umschwärmten ihn, um sie zu holen. Sie sagten, daß es eng würde. Sie liege jetzt im Koma, und der Hirntod stehe unmittelbar bevor.

Ryan konzentrierte sich auf seine Astralsicht und sah nach ihrer Aura, während sich die Sanitäter um sie kümmerten, aber die Aura war schwach und wurde immer schwächer.

Die Wut krallte sich in seine Eingeweide wie ein gefangenes Raubtier, und sein Flüstern war ein harscher, freudloser Laut in seiner Kehle. »Wenn sie stirbt, wird Burnout dafür büßen.«

24

In der Schwärze tief unter der Oberfläche des Cat Lake klammerte sich Burnout an einen riesigen Felsen und wartete geduldig im Schoß des eisigen Wassers. Im Laufe des Nachmittags war er mehrfach aufgetaucht, um seinen Lufttank aufzufüllen, wobei er äußerste Sorgfalt darauf verwandt hatte, sich nicht blicken zu lassen.

Ryan Mercury und sein Team hatten die Gegend anscheinend verlassen, aber Burnout wollte kein Risiko eingehen. Lethe ebenfalls nicht, und so zapfte er die

Macht des Herzens an, um ihre Anwesenheit zu verschleiern.

Als sechs Stunden vergangen waren, kam Burnout zu dem Schluß, daß die Gefahr vorüber war. Ryan und sein Team würden vor Einbruch der Dunkelheit nicht mehr zurückkommen. Er ließ den Felsen los und zog die schlaffe Gestalt des Schamanen unter zwei großen Felsen hervor, wo er sie zuvor eingeklemmt hatte, dann trieb er mit ihr langsam zur Oberfläche.

Burnout durchbrach die Wasseroberfläche wie ein Leviathan aus einem technologischen Alptraum. Nichts an ihm sah mehr menschlich aus. Sämtliche noch verbliebene Haut war zerfetzt und vom Wasser in graue, runzlige Lappen verwandelt worden, die hier und da noch an den synthetischen Muskeln seiner Metallgestalt hafteten.

Als er die Leiche des Schamanen packte, fiel sein Blick auf seinen Unterarm. Er hatte sich den Namen Burnout als Erinnerung daran, was er verloren hatte, in die Haut tätowieren lassen, aber der Schriftzug war nicht mehr vollständig. Das ›out‹ war nicht mehr zu sehen, und nur noch das ›Burn‹ war übrig. Es kam ihm sehr passend vor.

Die Leiche des Kodiak trieb neben ihm, und er zog sie ans Ufer. Im Schatten eines großen Felsen blieb er stehen, alle Sinne aufs äußerste angespannt. Die Abendluft über dem Cat Lake war kühl und grau. Der Geruch nach Kordit verflüchtigte sich langsam, haftete den Bäumen und Felsen aber immer noch an. Ein subtiler Hinweis auf Tod und Zerstörung.

Es mochte immer noch Gefahr bestehen, und Burnout ging kein Risiko ein. Ryan hatte sich wiederum als Profi erwiesen, und wenn der Kodiak ihm nicht beigestanden hätte, wäre Burnout von Ryan besiegt und dieser kleine See vermutlich sein Grab geworden.

Burnout faßte sich hinter den Kopf und ergriff seinen unbrauchbaren Gliederarm, der verbogen und verbeult direkt über seinem Kopf hing. Er mußte seine Einschätzung von Ryans Körperkraft korrigieren. Trotz der aufgetretenen Zentrifugalkräfte wäre kein normaler Mensch in der Lage gewesen, die Titanstreben zu verbiegen.

Mit einem Ächzen vollendete Burnout Ryans Werk und riß den Arm an der Basis ab, so daß nur noch ein gezackter Stumpf übrigblieb. Ohne ihn anzusehen, warf er ihn über die Schulter, so daß er mit einem leisen Klatschen im See landete.

Ohne ein Wort hievte Burnout sich die Leiche des Kodiaks über die Schulter und kämpfte sich den Hang hinauf. Lethe verhielt sich während der zweistündigen Klettertour still, und Burnout war froh darüber. Er dachte über das Opfer des Kodiaks nach. Er war kein Verbrecher wie die alte Frau gewesen, und obwohl Burnout den Schamanen nicht getötet hatte, fühlte er sich doch für seinen Tod verantwortlich.

»Der Kodiak hat sein Schicksal selbst gewählt«, sagte Lethe.

Liest du meine Gedanken?

Keine Antwort.

»Ich weiß«, sagte Burnout. »Aber ich habe Ryan hergeführt. Er wollte sich das Herz holen.«

»Du hast nicht um die Hilfe des Kodiak gebeten. Er hat sie dir freiwillig gegeben. Dich trifft keine Schuld.«

»Ich gebe mir auch keine Schuld«, sagte Burnout entschieden in scharfem Tonfall. »Ich gebe Ryan Mercury die Schuld.« Er erreichte den Klippenrand und zog sich darüber hinweg. »Aber ich trage ebenfalls eine gewisse Verantwortung.«

Er legte den Toten vor sich auf den Boden und sah sich um. Die Bäume waren gebeugt und geknickt, die Stämme teilweise von Kugeln zerfetzt. Der ehemals so friedliche Ort sah wie ein Kriegsgebiet aus.

Er ging zum Turm und betrat die Hütte darunter.

Burnout sammelte alle magischen Gegenstände und Hilfsmittel des Kodiak und den Fellmantel ein, den der alte Mann getragen hatte, und brachte alles nach draußen.

Er ging zu der hohen, wackligen Leiter, die zur Spitze des Turms führte, und brachte alles zu der hundert Meter hoch gelegenen Plattform. Die einfache Plattform war bis auf einen Drehstuhl leer, den jemand vor Jahrhunderten an die Holzplanken genagelt hatte.

Der Stuhl war in einer nach Osten zeigenden Stellung festgerostet und mit einem Pumafell bedeckt. Burnout konnte sich noch daran erinnern, wie der Kodiak den Puma vor vielen Jahren erlegt hatte. Dies war der Lieblingsplatz des Kodiak gewesen. Er hatte Burnout verraten, daß Bär ihm dort oft in Geheimnisse einweihte, auf deren Ergründung erdgebundene Anhänger niemals hoffen konnten.

Aus dieser Höhe konnte Burnout weit in das nächste Tal blicken, wo das rote Auge des Sonnenuntergangs unter den Überresten der Gewitterwolken hervorlugte. Rot leuchtende Streifen verbrannten den Himmel wie Feuerzungen.

Sehr passend.

Burnout stieg die Leiter wieder hinab, hievte sich die Leiche des Schamanen auf die Schulter und kehrte dann auf die Plattform zurück. Er setzte den Toten aufrecht auf den Stuhl, so daß sein gesichtsloser Kopf direkt in die untergehende Sonne schaute. Dann verteilte Burnout sämtliche Besitztümer des Schamanen rings um ihn und bedeckte den alten Mann schließlich mit dem Fellmantel.

Er stieg die Leiter wieder hinab, ging in die Hütte und entzündete ein Feuer in dem alten Kanonenofen. Als es ordentlich brannte, nahm er ein paar lodernde Scheite und setzte die Bettstatt des Schamanen in Brand. Dann ging er wieder hinaus in die kühle

Abendluft und sah zu, wie das Dach der Hütte Feuer fing.

Er zog sich in sichere Entfernung zurück und beobachtete, wie der Turm verbrannte.

»Mein Freund, du hast dein Leben für mich gegeben, und jetzt übergebe ich deine Seele Bär. Möge er für dich sorgen.«

Es dauerte nur Minuten, bis das alte Holz des Turms Feuer fing, und plötzlich schien es so, als sei das Bauwerk eine Feuersäule. Rauch schoß in den Himmel und schien die leichte Brise zu ignorieren, die mittlerweile wieder aufgekommen war.

Nach einer halben Stunde stürzte das riesige Bauwerk mit einem Krachen wie Donnerhall in sich zusammen. Brennende Trümmer wurden hochgeschleudert, und Flammenzungen schossen in den Himmel.

»Ein angemessener Scheiterhaufen«, bemerkte Lethe.

Burnout nickte und sah weiter zu, wie die Überreste des Turms verbrannten. Wegen des Gewitterregens breitete sich das Feuer nicht auf die umliegende Vegetation aus. Es beschränkte sich auf den Turm und sank langsam in sich zusammen, als es in den verkohlten Holzresten keine Nahrung mehr fand. Es war fast so, als kenne das Feuer seinen Zweck.

»Ich habe nachgedacht«, sagte Lethe.

Burnout beobachtete die Rauchfahnen, wie sie zum Himmel strebten, und dachte an jene letzten Stunden vor dem Angriff. »Nun, das ist immerhin einer von uns.«

»Vielleicht hätte dieses ganze Unheil verhindert werden können, wenn ich Ryan Mercury getötet hätte, als ich Gelegenheit dazu hatte. Als mir klargeworden ist, daß er das Herz für seine egoistischen Zwecke mißbrauchen wollte.«

Burnout schüttelte den Kopf. »Bei diesem Spiel hat jeder die Wahl. Ich habe die Wahl getroffen, das Herz zu stehlen, Mercury hat die Wahl getroffen, mich zu verfolgen, um es sich zurückzuholen. Ryan Mercury und ich tragen die Schuld am Tod des Kodiaks. Sonst niemand.«

Burnout wandte sich von dem rauchenden Trümmerhaufen ab und ging zu der flachen Grube, die er am Morgen ausgehoben hatte und in der er gewartet hatte, um Mercury zu überraschen. Es war tatsächlich eine Überraschung geworden. Für sie beide. Mercury war zu großer Form aufgelaufen … Seine taktischen Fähigkeiten hatten Burnouts Kämpferqualitäten genügend aufgewogen, um ein Patt zu erreichen.

Burnout hatte damit gerechnet, daß Mercury auf der Lichtung landen würde. In diesem Fall hätten er und der Kodiak den Feind zwischen sich zerquetscht. Anstatt Mercury und seine Leute in die Zange zu nehmen, waren sie selbst in die Zange genommen worden. Dennoch hatten sie es geschafft, Ryan mit ihrer Aufstellung zu überraschen.

Er sammelte die wenigen Habseligkeiten ein, die er in dem Loch verstaut hatte, die Reservemunition und den zweiten Predator. Dann machte er sich auf den Rückweg den Berg hinunter. Mercury würde zurückkehren, da sich sein Verlangen nach dem Herz durch die erlittenen Verluste noch steigern würde. Burnout hatte die Absicht, längst nicht mehr da zu sein, wenn Mercury mit Verstärkung zurückkam.

»Ryan Mercury ist der Schlüssel«, sagte Lethe. »Er ist das einzige Hindernis …«

»Wovon redest du, zum Teufel? Natürlich ist Mercury der Schlüssel.«

»Habe ich das laut gesagt?«

»Ich habe es gehört.«

Lethe schwieg einen Moment lang. Dann sagte er: »Ich würde dir gern dabei helfen, Ryan Mercury zu töten.«

25

Wieder auf dem Gelände von Assets Incorporated angelangt, reagierte Ryans benebelter Verstand auf die Nadelstrahlen der Dusche auf die Weise, wie ein blinder Bettler den Duft eines herzhaften Mahls empfunden hätte. Er drehte und wand sich, so daß das heiße Wasser jeden Teil seines Körpers erreichte und die Kraft der Strahlen das Blut und den Gestank nach Tod abwaschen konnte.

Miranda war gestorben, bevor sie in der Klinik eingetroffen war. Ihr geschwächter Körper war unter der Belastung zusammengebrochen.

Ryan war mit Dhin und Grind im Phoenix II zu Assets zurückgeflogen. Axler war in der Klinik geblieben, um sich einen neuen Arm und ein neues Bein anpassen zu lassen. Einige Syndorphin-Injektionen hatten ihr die körperlichen Schmerzen genommen, aber sie war über Mirandas Tod ebenso betroffen wie die anderen.

Ryan war noch eine Weile geblieben und hatte Axler abzulenken versucht, indem er ihr Cyberware-Kataloge gezeigt und sie dazu zu bewegen versucht hatte, sich ihre Lieblingsspezifizierungen auszusuchen. Sie würden einen Haufen Nuyen kosten, aber das war Ryan egal. Axler war alles wert, was sie haben wollte.

Jetzt rieb er sich Seife um die Wunde, die Burnout ihm in der Rippengegend zugefügt hatte. Ryan wußte, daß die Verletzung ohne medizinische Behandlung für jeden anderen tödlich gewesen wäre, aber er hatte bereits im Laufe des Nachmittags gespürt, wie der Heilungsprozeß einsetzte.

Als Dhin schließlich Gelegenheit gehabt hatte, sich seine Verletzung anzusehen, war sie bereits verschorft gewesen. Dhin hatte das Blut in seiner Kleidung betrachtet und fragend eine Augenbraue gehoben, was seinem kantigen Gesicht einen beinahe intelligenten Ausdruck verliehen hatte.

»Meine Wunden sind schon immer schnell verheilt«, hatte Ryan die unausgesprochene Frage beantwortet.

Nun, da er über das sich rasch bildende Narbengewebe rieb, staunte er darüber. Er wußte, daß Magie etwas damit zu tun hatte, auch mit seiner Behendigkeit und Kraft, aber das schien es auch nicht besser zu erklären.

Ryan kannte viele andere, die so waren wie er. *Ki*-Adepten, die ihren Körper magisch beherrschten und ihm Dinge abverlangten, die sich kein Normalsterblicher vorstellen konnte. Er hatte sogar eine andere Person gekannt, die dem Unsichtbaren Weg folgte, der dem Lautlosen Weg ähnelte, den Dunkelzahn ihn gelehrt hatte. Diese andere Adeptin war extrem fortgeschritten in ihrer Technik gewesen, und er hatte einige wertvolle Dinge von ihr gelernt.

Dennoch konnte sie sich im Kampf nicht einmal annähernd mit ihm messen. Er konnte immer auf die Lektionen im Arboretum zurückgreifen, auf die Kämpfe mit Dunkelzahn in der Dunkelheit und Stille der spektralen Schatten. Diese Lektionen und seine angeborene Magie gaben in jedem Kampf den Ausschlag zu seinen Gunsten.

Es hatte der gemeinsamen Bemühungen von Technik und Magie bedurft, um einen Gegner zu erschaffen, der ihm gewachsen war.

Wie ist das überhaupt möglich?

Ryan schüttelte den Kopf, so daß ein Sprühregen von Wassertropfen an die Wand spritzte. Dunkelzahn hatte ihm immer gesagt, daß er unter seinesgleichen einmalig sei. Aus diesem Grund hatte ihn der Drache am Todestag seiner Eltern gerettet.

Ryan empfand eine Woge des Abscheus vor sich selbst. *Und wie ein kleiner Soldat habe ich keine Fragen gestellt. Jetzt ist es zu spät, noch welche zu stellen, und ich stehe ohne Antworten da.*

Er wollte die Dusche gerade abdrehen, als sein Armbandkom summte. Ein Blick auf den kleinen Bildschirm verriet ihm, daß es Janes Code war. Es war ihm egal, ob Jane ihn in der Dusche sah. Schließlich hatte sie ihn schon an schlimmeren Orten gesehen.

Ryan nahm das Gespräch entgegen. »Hallo, Jane, ich wollte gerade ...«

Er hielt abrupt inne. Das Gesicht auf dem Bildschirm war nicht Janes. Einen Moment lang hielt er den Atem an. Es war das Gesicht einer Frau, von der er nicht erwartet hatte, je wieder etwas zu hören.

Tief in seinem Herzen empfand ein Teil von ihm, der Roxborough war, einen Schauder der Angst.

Ryan unterdrückte das Gefühl und bedachte die Anruferin mit einem warmen Lächeln. »Alice, schön dich zu sehen. Tut mir leid wegen der Dusche, aber du solltest ehrlicher sein, wenn du anrufst.«

Alices kleiner Mund verzog sich von einem Lächeln zu einem anzüglichen Grinsen. »Du weißt nicht, wie lange es her ist, seit ich einen Mann in der Dusche überrascht habe. Meine Güte, sind wir nicht ein großer Junge? Und noch dazu an den richtigen Stellen.«

Ryan lachte, und es fühlte sich gut an, obwohl es schmerzte. »Was gibt es?«

»Ich dachte, du solltest wissen, daß ich in Roxborough Host in Panama war und alle Dateien gelöscht habe, die mit seiner Prozedur der Persönlichkeitsübertragung zu tun haben. Alles über Gedächtnisverschlüsselung und Persönlichkeitskartographie wurde gelöscht.«

»Dafür bin ich dir sehr dankbar, Alice.«

Alice wurde ernst. »Gern geschehen«, sagte sie. »Obwohl ich es eigentlich nicht für dich getan habe. Und jetzt habe ich eine Frage.«

»Ja?«

»Wie geht es deinem Rox?«

Ryan grunzte. »Er ist noch da, scheint aber mit

jedem Tag schwächer zu werden. In letzter Zeit kann ich sogar seine Gedanken von meinen unterscheiden.«

»Das ist gut.« Alice nahm einen Zug von ihrer Zigarette. »Aber hast du auch noch seine Erinnerungen?«

»Ich glaube schon.«

»Ryan, ich bin kürzlich in den Besitz äußerst bestürzender Informationen gelangt, und ich möchte, daß du sie auf der Grundlage von Roxboroughs Erinnerungen prüfst.«

»Worum geht es?«

»Vergiß nicht, daß Roxborough die Quelle für diese Information ist, also ist sie in höchstem Maße fragwürdig. Aber bis jetzt stimmt sie mit allem überein, was ich in der Matrix entdeckt habe. Ich warne dich, die Sache ist wirklich äußerst bestürzend.«

Plötzlich war Ryan wieder müde. Er wollte keine bestürzenden Informationen mehr hören. Er wollte nicht noch mehr Verantwortung. Seine Bürde war ohnehin schon zu schwer. »Betrachte mich als gewarnt«, sagte er.

Alice lächelte. »Ich liebe Männer mit Mumm«, sagte sie, und bevor Ryan antworten konnte, fuhr sie fort. »Die Information betrifft den Anschlag auf Dunkelzahn. Sie könnte sogar ausreichen, um dich zu den Hintermännern zu führen.«

Plötzlich war Ryan wieder hellwach. Sein ganzer Körper hatte sich gespannt, und seine Nackenhaare sträubten sich. »Raus damit, und es wäre besser für dich, mir keinen Unsinn zu erzählen.«

Alice bedachte ihn mit einem kühlen Blick. »Ich nehme an, diese Drohung war ein Scherz. Andernfalls bist du ein Idiot und ich habe dich maßlos überschätzt.«

Ryan holte tief Luft und zwang seine Muskeln, sich zu entspannen. »Entschuldige bitte, Alice. Die Ereignisse haben sich in letzter Zeit ein wenig überschlagen.«

Sie lächelte. »Schon vergessen. Glaub mir, ich habe mich über dich auf dem laufenden gehalten, und ich weiß, unter welchem Streß du stehst. Wenn diese Information nicht so wichtig wäre, würde ich dich einfach weitermachen lassen und dir später davon erzählen.«

»Ich verstehe. Und jetzt sag mir bitte, was Roxborough dir erzählt hat. Wenn ich zur Klärung des Sachverhalts beitragen kann, werde ich es dir sagen.«

Alice nickte. »Während des Crashs von '29 hat ein Mann namens Major David Gavilan Informationen entdeckt, die ihm Anlaß zur Vermutung gaben, daß ein Konzern namens Gossamer Threads für das Programm verantwortlich war, das schließlich zur Schaffung des Crash-Virus führte.«

Ryan war wie vor den Kopf geschlagen. »Was? Willst du damit sagen, daß Dunkelzahn den Crash herbeigeführt hat?«

Alice schüttelte den Kopf. »Nein, ich behaupte nichts dergleichen. Ich sage nur, daß David Informationen entdeckt hat, die *ihn* zu der Annahme veranlaßten, Gossamer Threads habe kurz vor dem Crash an dem Virus gearbeitet.«

»David?«

»Ein alter Freund«, erklärte Alice, und in ihrer Stimme lag ein Anflug von Trauer. »Dir ist er wohl besser unter dem Namen Damien Knight bekannt.«

Ryan schnappte nach Luft. »Damien Knight war der Leiter von Echo Mirage?«

»Damals hieß er noch David Gavilan.«

»Nichts davon spricht meine Roxborough-Erinnerungen an«, sagte Ryan. »Und ich sehe auch nicht, wie Dunkelzahn in dieses ganze Crash-Szenario passen soll. Er hat dabei Milliarden verloren. Sogar Gossamer Threads ist dabei draufgegangen.«

Alice seufzte. »Ich weiß, und offen gesagt würde ich auch gerne glauben, daß Dunkelzahn nichts mit dieser

Katastrophe zu tun hat.« Sie hielt inne und zwang sich dazu, einen neutralen Tonfall anzuschlagen, doch Ryan spürte, daß es schwierig für sie war, über den Crash zu reden, ohne in Wut zu geraten. »Dennoch«, fuhr sie fort, »übersiehst du das Wesentliche. Es spielt keine Rolle, wer tatsächlich dafür verantwortlich war, solange du begreifst, daß David Dunkelzahn für den Schuldigen hielt.«

Ryan nickte. »Ich kann dir folgen.«

»Gut, jetzt ein wenig Geschichte. Damien Knight schwang sich mit etwas zum Leiter von Ares Macrotechnology auf, das Nanosekunden-Aufkauf genannt wird. Hast du davon schon mal gehört?«

Ryan nickte. »Du kannst aufhören, mich so zu behandeln, als sei ich geistig zurückgeblieben, Alice. Jeder, der ein wenig Ahnung hat, weiß von der Direktübernahme.«

Alice runzelte die Stirn. »Vielleicht, aber was nicht jeder weiß, ist die Tatsache, daß es aller Wahrscheinlichkeit nach erst Dunkelzahns Hilfe war, die aus diesem Aufkauf einen Erfolg machte.«

»Das glaube ich sofort«, sagte Ryan. »Knight muß Hilfe von jemandem mit einem dicken Bankkonto gehabt haben.«

»Vielleicht hat Dunkelzahn ihm geholfen, um den durch den Crash angerichteten Schaden wiedergutzumachen.«

»Du meinst, er könnte sich verantwortlich gefühlt haben?«

»Warum nicht?«

Ryan schüttelte den Kopf. »Nicht Dunkelzahn. Vielleicht hat er Knight dabei geholfen, den Aufkauf zu bewerkstelligen, aber nicht aus einem Schuldgefühl heraus. Meiner Erfahrung nach haben Drachen keine Schuldgefühle.«

»Vielleicht hat Knight von Dunkelzahns Anteil am Crash gewußt und ihn erpreßt.«

»Das ist wahrscheinlicher, aber auch sehr gefährlich für Knight.«

Alices meerblaue Augen funkelten. »Vergiß nicht, daß die beiden miteinander Schach gespielt haben, und Knight hat nicht immer verloren. Er hatte den Respekt des Drachen.«

Ryan nickte, und plötzlich kam ihm ein Gedanke. Er sah Strapp vor sich, wie dieser in Nadjas Büro gestanden hatte. Er war aalglatt und hatte Ryan mit direkten Fragen bombardiert, und dann hatte er plötzlich die Taktik geändert und ihn nach Damien Knight gefragt.

»Bist du noch da, Ryan?«

Er schüttelte die Erinnerung ab, konnte aber nicht ganz die Wut unterdrücken, die ihn allmählich erfaßte. »Ja, ich bin noch da. Ich sage es dir, sobald du fertig bist. Fahre fort.«

»Ich will das mal Schritt für Schritt durchgehen. Erstens: David Gavilan, der Leiter von Echo Mirage, besiegt die Crash-Entität, verliert dabei aber enge Freunde und erregt die Aufmerksamkeit der Medien. Sein Privatleben ist ruiniert, und er ist gezwungen zu verschwinden und sich eine andere Identität zuzulegen, um einigermaßen vernünftig weiterleben zu können. Das weiß ich, weil ich dabei war.

Zweitens: Er wird Damien Knight und benutzt einige der zur Bekämpfung der Crash-Entität entwickelten Spitzentechnologien und sein Wissen darüber, wie man sich in Konzerne hackt, um den Plan des Nanosekunden-Aufkaufs zu ersinnen. Er weiß von Dunkelzahns Anteil am Crash, wie unbedeutend er auch gewesen sein mag, und er droht ihm, damit an die Öffentlichkeit zu gehen, wenn der Drache sein Vorhaben nicht finanziert.

Der Nanosekunden-Aufkauf funktioniert perfekt, und David ist jetzt der Hauptaktionär von Ares Macrotechnology, einem der größten Konzerne der Welt. Nur hatte er nicht die Tatsache berücksichtigt, daß Dunkelzahn in diesem Spiel besser war als er.«

»Du redest von Gavilan Ventures«, sagte Ryan, und plötzlich sah er klar, und trotz des heißen Wassers lief ihm ein kalter Schauder über den Rücken.

»Ja. Als sich die Aufregung gelegt hatte, gehörten David zweiundzwanzig Prozent von Ares, in etwa genausoviel wie dem ehemaligen Geschäftsführer Leonard Aurelius. Aber Dunkelzahn besaß Gavilan Ventures und damit zwölf Prozent von Ares. Da Aurelius und Knight ständig konträr stimmten, wurden Dunkelzahns zwölf Prozent zum Zünglein an der Waage. Der Drache hat den Konzern im Grunde kontrolliert. Im Endeffekt hatte der Drache ein erhebliches Druckmittel gegen Knight in der Hand.«

Ryan lächelte. »Jemand wie Knight muß das gehaßt haben.«

»Das glaube ich auch. Vermutlich hat er jahrelang insgeheim einen Haß auf den Drachen gehegt. Damien Knight ist vielleicht die einzige Person, der es gelungen sein könnte, seine wahren Gefühle vor dem Drachen zu verbergen. Schließlich haben ihre Schachpartien oft tagelang, manchmal sogar wochenlang gedauert.«

Ryan nickte. *Das klingt logisch.*

»Also wartet Knight viele Jahre und ersinnt schließlich den perfekten Plan.«

Ryan schnaubte. »Und was für ein Plan soll das gewesen sein? Weißt du Einzelheiten? Einen Drachen zu überlisten, ist etwa so wie der Versuch, einen Berg Stein für Stein zu bewegen. Wie viele Steine man auch wegnimmt, es scheint immer noch einer mehr da zu sein.«

Sie lächelte. »Zugegeben, aber wir reden hier von Damien Knight. Nein, ich weiß keine Einzelheiten darüber, wie er es getan hat. Jedenfalls noch nicht. Aber ich kenne ihn besser als du, und ich kann bestätigen, daß er genial und raffiniert ist. Denk nur daran, wieviel er durch Dunkelzahns Tod gewonnen hat. Er hat den günstigsten Augenblick gewählt.«

»Warum das?«

»Als Dunkelzahn starb, wurde Kyle Haeffner Präsident der UCAS.«

»Und ...«

»Kyle war mein Ehemann, bevor ich starb. Er und David waren dicke Freunde. Seit Jahren schon.«

Das Wasser auf Ryans Haut war plötzlich sehr kalt, und er vergaß beinahe zu atmen.

»Nachdem die Crash-Entität mich erwischt hatte, war Kyle am Boden zerstört. David hat alles getan, was in seiner Macht stand, um mich am Leben zu erhalten. David fühlte sich für meinen Zustand verantwortlich, und er hat sich ein Bein ausgerissen, um es Kyle gegenüber gutzumachen.«

Alices Stimme bekam einen scharfen Unterton. »Als Folge davon wurde Kyle Davids ergebener Schoßhund, blieb in Kontakt, als David seinen Namen änderte, machte ein hübsches Sümmchen bei dem Nanosekunden-Aufkauf und wurde Geschäftsmann. Er hat sogar wieder geheiratet.« Das letzte sagte Alice mit einem ätzenden Unterton.

Ryan biß die Zähne zusammen. »Und jetzt ist Knights Schoßhund Präsident der UCAS. In der richtigen Position, alle Fäden zu ziehen, die Knight nützen könnten.«

Alice zuckte die Achseln. »So sieht es aus.«

»Drek.«

Alice hob die Hand. »Ryan, ich habe noch nicht mit David darüber geredet, aber ich bin sicher, er wird jede Beteiligung an dem Attentat abstreiten. Ich hatte gehofft, deine Erinnerung daran, was Roxborough darüber weiß, könnte ein wenig Licht ins Dunkel bringen.«

Ryan schloß die Augen und versuchte sich zu erinnern, aber ihm fielen nur Fragmente ein. *Acquisition Technologies.* Der Name sprang ihn an. Einer von Roxboroughs Konzernen zum Zeitpunkt des Crashs. »Es fällt mir immer noch schwer, seine Vergangenheit in einen Zusammenhang zu bringen«, sagte Ryan. »Und offen gesagt, war ich zuletzt auch mit anderen Dingen beschäftigt.«

»Es tut mir leid wegen Miranda«, sagte Alice.

Drek, gibt es irgend etwas, das du nicht *weißt, Alice?*

Ryan spürte, wie seine Wut zunahm, und seine Hände ballten sich zu Fäusten. »Danke für die Information, Alice. Ich lasse dich wissen, wenn ich mich an etwas erinnere.«

»Und wenn ich mehr darüber erfahre, wie er es gemacht haben könnte, melde ich mich wieder.«

Ryan nickte. »Bitte tu das.«

Dann war sie wie ein Geist verschwunden.

Ryan drehte das Wasser ab. Das Blut tobte durch seinen Verstand, und durch seine Adern lief Zorn. Er konnte sich lebhaft vorstellen, wie er Knight ein Glied nach dem anderen ausriß. Rache für den Tod des Wesens, das Ryan Liebe entgegengebracht hatte.

Aber was ist mit Burnout?

Ryan wußte, daß er seine Suche nach dem Drachenherz nicht aufgeben konnte, aber er wußte auch, daß er aufgrund dieser Information rasch handeln mußte. Wenn Knight nur halb so intelligent war, wie Alice glaubte, war jeder Augenblick, der ereignislos verstrich, eine Gelegenheit für Knight, die Geschichte umzuschreiben, so daß seine Rolle bei dem Attentat für immer vertuscht wurde.

Ich weiß nicht, was ich tun soll.

Während ihm dieser Gedanke durch den Kopf schoß, wußte er bereits, daß er falsch war. Er wußte, was zu tun war. Dies war der Augenblick, auf den er gewartet hatte, seine Chance, Dunkelzahn zu rächen. Er würde sie nicht ungenutzt verstreichen lassen.

Er wählte rasch Janes Nummer.
»Quecksilber, bist du schon wieder nackt?«
»Wenigstens fällt es dir noch auf. Gibt es Neuigkeiten?«
»Die Satellitenbilder zeigen, daß der Turm auf dem Pony Mountain vor einer Stunde in Flammen aufgegangen ist. Sieht aus, als wäre unser Mann wieder unterwegs.«
»Jane, du mußt ein Team zusammenstellen.«
Jane machte einen verblüfften Eindruck. »Wen? Du hast keinen Magier, Axler ist ein, zwei Tage außer Gefecht, Grind erholt sich noch, und Dhin ist hundemüde. Ich würde sagen, Assets ist ziemlich übel daran. Die Leute brauchen eine Pause.«
Ryan schüttelte heftig den Kopf. »Ich rede nicht von Assets. Das Team muß ohnehin magielastig sein.«
Jane runzelte die Stirn. »Wofür?«
Ryan lächelte. »Ich brauche die Leute, um Burnout für eine Weile nicht aus den Augen zu verlieren. Dhin und Grind kommen mit mir nach Washington.«

26

Burnout dachte auf seinem Weg den Pony Mountain hinab darüber nach, was Lethe soeben gesagt hatte. Er ging in der immer dunkler werdenden Nacht zu dem Ford Bison zurück, den er auf halber Höhe abgestellt hatte. Lethes Worte gingen ihm immer wieder durch den Kopf.
Ich würde dir gern dabei helfen, Ryan Mercury zu töten.
Burnout konnte spüren, wie ihn die Spannung erfaßte. Ein winziger Schauder der Vorfreude überlief ihn, und er lachte.
»Findest du meine Entscheidung, jemandem nach dem Leben zu trachten, so lustig?«

»Auf eine krankhafte Art«, sagte Burnout, »ist es eine ziemliche Ironie.«

»Ironie oder nicht, mein Angebot sollte nicht leichtfertig abgetan werden. Zudem hat es seinen Preis.«

»Was für einen Preis? Ich habe nichts mehr zu geben außer meinem Leben, und das würde dem Zweck der Übung zuwiderlaufen, findest du nicht?«

»Du bist nicht gänzlich ohne Besitz.«

Zum erstenmal, seit er den Geist entdeckt hatte, rief irgend etwas in dessen Stimme einen Schauder in Burnouts Schaltkreisen hervor. »Sprich weiter.«

»Ich will dir eine Geschichte erzählen.«

Burnout kletterte einen steilen Hang hinunter und geriet auf der nassen Erde ins Rutschen. »Komm gleich zur Sache, Lethe. Ich bin im Augenblick nicht in der geduldigsten Stimmung.«

»Laß mir meinen Willen, Burnout. Dir fehlen Informationen, die den Unterschied zwischen Leben und Tod für die ganze Welt bedeuten könnten, und ich glaube, es ist an der Zeit, daß du die ganze Wahrheit erfährst.«

Burnout blieb wie angewurzelt stehen. »Ich dachte, du wärst immer ehrlich zu mir gewesen, und ich könnte dir vertrauen. Jetzt sagst du mir, daß du mir etwas verheimlicht hast?«

Lethes Stimme klang streng. »In der Zeit unserer Bekanntschaft habe ich dich als Krieger akzeptieren und in vielerlei Hinsicht schätzen gelernt. Sogar als Freund. Doch die Information, die ich dir jetzt anvertrauen werde, ist von solcher Bedeutung, daß ich sie dir bis jetzt vorenthalten mußte. Obwohl wir uns so nahegekommen sind, erzähle ich dir das jetzt nur, weil die Lage verzweifelt ist.«

Burnout grunzte und setzte seinen Abstieg fort. Er hoffte, daß Ryan den Ford Bison nicht entdeckt hatte. Ohne den Laster würde die Reise viel langsamer und beschwerlicher sein. »Also schön«, sagte er. »Du hast meine Aufmerksamkeit.«

»Du bist mit dem Großen Geistertanz vertraut?«

Burnout schnaubte verächtlich. »Ich war früher ein Magier, weißt du noch?« Burnouts Erinnerungen zufolge war der Große Geistertanz ein gewaltiges Opfer in den Anfangsjahren der Magie unter der Führung von Daniel Howling Coyote gewesen. Viele Schamanen hatten sich dargebracht, um der rituellen Magie die Kraft zu geben, die die Erde geweckt und den Ausbruch mehrerer Vulkane verursacht hatte.

Lethes Stimme drang über den IGS zu ihm. »Wenn Magie in einem derartigen Umfang gewirkt wird, hat sie auch Auswirkungen auf die anderen Existenzebenen. Sie hebt das Mananiveau und bildet eine Zacke in den Metaebenen aus.«

»Du sprichst in Rätseln, Geist.«

»Ich will versuchen, es dir zu zeigen.«

Lethe schwieg einen Moment lang. Ein Bild entstand vor Burnouts geistigem Auge. Er stand auf einem gigantischen Felsvorsprung, der sich über eine unvorstellbare Entfernung erstreckte und einen bodenlosen Abgrund überbrückte.

Auf der anderen Seite des Abgrunds, an der Grenze seiner Wahrnehmungsfähigkeit, sah er die andere Seite. Burnout empfand Abscheu, als er dorthin sah. Einen Abscheu, der in Schrecken überging, dann in Entsetzen, als ihm klar wurde, daß die winzigen Gestalten, die sich auf der gegenüberliegenden Klippe wanden, absolut böse waren.

Dann ertönte ein herrlicher Laut. Das wunderbare Lied einer Göttin, die an der Spitze des Vorsprungs direkt vor dem Abgrund stand. Sie sang, und ein grelles weißes Licht ging von ihr aus und bannte ihn. Angesichts der Herrlichkeit ihres Liedes vergaß er, wer er war, und es war ihm egal. Er war nur noch glückselig und zufrieden.

Und badete in der Vollkommenheit.

Die Vision verblaßte.

»Jetzt verstehe ich«, sagte Burnout nach einer Weile. Er duckte sich, um einigen niedrig hängenden Ästen auszuweichen, und lief einen grasbewachsenen Abhang hinunter. »Aber was hat das mit mir zu tun?«

»Laß mich ausreden. Der Große Geistertanz hat ein äußerst labiles Gleichgewicht auf den Metaebenen gestört. Je höher das Magieniveau steigt, desto enger wachsen unsere Ebene und die Ebene dieser bösartigen Wesen zusammen. Mit der Zeit wird die Entfernung so sehr schrumpfen, daß das Böse den Abgrund auch ohne Hilfe überqueren kann.«

»Wie lange wird das noch dauern?«

Lethe seufzte. »Mehrere tausend Jahre.«

Burnout grunzte wieder. »Also zurück zu meiner ursprünglichen Frage. Was hat das mit mir zu tun?«

»Der Tanz hat eine Brücke geschaffen, die ein Stück über den Abgrund reicht. Gegenwärtig bauen die Kreaturen auf der anderen Seite eine eigene Brücke. Wenn es ihnen gelingt, den Abgrund zu überwinden, werden sie in großer Zahl in diese Welt eindringen, und zwar Tausende von Jahren zu früh. Bevor die Menschheit auf den bevorstehenden Krieg vorbereitet ist.«

Burnout pfiff durch die Zähne. »Drek. Und wann wird das sein?«

»Es könnte morgen passieren oder auch erst in tausend Jahren.«

Wieder blieb Burnout wie angewurzelt stehen. »Willst du damit sagen, daß unsere Welt jeden Augenblick von einem Feind aus den Metaebenen überrannt werden könnte?«

Eine lange Pause folgte. »Vielleicht, aber es gibt jemanden, der sich ihnen in den Weg stellt.«

»Die Göttin.«

»Ja. Sie heißt Thayla, und ihr Lied ist so schön, daß

es für sie wie Feuer ist. Thaylas Lied ist von unendlicher Reinheit und Güte. Es ist ein goldenes Licht von solcher Kraft, daß normale Wesen von seiner Schönheit gebannt werden und sich nicht mehr bewegen können. Für die Wesen von der anderen Seite ist es das Schmerzhafteste, was sie sich vorstellen können. Solange sie singt, können sie mit der Errichtung ihrer Seite der Brücke nicht fortfahren.«

»Also ist die Welt sicher, solange sie singt.«

»Ja.«

»Das erklärt immer noch nicht, wie ich da hineinpasse.«

»Es gibt Leute auf unserer Seite des Abgrunds, die versuchen, sie zum Schweigen zu bringen, und sie wird langsam schwächer. Sie braucht das Drachenherz, um die Brücke zu zerstören.«

Burnout antwortete zunächst nicht, sondern ging einfach weiter. Sie waren fast beim Bison angelangt. »Also hatte der Kodiak recht, als er sagte, das Herz sei entweder die Erlösung oder die Zerstörung der Welt.«

»Ja.«

Burnout grunzte. »Von mir aus kann sie zum Teufel gehen. Die Welt hat mir nicht viele Gefallen erwiesen.«

»Das tut mir wirklich leid«, sagte Lethe. »Aber es ist sehr wichtig und bedeutet mir eine Menge.«

Burnout hob die Hand, und Lethe verstummte. Sie hatten den Bison erreicht.

Das Fahrzeug stand genauso da, wie sie es verlassen hatten. Burnout untersuchte die Umgebung mit maximaler Lichtverstärkung seiner Augen. Rings um den Wagen war der Boden mit Fußabdrücken übersät. Er umkreiste den Bison, konnte aber keine Fallen erkennen. Keine hängenden Drähte, keine Infrarot-Detektoren.

Er trat näher und sah durch den Einstieg auf der Fahrerseite, daß ein kleiner Zettel ans Armaturenbrett geheftet war. Vorsichtig näherte er sich dem Fahrzeug, alle seine Sinne aufs äußerste angespannt.

»Kannst du magische Tricks an diesem Wagen entdecken?« fragte er Lethe.

»Nein. Es gibt weder Hüter noch irgendwelche magischen Fallen.«

Er griff in das Fahrzeug und zog behutsam den Zettel vom Armaturenbrett ab, den er dann im Licht des gerade aufgehenden Mondes las.

Es ist noch nicht vorbei, Burnout. Ich weiß immer, wo du dich gerade aufhältst. Und irgendwann, wenn du es am wenigsten erwartest, werde ich dir einen Besuch abstatten. Du hast keine Deckung, du hast keine Identität, du kannst nirgendwohin fliehen. Versteck dich, wenn du glaubst, daß dir das etwas nützt, aber du mußt wissen, daß ich dich auf jeden Fall finden werde. Wenn ich das tue, Burnout, verspreche ich dir, daß du langsam sterben wirst. Schaltkreis für Schaltkreis, Synapse für Synapse. Du hast keine Ahnung, was du getan hast, und dafür hast du mein Mitleid. Aber mein Mitleid kann dich auch nicht mehr retten, Chummer. Bis zum nächsten Mal. Und grüße Lethe von mir. Wenn es nach mir geht, wird er in der Hölle direkt neben dir braten, weil er die Sache verraten hat.

Burnout zerknüllte den Zettel in der Hand, während sich die Wut in ihm regte. Aber diese Wut war anders als der heiße Zorn, den er gewöhnt war. Dies war ein kalter Hunger, der nur gestillt werden konnte, wenn Ryans lebloser Körper blutend zu seinen Füßen lag.

Burnout stand im Mondschatten der großen Pinien und schaute in das fahle silberne Licht. »Also schön, Lethe. Du hast recht. Ich kann mit dem Herz ohne dich nichts anfangen, und Mercury wird nicht ruhen, bis wir beide Geschichte sind. Was für einen Handel schlägst du vor?«

»Es ist im Grunde ganz einfach«, sagte der Geist. »Obwohl ich glaube, daß dein Haß auf diesen Mann auf mich abzufärben beginnt. Der Handel lautet: du versprichst, mir dabei zu helfen, Thayla das Drachenherz zu bringen, und ich liefere dir Ryan Mercury.«

Burnout lachte. »Was bringt dich auf den Gedanken, du könntest das schaffen, was mir nicht gelungen ist?«

»Burnout, mein Freund, du kennst Mercury nicht so wie ich. Ich habe an seiner Seite gekämpft. Ich kenne seine Stärken und Schwächen. Ich war dabei, als er der verführerischen Macht des Drachenherzen verfiel und es für sich selbst beanspruchte. Da wußte ich, daß man ihm niemals mehr würde trauen können, das Herz Thayla zu bringen. Somit ist sein Leben verwirkt, wenn es meinem Ziel dient.«

»Wie besiegen wir ihn?«

»Wenn du ihm bisher gegenübergetreten bist, hast du es mit seinen Stärken zu tun gehabt. So sehr mir die Vorstellung auch mißfällt, es wird Zeit, ihn dort anzugreifen, wo er am schwächsten ist.«

»Und wo soll das sein? Soweit ich das beurteilen kann, hat Ryan Mercury keine Schwächen.«

»In dem Sprawl namens Washington FDC lebt eine Frau namens Nadja Daviar. Sie ist Mercurys einzige Schwachstelle. Wenn du sie hast, hast du ihn.«

Burnouts Gelächter hallte durch die Nacht, und rings um den Bison war der Wald totenstill. »Abgemacht!«

27

Ryan erwachte aus einem Alptraum. Kalter Schweiß lief ihm übers Gesicht und durchnäßte sein Hemd und die Polster seines Passagiersitzes in der Mistral. Er richtete sich auf, dann beugte er sich vor und legte den Kopf auf die Knie.

Sein Verstand weigerte sich noch, sich von dem Traum zu lösen. Der strömende Regen auf dem Gipfel des Pony Mountain. Der dichte Wald, der von Blitzen erhellt und von Donner geschüttelt wurde. Ryan kämpfte wieder gegen Burnout, aber diesmal hatte er den Cyberzombie am Boden.

In der Erregung des Kampfes hob Ryan den Metallkörper hoch über den Kopf und warf ihn gegen einen Baumstamm. Anstatt Erleichterung zu verspüren, hatte das Geräusch von Burnouts brechendem Rückgrat Entsetzen in ihm ausgelöscht, und er war zu dem Cyberzombie geeilt, hatte ihn umgedreht und aufgeschrien.

Mirandas Gesicht hatte ihn angestarrt.

Ryan hatte aufgeschrien, ein schrilles Heulen, das in das Antriebsgeräusch übergegangen war, während sich sein Verstand langsam aus den Fesseln seines Unterbewußtseins gelöst hatte. *Ich brauche keinen Analytiker, um die Bedeutung hinter diesem Traum zu erfassen,* dachte Ryan.

Er richtete sich in der dunklen Kabine der Mistral auf, die zur Landung auf dem National Airport in FDC ansetzte. Er blinzelte die Tränen weg und rieb sich den Schlaf aus den Augen. Alles war geregelt, um Burnout auf der Spur zu bleiben. Jane hatte ein kleines Team zusammengestellt, das aus zwei Magiern und einem Samurai bestand.

Ryan hatte aus einer Laune heraus die Notiz im Bison zurückgelassen, ein Akt psychologischer Kriegsführung, um Burnouts inneres Gleichgewicht zu erschüttern.

Mirandas Tod traf ihn härter, als dies hätte der Fall sein dürfen. Runs wie dieser waren gefährlich, und manchmal starben Leute dabei. *Vielleicht werde ich weich.* Dennoch wollte er eine Pause. Dunkelzahns Auftrag würde warten müssen, bis Ryan mit Damien Knight fertig war.

Dhins schläfrige Stimme hallte durch die Kabine. »Landung in fünf Minuten.«

Ryan nickte und machte seine Ausrüstung bereit. Die Fahrt vom Flughafen zum Anwesen bekam er nur verschwommen mit. Vage war er sich der Fahrt und des Geruchs der Kirschblüten bewußt, aber alles andere lag unter einem entfernten Nebel.

Erst als Nadja in einem engsitzenden Baumwollkleid vor ihm auf der Treppe des Anwesens stand, das Haar zu einem lockeren Pferdeschwanz gebunden, kam Ryan wieder zu sich. Er wollte sie wegen des Treffens fragen, das er mit ihr, Carla Brooks und Jane-in-the-Box anberaumt hatte.

»Schsch«, sagte sie. »Morgen.« Dann nahm sie ihn bei der Hand und führte ihn ins Haus, die Treppe hinauf ins Schlafzimmer und weiter in das große Bad.

Eine große Wanne mit heißem Wasser erwartete ihn, und als sie ihn auszog, dachte er an den Pony Mountain im strömenden Regen.

Nadja zog ihr Kleid aus und enthüllte ihren flachen Bauch und die hart werdenden Brustwarzen. Sie sah ihm in die Augen und half ihm in das heiße Wasser.

Während die Hitze seine Muskeln ihrer Kraft beraubte und die Verspannungen löste, obwohl das Wasser auf seinen Wunden brannte, küßte Nadja ihn sanft auf Stirn, Hals, Augen und Lippen.

Sie küßte ihn, bis er hart war, und in der trägen Flüssigkeit schmiegte sie sich an ihn.

Sie liebte ihn mit einer Zärtlichkeit, wie er sie nie erfahren hatte, und trug ihn ins süße Nichts. Und er vergaß alles, Miranda, Burnout und sogar Damien Knight. Seine Sorgen und Nöte schmolzen in der Umarmung der Frau dahin, die er liebte, was ihm ein selten gekanntes Maß an Frieden gab.

Danach schlief er zum erstenmal in seinem Leben tief und traumlos.

22. AUGUST 2057

28

Im fahlen Licht der Morgendämmerung kroch Burnout durch das versumpfte Feld am Ende des Missoula International Airport. Der Lärm der senkrecht startenden Transportmaschinen lag in der Luft, während er sich dem Begrenzungszaun näherte.

Hinter ihm versank der verlassene Ford Bison langsam im Sumpf.

In der Dunkelheit war die Fahrt den Pony Mountain hinunter und durch das Gebirge lang und schwierig gewesen. Sie hatten nur zweihundertfünfzig Kilometer zu bewältigen gehabt, aber das Gelände war extrem zerklüftet. Sie waren über die Ostseite der Swan Mountains gefahren und dann über den Paß in die Außenbezirke von Missoula. Dabei hatten sie stillgelegte und ausgewaschene Straßen benutzt, die schon seit mindestens einem Jahrzehnt niemand mehr benutzt hatte.

Als sie sich der Zivilisation näherten, hatte Burnout mit dem Autotelekom des Bison den Flughafen angerufen und sich eine Liste aller Suborbitale nach FDC geben lassen. Mit dieser Information bewaffnet, hatten Lethe und er es dank Burnouts immer noch funktionierndem GPS bis zum Flughafen geschafft.

Jetzt huschte er lautlos an der kleinen Wachstation vorbei. Die Station war eine primitive Wellblechbaracke von der Größe eines kleinen Lagerschuppens. Sie sah wie ein alter Sanitärschuppen aus, und das einzige, was diesem Eindruck widersprach, war die kleine Satellitenschüssel auf dem Dach.

Das leise Näseln irgendeines Country-Sängers

drang durch die offenen Fenster. Er sang von verlorener Liebe, gestorbenen Hunden und fehlendem Geld. Einer der Wachmänner war ein Zwerg mit einem Schmerbauch, der die Füße auf den Schreibtisch gelegt hatte und fast im Rhythmus der Slidegitarre laut schnarchte. Der andere Wachmann war ein junger Mensch mit amerindianischen Gesichtszügen, der in regelmäßigen Abständen einen Schluck aus einer in eine braune Papiertüte gewickelten Flasche nahm und in einem *Playtrog*-Magazin blätterte.

Burnout sah sich nach Kameras und stationären oder auf Monoschienen angebrachten Drohnen um, konnte aber keine entdecken.

»Es gibt zwei Watcher«, sagte Lethe. »Aber sie werden uns nicht sehen.«

»Gut.« Burnout näherte sich lautlos dem Fenster. Er glitt hindurch und schlug dem Amerindianer mit dem Kolben seines Predator gegen die Schläfe, so daß der Mann vom Stuhl geschleudert wurde und gegen die Metallwand prallte. Sein Magazin glitt zu Boden. Aus der Schläfe des Bewußtlosen sickerte ein dünner Blutfaden.

Der schlafende Zwerg erwachte, doch es war zu spät. Burnout hatte ihn bereits am Hals hochgehoben und ihm seinen Colt Manhunter abgenommen. »Hilf mir, dann bleibst du am Leben.«

Der Zwerg riß die Augen auf, und sein Gesicht nahm einen Ausdruck nackten Entsetzens an. Burnout konnte erkennen, wie sich die Rädchen im Kopf des Mannes drehten. Der Zwerg nickte.

Ohne den Zwerg loszulassen, machte Burnout eine rasche Bestandsaufnahme. Der Schreibtisch, der mit Berichten und Bonbonpapier übersät war, konnte mit einem kleinen Cyberdeck aufwarten. Das würde ihnen nützlich sein. Irgend etwas störte ihn, und er brauchte einen Augenblick, bis er wußte, was es war.

Er drehte sich um und sah das kleine Radio auf dem

Aktenschrank etwa in Kopfhöhe stehen. Jaulende Steelgitarren und träger Country-Gesang. Mit einer raschen Handbewegung fegte er das Radio vom Schrank, so daß es gegen den Türrahmen prallte und in Stücke sprang.

Plötzlich war die Nacht sehr still.

»Ich konnte mir diesen Drek noch nie anhören.« Er setzte den Zwerg wieder auf den Stuhl, ließ jedoch seinen Hals nicht los. »Und jetzt erzähl mir von der Flughafensicherheit.«

Der Wachmann zitterte. »Ich kann nicht.«

Burnout packte ihn fester. »Du kannst, sonst suche ich mir die Info mit dem Cyberdeck zusammen, nachdem du tot bist.«

»Ahh!« keuchte der Zwerg mühsam. »In Ordnung, ich sage alles, was ich weiß. Jeder Konzern hat zwanzig Leute draußen auf der Landebahn, aber die meisten davon bewachen das Gepäck. Wir haben hier nicht viel Verkehr, und der größte Teil wird von Stammesangehörigen abgewickelt.«

»Gut. Du kommst mit, aber wenn ich ein Geräusch von dir höre, stirbst du.«

Der Zwerg nickte eiligst, und dann huschte Burnout bereits im frühmorgendlichen Licht über die Rollbahn. Leise sagte er zu Lethe: »In weniger als zwölf Minuten sind wir in der Luft, und ein paar Stunden danach landen wir in Washington FDC.«

Die Stimme des Geistes erklang in seinem Verstand. »Wie willst du an der Sicherheit in FDC vorbeikommen? Ich weiß es nicht zweifelsfrei, aber es will mir vernünftig erscheinen, daß alle Flughäfen dort schwer bewacht sind. Wenn du die Absicht hast, ein Flugzeug zu kapern, werden sie dann nicht bei der Landung auf uns warten?«

Burnout lachte und hob den Zwerg hoch, so daß sie schneller vorankamen. »Wenn ich das Flugzeug kapere, gehen sie alle auf uns los, und das wird der kürzeste Flug in der Geschichte. Die Sicherheit auf allen großen Flughäfen in FDC ist auf jeden Fall erstklassig. Selbst wenn ich mich irgendwo im Flugzeug verstecke, haben sie uns wahrscheinlich eine halbe Minute nach der Landung.«

Lethes Tonfall war trocken. »Dann gehe ich davon aus, daß du nichts dergleichen vorhast.«

»Stimmt genau.«

»Was dann?«

»Kannst du meine Gedanken noch nicht lesen, Geist?«

Lethe kicherte. »Nicht ganz«, sagte er. »Aber einige davon bekomme ich bereits ganz gut mit.«

Burnout sagte nichts, da er an der Rückseite eines kleinen Hangars ankam und sich im Schatten einiger Lagercontainer hielt. Er lugte um die Ecke. Vor ihnen lag eine hundert Meter breite Rollbahn, hinter der sich das Hauptterminalgebäude befand. Jets und Suborbitale scharten sich darum wie Fliegen um Drek. »Jetzt zeig mir, wo die Sicherheit ist, Zwerg«, sagte Burnout. »Wenn du lügst, werde ich das erfahren, und du wirst sterben.«

Der Zwerg gab Burnout die Informationen, die er brauchte, und wurde mit einem präzisen Schlag auf den Hinterkopf belohnt. Der Zwerg sank bewußtlos zusammen, und Burnout verstaute ihn in einem der Container.

Dann schlug er die Richtung zum Terminal ein, wobei er die Hochsicherheitszonen sorgfältig umging. Er hatte nicht viel Zeit. Der Transworld-Flug, den er nehmen mußte, rollte soeben an.

»Wenn du das Flugzeug nicht kapern und dich auch nicht darin verstecken willst, was hast du dann vor?« fragte Lethe.

»Bei dem Transworld-Flugzeug handelt es sich um eine Federated-Boeing 3800. Die Maschine ist kein Senkrechtstarter, aber sie ist äußerst schnell. Sie hat hinten die großen Vierfach-Reifen wie die alten Jumbos, also sind die Fahrgestellschächte sehr groß.«

»Du willst im Fahrgestellschacht mitfliegen?«

»Genau.«

»Was passiert, wenn der Pilot das Fahrgestell einzieht?«

»Dann muß ich bei einem Reifen die Luft ablassen, damit wir nicht zerquetscht werden.« Sie näherten sich jetzt dem Terminal, und dicht vor ihnen ragte das monströse Düsenflugzeug auf, das soeben den Schub erhöhte.

»Ich finde, dieser Plan klingt ...«

»Ja? Klingt wie?«

»Er klingt, als könntest du Ryan Mercurys Job erledigen, wenn du nicht aufpaßt.«

Burnout lachte wieder. »Bleib ruhig. Ich mache das nicht zum erstenmal. Es macht nicht unbedingt Spaß, und wir können uns während des Fluges auch keinen Film ansehen, aber wir werden ans Ziel kommen.« Er rannte schneller, tauchte unter den Bauch des Flugzeugs und eilte an den großen Ballonreifen vorbei, die rasch Fahrt aufnahmen. Er klammerte sich an eine der Streben und kletterte in den Fahrgestellschacht.

Wenige Minuten später konnte er den Boden unter sich abtauchen sehen. *Ich komme, Ryan Mercury. Und jetzt weiß ich, wen ich mir vornehmen muß, um dich wirklich zu treffen.*

Nadja Daviar.

29

Eine liebliche Stimme drang an seine Ohren. »Wach auf, Schatz.«

Ryan wälzte sich in den weichen Seidenlaken herum und öffnete zögernd ein Auge. Die Zeitanzeige seines Armbandkoms stand auf 09:12 Uhr. *Ich habe fast neun Stunden ununterbrochen geschlafen.* Er konnte sich nicht erinnern, wann er zuletzt so tief und so lange geschlafen hatte. *Kein Wunder, daß mein Hirn nicht aufwachen will,* dachte er.

Nadja küßte ihn sanft auf die Wange. »Gordon hat uns Frühstück gebracht«, sagte sie. »Ich habe bereits gegessen, weil ich heute früh einige Dinge zu erledigen hatte. Außerdem ist Carla hier. Wir können mit der Besprechung anfangen, sobald du fertig bist.«

Ryan war mit einem Schlag hellwach. *Die Besprechung!* Ja, er hatte ihnen eine Menge über Damien Knight zu berichten. Wie hatte er nur so lange schlafen können?

Er setzte sich auf und schwang die Beine aus dem großen Bett. Der Geruch nach Eiern, frischem Schinken und starkem Kaffee lag in der Luft.

Ryans Magen knurrte. »Wir treffen uns in einer halben Stunde, wenn das okay ist. Nachdem ich gefrühstückt habe.«

Nadja lächelte. »In meinem Arbeitszimmer«, sagte sie. »Ich sage Jane Bescheid.« Dann war sie verschwunden und ließ ihn mit dem Frühstück allein.

Ryan frühstückte und duschte dann und wünschte sich, er hätte die Zeit gehabt, beide Aktivitäten zu genießen. Doch er war erpicht auf diese Besprechung. Erpicht darauf zu hören, was Carla, Nadja und Jane dazu sagen würden. Er zog sich rasch eine bequeme Hose und ein weites Baumwollhemd an und ging dann zu Nadjas Arbeitszimmer.

Gordon Wu begegnete ihm draußen. »Ich sage ihr, daß Sie da sind«, sagte er, indem er sich zum Telekom wandte.

»Ist ihr Arbeitszimmer sicher?« fragte Ryan.

Der Mann bedachte ihn mit einem verwirrten Blick. »Selbstverständlich, Sir«, sagte er. »Der Secret Service nimmt es sich jeden Tag vor.« Wu blinzelte. »Und wenn der Secret Service fertig ist, kommen Carla

Brooks' Leute und nehmen es sich noch einmal vor.« Er bedeutete Ryan einzutreten.

»Danke.« Ryan ging durch die Tür und betrat Nadjas privates Arbeitszimmer.

Vor ihrem Schreibtisch, auf dem sich Papiere und Chips stapelten, hatte Nadja drei hochlehnige Ledersessel halbkreisförmig um einen großen Trideoschirm angeordnet. Zwei der Sessel waren besetzt, und auf dem Trideoschirm war ein vierter Sessel zu sehen, der sich mit Ausnahme der Tatsache, daß er nur in der virtuellen Realität der Matrix existierte, in nichts von den drei anderen unterschied.

Carla Brooks sah auf und begegnete Ryans Blick, als er eintrat. Ihre weißen Haare waren kurz geschnitten und lagen dicht am Kopf an. Sie trug ein modisches Zoé-Kostüm und Waffen darunter. »Hallo, Quecksilber«, sagte sie. »Schön, Sie lebendig wiederzusehen. Ich glaube, Quentin Strapp will Ihnen noch ein paar Fragen stellen, und er würde sich ziemlich aufregen, wenn er sie einer Leiche stellen müßte.«

Ryan lachte. »Ich freue mich auch, Sie wiederzusehen, Black Angel. Nach dieser Besprechung werden wir, glaube ich, Strapp etwas zu sagen haben, das ihn sehr glücklich machen wird.«

Auf dem Tridschirm leuchteten Janes blonde Haare. Ihre sinnlichen Lippen formten einen Schmollmund. »Und was soll das sein?«

Ryan begegnete ihrem Blick, als er zu seinem Sessel ging und seinen Platz zwischen den drei Frauen einnahm. »Ich weiß, wer Dunkelzahn getötet hat«, erklärte er.

Niemand sagte ein Wort.

In der anschließenden Stille konnte Ryans magisch verstärktes Gehör tatsächlich den Herzschlag von zwei der drei Personen rings um ihn ausmachen. Der einzige Grund, warum er den Herzschlag der dritten Person nicht hörte, bestand darin, daß Jane sich nicht die Mühe gemacht hatte, einen Herzschlag für sich zu programmieren. Statt dessen hörte er das leise Quietschen ihres roten Leders, das sich an rotem Vinyl rieb.

Es war Carla, die schließlich das Schweigen brach. »Woher?« Es war ein kaum hörbares Flüstern.

Ryan lehnte sich in dem bequemen Sessel zurück. »Ich erzähle euch jetzt eine Geschichte«, sagte er. »Sie beginnt noch vor dem Crash von '29 …«

Ryan schilderte ihnen das ganze Szenario, erzählte ihnen alles, was Alice ihm über Damien Knights Haß auf Dunkelzahn, über den Nanosekunden-Aufkauf und die Verbindung zwischen Knight und Kyle Haeffner berichtet hatte.

Jane hörte mit offensichtlicher Wut zu. Diese Wut wuchs, je mehr Details Ryan erzählte.

Carla lauschte ihm stumm, einen Ausdruck des Erstaunens auf ihren dunklen Zügen.

Nadja sah ihn nur an und nickte. Ryan sah förmlich, wie ihr scharfer Verstand verschiedene Schlüsse zog und ihr die Bedeutung dessen, was er sagte, aufging. »Ryan, dir ist natürlich klar, welche umfassenden Auswirkungen deine Anschuldigungen haben. Welche Beweise hast du?«

Carla mischte sich ein. »Nadja hat recht. Selbst wenn Ihre Informationen stimmen, sind das alles nur Indizien. Sie haben ein Motiv aufgedeckt. Wir wissen, daß er die Fähigkeiten und die Gelegenheit hatte. Aber das bedeutet nicht, daß er es auch getan hat.«

»Ryan«, fragte Nadja, »kennst du Einzelheiten, wie das Attentat durchgezogen wurde? Wie er die Bombe gelegt oder das magische Ritual bewerkstelligt hat oder was es auch war, das Dunkelzahn umgebracht hat?«

Ryan warf ihr einen flehentlichen Blick zu. »Nein. Ich muß Carla zustimmen. Es sind alles nur Indizien, aber bei jemandem mit Damien Knights Macht und

Einfluß bezweifle ich, daß es je einen direkten Beweis geben wird. Er ist zu gerissen, um je eine Spur zu hinterlassen, die direkt zu ihm führen würde.«

Carla straffte sich. »Die Indizien sind zwingend und sollten sofort an Strapp und die Scott-Kommission weitergeleitet werden. Aber ich will nicht, daß etwas an die Öffentlichkeit dringt.«

Janes Icon sah sie an. »Es an Strapp weiterleiten? An die Scott-Kommission? Und was wollen Sie ihm sagen? Hey, Quentin, einer Ihrer Hauptverdächtigen hat mir gerade erzählt, daß es jemand anders war. Wie wäre es also, wenn wir damit aufhörten, Ryan auszuforschen, und statt dessen Damien Knight ausforschten, jemanden, der ein hieb- und stichfestes Alibi hat? Nachdem man Sie aus der Kommission entlassen hätte, würde man Sie in eine Anstalt sperren.«

Carla wollte antworten, doch Nadja kam ihr zuvor. »Jane hat recht. Wir kennen Ryan alle, und zwar so gut, daß wir ihm völlig vertrauen, aber das wird Strapp nicht reichen.«

Ryan lächelte sie an. »Mein Bauch sagt mir, daß das die richtige Fährte ist, aber ich bezweifle, daß wir dabei offizielle Rückendeckung erwarten können.«

Carla warf Jane einen scharfen Blick zu. »Was schlagen Sie also statt dessen vor?«

Janes Icon sah auf. Ihre vollen Lippen waren zu einer dünnen Linie zusammengepreßt. »Einen verdeckten Hit.«

Carlas Gesicht nahm wieder den Ausdruck völliger Verblüffung an. »Haben Sie den Verstand verloren? Wir sollen ein Attentat auf Damien Knight verüben? Auch mit dem besten Team, das Sie zusammenstellen können, würde ich es in tausend Jahren nicht versuchen wollen. Ich kenne überhaupt nur eine Person, die ...« Sie sah Ryan an und schwieg plötzlich.

Ryan lachte leise. »Ja, Carla, ich könnte es wahrscheinlich schaffen. Aber ich glaube, Sie haben recht. Ihn einfach so umzulegen, kommt mir nicht richtig vor. Wenigstens noch nicht.«

Jane schüttelte den Kopf. »Leute, denkt doch mal einen Moment darüber nach. Ich vertraue Quecksilber mehr als jedem anderen auf unserem schönen Planeten. Wenn er sagt, Knight hat unseren geliebten Drachen getötet, dann weiß ich, daß es stimmt. Aber ich weiß auch, daß keine Scott-Kommission, keine Regierungsbehörde den Mumm und die Mittel hat, Knight zur Verantwortung zu ziehen. Er wird jemand anderem die Schuld in die Schuhe schieben. Es gibt nur einen Weg, ihn für dieses furchtbare Verbrechen büßen zu lassen: Jede Spur von ihm muß vom Angesicht der Erde getilgt werden.«

Eine Pause trat ein, da jeder verarbeiten mußte, was Jane soeben gesagt hatte.

»Was natürlich der Grund dafür ist, daß wir ihn nicht einfach umbringen können«, sagte Nadja mit einem eisigen Unterton, dem man sich nicht widersetzen konnte.

Ryan wandte sich an sie. »Ich kenne diesen Tonfall«, sagte er. »Erklär das bitte näher.«

Nadja lächelte. »Einerseits hat Jane vollkommen recht, aber zwei Dinge arbeiten in diesem Fall gegen uns. Erstens, selbst wenn wir ihn umbringen, löst das nicht unser größtes Problem. Sowohl Ryan als auch ich stünden nach wie vor unter dem Verdacht, Dunkelzahn ermordet zu haben. Nach allem, was wir über Strapps Theorien zu dem Fall wissen, könnte er glauben, Ryan, Knight und ich hätten zusammengearbeitet und uns danach zerstritten.

Zweitens, und das hat Ryan selbst gesagt. Wir haben nur Indizien. Selbst er weiß nicht genau, wie weit er seiner Informantin trauen kann. Wenn wir Knight also umlegen und wir uns irren, werden die Konsequenzen so massiv sein, daß wir dabei alle untergehen. Wir müssen absolut sicher sein. Wenn wir definitiv wüßten, daß Knight dahintersteckt, würde ich dafür stimmen, ihn zu geeken, und dann seine Aktionen vor dem Attentat genauestens unter die Lupe nehmen. Nachdem er tot wäre, gäbe es niemanden mehr, der uns bei unseren Bemühungen Steine in den Weg legen würde. Trotzdem brauche ich mehr Beweise, bevor ich meine Zustimmung zu einer derartig schwerwiegenden Aktion gebe.«

Carla beugte sich vor, und ein Ausdruck der Leidenschaft huschte über ihre Züge. »Ihr seid alle vollkommen übergeschnappt! Das ist eine Hexenjagd. Wir haben keinen konkreten Beweis, der *irgend jemanden* belastet. Ich weiß, welche Sicherheitsmaßnahmen ergriffen wurden, um Dunkelzahn zu beschützen. Ich bin immer wieder alle möglichen nur denkbaren Schwachstellen durchgegangen und habe mir über die Ursache der Explosion den Kopf zerbrochen. Und ich werde es wieder tun, aber die Beweise sind zu dürftig, um zu einem endgültigen Schluß zu gelangen. Ihr habt keinen Beweis.«

»Carla ...«

»Quecksilber, gerade du solltest wissen, wie übereilt und gefährlich allein dieses Gespräch ist, ganz zu schweigen davon, diesen Drek auch noch auszuführen. Jemanden von Damien Knights Kaliber zu töten, würde die Welt erschüttern, und zwar in ihren Grundfesten, besonders nach dem Mord an Dunkelzahn. Wir reden hier von grassierender Paranoia. Der Tod einiger mittlerer Execs regt niemanden auf, aber wenn ihr anfangt, Leute wie Knight umzulegen, werden die Konzerne Amok laufen.«

Ryan hob die Hände. »Immer mit der Ruhe, Carla. Noch unternimmt niemand etwas. Das hier ist lediglich eine strategische Besprechung. Wir wissen doch alle, daß man bei den größten Extremen beginnt und dann nach einer gangbaren Lösung sucht, wenn man einen Plan entwickelt. Nehmen Sie es nicht so persönlich. Es ist unbedingt erforderlich, daß Sie Ruhe bewahren und klar denken. In dem Augenblick, in dem Sie zu dem Schluß kommen, daß etwas undurchführbar ist, ist es undurchführbar, und das kann Ihre Möglichkeiten erheblich einschränken.«

Carla holte tief Luft, dann nickte sie und lehnte sich zurück.

Ryan wandte sich an die anderen beiden Frauen. »Okay, nennt mir Alternativen.«

Jane zog eine monodrahtdünne Augenbraue hoch. »Was meinst du damit? Du sagst, du kannst Knight umlegen, ich sage, es muß getan werden. Was gibt es da noch zu bereden?«

Ryan wandte sich an Janes Icon. »Ich erinnere daran, daß *ich* nicht so sicher bin, ob es getan werden muß. Ich töte nicht ohne Grund, und ungeachtet meiner Gefühle für Knight habe ich nicht die Absicht, jetzt damit anzufangen.«

»Endlich, die Stimme der Vernunft«, sagte Carla mit einem müden Händeklatschen.

Ryan runzelte die Stirn. »Freuen Sie sich nicht zu früh, Carla. Ich sagte, ich töte nicht ohne Grund. Ich habe meinen Verdacht noch nicht bestätigt, und um ehrlich zu sein, ist das der Hauptgrund, warum Damien Knight derzeit noch unter den Lebenden weilt. Mir gefällt Nadjas Idee. Wir finden mehr heraus und überlegen uns dann unsere Handlungsweise.«

Nadja sah von ihrem Schreibtisch auf, wo sie die letzte Minute getippt hatte. »Ryan, Damien kommt heute nachmittag ins Watergate Hotel zu einer Lunchparty, um Unterstützung für meine Nominierung als Vizepräsident zu sammeln. Wahrscheinlich will er von mir wissen, was ich mit meinen Gavilan-Aktien zu tun gedenke.«

Ryan nickte.

Nadja fuhr fort. »Ich könnte eine private Unterredung mit ihm führen und versuchen, ihn auszuhorchen. Vielleicht läßt er einen Knochen fallen.«

Jane schnaubte verächtlich. »Ja, und vielleicht fliegen demnächst blaue Affen aus meinem Hintern.«

Ryan lachte. »Jane hat recht. Er wird sich bei dir nie verplappern. Er muß so viele geistige Barrieren um sich aufgebaut haben, daß er wahrscheinlich eine Stunde braucht, nur um sich mental auf die Party vorzubereiten.«

Carla zuckte die Achseln. »Was dann? Entführen wir ihn und unterziehen ihn so lange einer Gehirnwäsche, bis er gesteht?« Ihr Tonfall war sarkastisch, aber Ryan erwog ihren Vorschlag einen Moment lang ernsthaft, bevor er ihn abhakte.

Dann erhob er sich und ging zum Fenster, wo er das makellos gepflegte Grundstück betrachtete. Etwas aus Roxboroughs Vergangenheit drängte an die Oberfläche.

Roxborough war in London auf einer Party für den Geschäftsführer von Intellynx, einem mittelgroßen Konzern, den er aufkaufen wollte. Ryan erinnerte sich, daß er nervös gewesen war und vor innerer Unruhe fast gezittert hatte. Aber er hatte auch Erregung empfunden, den Nervenkitzel der Jagd.

Er hatte über eine Stunde damit verbracht, der Privatsekretärin des Geschäftsführers zu schmeicheln. Ryan konnte sich nicht mehr an ihren Namen erinnern. Nachdem er sich eine Ewigkeit bemüht hatte, sie so betrunken zu machen, daß sie vergaß, wer er war und was seine Anwesenheit bedeutete, hatte Roxborough ihre anschaulichen Schilderungen der Sexorgien, Fetisch-Partys und heimlichen Treffen aufgezeichnet, an denen sie teilgenommen hatte. Alles auf Befehl ihres Bosses, eines glücklich verheirateten Familienvaters.

Er hatte ihm den Chip nur einmal vorspielen müssen, und schon hatte der Geschäftsführer buchstäblich auf den Knien gelegen und Roxborough angefleht, sich zu nehmen, was er wolle, wenn er den Chip nur nicht seiner Frau vorspielte.

Ryan lächelte und wandte sich vom Fenster ab. »Nein, Knight wird dir gegenüber niemals etwas durchblicken lassen. Aber« – er wandte sich Nadja zu, die immer noch an ihrem Schreibtisch saß – »hast du schon einen Tischpartner für heute nachmittag?«

Janes Augen funkelten, und Nadja lächelte. »Meine Güte, Ryan, bittest du mich etwa um eine Verabredung?«

»Ich glaube immer noch, daß ihr alle verrückt seid.« Carla war auf ihrem Sessel zusammengesunken, und der Ausdruck ihrer feingemeißelten Züge schien anzudeuten, daß sie sich geschlagen gab.

Ryan wandte sich an sie. »Carla, ich verspreche Ihnen folgendes. Wenn Damien so dumm ist, heute irgend etwas auszuplaudern, setzen wir uns noch einmal zusammen, bevor irgend etwas unternommen wird. Sollten wir konkrete Beweise erhalten, die wir Strapp oder der Scott-Kommission vorlegen können, werden wir genau das tun. Wenn nicht, einigen wir uns dann auf ein Vorgehen. Einverstanden?«

Nach einer langen Pause nickte Carla zögernd, sagte dann aber: »Nein, da mache ich nicht mit.« Sie stand auf und ging zur Tür. »Quecksilber, wenn Sie in dieser Angelegenheit fortfahren wollen, werde ich Ihnen dabei nicht in die Quere kommen, aber ich halte schon dadurch meinen Kopf hin, daß ich die Augen davor schließe. Lassen Sie es nicht auf eine Konfrontation mit mir ankommen, okay?«

Sie hatte das Zimmer verlassen, bevor er Gelegenheit erhielt, ihr zu antworten. *Tja,* dachte Ryan. *Das ist besser als gar nichts, nehme ich an.*

Plötzlich schoß Jane kerzengerade in die Höhe. »Quecksilber, ich muß mich auch verabschieden. Es gibt Neuigkeiten in bezug auf unser Spezialprojekt. Es scheint so, als sei ... der Mann, den du verfolgen läßt, unterwegs.« Dann war sie verschwunden.

Ryan wandte sich wieder Nadja zu, die sich der Vielzahl ihrer Pflichten widmete, die sie vor der Party noch zu erfüllen hatte. Er ging zu ihr und legte ihr die Arme um die Schultern. Er wollte wissen, daß sie noch auf seiner Seite war.

»Augenblick noch«, sagte sie, indem sie ihn abschüttelte. »Laß mich das noch abschließen.«

Sie dachte sich nichts dabei, aber es hinterließ ein Gefühl der Kälte in ihm. Er ließ sie los, ging zum Fenster und betrachtete die Azaleenbüsche, die in voller Blüte standen.

»Grüble nicht«, sagte Nadja eine Minute später, als sie zu ihm kam und ihm die Arme um die Hüften legte.

Er drehte sich zu ihr um und lachte, als er das Lächeln auf ihrem Gesicht sah. »Ich grüble nicht«, entgegnete er. »Ich weiß nur nicht, ob ich das Richtige tue.«

Sie küßte ihn. »Laß dich von Carla nicht abschrecken. Sie hat jetzt einen Job bei der Regierung und kann sich keine Verschwörungen leisten. Sie unterstützt dich, so gut sie kann.«

Ryan lächelte. Nadja hatte natürlich recht.

Ihr Tonfall wurde ernst. »Wenn Damien Knight Dunkelzahn tatsächlich getötet hat, ist er gefährlicher, als wir dachten ...« Sie ließ den Satz in der Luft hängen, da sie wußte, daß sie ihn nicht zu beenden brauchte.

»Er war schon immer gefährlich«, bemerkte Ryan. »Er ist die Kobra, aber ich bin der Mungo.«

Nadja lächelte. »Sei noch vorsichtiger, als du je zuvor gewesen bist. Ich habe dich schon einmal fast verloren, und ich wäre mehr als nur ein wenig sauer, wenn du dich diesmal geeken lassen würdest.«

Ryan lachte. »Du weißt, daß ich alles tun würde, um es zu vermeiden, mir deinen Zorn zuzuziehen.«

30

Die Morgensonne schien wie ein Inferno durch die offenen Jalousien in Luceros kleines Zimmer. Sie befand sich in der physikalischen Welt, in der *Teocalli* in San Marcos. Sie schien eine Ewigkeit nicht mehr in ihrem Körper gewesen zu sein und zitterte vor Schwäche.

Sie kniete sich neben ihrer schmalen Lagerstatt auf den Steinboden, ihr nackter vernarbter Körper war schweißbedeckt. Sie war ausgemergelt, fast verhungert, und kam nach ihrem langen Aufenthalt auf den Metaebenen gerade erst wieder zu Kräften.

»Señor Oscuro ist jetzt für dich bereit«, sagte einer der Tempeldiener.

Zwei junge Akoluthen halfen ihr beim Gehen. Sie wußte, daß sie ihre Nützlichkeit überlebt, daß sie dem Licht nachgegeben hatte. Sie hatte die Schönheit des Liedes willkommen geheißen und würde jetzt Quetzalcóatl geopfert werden.

Oscuro weiß es, dachte sie. *Er weiß, daß ich mich gegen ihn gewandt habe, und jetzt wird er mich opfern.*

Irgendwo in diesem Gedanken fand Lucero einen gewissen Trost. Wenn sie tot war, konnte sie zumindest nicht mehr bei der finsteren Zerstörung des Lichts helfen.

Sie führten sie durch das Allerheiligste und nach draußen, die Stufenpyramide des Tempels hinauf, welcher der Großen Gefiederten Schlange Quetzalcóatl geweiht war. Lucero warf einen letzten Blick auf die Welt ringsumher, während sie die Stufen zur Blutmagiegestalt im Apex erklomm.

Wie oft hatte sie an dem Ritual teilgenommen, als sie selbst noch ein Mitglied der Gestalt war? Wie oft war ein altes und ausgebranntes ehemaliges Mitglied gebracht worden, um dem Ritual als Opfer zusätzliche Kraft zu verleihen? Zu oft, um es noch zählen zu können.

Jetzt bin ich an der Reihe. Bevor das Licht sie berührt hatte, wäre alles so leicht gewesen. Doch jetzt kam ihr all das böse vor, wie eine Perversion der Magie. Lebensenergie für derartige Zwecke zu nutzen, unschuldiges Leben zu vernichten, um zu Macht und Herrschaft zu gelangen.

Die Landschaft rings um den Tempel hatte sich in den Tagen, die sie auf den Metaebenen verbracht hatte, stark verändert. Weit unter dem Tempel und am Fuße des Hügels hatte sich eine Menschenmenge um den See versammelt, in dem der Locus entdeckt worden war. Sie wurden von seiner Macht angezogen wie Motten vom Licht.

Lucero stellte fest, daß sie von der Verlockung des großen schwarzen Steins ebenfalls hypnotisiert wurde. Seine glänzende Oberfläche war absolut eben, wie die Facette eines Onyx, und schien alles Licht ringsumher zu absorbieren. Wie ein magisches schwarzes Loch zog der Locus Leute in seinen Strudel.

Der eigentliche See war trockengelegt, das Wasser durch große Rohre abgeleitet worden. Man hatte Sicherheitszäune errichtet. Auf dem trockenen Seeboden konnte Lucero das Fundament einer neuen *Teocalli* erkennen. Sie wurde direkt auf dem Locus errichtet.

In der Ferne sah Lucero noch mehr Leute kommen. Tausende und Abertausende von Leuten, die alle zum Locus pilgerten. Sie kampierten in großen Zeltstädten, sangen und feierten das Ende der Aztekischen Fünften Sonne.

Lucero wußte, daß dies gleichbedeutend mit der Ankunft der *Tzitzimine* war – Dämonen, die die Welt verschlingen würden. Ein Schauder überlief sie. Hatte sie jene Dämonen auf der anderen Seite des Abgrunds gesehen?

Señor Oscuro empfing sie im Apex des Tempels. Er betrachtete sie eingehend und flüsterte ihr ins Ohr. »Es hat eine Veränderung in dir stattgefunden, mein Kind.«

Für einen Augenblick war Lucero einer Ohnmacht nahe.

»Obwohl dein Fleisch schwach wurde, hat etwas in deiner Seele an Stärke gewonnen. Du hast dich zu sehr verausgabt und warst ausgebrannt. Irgendwie scheint dich deine Zeit auf der Brücke in einem gewissen Maß geheilt zu haben. Heute wirst du deinen rechtmäßigen Platz bei einer Blutzeremonie einnehmen, um deine Heilung zu beschleunigen.«

Zuerst konnte sie Oscuros Worte kaum verstehen, aber als ihr langsam die Wahrheit dämmerte, weinte sie vor Freude. Im tiefsten Grunde ihres Herzens richtete sie ein stummes Dankgebet an das Licht für diese Gabe.

Sie hatte davon geträumt, sich wieder der Gestalt anzuschließen.

Die zehn Magier erhoben sich und sahen sie an. Sie waren alle Menschen, und ihre Haut war wie die ihre ein Mosaik aus Tätowierungen und runischen Narben. Sie hatten frische Einstiche am Hals und eine dunkle Leere im Blick.

Sie trugen blutrote Gewänder und wurden von den Heilern und Technikern umsorgt, die ihre Adern über dicke Katheter am Hals an die Blutkreislaufmaschinen anschlossen, die alle Gestaltmitglieder untereinander verbanden.

Oscuro bedeutete Lucero, ihren Platz unter ihnen einzunehmen, und sie gehorchte, gestattete sich, Teil des Blutkreislaufs zu werden. Doch als die Zeremonie begann, veränderte sich wieder etwas in ihr. Als sie das Blut durchströmte, wurde der dunkle Fleck auf ihrer Seele ekelhaft und verdorben, schwärzer als je zuvor. Ihr Blutdurst verzehrte sie, und sie fing an um sich zu schlagen, zerbrach das Verbindungsrohr und umging das Schema des Blutflusses.

Die übrigen Teilnehmer an der Zeremonie sahen sie mit einer Mischung aus Entsetzen und Wut an. Nur Oscuro ließ keine Regung erkennen. Als sei nichts geschehen, nahm Oscuro das erste der auserwählten Opfer und führte das Mädchen in den Kreis.

Anstatt es auf den Altar zu legen, ließ Oscuro das Mädchen vor Lucero niederknien. Während sich Lucero keuchend und in Erwartung des Opfers mit weit aufgerissenen Augen erhob, ritzte Oscuro mit der Spitze seines verzierten Dolchs die Halsschlagader des Mädchens an.

Ein dünner Sprühregen aus Blut schoß heraus und bespritzte Luceros Brust und Bauch.

Der Geruch, ah, der Geruch, dachte Lucero.

Obwohl eine ganz leise Stimme tief in ihr rebellierte und versuchte, ihre Sucht zu beherrschen, wurde der Rest von ihr davon verzehrt. Trotz ihres geschwächten Zustands riß Lucero das kleine Mädchen buchstäblich in Stücke.

Ihre Finger waren wie Stahlkrallen, ihre Zähne wie Monofaserklingen. Sie biß sich durch den Hals des Mädchens, während ihre Finger den Bauch des Kindes aufrissen. Lucero war vom köstlichen Duft des Todes erfüllt, und sie schwelgte in einer Orgie der Wonnen.

Da verlor sie völlig die Beherrschung und sog die schiere Kraft der Lebensenergie des Mädchens in sich auf. Ein paar Minuten später kam sie wieder zu sich, um festzustellen, daß sie sich in einem großen Kreis aus Knochen, Blut und Eingeweiden auf dem Boden wälzte.

Entsetzen packte sie, und als sie sich in dem Kreis der Magier umsah, fiel ihr Blick schließlich auf Oscuro. Er trat vor und strahlte sie an wie ein stolzer Vater.

Ein Diener erhielt den Befehl, sie wieder in ihr Zimmer zu bringen, während die übrigen Anwesenden die Zeremonie beendeten. Und als sie zu ihrem kleinen Zimmer stolperte, traf sie die Erkenntnis dessen, was sie getan, wozu sie geworden war.

Ich bin genau wie Oscuro. Ein Ungeheuer.

Sie hatte das Licht verraten, hatte sich wieder von ihrer Sucht überwältigen lassen. Und jetzt war da noch mehr. Irgendeine finstere Macht war in sie eingedrungen und hatte jenen geheimen Ort in ihr übernommen, an dem ihr wahres Selbst wohnte.

Sie sah sich in dem Zimmer um, wo sie immer Trost gefunden hatte. Jetzt rief alles, was sie sah, Haß in ihr hervor, als seien eben jene Dinge, die sie zuvor gut gefunden hatte, schlecht geworden.

Sieht Oscuro so die Welt?

Lucero hielt das durchaus für möglich. Alles Gute schien abstoßend zu sein, alles Finstere, Widerliche schön und begehrenswert. Ihr Verstand sagte ihr, sie solle sich in ihr Schicksal fügen.

Nachdem die Akoluthen sie verlassen hatten, richtete Lucero sich schwankend auf, da sie immer noch unter dem Ansturm der Lebensenergie des Mädchens zitterte. Sie stolperte zu der kleinen Truhe am Fußende ihres Bettes und verstreute den Inhalt auf dem Boden. Nach einem Augenblick hektischen Suchens hielt Lucero den großen Dolch ins Licht.

Ihr Lehrer hatte ihr den Dolch an dem Tag geschenkt, als sie in die Gestalt aufgenommen worden war. Die Klinge war mit Orichalkum überzogen und jungfräulich. Der Dolch hatte noch niemals Blut geschmeckt, und der Gedanke, daß sein erstes Opfer seine Besitzerin sein würde, zauberte ein grimmiges Lächeln auf ihre Lippen.

Lucero kniete sich neben ihrer Bettstatt auf den

Boden und hielt den Dolch so, daß der Knauf auf dem Holzrahmen des Bettes ruhte und die Spitze zur Decke wies. Sie legte ihr Kinn auf die Spitze und stabilisierte die Klinge mit der Hand. Sie brauchte sich nur noch zu entspannen, dann würde die Spitze durch ihre Kehle und direkt in ihr Gehirn fahren.

Während sie sich sammelte, spürte sie frische Tränen auf ihren Wangen. Es waren keine Tränen der Furcht oder des Selbstmitleids, sondern Tränen des Kummers. »Es tut mir leid«, flüsterte sie ihrer Erinnerung an die Musik und das Licht zu. »Wegen mir habt ihr gelitten, und ich kann nicht zulassen, daß sich euer Leiden fortsetzt.«

Gerade, als sie sich fallen lassen wollte und bereits die Spitze des Dolchs in ihre Haut eindringen spürte, schwang die schwere Tür hinter ihr nach innen.

Nein!

Sie versuchte sich auf die Klinge zu stürzen, mußte aber feststellen, daß sie sich nicht bewegen konnte.

In dieser Stellung wartete Lucero, während ihr Blut die Klinge des Dolchs entlanglief und sie ihn aus dem Augenwinkel sehen konnte. Seine dunkelhäutige Hand griff unter ihr Kinn und hob ihren Kopf.

Das Messer kam frei und fiel auf das Bett.

Seine zusammengekniffenen dunklen Augen verrieten einen Anflug von Belustigung, und mit der freien Hand strich er sich über seinen dünnen Bart. »Mein Kind, du mußtest so viel ertragen. Aber jetzt wird es Zeit. Du bist so weit geheilt, daß du zurückkehren kannst.«

Oscuro lächelte, und plötzlich freute sie sich. Sie konnte nicht verstehen, was sie sich dabei gedacht hatte. Wie sie so egoistisch hatte sein und versuchen können, sich das Leben zu nehmen, wo noch so viel Arbeit wartete.

Oscuro half ihr auf und rieb mit einem feuchten Handtuch das Blut von ihrem vernarbten Körper.

Dabei lächelte er unentwegt und verlor kein Wort über den Zustand, in dem er sie angetroffen hatte.

Da wurde ihr klar, daß er mit ihrem Versuch der Selbstopferung gerechnet hatte. Daß er vielleicht sogar alles inszeniert hatte. Jetzt zog sich der ekelhafte Teil ihrer Seele, der sich ausgebreitet und sie gänzlich umhüllt hatte, auf einen kleinen Kern zurück.

»Du bist der Ausgleich, mein Kind«, sagte er. »Der Angelpunkt, und du bist mir lieb und teuer.«

Sie stellte fest, daß sie ihn nur noch mehr bewunderte, daß ihr die Art gefiel, wie das düstere Licht Schatten auf sein scharfgeschnittenes Gesicht warf. Er legte ihr ein Gewand aus weißem Leinen um, baute sich dann vor ihr auf und bot ihr seine Hand dar. Lud sie ein, sich ihm anzuschließen.

Sie verließen das Zimmer, und auf dem Weg zum Altar fragte Lucero sich, ob Oscuro vielleicht den ganzen Ablauf so geplant hatte. Vielleicht wußte er, daß der Fleck auf ihrer Seele während ihrer Blutorgie so dunkel geworden war, daß sie nicht mehr zur Brücke hätte zurückkehren können, und womöglich hatte er daher ihren unbedeutenden Reueversuch eingeplant, um seine Zwecke zu fördern.

Sie fragte sich, welche Gedanken wohl ihre eigenen und welche ihr von Oscuro eingegeben worden waren. Dann war keine Zeit mehr, sich Fragen zu stellen, weil sie den Altarraum betraten und es Zeit für ihre Rückkehr wurde.

Wie ihr Herr und Gebieter gesagt hatte, es wartete noch viel Arbeit.

31

Ryan saß in dem Mitsubishi Nightsky der Draco Foundation neben Nadja, als sie vor dem Watergate Hotel vorfuhren. Die ganze Gegend wimmelte von Leuten – Touristen, Trauernde, Medienschnüffler und sogar Gläubige, die Dunkelzahn für einen Märtyrer hielten. Der Explosionskrater war ein gewaltiges Loch mitten in der Straße, das mit fünf Meter hohen Sturmzäunen abgesperrt und von Sicherheitsbeamten der Regierung bewacht wurde.

Über dem Krater schwebte eine prismatische Wolke, die vor Energie leuchtete. Sie wand und veränderte sich ständig, wallte wie ein brodelnder Tropfen Öl auf Wasser, strahlte einen Regenbogen aus Licht ab, der sogar mitten am Nachmittag deutlich zu sehen war. Ryan wußte, daß das Gefüge des physikalischen Raums an dieser Stelle aufgerissen worden war. Dunkelzahns Tod hatte die Barriere zum Astralraum zerstört.

Die Limousine setzte ihre langsame und stockende Fahrt durch die Menge und die kreisförmige Auffahrt zu den Hoteltüren fort. *Was für ein Chaos*, dachte Ryan. Vom Medienstandpunkt aus war die intime Versammlung im Hotel als Galaereignis ein Alptraum.

Als die Tridschnüffler erfahren hatten, daß keine Presse zugelassen war, hatten sie sich auf die Pressefreiheit berufen. Als das zu nichts führte, hatten sie versucht, die Privatparty zu infiltrieren, und zwar unter den verschiedensten Deckmänteln, angefangen vom Sicherheitsmann bis hin zum Kellner.

Zum Leidwesen der Presse war Carla Brooks in Höchstform. Sie schien überall zugleich zu sein, überprüfte selbst das Personal und kümmerte sich mit ihrer handverlesenen Sicherheitsabteilung um jede Einzelheit persönlich. Sie sortierte rücksichtslos jeden aus, der nichts auf der Party zu suchen hatte, und sogar Schnüffler, mit denen sie schon zusammengearbeitet hatte, Leute, die der Ansicht waren, sie würde bei ihnen eine Ausnahme machen, fanden sich ausgeschlossen.

Jane-in-the-Box hatte drei Versuche von Deckern

vereitelt, sich Zugang zu den Bildern der Überwachungskameras zu verschaffen, und ihnen dabei als Warnung einige extrem gemeine IC-Splitter durch die Leitung gejagt. Bis ein Uhr war es allgemein bekannt. Zu dieser Party war der unbefugte Zutritt strengstens verboten. Wenn die Nachrichtensender irgend etwas bekommen wollten, würden sie wie alle anderen auf dem Hoteleingang warten und mit den vorbereiteten Verlautbarungen vorliebnehmen müssen, welche die Partygäste abzugeben bereit waren.

Unnötig zu sagen, daß das mehr als einem wichtigtuerischen Nachrichtenteam mächtig sauer aufstieß, und als Ryan und Nadja im Mitsubishi Nightsky der Draco Foundation vor der Hoteltür vorfuhren, herrschte draußen längst eine ziemlich miese Stimmung.

Ryan stieg zuerst aus und wurde sofort von mehreren Sicherheitsleuten Carlas flankiert. Ryan erblickte Matthews, der in der Nähe der Glasdoppeltür des Eingangs Wache stand. Der alte Mann bedachte ihn mit einem versteckten Grinsen.

Ryan glaubte nicht, daß seine Verkleidung – dunkelbraunes Haar, braune Augen und drei aufgeklebte Datenbuchsen an der Schläfe – irgend jemanden täuschen konnte, der ihn persönlich kannte, aber er mochte es nicht, fotografiert zu werden. Die oberflächlichen Veränderungen reichten jedoch aus, um einen Unbeteiligten über ihn hinwegsehen zu lassen.

Für die Trideoschnüffler, die den roten Teppich säumten, der bis zur Tür ausgerollt war, war er nur ein Leibwächter der Draco Foundation, der Miss Daviar beschützte. Er trug einen schlichten schwarzen Smoking, der so gut paßte, daß kein Platz für schwere Hardware war. Die einzigen Zugeständnisse, die er gemacht hatte, waren die Walther PB-100 in einem Halfter an der rechten Wade und eine Miniaturkamera in der dritten falschen Datenbuchse. Die Aufnahmen der Kamera wurden direkt zu Jane geschickt, die ihn so ständig beobachten konnte.

Nachdem Ryan für Platz auf dem Gehsteig gesorgt hatte, stieg auch Nadja aus. Er konnte fast den kollektiven Seufzer der Leute zu Hause vor den Trids hören. Heute hatte Nadja alle Register gezogen. Sie trug ein rubinrotes Kleid, das aus Paris eingeflogen worden war, und dazu Kette und Armbänder aus natürlichen Perlen.

Die leuchtend weißen Perlen ruhten auf ihrem Brustansatz und warfen einen Glanz auf ihre Haut, der sie im grellen Licht der Kamerateams fast durchscheinend wirken ließ. Ihr rabenschwarzes Haar fiel über den Rückenausschnitt und schien ihre Haut zu streicheln wie ein Liebhaber, wenn sie sich bewegte.

Während Ryan inmitten des Blitzlichtgewitters der Kameras stand, blieb Nadja stehen und sprach kurz mit den Reportern. Sie lachte über einige Fragen, die einer von ihnen stellte, und ihre strahlend weißen Zähne blitzten.

Sie ist unglaublich trideogen, dachte Ryan. *Kein Wunder, daß das ganze Land in sie verliebt ist.* Er lächelte. *Kein Wunder, daß* ich *in sie verliebt bin.*

»Wir werden einfach abwarten müssen, nicht wahr?« antwortete sie dem Reporter. »Wenn mein Land meine Dienste braucht, wird es mir ein Vergnügen sein, diese Nominierung anzunehmen. Wenn jedoch ein geeigneterer Kandidat gefunden wird, werde ich ihm meine volle Unterstützung geben.«

Ihre Augen verschleierten sich wie auf Kommando, und ihre Stimme nahm einen rhythmischen, fast hypnotischen Tonfall an. »Dunkelzahn würde gewollt haben, daß der beste Kandidat Vizepräsident wird, jemand, der dem Land am meisten nützen kann. Im Augenblick fühle ich mich nur geehrt, daß die Bürger und Präsident Haeffner glauben, ich könnte die Richtige für diese Aufgabe sein.«

Dieser letzten Bemerkung folgte ein Durcheinander von Zwischenrufen, aber Nadja hob einfach nur eine Hand, und alle beruhigten sich wieder. »Keine weiteren Fragen, bitte. Ich halte morgen eine offizielle Pressekonferenz ab, aber jetzt ist nicht der richtige Zeitpunkt, um Verlautbarungen abzugeben.«

Daraufhin trat sie durch die Glastüren, direkt hinter Ryan, und ließ eine seltsam unterwürfige Menge zurück. Als Ryan an Matthews vorbeikam, konnte er den alten Mann flüstern hören: »Drek, sie ist gut.«

Ryan lächelte und zwinkerte ihm zu.

Sie betraten das Hotel und warteten, bis die Sicherheitsleute den Aufzug untersucht und freigegeben hatten. Dann fuhren sie zu der Penthouse-Suite hinauf. Ryan gab seine Leibwächterrolle auf und hielt sich neben Nadja, als sie durch den Flur gingen.

Die Penthouse-Suite war ebenso luxuriös wie gemütlich und bot einen umwerfenden Ausblick auf die Innenstadt und den Potomac. Die gut sortierte Bar bot Erfrischungen aller Art, und auf dem Patio glitzerte das Wasser des Pools im Sonnenlicht. Kleine Tische, die von bequemen Stühlen umgeben waren, hatte man mit größter Sorgfalt so angeordnet, daß sich Gruppen bilden und sich mit einem Gefühl relativer Intimität unterhalten konnten.

Damien Knight war bereits da, als Ryan und Nadja eintrafen, ebenso Präsident Haeffner und viele Kongreßmitglieder, die alle in Begleitung ihrer Sicherheitsleute waren. Ein oder zwei Personen in dem Raum hatten früher schon einmal mit dem berüchtigten Quecksilber zu tun gehabt, und Ryan war hocherfreut über das Gefühl des Unbehagens, das er durch die Suite wogen spürte, als Nadja sich auf intime Art bei ihm einhakte.

Sie flüsterte ihm etwas ins Ohr, und er lachte leise. Ihr Verhalten war zuvor minutiös geplant worden, und diesen Plan führten sie wie ein Veteranenteam perfekt aus.

Sie waren ein umwerfend aussehendes Paar, und Ryan war sich sehr deutlich der Wirkung bewußt, die sie gemeinsam hatten. Tatsächlich verließ er sich sogar darauf.

Mit einem Kuß auf die Wange entschuldigte Nadja sich und mischte sich unter die Partygäste.

Ryan ging zur Bar, die von einem großen Ork geführt wurde. Für Ryan schrie das knorrige Gesicht förmlich nach Secret Service, aber das war nicht anders zu erwarten gewesen. Er hoffte, der arme Mann wußte, wie man einen Drink mixte, weil sonst jeder merken würde, wie gründlich Brooks gewesen war.

»Was darf ich Ihnen bringen, Sir?«

Ryan lächelte. Er hatte sich seit über einem Jahr keinen Drink mehr genehmigt. Es war zuviel zu tun gewesen, und er hatte keine Zeit gehabt, sich zu entspannen; zudem hatte er auch nicht das Risiko eingehen wollen, in einem Moment der Unachtsamkeit überrumpelt zu werden. Er machte sich eigentlich nichts aus Alkohol, aber im Laufe der Jahre hatte er doch den Geschmack zu würdigen gelernt. Jetzt verlangte die Situation, daß er gelassen und entspannt wirkte, und es machte ihm nichts aus zu tun, was er tun mußte.

»Einen doppelten Remy, angewärmt.«

Er sah zu, wie der große Mann mit eleganten Bewegungen kochendes Wasser in den Kristallschwenker goß, um das Glas zu erhitzen. Dann goß er das Wasser aus und eine großzügig bemessene Menge der bernsteinfarbenen Flüssigkeit hinein. Ryan nahm den Schwenker und hielt ihn sich unter die Nase, während ihm gleichzeitig bewußt wurde, daß jemand direkt hinter ihm stand.

Er drehte sich nicht um, sondern atmete lediglich den berauschenden Duft des Cognacs ein und genoß das volle Bouquet. Er nahm einen Schluck und ließ die warme Flüssigkeit langsam die Kehle hinunterrinnen.

»Ein guter Cognac, wenn man daran Gefallen findet.«

Nur ein wenig früher als geplant, dachte Ryan, als er die Stimme erkannte.

Er drehte sich Überraschung heuchelnd um und nahm zur Kenntnis, daß Knight seinen Sekretär Gerrold Watkins bei dem Rest der Ares-Abordnung zurückgelassen hatte. *Also soll dieses kleine Gespräch unter uns bleiben.*

»Mr. Knight«, sagte Ryan. »Es tut mir leid, aber Sie haben mich dabei erwischt, wie ich einem meiner geheimen Laster fröhne.« Er grinste, und Damien Knights Erwiderungslächeln war routiniert genug, um aufrichtig zu wirken.

»Ach, Mister Mercury, wir haben alle unsere kleinen Geheimnisse, nicht wahr?«

Ryan zuckte die Achseln. »Sie wissen einen guten Cognac zu schätzen, Mr. Knight?«

Knights Lächeln wurde weicher. »Tatsächlich bin ich vor etwa einem Jahr über den Restbestand eines Cognacs namens Germain Robin gestolpert. Die Brennerei hat die Produktion irgendwann um die Jahrhundertwende eingestellt. Fünfundzwanzig Flaschen eines Getränks, das dem Himmel auf Erden sehr nahe kommt. Sie sollten mal an irgendeinem Abend bei mir vorbeischauen. Dann öffnen wir eine davon.«

Ryan zwang sich zu einem breiten Lächeln. »Das wäre wunderbar. Ich habe zufällig einige dicke honduranische Zigarren, die hervorragend mit einem ausgezeichneten Brandy harmonieren.«

Damien runzelte die Stirn. »Wenn Sie ein paar Minuten Zeit für mich hätten ... eigentlich wollte ich kurz mit Ihnen reden.«

Komm zu mir, kleine Fliege. Komm, flieg in mein Netz.

Ryan bewahrte sich seinen freundlichen Gesichtsausdruck und ließ sich seine Erleichterung nicht anmerken.

»Natürlich. Möchten Sie sich setzen?«

Es war ein kalkuliertes Risiko gewesen, hier aufzutauchen und seine Beziehung zu Nadja so offen zur Schau zu stellen. Doch die Idee war Ryan gekommen, weil er wußte, daß die einzige Möglichkeit, etwas von Knight zu bekommen, darin bestand, dafür zu sorgen, daß der Mann zu ihm kam.

Unter normalen Umständen hätte Knight dafür gesorgt, daß immer der halbe Raum zwischen ihm und Ryan lag. Eine Schlange kommt dem Mungo nur zu nahe, wenn sie den Kampf will. Oder wenn sie glaubt, so schnell zu sein, daß sie den Mungo mit einem raschen Biß töten kann.

Doch Knight war nicht hier, um zu töten, er war hier, um einen kleinen Tanz aufzuführen, um den Mungo zu hypnotisieren. Knight wollte Ryan benutzen. *Für jemanden, der so gefährlich ist, bist du erfreulich berechenbar, Knight.*

Damien führte ihn zu einem der kleinen Tische. Ryan fiel auf, daß mehrere Leute Platz machten, um ihnen nicht im Weg zu sein. Einige von ihnen fürchteten sich vor Knight, und die anderen wußten ein wenig zuviel über Ryan Mercury, um sich in seiner Nähe sicher zu fühlen.

Sie setzten sich, und Ryan nahm noch einen Schluck von seinem Cognac. »Was kann ich für Sie tun, Mr. Knight?«

Knight stützte die Ellbogen auf den Tisch und beugte sich vor. »Es überrascht mich, Sie hier zu sehen, Mercury. Insbesondere in Begleitung von Miss Daviar. Ist Ihnen nicht klar, daß Sie Miss Daviar die Nominierung kosten könnten?«

Ryan lächelte. »Nun, ich bin nicht so sicher, ob sie die Nominierung überhaupt will. Sie hat momentan sehr viel zu tun, und die Vizepräsidentschaft würde ihren ohnehin sehr vollen Terminkalender sprengen.«

Knight lehnte sich zurück, und sein Gesicht nahm einen nachdenklichen Ausdruck an. »Wissen Sie, es ist mir immer schwergefallen, schlau aus Ihnen zu werden.«

Jetzt kommt es, dachte Ryan. *Erst werde ich eingeweiht, und dann wird mir der Boden unter den Füßen weggezogen.*

»Was gibt es da zu überlegen? Nadja ist sehr beschäftigt und hat vielleicht nicht einmal die Zeit für diesen Politik-Job. Dunkelzahn hat ihr sozusagen eine Menge Töpfe hinterlassen, in denen es zu rühren gilt.«

Knights Lächeln war angespannt. »Ja, das hat er. Es hat nicht den Anschein, als würde dabei viel Zeit für ein Liebesleben bleiben, oder?«

Ryan zuckte die Achseln. »Wir haben beide einen ziemlich gedrängten Terminkalender, aber dadurch erscheint uns die Zeit, die wir gemeinsam verbringen, nur um so kostbarer.«

Knight sah aus, als würde ihm gleich schlecht.

»Ja, das kann ich mir vorstellen. Aber bei einem derart umfangreichen Tagespensum kann ich mir auch vorstellen, daß Nadja vielleicht nicht immer in der Lage ist, sich um alle Einzelheiten zu kümmern.«

Ryan sah ihn fragend an. »Ich weiß nicht, ob ich Ihnen noch folgen kann.«

Damien lächelte wie ein Hai. »Nun, sie muß eine Menge durchaus unterschiedlicher Stellungen ausfüllen. Kein Problem für einen Drachen, aber ziemlich überwältigend für einen einfachen Metamenschen, meinen Sie nicht auch?«

Ryan ließ sich bereitwillig in die Richtung führen, die Knight ansteuerte. »O ja. Tatsächlich haben wir gerade noch über all die Aktienpakete gesprochen, für die sie jetzt das Stimmrecht hat. Bei einigen dieser Gesellschaften ist sie mit den dortigen Verhältnissen noch nicht sonderlich gut vertraut. Ich meine, sie ist auf dem laufendem, was Geschichten wie die Gavilan-Aktien betrifft, aber andere Dinge sind ein wenig esoterischer.«

Und die Fliege landet, dachte Ryan, der das Aufblitzen in Knights Augen bemerkte.

»Genau«, sagte Knight. »Tatsächlich treffe ich mich in einer halben Stunde mit ihr, um über eben jene Aktien zu reden.«

»Tatsächlich? Das wußte ich gar nicht.«

Knight sagte nichts, und einen Moment lang glaubte Ryan, etwas zu dick aufgetragen zu haben. Knight lehnte sich zurück, und sein Gesicht wurde ausdruckslos.

Knight schien sehr angestrengt zu überlegen, und Ryan registrierte, wie er seine Entscheidung traf. »Ryan, ganz unter uns, ich mache mir Sorgen um Miss Daviar. Insbesondere in bezug auf ihr Verhalten hinsichtlich Gavilan. Im Moment werden dort so viele Intrigen gesponnen, daß ich fürchte, es könnte ein wenig zu viel für sie werden.«

Ryan beugte sich in dem Bemühen vor, sich wie ein Kind zu geben, dem ein Geheimnis verraten wurde. »Tatsächlich? Ich nehme an, das ist nach allem, was Dunkelzahn zugestoßen ist, nicht weiter überraschend.«

Knight nickte und reizte seine väterliche Rolle voll und ganz aus. »Wissen Sie, mir ist da gerade etwas eingefallen. Bei der Besprechung mit Miss Daviar werde ich ihr vorschlagen, daß sie mir zeitweilig die Stimmrechte für Gavilan überläßt. Nur so lange, bis sie weiß, wer die Hauptaktionäre sind und wo sie stehen. Auf diese Weise wird sie nichts tun, was sie später bedauern könnte.«

Ryan lächelte. »Das ist sehr nett von Ihnen.«

Knights Gesicht nahm wieder einen verschwörerischen Ausdruck an. »Andererseits müßten gerade Sie besser als jeder andere wissen, was für einen starken Willen sie hat. Ich fürchte fast, sie könnte mein Angebot falsch verstehen. Es wäre mir gar nicht recht, wenn sie mich zurückwiese, nur um es später zu bereuen.«

»Wie kann ich Ihnen helfen?«

Knight beugte sich tatsächlich vor und klopfte ihm auf die Schulter. »Reden Sie einfach mal mit ihr. Ich bin sicher, Sie vertraut Ihnen, und wenn Sie ihr einen sanften Stoß in die richtige Richtung geben, könnte es uns vielleicht gelingen, ein großes Chaos zu vermeiden.«

Ryan lächelte. »Sie haben's erfaßt. Ich würde alles für sie tun.«

Knight lächelte und streckte die Hand aus. »Es war mir ein Vergnügen, mich mit Ihnen zu unterhalten.«

Ryan nahm die angebotene Hand, ließ sie jedoch nicht los. Er setzte eine nachdenkliche Miene auf. »Wissen Sie, ich habe neulich mitbekommen, wie Ihr Name bei einem Gespräch erwähnt wurde.«

Knight erkannte, daß er seine Hand nicht so schnell wiederbekommen würde, und setzte sich wieder. Sein Lächeln erlosch und wich einer Miene, die Vorsicht zum Ausdruck brachte. »Ach, wirklich? In welchem Zusammenhang?«

Ryan grinste und ließ Knights Hand los. »Ach, ich glaube, es war eine Ex-Angestellte von Ihnen.«

Knights Grinsen wurde angestrengt. »Jemand, bei dessen Versetzung Sie behilflich waren?«

Ryan schüttelte den Kopf. »Nein, nein. Es war jemand, mit dem Sie vor meiner Zeit zusammengearbeitet haben.«

Knight dünnes Lächeln war jetzt eindeutig gequält. »Ich hoffe, diese Person wußte nur Gutes über mich zu sagen.«

Ryans Lächeln wurde wölfisch. »Oh, teils, teils. Sie sagte, Sie hätten ein paar Geheimnisse, aber sie sagte auch, Sie seien gut im Bett.«

Es war ein Schuß ins Blaue – etwas in Alices Tonfall, als sie über ›David‹ gesprochen hatte –, und Ryan war mit dem Ergebnis zufrieden.

Knight wurde weiß. »Ihr Name?«

Ryan rieb sich das Kinn. »Warten Sie mal, ich glaube, sie hieß … Alice. Ja, so hieß sie. Alice Haeffner. Eigentlich ganz nett, die Dame.«

Knight sah aus, als hätte er einen Tritt in den Magen bekommen. »Sie haben mit ihr gesprochen?«

Ryans Lächeln wurde weicher. »Ja. Es scheint so, als hätte sie mit einem anderen alten Freund von Ihnen gesprochen, einem gewissen Thomas Roxborough. Die beiden haben ein paar ziemlich interessante Ansichten über Ihre Beziehung zu meinem ehemaligen Arbeitgeber.«

Jetzt zitterte Knight sogar. »Mister Mercury, vielen Dank für das Gespräch, aber ich muß noch mit einigen anderen Leuten reden. Wenn Sie mich jetzt bitte entschuldigen würden.«

Als er aufstand, ließ Ryan die Bombe platzen. »Es scheint so, als glaubten sowohl Alice als auch Roxborough, Sie hätten Dunkelzahn die Schuld am Crash von '29 gegeben. Daß Sie vielleicht über zwei Jahrzehnte hinweg einen Groll gegen ihn gehegt haben und Sie vielleicht – nur vielleicht – endlich Ihre Rache bekommen haben.«

Es war nur ein simples Blinzeln, aber von jemandem, der so professionell war wie Knight, war es wie ein unterschriebenes Geständnis. Ohne ein weiteres Wort verließ Knight den Tisch.

Ryan nahm noch einen Schluck von seinem Cognac, der mittlerweile lauwarm war. Er drehte sich um und sah, daß Nadjas Blick auf ihn gerichtet war. Er blinzelte langsam, ihr vorher vereinbartes Signal, und erhob sich.

Ryan brauchte fast zwanzig Minuten, um sich von der Party zu verabschieden und die Hintertreppe zu erreichen. Dann war er an der Sicherheit vorbei und im Treppenhaus.

Er schaltete sein Armbandkom ein. »Jane, hast du alles mitbekommen?«

Jane antwortete augenblicklich. »Ungekürzt und in Farbe. Das war eine prächtige Vorstellung, Quecksilber.«

Ryan erreichte das Erdgeschoß, und Brooks schleuste ihn durch die Sicherheit. Ihre Miene war grimmig, als sie sich von ihm verabschiedete. Ryan ging zu dem kleinen Eurocar, den er auf dem Angestelltenparkplatz abgestellt hatte.

»Jane, kannst du Knight lokalisieren?«

»Kein Problem, Quecksilber. Aber auch wenn der Abend überraschend erfolgreich verlaufen ist, solltest du die Angelegenheit erst mal ruhen lassen.«

»Was liegt an?«

»Dieser Anruf, den ich während unserer Besprechung bekommen habe, stammte von dem Team, das Burnout überwacht. Deine Vermutung war richtig. Er geht direkt auf dich los, und er wird bald hier sein.«

»Jane, wir werden sehr vorsichtig sein müssen. Mache Knight ausfindig und sage Grind und Dhin, daß sie sich bereithalten sollen. Damien hat es gründlich verpfuscht, und das weiß er, aber den Beweis wird er erst mit seinen nächsten Aktionen liefern, und wenn er das tut, will ich dabei sein.«

»Verstanden«, sagte Jane. »Grind und Dhin sitzen bereits in den Startlöchern. Knight ist noch auf der Party.«

»Gut. Halt mich auf dem laufenden.«

Er unterbrach die Verbindung und erreichte den dunkelblauen Eurocar. Er beugte sich gerade vor, um die Tür zu öffnen, als alle seine Sinne Alarm schrien.

Ryan fuhr herum und schalteten einen Gang höher, da er sich nach Fluchtwegen umsah.

Reihen geparkter Wagen. Säulen und ein niedriges

Dach aus grauem Stahlbeton. Nicht viel Bewegungsspielraum.

Zwölf Männer schienen aus den Schatten zu schmelzen und näherten sich ihm rasch. Sie waren schwer gepanzert, trugen militärische Waffen von Ares und bewegten sich wie absolute Profis. Wäre nicht das kleine Knight-Errant-Logo auf jeder Kevlar-III-geschützten Brust gewesen, hätte Ryan sie für hochbezahlte Attentäter halten können.

Drek! Ich habe Knight schon wieder unterschätzt.

Er schaute zur Metalltür, die zum Treppenhaus führte. Fünfzehn Meter Entfernung. Zu weit weg.

Die zwölf gepanzerten Männer bildeten einen weiten Kreis um ihn. Einer von ihnen ergriff das Wort: »Wenn Sie so nett wären, sich auf den Bauch zu werfen, Mister Mercury, wüßten wir das sehr zu schätzen. Wir haben Befehl, Sie nicht zu töten, es sei denn, uns bleibt keine andere Wahl.«

Ryan schüttelte den Kopf. Er konnte drei, vielleicht vier von ihnen erwischen, aber es waren zu viele. Bis er seine Pistole gezogen hatte, würden sie ihm bereits die Knie weggeschossen haben. Es sei denn …

Ryan hob die Hände. »Ich will keinen Ärger«, sagte er. »Ich bin unbewaffnet.«

»Auf den Boden!«

Ryan warf sich auf den Boden, um ohne Vorwarnung unter den Eurocar zu rutschen.

Seine Möchtegern-Häscher wurden überrumpelt und bewegten sich wie in Zeitlupe. Sie schossen, doch zu spät. Ryan hörte Kugeln von dem Wagen abprallen, während er seine Pistole aus dem Wadenhalfter zog und die schmale Lücke zwischen dem Eurocar und einem Chrysler-Nissan Jackrabbit überwand.

Dabei nahm ein Plan in seinen Gedanken Gestalt an. Er hatte seine Waffe gezogen und würde sie dazu benutzen …

Ein stechender Schmerz durchzuckte Ryans Brust

und seinen Kopf, als er von einer Salve Gelgeschosse getroffen wurde.

Drek, dachte er, und einen Moment lang schien ihn die Schwärze zu verschlingen.

Mehrere Sekunden mußten verstrichen sein, weil Ryan plötzlich feststellte, daß er unter dem Jackrabbit hervorgezogen wurde. Er pendelte zwischen Bewußtlosigkeit und Wachzustand.

Der Mann, der gesprochen hatte, trat vor, rasch und entschlossen. »Das wird Ihnen mehr weh tun als mir«, sagte der Mann mit einem abrupten Lachen.

Schmerzen explodierten hinter Ryans rechtem Ohr, und alles wurde schwarz.

32

Die Federated-Boeing 3800 fiel aus dem dunkler werdenden Himmel und kam dem funkelnden Lichtermeer immer näher, das sich bis über den Horizont hinaus zu erstrecken schien. Als die 3800 mit qualmenden Reifen aufsetzte, ließ Burnout sich aus dem Fahrgestellschacht fallen, prallte in einem Funkenschauer auf den heißen Asphalt und kam nach einer längeren Rutschpartie zum Halt, während die 3800 an ihm vorbeischoß.

In weniger als einer Sekunde war er aufgesprungen und lief zu dem bewaldeten Landstrich neben der Landebahn. »So weit, so gut.«

»Ja, so weit, so gut. Erinnere mich daran, nicht zu oft mit dir zu verreisen.« Lethes Tonfall war trocken und sarkastisch.

Burnout grinste. »Hey, du hast einen Witz gemacht. Und ich dachte schon, du wärst ein hoffnungsloser Fall.«

»Ich habe keinen Witz gemacht.«

Burnout lachte, während er zwischen dünnen Ahornbäumen verschwand und die Richtung zum Langzeitparkhaus einschlug. Es handelte sich um ein vierstöckiges Mammutgebäude, das aus fünf übereinandergetürmten Stahlbetonplatten bestand und voller Fahrzeuge, ansonsten aber vollkommen verlassen war.

Burnout umrundete das Gebäude, bis er wußte, wo die Überwachungsvorrichtungen angebracht waren. Er fand den Wagen, den er suchte, das neueste Modell eines Ford Americar. Er stand perfekt im toten Winkel zwischen zwei Kameras, und die dritte Kamera bekam den Wagen nur einmal pro Minute ins Bild.

Massenhaft Zeit, dachte Burnout.

Als die Kamera weiterschwenkte, lief Burnout aus seinem Versteck und sprang über die niedrige Betonmauer vor den Americar. Er brauchte weniger als fünf Sekunden, um die Tür zu öffnen, weitere acht Sekunden, um die Alarmanlage des Wagens unbrauchbar zu machen, und noch einmal zwanzig, um den Wagen kurzzuschließen.

Als der Motor aufröhrte, rammte Burnout den Ellbogen gegen die Rückenlehne des Fahrersitzes.

Mit einem gequälten Kreischen brach die Lehne ab und gestattete Burnout, bequem zu sitzen, ohne gegen die Windschutzscheibe gequetscht zu werden.

Burnout verließ die Parklücke und fuhr zur Ausfahrt. Er fand den Parkschein auf dem Armaturenbrett, schob ihn in den Kassenautomat, grinste sein metallisches Lächeln in die Überwachungskamera und wartete, während der Automat auf elektronischem Weg sechsundvierzig Nuyen von Elizabeth Farleys Konto abzog.

Als die Schranke sich hob, beschleunigte Burnout in die Nacht. Die Straßen waren trotz der kürzlichen Unruhen überfüllt, und Burnout mußt den Kopf unten halten, um nicht die anderen Fahrer auf der George Mason Bridge zu erschrecken.

Je näher sie der Innenstadt kamen, desto spärlicher wurde der Verkehr, und Burnout fing an, sich unbehaglich zu fühlen. Es war nichts Bestimmtes, nur ein vages Verkrampfen der Chromteile in der Bauchgegend.

Lethes Stimme kam über seinen IGS. »Ich spüre, daß du dich unbehaglich fühlst. Gibt es ein Problem?«

Burnout antwortete zunächst nicht. Es war merkwürdig, wie nahe Lethe und er sich gekommen waren. Der Geist wußte mittlerweile seine Stimmungen mit unheimlicher Präzision zu deuten, und manchmal hatte Burnout den Eindruck, als könne er seine Gedanken lesen. In gewisser Weise war das tröstlich. Er war eine Verbindung mit Lethe eingegangen, wie er sie niemals zuvor in seinem Leben mit irgendeinem anderen Lebewesen erfahren hatte. Trotzdem war es manchmal unheimlich. Er zuckte die Achseln. »Keines, das ich beim Namen nennen könnte. Vielleicht habe ich nur ein Problem damit, daß es keines gibt.«

Lethe seufzte. »Du sprichst wie üblich in Rätseln, aber ich denke, ich kann dir folgen. Du fragst dich, warum Ryan dir nicht auf Schritt und Tritt folgt, warum er nicht hinter jedem Baum und jeder Tür lauert.«

Burnout nickte. »Ja, ich glaube, das ist es. Mir kommt alles viel zu leicht vor, als marschierten wir direkt in eine Falle.«

Lethe kicherte. »In gewisser Hinsicht tun wir das auch.«

»Was?«

»Glaubst du, Ryan weiß nicht, daß wir hier sind?«

Burnouts Stimme hatte einen bitteren Unterton. »Tja, das habe ich tatsächlich gehofft. Ich dachte, du würdest meine astrale Spur verwischen, so daß er von unserer Ankunft nichts wüßte.«

Der Geist lachte. »Verstehst du denn nicht? Ryan soll wissen, daß wir kommen. Er hat dir diese Nachricht in der Hoffnung hinterlassen, dich herauszulocken. Er wollte, daß du zu ihm kommst. Jedesmal, wenn er dich gesucht hat, hast du ihn besiegt, und der Preis wurde langsam zu hoch für ihn. Er will dich auf vertrautes Gelände locken, an einen Ort, wo er die Situation beherrscht. Er will, daß du zu ihm kommst.«

Burnout runzelte die Stirn. »Warum fühle ich mich dadurch nicht besser? Seit Pony Mountain habe ich dich die Entscheidungen treffen lassen, und plötzlich habe ich das Gefühl, ich sei erledigt.«

»Nicht im geringsten. Ich dachte, die Logik wäre in diesem Fall offensichtlich.«

»Nun, das ist sie aber nicht«, fauchte Burnout.

»Also gut, mein Freund. Dann will ich es dir erklären. Du marschierst in eine Falle. Mercury glaubt, er hat dich in der Tasche. Ich bin sicher, daß wir unter astraler Beobachtung stehen, seit wir den Berg verlassen haben. So arbeitet er. Aber er hat ein paar Dinge unberücksichtigt gelassen.«

»Wie zum Beispiel?«

»Wie zum Beispiel die Tatsache, daß du gar nicht auf ihn losgehst.«

»Das weiß ich.« Burnout spürte wieder etwas von seiner alten Wut erwachen. »Wir holen uns diese Daviar. Aber was nützt uns das?«

Lethe seufzte erneut, tief und müde. »Du stehst unter so großem Druck, daß du viel zuviel in die ganze Situation hineininterpretierst. Es ist im Grunde ganz einfach. Mercury geht davon aus, daß du hinter ihm her bist. Er wird darauf vorbereitet sein. Wenn wir uns die Mühe machten nachzuforschen, könnten wir höchstwahrscheinlich mit Leichtigkeit Hinweise auf seinen Aufenthaltsort finden. Er will, daß du ihn aufspürst. Aber er hat keine Ahnung, daß du von Daviar weißt. Er wird nicht in ihrer Nähe sein, weil ihm gar nicht klar ist, daß sie in Gefahr schwebt.«

Plötzlich verschwand die Verkrampfung in Burnouts Magengegend. »Verdammt, du hast recht. Das ist so leicht, daß es fast schon ein Kinderspiel ist, aber du hast recht. Ryan greift als Kämpfer immer frontal an, und nach allem, was er über mich weiß, geht er davon aus, daß ich genauso bin.«

Lethes Stimme war sanft. »Fühlst du dich jetzt besser?«

»Viel besser. Du hast Ryans eigene Schläue gegen ihn gewendet. Wenn er versucht hätte, unser Kommen zu verhindern, hätte er uns wahrscheinlich Zug um Zug niederringen können. Aber so ...«

»Genau.«

Mit Lethe und seinem GPS als Führer erreichte Burnout weniger als eine halbe Stunde später das Tor von Dunkelzahns Anwesen. Er fuhr noch einen halben Kilometer weiter und parkte den Wagen in einer von Bäumen geschützten Senke. Dann gingen sie in der Dunkelheit zum Anwesen zurück.

»Ich glaube, die Sicherheit ist hier ziemlich massiv«, sagte Lethe. »Obwohl ich mir über diese Dinge keine Gedanken gemacht habe, als ich das letzte Mal hier war.«

»Kannst du mir Einzelheiten nennen?«

»Ja«, sagte Lethe. »Es gibt Watcher und Elementare. Der Zaun ist mit Monodraht gesichert, und es gibt Kameras und auf Schienen montierte Drohnen, die Betäubungsmunition verschießen. Vielleicht auch paranormale Wachtiere, aber nichts, womit wir nicht fertig werden.«

»Woher weißt du das alles?«

»Als ich zuletzt hier war, habe ich von einem Wachmann Besitz ergriffen, um mit Nadja Daviar reden zu können. Ich habe das alles in seinen Gedanken gelesen.«

Burnout nickte. »Was ist mit der Frau? Wie würdest du sie auf einer Gefahrenskala einschätzen?«

Lethes Stimme war kalt. »Sie ist keine Gefahr.

Nadja Daviar ist eine bemerkenswerte Frau, und ich hätte gern dein Versprechen, daß ihr nichts geschieht.«

»Das kann ich nicht versprechen.«

»Mir ist klar, daß die Situation deiner Kontrolle entgleiten könnte, aber ich hätte gern dein Versprechen, daß du persönlich nichts gegen sie unternimmst. Wenn sie ... wenn ihr im Zuge der Ereignisse etwas zustößt, läßt sich das nicht vermeiden. Aber ich möchte, daß du alle dir zur Verfügung stehenden Vorsichtsmaßnahmen ergreifst, um ihre Sicherheit zu gewährleisten.«

Burnout nickte. »Ich habe keinen Streit mit ihr und nicht den geringsten Grund, sie zu töten. Ich werde ihr nichts tun, es sei denn, Mercury zwingt mich dazu. Oder sie steht im Weg.«

»Mehr kann ich wohl nicht verlangen.«

In diesem Augenblick erregte der Lärm eines starken Motors Burnouts Aufmerksamkeit. Er duckte sich in den Schatten tiefhängender Pinienzweige und wartete ab.

Der Nightsky hinterließ verbranntes Gummi auf dem Asphalt, als er in die Einfahrt zum Anwesen einbog und gleich wieder beschleunigte. Der große Wagen hielt mit quietschenden Reifen vor dem Wohnhaus an.

Burnout erhöhte die Leistung seines Lichtverstärkers. Er sah die Gestalt einer jungen Frau mit der Figur einer Elfe. Sie hatte dunkle Haare und trug ein fließendes rotes Abendkleid. Sie rannte in aller Hast die Stufen zum Haus empor. Sekunden später hatte sich die Tür hinter ihr geschlossen, und der Nightsky fuhr wieder los.

»Sieht so aus, als sei eine Party anders gelaufen als geplant.«

Der Geist lachte. »Wahrscheinlich hat Ryan Mercury von unserer Ankunft erfahren und sie an einen Ort geschickt, den er für sicher hält. Wie ich es mir gedacht habe.«

»Hervorragend. Dann laß uns jetzt anfangen. Beschreib mir das Haus von innen.«

33

In der Dunkelheit bildete sich ein stecknadelkopfgroßer Punkt aus weißem Licht. Er schwamm in einem unsteten Strom zu ihm, erreichte ihn schließlich und brachte Schmerzen mit sich. Ryan benutzte seine Magie, um die Schmerzen zu verdrängen, und das Pochen in seinem Hinterkopf verschwand.

Er öffnete die Augen und schloß sie sofort wieder.

Ein weißer Raum. Verspiegelte Wände.

Mit geschlossenen Augen machte er eine geistige Bestandsaufnahme von seinem Körper. Der Schlag auf den Hinterkopf war nicht das einzige, was sein Körper erlitten hatte. Er war geschlagen worden, wenn auch nicht schwer, und seine Kopfhaut juckte an der Stelle, wo jemand die Attrappen der Datenbuchsen abgerissen hatte.

Er war nackt, das verriet ihm der leichte Luftzug der Klimaanlage auf seiner Haut und die Kühle des Metallstuhls im Rücken. Seine Hände waren unter den Knien mit Handschellen gefesselt.

Er richtete seine Sinne nach außen. Sein Gehör verriet ihm, daß sich noch zwei andere Personen im Raum befanden, die hinter ihm standen. Sein Geruchssinn sagte ihm, daß eine der beiden Wachen mit Nelken gewürzte Zigaretten mochte und die andere viel zuviel Aftershave aufgetragen hatte.

Er zwang sich zu äußerster Konzentration und zählte langsam von zehn rückwärts. Als er sich gesammelt hatte, öffnete er vorsichtig wieder die Augen.

Der Raum war in einem sterilen Weiß gehalten, fast fünf Meter breit und eineinhalb mal so lang. Direkt vor Ryan stand ein kleiner Tisch, der am Boden festgeschraubt war, mit einem kleinen Deck und einem Telekom darauf. Auf der anderen Seite des Tisches befand sich ein schlichter Schreibtischstuhl. Ohne den Kopf zu bewegen, konnte Ryan Beobachtungsspiegel an jeder der drei Wände sehen, die sein Bild reflektierten. Seines und das der beiden Trolle, die hinter ihm standen. Ihre Gefechtsuniformen sahen eingetragen aus, und ihre automatischen Gewehre zeigten geradewegs auf seinen Kopf.

Sie hatten sich nicht die Mühe gemacht, ihn zu verarzten. Getrocknetes Blut klebte in einem dünnen Rinnsal auf seiner Haut, das vom Hals bis zu einer Stelle direkt über seiner rechten Brustwarze reichte. Ryan schaute in den Einweg-Spiegel direkt vor sich, und seine Infrarotsicht verriet ihm, daß er von zwei anderen Personen beobachtet wurde.

Ryan lächelte die beiden Gestalten an. »Lange nicht gesehen, Knight.«

Eine der Gestalten nickte und verließ dann Ryans Blickfeld. Sekunden später öffnete sich eine Tür in Ryans Rücken, und im Spiegel sah Ryan Damien Knight eintreten.

Er hatte sich seit der Party nicht verändert, und er wirkte fast ein wenig gedankenverloren. Knight machte einen Bogen um Ryan, wobei er darauf achtete, trotz Ryans eingeschränkter Bewegungsfreiheit außer Reichweite zu bleiben. Er umrundete den Tisch und setzte sich mit einem Seufzer auf den Stuhl.

Knight lehnte sich zurück und legte die Beine übereinander und die gefalteten Hände unter das Kinn. Aus irgendeinem Grund erinnerte Ryan seine Haltung an Nadja. Dann wurde ihm klar, daß es die Haltung von jemandem war, der die absolute Kontrolle hatte und völlig in seinem Element war.

Fast fünf Minuten lang starrten er und Knight einander an. Schließlich schüttelte Knight zögernd den Kopf. »Ich habe herauszufinden versucht, wo mir bei Ihnen ein Fehler unterlaufen ist, Mercury.«

Ryan zuckte die Achseln. »Vielleicht, als Sie guten alten Cognac nicht zu würdigen wußten.«

Knight lachte. »Touché. Sie haben recht. Ich selbst kann das Zeug nicht ausstehen.«

»Dann nehme ich an, daß Ihre Einladung, ich solle Sie mal besuchen und diesen Germain Robin kosten, nicht ernst gemeint war.«

Knight fixierte ihn mit eindringlichem Blick. »Ja, ich glaube, ich weiß, wo mir ein Fehler unterlaufen ist. Im Zuge meiner bisherigen Begegnungen mit Ihnen habe ich mir ein bestimmtes Bild von Ihnen gemacht, das Bild eines tadellosen Kriegers mit unglaublichen Fähigkeiten, der sorgfältig von einem Unsterblichen geformt wurde. Bedauerlicherweise habe ich bei den Gelegenheiten, wo ich das Vergnügen hatte, mich von Ihren Fähigkeiten zu überzeugen, den Eindruck gewonnen, daß Dunkelzahn für Sie gedacht hat, daß Ihnen jeder Funken Genialität, den Sie besaßen, von Ihrem Herrn und Meister einprogrammiert worden war.«

Er hat recht und weiß es nicht einmal.

Ryan war Dunkelzahns Waffe, er war es immer gewesen. Und ohne den Drachen, der ihn lenkte, fühlte Ryan sich verloren.

Knight stand auf. »Mercury, so gern ich auch die ganze Nacht hier bei Ihnen sitzen und Höflichkeiten austauschen würde, ich habe Sie nicht zum Spaß hergebeten.«

Ryan lächelte, dünn und gefährlich. »Sie haben mich nicht her*gebeten*, Knight. Sie sind in Panik geraten.«

Knight erwiderte das Lächeln, das beinahe noch wölfischer war als Ryans. »Durchaus korrekt beobachtet. Sehen Sie, Ryan, Sie haben die Party heute nachmittag unter dem Eindruck einiger gefährlicher und gänzlich falscher Auffassungen verlassen. Ich habe Sie hergebracht, um diese zu korrigieren, bevor Sie irgend etwas Übereiltes und potentiell ... Zerstörerisches unternehmen konnten.«

Ryans Miene blieb ausdruckslos.

Knight setzte sich auf eine Ecke des Schreibtisches. »Ich gebe zu, Sie haben mich ziemlich erschreckt, als Sie Alice und Roxborough erwähnten.«

»Darauf möchte ich wetten.«

Knight nickte. »Ja, ein Großteil Ihrer Informationen ist ziemlich korrekt, obwohl auch dieses Wissen schon reicht, um Ihren Tod herbeizuführen. Und ich muß Sie daran erinnern, daß Sie diese Informationen von einem wahnsinnigen Bottich-Freak und einem Geist in der Maschine bekommen haben. Wissen Sie, Alice ist vor vielen Jahren in ein Koma gefallen, obwohl ihr Mann und ich alles in unserer Macht Stehende getan haben, um sie zu retten.«

Ryan hob eine Augenbraue. »Sie wollen mit alledem hoffentlich auf etwas ganz Bestimmtes hinaus.«

Knight beugte sich vor. »Heute nachmittag haben Sie davon geredet, es sei ein Groll gehegt worden. Nun, Sie hatten recht. Ein Groll ist gehegt worden, aber nicht von mir. Sie sind von Alice getäuscht worden, aber unglücklicherweise haben Sie Ihre Karten so gut ausgespielt, daß mein Verhalten dem entsprach, was gewisse Leute Sie glauben machen wollen.«

Ryan grinste höhnisch. »Sie wollen mir also sagen, daß Sie nichts mit Dunkelzahns Tod zu tun haben?«

Knight erhob sich, ging zu dem Stuhl und setzte sich wieder. »Genau das will ich Ihnen erklären.«

»Da müssen Sie sich schon etwas Besseres einfallen lassen, Knight. Alice und Roxborough haben mir zumindest ein paar Beweise zur Bekräftigung ihrer Geschichte geliefert.«

Knight seufzte. »Ich habe befürchtet, daß es darauf hinauslaufen würde. Ich will gar nicht abstreiten, daß ich dem alten Wurm mit all seinen Intrigen hinter den Kulissen oft die Pest an den Hals gewünscht habe. Ich war unglaublich wütend, als ich ihm VisionQuest verkaufen mußte.

Vielleicht habe ich mir sogar mehr als einmal den Tod gewünscht. Offen gesagt, stand er auf der Abschußliste aller Megakonzerne ganz weit oben. Aber keiner von uns hat diese Explosion verursacht. Ich weiß nicht einmal, wie sie bewerkstelligt worden sein könnte.«

Ryan lachte. »Ihre Worte sind wie Sandkörner in der Wüste, Knight. Zahlreich und wertlos.«

Knight nickte. »Dann tut es mir sehr leid, daß Sie mir nicht glauben, Mister Mercury. Ich kann Ihnen den Beweis nicht geben, den Sie brauchen, und ich kann es mir nicht leisten, jemanden, der so gefährlich ist wie Sie, frei herumlaufen und mein Ableben planen zu lassen.«

Knight nickte einem der Trolle hinter Ryan zu. »Tötet ihn rasch und schmerzlos.«

34

Burnout überwand die Mauer mit einem raschen Beugen und Strecken seiner hydraulischen Beine. Er landete hinter einigen gestutzten Azaleenbüschen und warf sich auf den Bauch, um auf die verräterischen Geräusche von Alarmsirenen und Wachtieren zu lauschen.

Abgesehen von entferntem Vogelgezwitscher und dem Fiepen von Eichhörnchen war nichts zu hören.

Burnout hatte eine ganze Reihe von Leuten des Secret Service gesehen und wußte, daß viele von ihnen sterben würden und er vielleicht nicht zu Daviar vordringen konnte, wenn das hier zu lange dauerte.

Sein Plan beruhte daher auf Geschwindigkeit.

»Ich maskiere unsere Aura«, sagte Lethe. »Und ich tue mein Bestes, um uns auch in der physikalischen Welt unsichtbar zu machen.«

Burnout gab keine Antwort, doch Lethe schien ihn auch so zu verstehen. *Gut.*

»Bei meinem letzten Besuch war sie in ihrem Büro«, sagte Lethe. »Das Fenster dort, direkt voraus. Im Erdgeschoß neben dem Arboretum.«

Das Anwesen bestand in erster Linie aus einem roten Backsteingebäude mit Dachschindeln, aber nicht weit entfernt auf der anderen Seite eines gepflegten Rasens stand ein großes Gewächshaus. Die Wände entsprachen dem Rest des Anwesens, aber das Dach bestand aus Glas oder Makroplast. Das Glas wurde von den riesigen Ästen steinerner Bäume getragen. Sehr kunstvoll und sehr schön.

Und sehr wahrscheinlich komplex von innen. *Ein großartiger Ort für einen Kampf.*

Burnout schaute nach links und sah die Elfe, Daviar, durch die Scheiben eines hohen Fensters unmittelbar vor sich. Es waren viele kleine Scheiben, und das Glas war mit Sicherheit kugelsicher, aber sogar Plexan konnte mit den richtigen Waffen geknackt werden. Burnout zögerte nicht eine Sekunde. Er sprang auf und spurtete geradewegs auf das Fenster zu.

Auf den dreißig Metern zwischen der Hecke und dem Haus beschleunigte Burnout auf annähernd sechzig Stundenkilometer. Er zog die beiden Predator und schoß auf das Fenster, während seine Beine ihn und Lethe zum Fenster trugen. Und zu Daviar.

Zuerst prallten die Kugeln von dem Glas ab, dann verursachten sie Sprünge. Burnout leerte beide Magazine, so daß ein fast perfekter Kreis von Sprüngen in dem Kunststoff entstand. Dann warf er sich mit dem Kopf voran gegen das Fenster.

Das Glas explodierte in einem Regen funkelnder Scherben, als Burnout es durchschlug, sich auf dem Teppich abrollte, aufsprang und zu der erschrockenen Nadja Daviar lief. Sie wich ihm aus, schneller, als er erwartet hatte, und erreichte beinahe die Tür.

Doch sein verbeulter Metallkörper prallte gegen sie, und sie brach unter seinem Gewicht zusammen. Alarmsirenen jaulten im ganzen Haus, unaufhörlich und nervtötend. Burnout erhob sich in dem Augenblick, als drei sonnenbebrillte Wachen in dunklen Anzügen durch die Tür geeilt kamen.

Burnout hob die Elfe hoch und hielt sie vor sich, wobei eine Metallhand ihren Hals umklammerte. »Zurück! Oder sie stirbt.«

Die Frau straffte sich und gewann bemerkenswert schnell ihre Fassung zurück. »Bitte«, begann sie. »Sagen Sie uns, was Sie wollen, und ich sorge dafür, daß Sie es bekommen.«

Burnout gestattete sich ein Lächeln. »Ja, das werden Sie.«

»Was haben Sie mit mir vor?«

»Sagen Sie diesen Pinkeln zuerst, sie sollen doch so nett sein und das Haus verlassen.«

Nadja nickte den Sicherheitsleuten zu.

»Wir können Sie hier nicht einfach mit diesem Ding allein lassen«, empörte sich einer der Pinkel.

»Sie können und Sie werden, Mister«, beschied ihn Nadja, in deren Tonfall unüberhörbare Autorität lag.

Die Pinkel zogen sich zurück, und als sie verschwunden waren, drehte Burnout sie zu sich um. Sie war der Inbegriff makellosen Fleisches, so zerbrechlich in ihrer fehlerlosen Schönheit. Und er war ein Monstrum aus blutverschmiertem Metall und gebündelten Kevlar-III-Fasern mit so wenig Fleisch, daß sogar sein

Überzug aus gezüchteter Haut größtenteils abgefallen oder verrottet war.

Sie starrten einander für einen kurzen Augenblick an.

Dann sagte Burnout: »Es gibt nur einen, der Sie retten kann, und ich schlage vor, daß Sie ihn herschaffen. Er muß sofort kommen. Und er muß allein kommen.«

35

Schweiß tropfte auf Ryans nackte Brust, während er sich auf dem kalten Metallstuhl auf die nächsten Sekunden vorbereitete. Im Spiegel sah er einen der Trolle einen Schritt vortreten, den Finger am Abzug.

Ryan spannte seine Beinmuskeln an und versuchte sich zu konzentrieren. Es gab keine Möglichkeit, mit den beiden Trollen fertig zu werden, aber er würde nicht sterben, ohne Knight mitzunehmen. Er konnte den Lauf des Gewehrs mit einem telekinetischen Stoß ablenken, so daß die Kugeln Knight treffen würden, aber das Timing war dabei von entscheidender Bedeutung.

Als der Troll Ryan die Mündung seiner Automatik in den Nacken preßte, schien sich der Zeitablauf zu verlangsamen. Vor seinem geistigen Auge sah er Dunkelzahn in dessen natürlicher Gestalt. Groß und gewunden, mit metallisch blauen Schuppen. *Es tut mir leid. Ich habe schon wieder versagt.*

Ryan wollte gerade aktiv werden, als das Telekom auf dem Schreibtisch klingelte.

Knight hob die Hand, und der Troll hielt inne, wobei die Mündung seines Gewehrs einen Abdruck unter Ryans Ohr in die Haut grub. Knight nahm das Gespräch entgegen und sah das Gesicht auf dem Bildschirm überrascht an.

Die Stimme des Anrufers war schwach und für Ryan kaum zu verstehen. »Haben Sie ihn?«

Knight sah Ryan an. »Es ist für Sie.«

Ryan gefiel der hämische Ausdruck in den Augen des alten Mannes ganz und gar nicht.

Knight lächelte und drehte das Telekom um, so daß Ryan plötzlich eine extreme Nahaufnahme von Nadjas Gesicht vor sich sah.

Ihre Züge füllten den gesamten Schirm aus, so daß kein Hintergrund zu sehen war, der einen Hinweis auf ihren Aufenthaltsort hätte liefern können. *Sie ist beunruhigt,* dachte Ryan.

»Hallo, mein Schatz«, sagte Ryan. »Habe ich meine Ausgehzeit überschritten?«

Ryan sah, wie Nadja rasch einen Blick nach links warf und ihn dann wieder anschaute. Die Botschaft war unmißverständlich. Sie war nicht allein.

Sie sieht verängstigt aus.

»Ryan, du mußt sofort nach Hause kommen.« Die Panik in ihrer Stimme ließ jeden Muskel in Ryans Körper zucken.

Er zwang sich zur Ruhe. Die Beherrschung zu verlieren, würde keinem helfen. Mit so viel Gleichmut, wie er aufbringen konnte, ließ Ryan den Blick an seinem nackten Körper herunterwandern und schaute dann wieder auf den Schirm. »Na ja, mein Schatz, es mag ein überstrapaziertes Klischee sein, aber wie du siehst, sind mir im Augenblick die Hände gebunden.«

Einer der Trolle hinter Ryan lachte.

Nadja war so dicht davor, die Fassung zu verlieren, wie Ryan es bei ihr noch nie erlebt hatte. »Es tut mir leid, Ryan. Aber es ist unumgänglich, daß du sofort zum Anwesen zurückkehrst.«

Knight drehte den Bildschirm wieder zu sich. »Miss Daviar, wie nett von Ihnen anzurufen. Es scheint so, als hätten Sie sich zu einem für alle äußerst vorteilhaften Zeitpunkt gemeldet.«

Irgend etwas in Knights Tonfall störte Ryan. Es war fast so, als hätte der Mann ihren Anruf erwartet, als sei dies nur ein weiterer Schritt in einem äußerst komplizierten Tanz.

Ryan konnte Nadjas Antwort nicht verstehen, aber Knight nickte. »Ich bitte Sie, Miss Daviar, selbstverständlich schicke ich Mister Mercury umgehend zu Ihnen. Aber in dieser Welt des Quid pro quo muß ich dafür eine Gegenleistung verlangen.«

Nadja sagte etwas, aber das einzige Wort, das Ryan verstand, war »Bastard«.

Knight lachte. »Sie sind gut informiert. Doch das steht nicht zur Debatte. Was mir vorschwebt, hat mehr mit Ihren Gavilan-Aktien zu tun.«

Knight hielt inne, dann schüttelte er den Kopf. »Etwas von größerer Dauer. Im Austausch für die umgehende Rückkehr Ihres Spielgefährten ist eine auf zwei Jahre befristete unwiderrufliche Übertragung der Stimmrechte nicht zuviel verlangt.«

Die Anspannung in Nadjas Stimme war unverkennbar, auch wenn Ryan die Worte nicht verstehen konnte.

Schließlich sagte Knight: »Sehr kluge Entscheidung, meine Liebe. Dieses Gespräch ist notariell aufgezeichnet worden, und wenn Sie so nett wären, mir den Code für Ihren Netzhautscan zu geben, könnten wir die Vereinbarung rechtlich bindend machen.«

Knight drückte auf einen Knopf und grinste dann in den Schirm. »Meine Liebe, ich würde Ihnen vorschlagen, auf den Versuch zu verzichten, diese Vereinbarung durch die Behauptung aufzuheben, sie sei unter Druck erzwungen worden. Das daraus resultierende Verfahren vor dem Konzerngerichtshof wird sich nicht nur über Jahre hinziehen, so daß Sie keinen Zugang mehr zu den Aktien hätten, sondern ich würde außerdem dafür sorgen …«

Knights Grinsen wurde breiter, als Nadja ihn unterbrach. Dann sagte er: »Nun, meine Liebe, es freut mich, daß Sie einsehen, wie vernünftig es ist, sich an die Abmachung zu halten.«

Das Telekom summte viermal, dann wandte Knight sich an einen der Trolle. »Bringt diesem Müllhaufen seine Kleidung und Habseligkeiten und ladet ihn bei Dunkelzahns Anwesen ab.«

Während Ryan spürte, wie ihm die Handschellen abgenommen wurden, richtete Knight seine Aufmerksamkeit wieder auf das Telekom. »Selbstverständlich, meine Liebe. Wir müssen das irgendwann einmal wiederholen. Es hat viel mehr Spaß gemacht als unsere üblichen Sparringskämpfe.«

Er unterbrach die Verbindung und wandte sich an Ryan. »Denken Sie nicht einmal an Vergeltung, Mercury. Ich respektiere Sie in genügend hohem Maße, um zu wissen, wie entschlossen und rücksichtslos Sie sein können, wenn Sie die Möglichkeit dazu haben. Doch Sie haben schon genug mit Alice und Roxborough am Hals. Tun Sie sich einen großen Gefallen und vergessen Sie die beiden.«

Ryan lächelte. »Wir haben trotz allem etwas gemeinsam, Knight.«

Knight sah fast beleidigt aus. »Und was soll das sein?«

»Wir haben beide ein sehr gutes Gedächtnis. Sie sollten mich wirklich jetzt töten, weil ich niemals etwas vergesse, und eines Tages, wenn Sie am wenigsten daran denken, wird Ihnen Ihr schlimmster Alptraum einen Besuch abstatten.«

Knight lachte leise. »Ich wünsche Ihnen noch einen angenehmen Abend, Mister Mercury. Wenn man die Umstände bedenkt, denen Sie sich meiner Ansicht nach sehr bald gegenübersehen werden, bezweifle ich, daß Sie die Zeit haben werden, sich kleinlichen Rachegedanken hinzugeben.«

Ryan lächelte ihn weiter an, bis die beiden Trolle ihn

aus dem Zimmer führten. Sie brachten ihm seine Kleidung und sein Armbandkom und fuhren ihn dann in einem gepanzerten Lieferwagen zum Anwesen.

36

Alice betrachtete den Fleischkloß, der Thomas Roxborough war. Seine Krankheit hatte jetzt das Endstadium erreicht, und seine Organe fielen auseinander. Wenn er nicht bald Hilfe bekam, würde er sterben.

Roxborough hatte darüber hinaus noch andere Probleme. Sein Kopf lag auf einem kunstvoll gestalteten Richtblock, der sich auf einer großen, von Gärten mit weißen Rosen und einem Spiel königlicher Gardisten umringten Bühne befand. Ein großer Gardist mit einer Kapuze über dem Kopf schwang eine riesige Axt.

Alice grinste ihr Tigerkatzen-Lächeln. »Darauf läuft es also hinaus«, bemerkte sie. »Hast du noch etwas zu sagen?«

»Alice!« bellte Roxborough.

Der Henker nahm die Axt hinter den Kopf.

»David bestreitet, Dunkelzahn getötet zu haben, und ich kann keinen konkreten Beweis finden, der ihn mit der Explosion in Verbindung bringt.«

»Er hatte ein Motiv.«

»Darüber hatte er auch einige interessante Dinge zu sagen.«

Die Axt hob sich über den Kopf des Henkers.

»Alice!«

»Er sagte, du seist für den Crash verantwortlich, nicht Dunkelzahn. Genau wie ich es ursprünglich vermutet habe. Aus irgendeinem Grund wollte er es mir nicht sagen.«

Die Axt fiel.

»Hör auf damit, hör auf! Ich gebe es zu. Ich hatte etwas damit zu tun, aber ich war es nicht allein.«

Die Axt durchtrennte sauber Roxboroughs Hals und traf mit dumpfem Knall auf den hölzernen Richtblock. Roxboroughs Kopf fiel auf die Holzplanken und rollte zu der unsichtbar werdenden Tigerkatze.

Alice lächelte auf ihn herab. »Ich dachte, du hättest vielleicht mehr zu sagen.«

»Ich lebe noch«, sagte Roxboroughs körperloser Kopf. »Ich lebe noch.«

»Überraschung! Und wenn du dein kleines Geständnis jetzt vervollständigst, lasse ich dich vielleicht noch etwas länger leben.«

Roxborough verzog das Gesicht. »Okay. Alles beginnt mit meinem Konzern, Acquisition Technologies.«

»Ja?«

»Es war ein kleiner Konzern, aber wir hatten eine brandheiße Programmierabteilung. Ich habe sie geleitet, und David Gavilan war mein bester Programmierer.«

Alice atmete scharf ein.

»Dunkelzahn hatte sehr wenig mit dem Konzern zu tun, wenn man davon absieht, daß ihm ein kleiner Teil gehörte. Doch eines Tages erfuhr ich, daß der Wurm vorhatte, Gavilan von uns abzuwerben. Damit begann ein kleiner Datenkrieg zwischen unseren Konzernen. Ich wies mein Programmierteam an, das tödlichste Computervirus zu entwickeln, das es je gegeben hatte. Meine Absicht war, die Datenbänke von Dunkelzahns Konzern Gossamer Threads zu löschen. Mehr nicht. Gavilan hat an dem Projekt gearbeitet und alle anderen Programmierer von mir ebenfalls.«

»Ich glaube dir nicht.«

Roxboroughs körperloses Gesicht verzog sich zu einer gequälten Grimasse. »Endlich die Wahrheit, und du kaufst sie mir nicht ab.«

»Was ist dann passiert?«

»Wir nahmen uns zuerst einen kleinen Konzern vor, um zu sehen, ob das Virus funktionierte. Wir ließen es auf Effexx Studios los, und das Virus vernichtete alle Dateien. Zuerst waren wir hocherfreut, aber dann ist irgend etwas schiefgegangen. Es war ein kompliziertes Programm, selbstreproduzierend, selbstkorrigierend, all das. Es gelangte irgendwie ins alte Internet und infizierte Hunderte von Computersystemen.«

»Ich erinnere mich noch«, sagte Alice. *Vielleicht*, dachte sie, *ist das tatsächlich endlich die Wahrheit.*

»Es war ein Unfall, verstehst du denn nicht? Wir hatten nie die Absicht, jemanden zu schädigen.«

»Was ist mit David passiert?«

»Dunkelzahn traf sich mit ihm, um über seinen Wechsel zu Gossamer Threads zu verhandeln, und dabei sah er das Virus in Davids Gedanken. Dunkelzahn wußte, was wir getan hatten, und er überzeugte David davon, bei Acquisition Technologies zu kündigen und für die UCAS-Regierung zu arbeiten, um das Virus zu bekämpfen. Der Rest von uns war damit beschäftigt, unsere Beteiligung zu vertuschen, und da alle Computersysteme abstürzten, war das nicht allzu schwierig.«

Alice betrachtete Roxborough mitleidig. »Du hast dein Schicksal verdient«, sagte sie. »Du hast verdient, ein Gehirn in einer Flasche zu sein. Aber ich habe nie etwas Böses getan. Ich war ein unschuldiges ...«

»Hör mal, es tut mir wirklich leid. Ich habe Echo Mirage mitfinanziert. Wir haben das Crash-Virus alle bekämpft.«

»Es mutierte und wurde zu etwas anderem, nicht wahr?«

»Ich weiß es nicht.«

»Ist es immer noch irgendwo dort draußen?« fragte Alice.

»Ehrlich, ich weiß es nicht.«

Alice löste sich aus Wunderland und kehrte in die glänzende Stadt zurück.

Roxboroughs Schreie verhallten in der Ferne. »Du kannst mich doch nicht einfach so zurücklassen. Ich bin ein Kopf ohne Körper, um Himmels willen.«

Alice ignorierte ihn, schließlich lebte er noch. Dafür hätte er ihr eigentlich dankbar sein müssen.

37

Ein kühler Wind spielte mit Ryans Haar, als er auf der Straße stand und das Anwesen betrachtete. Das Drachenherz war nahe. Er konnte seine Macht spüren, die ihn lockte.

Nadja, ich hoffe, es geht dir gut.

Carla Brooks war ein paar Minuten vor ihm eingetroffen und hatte das Grundstück bereits von Sicherheitstruppen umstellen lassen. Sie war jetzt auf der anderen Seite und arbeitete einen Angriffsplan für den Fall aus, daß Ryan keinen Erfolg hatte.

Sein Armbandkom summte. Er schaute auf den winzigen Schirm und sah Alices flüssige blaue Augen. »Das ist jetzt kein guter Zeitpunkt, Alice.«

Alice lächelte traurig. »Die Umstände tun mir leid, Ryan«, sagte sie. »Es wird nicht lange dauern.«

»Also gut. Was gibt es?«

»Ich habe neue Informationen, denen zufolge Damien Knight Dunkelzahn niemals für den Crash verantwortlich gemacht hat. Knight hat keinen lange schwelenden Haß gehegt und wahrscheinlich kein ausreichend starkes Motiv, um ihn zu töten.«

Ryan schüttelte nur den Kopf. »Das sagst du mir jetzt?«

»Ich bitte aufrichtig um Entschuldigung.«

»Darüber reden wir noch«, sagte Ryan. »Aber jetzt ist nicht der rechte Zeitpunkt.«

Alice nickte. »Einverstanden.«

Dann war sie verschwunden, und Ryan nahm sich einen Augenblick Zeit, um sich zu sammeln. Er erinnerte sich an das Verhör mit Quentin Strapp. Der Ermittler hatte ihn gegrillt, hatte es so aussehen lassen, als könne Ryan Dunkelzahn getötet haben, und Ryan hatte dasselbe mit Knight getan.

Ich nehme an, der Anschein eines Schuldgefühls ist nicht dasselbe wie Schuld.

Ryan holte tief Luft und verdrängte alle derartigen Gedanken. Dafür blieb noch genug Zeit, wenn Nadja in Sicherheit war. Er wählte Janes Nummer, und auf dem Bildschirm nahm ihr vertrautes Icon Gestalt an.

»Ryan, das wurde aber auch Zeit.«

Ryan antwortete mit ruhiger Stimme. »Gib mir den Situationsbericht.«

Die blonde Karikatur zuckte die Achseln. »Er hält sie im Arboretum fest. Sie liegt gefesselt in der Südost-Ecke unter dem letzten Pflanzentisch. Fast so, als wolle er sie aus allem heraushalten.«

Ryan nickte. »Was ist mit Dhin und Grind?«

»Von Nadjas Auftauchen abgesehen, ist alles so gelaufen, wie du es dir vorgestellt hast. Dhin ist in dem Secret-Service-Lieferwagen und riggt Überwachungs- und Gefechtsdrohnen. Grind ist hoch oben im Geäst eines der großen Rotholzbäume, die an das Grundstück angrenzen. Bis jetzt hat er Burnout noch nicht ins Visier bekommen.«

Ryan holte tief Luft. Er dachte daran, wie Nadja bei ihrem Anruf ausgesehen hatte, an die unterschwellige Angst, die er dort gesehen hatte. Er würde sie retten, es gab keine andere Möglichkeit, aber mit dieser Erkenntnis kam eine zweite. Er würde heute das Drachenherz bekommen oder bei dem Versuch sterben. Zum erstenmal seit dem Verlust des Herzens hatte Ryan keinerlei Zweifel hinsichtlich seines Auftrags.

Seine Unentschlossenheit und Unsicherheit waren verschwunden.

Diesmal würde es keinen strategischen Rückzug geben, kein Unentschieden. Er wußte jetzt, wo er zuschlagen mußte, und war gewillt, sich nötigenfalls zu opfern.

»Ryan, deine Ausrüstung befindet sich am Haupteingang. Fang an, dann wechseln wir auf dein Zeichen auf das Tacticom.«

Ryan nickte und unterbrach die Verbindung. Er überquerte die Straße, und jeder einzelne Nerv in ihm war angespannt. Seine hyperaktiven Sinne waren in höchster Alarmbereitschaft. Er fand seine Ausrüstung neben der Vordertreppe unter einem Rosenstrauch.

Rasch und mit knappen Bewegungen packte er die Ausrüstung aus. Sie bestand aus einem leichten Körperpanzer, einer kleinen Tacticom-Einheit, einer Vindicator-Minikanone und einem Schulterhalfter mit einem Colt Manhunter.

Ryan legte sogleich die Ausrüstung an und überprüfte das Magazin der Waffen. Alles war bereit. Er zog sich den Gurt der Vindicator über den Kopf, ließ den Munitionsgurt folgen und entsicherte die Waffe.

Dann steckte er sich den kleinen Ohrhörer ins linke Ohr und befestigte das winzige Mikrofon an seiner Kehle. »System bereit«, sagte er in das Mikro.

»Check«, sagte Jane in Ryans Ohr.

»Check«, ertönte Grinds Stimme.

»Check«, sagte Dhin, und in der Stimme des Orks lag ein Anflug von Humor. »Boß, ich dachte schon, wir hätten dich verloren.«

»Nicht ganz. Wie ist deine Position?«

»Du bist an mir vorbeigefahren. Ich bin in dem

schwarzen Lieferwagen. Ich habe eine Condor II in der Luft, um unseren Chummer zu verfolgen, falls er das Haus verläßt, und dazu eine Rotodrohne mit Schwerstbewaffnung, die auf dein Zeichen losballern kann.«

»Gut. Grind?«

»Ich spiele den Vogel in diesem verdammten Baum. Ich und mein Barrett eins-zwo-eins. Ich kriege ihn nicht ins Visier, wenn du ihn nicht in die Mitte des Raums manövrierst.«

Ryan hielt inne, um die Stellung seiner Schachfiguren für sich abzuspeichern.

»Jane?«

»Ich höre.«

»Du hast die Kontrolle über die Systeme des Hauses?«

»Dumme Frage, Ryan, aber ich nehme an, du mußt sie stellen.«

»Dann kläre mich bitte auf.«

»Quecksilber, der Bursche ist schlau. Er hält sich in der Deckung des dritten Steinbaums vom Hinterausgang gezählt. So hat er Daviar zwischen sich und dem Ausgang und die anderen beiden gut im Visier.«

Grind meldete sich. »Ich hätte ihn fast erwischt, als er Daviar unter den Tisch gelegt hat, aber trotz dieses Wunderwerks von einem Zielfernrohr hat mir die Infrastruktur des Gebäudes einen Streich gespielt. Ich komme nicht zu einem sicheren Schuß, solange all diese Steinäste im Weg sind.«

Ryan nickte wieder. Das Arboretum war ein großes Gebäude mit zwei riesigen Makroglasscheiben als Dach, um das Sonnenlicht einzulassen. Um der künstlerischen Gestaltung willen wurde das Makroglas von kunstvoll gemeißelten Marmorbäumen getragen. Insgesamt waren es acht Bäume mit steinernen Wurzeln und einem Geflecht von Ästen und Zweigen, die sich nach oben rankten und so ein stützendes Dach schufen.

»Jane, kläre mich über das Arboretum auf. Es hat eine automatische Sprinkleranlage, falls ein Feuer ausbricht, richtig?«

»Positiv.«

Ryan dachte darüber nach, und plötzlich war alles ganz offensichtlich.

»Jane, wie ist der Sauerstoffgehalt da drin?«

Es gab eine kleine Pause, und Ryan war klar, daß die Frage sie überrascht hatte.

»Dunkelzahn hat das Arboretum in ein Treibhaus umgewandelt. Er sagte, er wolle dort Orchideen züchten, also ist der Sauerstoffgehalt höher als üblich. Warum?«

»Hast du darüber ebenfalls die Kontrolle?«

»Positiv.«

Ryan grinste. »Ich will, daß du den Sauerstoffgehalt langsam erhöhst.«

»Bis wohin?«

»Erhöhe ihn einfach beständig, aber nicht zu schnell, damit es nicht zu auffällig ist.«

Dhins Stimme klang besorgt. »Boß, macht es dir was aus, uns in deine Pläne einzuweihen?«

Ryan zwang sich, einen gelassenen Tonfall anzuschlagen. »Grind bekommt unseren Mann wegen der Marmorbäume nicht ins Visier, also werde ich sie in die Luft jagen.«

»Ryan«, meldete sich Jane, »ich habe dich das noch nie gefragt und hoffe, dich das auch nie wieder fragen zu müssen, aber weißt du eigentlich, was, zum Teufel, du tust?«

Ein Bild von Nadjas Gesicht erschien vor Ryans geistigem Auge. »Ich war noch nie so sicher. Ich gebe dir das Zeichen. Kurz bevor ich den Laden hochgehen lasse, aktivierst du die Sprinkler über Nadja und mir. Stell sie auf volle Leistung.«

Jane kicherte. »Ich glaube, jetzt verstehe ich. Was ist mit dem Herz?«

»Ich werde es ihm abnehmen, bevor der Laden hochgeht.«

»Ich verfolge es und sorge dafür, daß die Sprinkler es so gut wie möglich schützen.«

Ryan nickte. »Also gut, Leute, diese Geschichte geht in unsere Bilanz ein. Wir wollen alle, daß sie positiv bleibt. Grind, du weißt, was du zu tun hast.«

»Positiv.«

»Wenn es drinnen übel wird, will ich Nadja da raus haben. Sie hat erste Priorität. Danach kommt das Drachenherz, dann ich. Ist das klar?«

Eine Antwort war nicht nötig, und es kam auch keine. Jedes Teammitglied wußte ganz genau, was auf dem Spiel stand.

»Jane, sollten die Dinge nicht wie geplant laufen, sind in meinem Safe bei Assets verschlüsselte Anweisungen. Führe sie buchstabengetreu aus.«

Stille.

Er erhob sich und ging rasch die Treppe zur Eingangstür hinauf. Es gab keinen Grund für Verstohlenheit. Burnout wußte, daß er kam, und er konnte die Eingänge beobachten. Ryan hatte nicht die geringste Chance, ihn zu überraschen.

»Jetzt, Jane«, sagte er.

»Ich erhöhe den Sauerstoffgehalt. In etwa fünf Minuten dürfte der Anteil kritisch werden.«

Jetzt betrat er das Haus.

Ryan ging durch die lautlose Dunkelheit, und obwohl er wußte, daß er nie mehr als fünfzig Meter von einem anderen Teammitglied entfernt war, fühlte er sich doch völlig allein. Während er unbezahlbare Kunstwerke passierte, stellte er fest, daß er immer nervöser wurde. Roxboroughs Selbstzweifel schlichen sich ein.

Ryan holte mehrmals tief und regelmäßig Luft, um sich innerlich zu beruhigen. Doch als er schließlich die verschlossene Doppelglastür des Arboretums erreichte, hatte ihn wieder ein Anflug von innerer Aufregung gepackt und wollte nicht verschwinden.

Er aktivierte das Handflächenschloß, und die Türen öffneten sich.

Feuchte Hitze hüllte ihn ein, und er fing sofort an zu schwitzen. Der üppige Geruch nach fruchtbarer Erde und blühender Vegetation traf ihn, und einen Moment lang empfand er Trauer darüber, daß Burnout sich ausgerechnet diesen Ort ausgesucht hatte. In nur wenigen Minuten würde von der Schönheit ringsumher nichts mehr übrig sein.

Es war schon eine Weile her, seit Ryan zuletzt im Arboretum gewesen war, und für einen kurzen Augenblick blieb er stehen und sah sich um, als sehe er das alles zum ersten Mal.

Stilisierte Marmorbäume reckten sich zur Decke, und ihre Äste und Zweige bildeten die Stützen für die beiden Makroplastscheiben, aus denen das Dach bestand. Jeder Marmorbaum war über und über mit Efeu bewachsen, so daß der Eindruck entstand, daß es sich um echte Bäume handelte.

»So, wir sind also endlich allein.« Die kalte Stimme kam aus dem Nichts und hallte durch die feuchtheiße Stille.

Ryan preßte sich sofort mit dem Rücken an die Wand und nahm die Vindicator in Schußposition. Irgend etwas stimmte nicht, irgendeine Stimme in seinem Hinterkopf sagte ihm, daß er die Sache falsch anging.

»Nicht ganz, Burnout«, sagte er. »Das ist eine Sache nur zwischen dir und mir. Also laß Nadja gehen.«

Burnouts Gelächter hallte durch das Arboretum und ließ Ryan das Blut in den Adern gefrieren. »Nur zwischen dir und mir, Mercury? Es ist keine Sache mehr zwischen dir und mehr, seit du den Kodiak getötet hast.«

Ryan erinnerte sich an den Bär-Schamanen, wie er Miranda hoch über dem Kopf hielt. Er bewegte sich auf den Fußballen und tastete sich langsam in den dunklen Raum vor. Burnouts Wärmeabstrahlung ging in der Hitze des Raums unter, also konnte Ryan sich nicht auf seine Infrarotsicht verlassen.

»Jane«, sagte er über Kehlkopfmikro.

»Ich höre«, ertönte ihre Stimme in seinem Ohr.

»Position.«

»Er hat sich nicht bewegt.«

Ryan tat einen raschen lautlosen Schritt und brachte einen der Marmorbäume zwischen sich und Burnout. »Jane, wie lange noch?«

»Vier Minuten, aber wenn du den Laden hochgehen läßt, mußt du möglichst in einer Ecke sein, wo ich dich mit den Sprinklern erreichen kann. Andernfalls wirst du ebensoviel Schaden erleiden wie er, und ich muß dich wohl nicht daran erinnern, daß du aus Fleisch und Blut bist.«

Ryan lächelte in der Dunkelheit. »Mach dir um mich keine Gedanken. Sorge nur dafür, daß der Sauerstoffgehalt weiter steigt.«

Eine kurze Pause trat ein. »Ryan, dir ist doch klar, daß ab einem bestimmten Sauerstoffgehalt jeder Schuß den Raum hochgehen läßt.«

»Das ist mir durchaus bewußt, Jane. Halte dich einfach nur bereit.«

Burnouts modulierte Stimme hallte abermals durch den Raum. »Mercury? Wo sind deine Freunde? Erzähl mir nicht, du hättest tatsächlich getan, was ich von dir verlangt habe. Ich wäre ziemlich enttäuscht, solltest du allein zu unserer Party gekommen sein.«

Ryan trat hinaus ins Freie. »Dann muß ich dich wohl enttäuschen, Burnout. Ich *bin* allein.«

Ein weiteres Lachen ertönte.

»Quecksilber! Er bewegt sich. Er hat dich entdeckt und nähert sich dir aus zwei Uhr.«

»So ist es, Burnout, ich bin ganz allein hier wie in jener Nacht in Aztlan. Nur du und ich. Hältst du dich für cool genug, es mit mir aufzunehmen?«

»Meine Güte, was sehe ich denn da? Sieht aus wie eine Vindicator-Minikanone. Das ist ziemlich schwere Artillerie, Mercury. Und was für ein Jammer, daß ich völlig unbewaffnet bin.«

Ryan drehte sich in Richtung zwei Uhr, und Burnouts Metallkörper löste sich aus den Schatten und trat in einen Fleck Sonnenlicht.

Grind klang frustriert. »Zum Teufel mit diesem Geäst! Ich kriege ihn einfach nicht sauber ins Visier. Noch zwei Meter weiter, und er gehört mir.«

Ryan betrachtete die abgerissene, verbeulte Gestalt und pfiff leise durch die Zähne. »Du siehst ziemlich schlecht aus, Burnout.«

Der Cyborg lächelte, und in dem gefilterten Licht war es das metallische Lächeln eines Sensenmannes aus Chrom. »Ja, ich bin nicht mehr so hübsch, wie ich mal war, Mercury. Ich schätze, ich verdanke dir mein neues Aussehen.«

Irgend etwas klickte in Ryans Verstand, und er wußte, was ihm im Hinterkopf herumgegangen war. Er war allein im Arboretum, aber er wandte nicht den Lautlosen Weg an. Seitdem er das Herz verloren hatte, ignorierte er Dunkelzahns Lehren, und er wußte, daß er diese Begegnung nicht überleben würde, wenn er sich nicht auf seine Ausbildung konzentrierte. Darauf, wer er war.

Ryan kniete sich langsam auf den Boden und legte die Vindicator auf den warmen Marmor. »Burnout, dazu muß es nicht kommen. Du weißt, daß ich viel stärker bewaffnet bin als du, und aus unseren vergangenen Begegnungen weißt du, daß ich dir sogar in einem Kampf ohne Waffen ein ebenbürtiger Gegner bin. Aber das ist Dummheit. Wir müssen nicht kämpfen.«

Burnout lächelte. »Ich weiß, daß wir nicht kämpfen müssen, Mercury, aber ich will es. Ich will deinen Schädel unter meinen Fingern knacken und bersten spüren. Ich habe einen weiten Weg hinter mich gebracht, um dich sterben zu sehen.«

Ryan hob die Hände. »Hör mir zu. Du hast etwas gestohlen, das dir nicht gehört, etwas, das du nicht einmal verstehen kannst. Es gibt einen einfachen Ausweg, bei dem wir beide diesen Ort lebend verlassen können. Du brauchst nur das Drachenherz auf den Boden zu legen und zu gehen.«

Burnout neigte den Kopf, als lausche er einer Stimme in seinem Schädel. Dann kehrte sein Lächeln zurück. »Sieh mich an, Mercury. Du hast mir nichts gelassen. Und wofür? Für das Herz. Glaubst du, ich würde das einzige aufgeben, das alles aufwiegt? Trotzdem, es *gibt* eine Möglichkeit, das alles problemlos zu beenden.«

»Ich höre.«

»Warum legst du dich nicht einfach dort auf den Boden und läßt dich schnell von mir töten? Auf diese Weise ersparst du dir die Schande einer Niederlage, bevor du stirbst. Du könntest damit eine Menge unangenehmer Gefühle vermeiden.« Dann ertönte wieder sein unheimliches Gelächter.

Ryan schüttelte den Kopf. »Das war's dann also. Keiner von uns gibt nach.«

Burnout nahm eine geduckte Kampfhaltung ein. »Das war's, Mercury. Laß uns tanzen, ja?«

Seine Bewegungen verschwammen, das Schnellste, was Ryan je gesehen hatte. Burnout überwand die Entfernung zwischen ihnen im Bruchteil einer Sekunde, und Ryan blieb gerade noch genug Zeit, sich zur Seite zu werfen, während Burnout auf ihn zuraste wie ein außer Kontrolle geratener Lastzug.

Nur, daß Burnout keineswegs außer Kontrolle geraten war. Als Ryan nach links sprang, schlug Burnout mit der rechten Hand zu und erwischte Ryan auf der Brust.

Der Schlag traf ihn mit der Gewalt eines Vorschlaghammers, und er wurde hoch in die Luft geschleudert. Instinktiv rollte er sich ab, als er auf dem Boden aufschlug.

Ryan kam wieder auf die Beine, volle drei Meter von seiner alten Position entfernt. Seine Brust schien in Flammen zu stehen, und er verdrängte den Schmerz mit seiner Magie. Als er wieder atmen konnte, spürte er seine Rippen, und ihm wurde klar, daß sein Körperpanzer durchtrennt worden war. Burnout war nirgendwo zu sehen.

»Was ist da gerade passiert, verdammt?« Grind klang völlig verwirrt. »Soeben hatte ich ihn noch im Visier, und einen Augenblick später war er einfach weg. Der Wichser ist verdammt schnell!«

»Position?« fragte Ryan.

»Augenblick. Warte, ich habe ihn! Ryan, er ist …«

»Glaubst du immer noch, daß du mir ebenbürtig bist, Mercury?«

Ryan fuhr zu der Stimme in seinem Rücken herum und konnte gerade noch den gegen seinen Kopf gerichteten Tritt ablenken. Der Tritt traf seinen Arm.

Ryans linker Unterarm wurde taub, und er rollte sich wieder ab, wobei er die Energie des Tritts benutzte, um sich aus der unmittelbaren Gefahrenzone zu katapultieren. Er kam schwankend auf die Beine und sammelte sich.

Burnout lehnte lässig an einem Baumstamm auf der anderen Seite des breiten Mittelgangs.

Ryan wich langsam zurück, bis er einen Baumstamm hinter sich hatte. Er konnte die kühlen Efeublätter im Nacken spüren.

»Gefällt dir das, Mercury? Mit dem Rücken zur sprichwörtlichen Wand zu stehen?«

Ryan spannte den linken Arm, als das Gefühl mit

einem schmerzhaften Kribbeln zurückkehrte. Er lächelte. »Nicht so sehr. Der große Unterschied ist, daß ich dich gegen keine Wand gedrängt habe. Du hast es selbst getan. Du hast dich in Dinge eingemischt, die dich nichts angehen, und du hast gedacht, du könntest damit durchkommen.«

»Wenn er sich noch einen halben Meter weiter bewegt, habe ich ihn, Quecksilber.« Grinds Stimme klang konzentriert.

Jane mischte sich ein. »Du hast noch neunzig Sekunden bis zum Punkt X. Falls du immer noch an deiner gegenwärtigen Position stehst, wenn der Laden hochgeht, wirst nicht einmal du das überstehen.«

Das Gefühl in Ryans Arm war wieder da, und er lächelte Burnout an. »Ich bin hergekommen, um die Dinge friedlich zu regeln, so daß niemand verletzt wird, besonders nicht die unschuldige Frau, die du als Geisel genommen hast. Aber ich schätze, das war einmal.« Ryan zwang sich zur Gelassenheit und spürte, wie die Kraft durch seine Arme in die Hände strömte.

»Also gut, Burnout. Du willst tanzen, ich tanze mit dir.« Mit diesen Worten schleuderte Ryan die Hände nach vorn und jagte dem Cyberzombie einen vernichtenden Kraftstoß entgegen.

Burnout versuchte auszuweichen, doch trotz seiner überlegenen Reflexe kam seine Bewegung viel zu spät. Der telekinetische Stoß traf ihn auf der Brust und schleuderte ihn zurück. Der Marmorbaum, an den er sich gelehnt hatte, splitterte an einer Stelle mit einem Geräusch wie ein Donnerschlag und neigte sich ein wenig zur Seite.

Der Cyberzombie rollte sich zusammen und vollführte eine Reihe von Überschlägen, solange er in der Luft war.

Während Burnout noch flog, kam Bewegung in Ryan. Er übersprang den ersten Blumentisch mit einer eleganten Bewegung. Als Burnout wie eine Katze mit den Füßen zuerst landete, krachte Ryans Fuß seitlich gegen Burnouts Kopf.

Ryan nutzte den Abprall zu einem Salto rückwärts und nahm sofort wieder Kampfhaltung an, während Burnout mit dem Geräusch sich verbiegenden Metalls zu Boden ging.

Ryan zog seinen Manhunter und wollte gerade abdrücken, als er Janes Stimme in seinem Ohr hörte. »Nicht, Ryan! Wenn du jetzt schießt, kann ich nicht einmal Nadja retten. Ihr seid ihr zu nahe.«

Burnout sah auf und raste ihm plötzlich entgegen.

Ryan warf sich rückwärts und umklammerte die Kante des Tisches direkt hinter sich mit der linken Hand.

Er zog die Beine an und stieß sich mit der Hand ab, so daß er einen Salto über den Mittelgang hinweg beschrieb.

Ryan blieb einen Moment lang in der Stille stehen. Wieder einmal war Burnout verschwunden.

»Position?«

»Er steht direkt neben Daviar. Er weiß, daß du nicht auf ihn schießen wirst, wenn dabei die Möglichkeit besteht, daß du sie triffst.«

»Burnout!« rief Ryan. »Du spuckst große Töne, aber wenn es hart auf hart geht, kommt deine Feigheit durch. Man braucht nicht viel Mumm, um sich hinter einer Frau zu verstecken.«

Aus dem Augenwinkel sah Ryan eine Gestalt durch die Luft wirbeln, und er drehte sich um, den Manhunter zum Schuß bereit, aber er bekam keine Gelegenheit dazu.

Mit einem wütenden Aufschrei prallte Burnout gegen ihn. Eine Metallhand packte den Lauf der Pistole, die andere umklammerte Ryans Hals.

Als sie fielen, rammte Ryan seine freie Hand gegen Burnouts Brust, wobei er den Stoß magisch verstärkte. Burnouts Körper drehte sich in der Luft. Der Schwung des Cyberzombies trug ihn über Ryans Kopf hinweg, aber der Metallmann ließ Ryans Hals nicht los. Ryan spürte, wie ihm schwarz vor Augen wurde, als er nach hinten gerissen wurde.

Ryans Griff um den Kolben des Manhunter lockerte sich für einen Augenblick, dann war die Waffe aus seiner Hand verschwunden.

Verdammt, er ist so stark.

Keuchend schwang er die Beine über den Kopf und fand sich rittlings auf Burnouts metallenem Rumpf wieder.

Burnout hielt Ryan auf Armeslänge von sich entfernt und drückte fester zu. Ryan bemerkte, wie sich sein Blickfeld verkleinerte, da von den Rändern her Schwärze einsickerte. Ryan wehrte sich, seine Hände schlugen auf Burnouts Chromkörper ein und trieben tiefe Beulen in das verschrammte Metall. Seine Beine traten auf der Suche nach Widerstand wild um sich.

Dann, als ihm die Kräfte schwanden, ertasteten seine zitternden Finger das Drachenherz, das an Burnouts Hüfte befestigt war.

Ryan berührte es mit seinem Geist und spürte, wie ihn die Kraft des Herzens durchpulste.

»So treffen wir uns wieder, Ryan Mercury.«

Die Stimme hallte durch Ryans Verstand wie die einer alten Geliebten, vertraut und doch so feindselig.

Ich dachte mir, daß ich dich hier finde, Lethe.

38

Es tut mir leid, es tut mir leid, es tut mir leid. Die Worte waren zu einem Mantra in Luceros Gedanken geworden, das sie nicht mehr abschütteln konnte. Sie war wieder in dem dunklen Kreis auf dem metaplanaren Felsvorsprung. Sie saß am Rande des neu gebildeten Keils der Schwärze, den Rücken gegen die Leiche eines Jungen gelehnt, dessen glatte Haut sie kalt an ihrem Rückgrat spürte.

Direkt vor ihr führte Señor Oscuro ein weiteres fügsames junges Mädchen zu dem neuen Altar der Leichen. Das hübsche schwarzhaarige Kind glitt auf dem Blut des letzten Opfers aus und fiel auf die Knie.

Oscuro hatte nicht lange gebraucht, um den neuen keilförmigen Fleck nahe der Spitze des Vorsprungs zu erschaffen. Er arbeitete mit einem Eifer, der Lucero krank machte, vergoß Blut und produzierte Leichen im Kampf gegen die Musik, drängte immer weiter, bis die dunkle Barriere der Sängerin des Liedes sehr nahe kam.

Die schwarze Linie tastete sich um die Quelle des Lichts herum.

Jetzt nahm Oscuro die Hand des Mädchens mit der Grazie eines Prinzen beim königlichen Ball und half ihm auf die Beine.

Es tut mir leid, es tut mir leid, es tut mir leid. Bei jeder Wiederholung stellte Lucero sich vor, daß der Fleck auf ihrer Seele schwächer und schwächer wurde, bis er fast verschwunden war. Verschwunden war auch ihr seltsamer Blutdurst, die perverse Manifestation ihrer Sehnsucht nach der Macht, die dem Blut innewohnte.

Lucero zitterte vor Abscheu, als sie an die Dinge dachte, die sie getan hatte, als sie daran dachte, wie Oscuro mit seiner finsteren Magie ihr Verlangen nach der Macht des Blutes in eine krankhafte Besessenheit nach dem Blut selbst verwandelt hatte.

Sie wußte jetzt, daß Oscuro sie die ganze Zeit benutzt hatte. Alles, was er getan und alles, was er sie zu tun veranlaßt hatte, war ein Trick gewesen, um ihre Seele auf dem schmalen Grat zwischen Licht und Dunkelheit wandern zu lassen. Er hatte es geschafft, das Gleichgewicht zu wahren, so daß Lucero auch weiterhin als Verbindungsglied zwischen der realen Welt und dieser fungieren konnte.

Aber wurde der Fleck auf ihrer Seele wirklich heller? Konnte das Mantra tatsächlich ihre Sünden auslöschen?

Die Antwort verriet ihr die Leichtigkeit von Oscuros Bewegungen. Als der schwarze Fleck auf ihrer Seele sich zuvor aufgehellt hatte, war es Oscuro nur unter größter Mühe möglich gewesen, die Opferungen vorzunehmen. Jetzt bewegte Oscuro sich, als unternehme er einen Spaziergang in einem ruhigen Park.

Es tut mir leid, es tut mir leid, es tut mir leid.

Als das schwarzhaarige Mädchen sich auf den Hügel der blutigen Leichen legte, wurde Lucero sich ihrer eigenen vernarbten Hände bewußt und umklammerte ihre Knie. Sie wiegte sich im Rhythmus ihrer Litanei der Entschuldigungen hin und her.

Oscuro sah zu Lucero und grinste, wobei ihm das Blut eines verirrten Spritzers von der Wange tropfte. Sein überschattetes Gesicht beobachtete sie, nicht das Opfer, als er die blutverschmierte Klinge hob und sie dann niedersausen ließ.

Dem jungen Mädchen wurde fast der Kopf abgetrennt, als das Messer die zarte Haut durchschnitt und Gewebe und Knorpel gleichermaßen mühelos spaltete.

Diesmal hatte Oscuro einen *Chac-mool* mitgebracht, und er bückte sich, um den sprudelnden Lebensstrom in der schwarzen Granitschale aufzufangen.

»Wir sind fast fertig, mein Kind, wir sind am Rand der Brücke«, sagte Oscuro, den Blick immer noch auf Lucero gerichtet. »Bald werden dein Kampf und deine Leiden Früchte tragen. Bald wirst du die Erleichterung verspüren, nach der du dich sehnst.«

Schon der Klang seiner Stimme reichte aus, um Galle in Luceros Kehle hochsteigen zu lassen.

Es tut mir leid, es tut mir leid, es tut mir leid. Lucero

wiegte sich schneller hin und her, und die Worte hallten durch ihren Verstand, bis sie sich zu einem einzigen zusammenfügten und zu einem verschwommenen Bittgebet wurden.

Oscuro wandte sich von dem noch zuckenden Mädchen ab und stieg mit Leichtigkeit über das Gewirr lebloser Gliedmaßen hinweg.

Er erreichte den letzten kleinen Abschnitt des unvollständigen Keils. Der Macht des Liedes sehr nah, an der scharfen Kante des Vorsprungs, direkt an der Spitze. Doch anstatt den Keil zu vollenden und den dunklen Fleck zur Spitze des Vorsprungs zu bringen, wandte Oscuro sich an Lucero. »Komm, mein Kind. Dies ist der große Augenblick, ein bedeutsamer Moment. Ich halte es für angemessen, ihn mit der Person zu teilen, die ihn erst ermöglicht hat.«

Lucero wiegte sich weiter hin und her und setzte ihr Mantra fort, während ihre Seele von nacktem Entsetzen erfüllt wurde.

Oscuro lächelte sanft. »Wie du willst, meine Liebe. Ich kann verstehen, daß diese hervorragende Leistung vielleicht ein wenig zu überwältigend ist für jemanden, der noch so jung ist.« Damit wandte er sich wieder der Spitze des Vorsprungs zu und hob die Schale.

Nein! Lucero raffte sich auf. Sie mußte ihn aufhalten, mußte ihn daran hindern, den Keil zu vollenden. Furcht erfüllte sie, und ihre Seele erzitterte davor.

Sie taumelte über die Leichen hinweg, wobei sie bei jedem Schritt stolperte, da die schlaffen Gliedmaßen toter Kinder nach ihr zu greifen, ihr den Weg zu versperren schienen.

Oscuro blieb, wo er war, den *Chac-mool* hoch erhoben, bis sie nur noch fünf Meter von ihm entfernt war. Dann neigte er die Schale.

Die dickliche burgunderrote Flüssigkeit ergoß sich auf den rissigen Fels und vervollständigte den Keil, und als er sich schloß, hörte sie Oscuros tiefe donnernde Stimme. »Meine Gebieter, Darke heißt euch willkommen.«

Ein winziger Splitter der Dunkelheit hatte sich an der Sängerin vorbeigewunden und die Spitze des Vorsprungs erreicht, eine winzige Ranke. Doch das reichte.

Eine klirrende Kälte kroch in ihre Glieder, ein finsterer, freudloser, betäubender Frost, der sie mitten im Schritt erstarren ließ, der alle Muskeln in ihrem Körper verkrampfen ließ, da er vor der Berührung des puren Bösen zurückschreckte. Dies war Verzweiflung in ihren wahren Tiefen, dies war Haß in seiner bösartigsten Form. Das einzige, was sie davor bewahrte, völlig den Verstand zu verlieren, war die gedämpfte Musik.

Luceros Magenmuskeln krampften sich zusammen, und sie erbrach Blut. Es spritzte auf den Boden, vermischte sich mit dem Blut jener, die zuvor gestorben waren, und fing an zu zischen. Sie würgte weiter, bis nichts mehr aus ihren Eingeweiden hochkommen wollte. Mit zitternder Hand wischte sie sich den Schleim vom Kinn und hob langsam den Kopf.

Oscuro kniete vor ihr, ein belustigtes Lächeln auf seinem finsteren Gesicht. »Beeindruckend, nicht wahr?«

Lucero wollte sich wieder übergeben, wollte ihre Innereien über diese verhaßte Kreatur vor ihr speien, aber sie war zu schwach, um ihn auch nur anzuspucken.

Sein Lächeln wurde zu einem breiten Grinsen. »Wie man zu sagen pflegte, als ich noch jung war, das ist noch nicht einmal der Anfang.«

Oscuro erhob sich und trat hinter sie, und es bedurfte jedes Fünkchens an Kraft, daß Lucero sich umdrehen und ihm zusehen konnte. Er stand so nah am Abgrund, wie er konnte, und hob die Arme zu einem Willkommen. »Gebieter, Darke bittet euch zu kommen. Zerschmettert das Licht, das euch so lange zurückgehalten hat. Kommt und nehmt euch, was rechtmäßig euer ist.«

Zuerst glaubte Lucero, daß sie halluzinierte. Die grausame Kälte verstärkte sich für einen Augenblick, und sie hatte das Gefühl zu ersticken, dann bewegte sich etwas am Rande ihres Blickfelds. Sie wandte den Kopf gerade noch rechtzeitig, um eine der Leichen, ein braunhaariges Mädchen, aufstehen zu sehen.

Der Kopf des Mädchens kippte auf die Seite und blieb so, daß die halbmondförmige Wunde in seinem Hals klaffte wie der Mund eines Gehenkten. Dann wurde Lucero sich der Bewegungen ringsumher bewußt, als alle Toten zum Leben erwachten und sich aufrichteten.

Mit einer raschen Bewegung nahm Oscuro den Opferdolch vom Altar und fügte sich zwei schnelle diagonale Schnitte am linken Unterarm zu. Dann nahm er das Messer in die andere Hand und wiederholte die Prozedur an seinem rechten Unterarm.

Kein Blut floß aus diesen Wunden. Oscuro stimmte einen Singsang in einer Sprache an, die Lucero nicht verstand, ihr aber in den Ohren schmerzte.

Mehrere der Zombie-Leichen ringsumher fingen an, sich zu verwandeln. Sie krümmten sich vor Schmerzen, als dicke, stachelige schwarze Borsten aus ihrer Haut drangen. Ihre Arme und Beine verwandelten sich in bepelzte Tentakel und vervielfältigten sich, bis sich auf jeder Seite ihrer nun abstoßenden Leiber vier befanden. Ihre Köpfe wurden flacher, und aus ihren Kiefern sprossen mit einem feuchten Knirschen gewaltige Insektenmandibel, während sich die Augen teilten. Mehr sah Lucero nicht, weil sie in diesem Augenblick mit der vollen Kraft des Bösen über den Abgrund geschleudert wurde. Es war der Alptraum eines Wahnsinnigen, die Grausamkeit eines Irren, die Häme eines Vergewaltigers über die Unterwerfung all dessen, was er überblickte.

Es tut mir leid, es tut mir …

Als Lucero die Sinne schwanden, traf sie das Wissen, daß ihre Sünden das alles erst ermöglicht hatten, mit voller Wucht. Das hohle Geräusch von Oscuros Gelächter verfolgte sie, während seine neuen Truppen langsam gegen das Licht vorrückten.

Lucero wußte, daß es nur eine Frage der Zeit war, bis das Lied verstummen und das Licht erlöschen würde.

Und wie bei ihr selbst sich Schönheit in Häßlichkeit verwandeln würde.

In Scheußlichkeit.

39

Auf dem Boden des Arboretums saß Ryan auf dem blutverschmierten Körper des Cyborgs und hatte das Gefühl, die Zeit stehe still, als sich Burnouts kalte Metallfinger um seine Kehle schlossen. Sein Blickfeld verdunkelte sich allmählich, während ihn die Kraft des Drachenherzens durchpulste.

Plötzlich spürte Ryan, wie Lethe seinen Einfluß geltend machte und Ryans Verbindung zum Drachenherzen störte.

Ryan wußte, daß Lethe nicht seine ganze magische Kraft einsetzen konnte, weil Ryan in diesem Fall niemals in der Lage gewesen wäre, ihm zu widerstehen.

Lethe, warum tust du das? Ich dachte, du wolltest helfen.

»Dir helfen, das Drachenherz für dich zu behalten? Lieber würde ich diesem Mann aus erbärmlichem Metall das Drachenherz überlassen. Mit ihm kann man zumindest vernünftig reden, und er ist wenigstens ehrenhaft.«

Ryan mühte sich zu verstehen, was Lethe sagte. Dann begriff er. *Lethe, ich weiß, was du denkst, aber du irrst dich.*

»Tue ich das?« Die tiefe Stimme klang ernst. »Sogar jetzt kann ich dein Verlangen nach dem Drachenherz spüren.«

Ja, das Verlangen nach dem Herz ist da. Seine Macht ist verführerisch, und jeder könnte sein Verlangen rechtfertigen, indem er anführte, wieviel Gutes er damit bewirken könnte. Aber wenn du das Verlangen in mir spüren kannst, dann mußt du auch in der Lage sein, die Tatsache zu spüren, daß ich das Herz nicht für mich behalten werde.

Eine kurze Pause trat ein, und Ryan wurde sich wieder Burnouts Hand an seiner Kehle und dessen zeitlupenhafter Bewegung bewußt, mit der er den Manhunter auf ihn richtete.

»Ich spüre zwar, daß du die Wahrheit sagst, aber warum sollte ich diesen Mann aufgeben, der um den geringen Preis deines Todes bereit ist, sein ganzes Sinnen und Trachten darauf zu richten, mir dabei zu helfen, das Drachenherz zu Thayla zu bringen? Du hingegen könntest später immer noch deinem grundlegenden Verlangen nachgeben.«

Ryans Verzweiflung wuchs. Der Lauf des Manhunter richtete sich wie in extremer Zeitlupe auf seine Brust und dort auf die Stelle, wo sein Körperpanzer bereits beschädigt war.

Lethe, da ist noch mehr. Dinge, die du nicht weißt. Überzeuge dich von der Wahrheit in meinen Gedanken. Es gibt nur zwei Leute auf diesem Planeten, die das Wissen und die Vertrauenswürdigkeit haben, das Drachenherz in die Astralebene zu schaffen. Zwei von Dunkelzahn namentlich benannte Magier. Keiner von beiden wollte etwas mit Burnout zu tun haben. Alles, wofür wir kämpfen, wird dann vergebens gewesen sein.

In diesem Augenblick wurden die Chancen abgewogen und die Risiken kalkuliert. Ryan spürte die Gedanken des Geistes kreisen, als dieser seine Entscheidung fällte.

»Du hast mich immer noch nicht davon überzeugt, daß du dich ganz der Aufgabe widmen wirst, das Drachenherz zu Thayla zu bringen«, kam Lethes Antwort. »Ich werde meiner Vereinbarung mit Burnout treu bleiben.«

Ryan konnte nicht mehr atmen, und er spürte, wie seine Kräfte nachließen und damit auch die Macht des Drachenherzens schwächer wurde. Winzige schwarze Punkte schoben sich in sein Blickfeld wie dunkle Tropfen Öl. *Ich werde sterben.*

Burnout hatte den Manhunter auf ihn gerichtet und den Finger am Abzug. Doch er schoß nicht. »Ich habe bemerkt, daß der Sauerstoffanteil gestiegen ist«, sagte er. »Jeder Funke würde diesen ganzen Raum hochgehen lassen. Ich werde nach draußen gehen, bevor ich dich wie ein Sieb durchlöchere.«

Ryan hörte plötzlich Dunkelzahns Stimme in seinen Gedanken. *Ein Anhänger des Lautlosen Wegs nutzt das Gelände zu seinem Vorteil aus, Ryanthusar, macht Gebrauch von all seinen Möglichkeiten, auch von jenen, die verloren zu sein scheinen.*

Dann hörte er Grind leise, wie aus großer Entfernung rufen: »Geh weg von ihm, Ryan! Ich habe ihn ihm Visier! Spring zur Seite!«

»Negativ, Grind«, meldete Jane sich. »In seiner gegenwärtigen Position wird Quecksilber nicht von den Sprinklern erfaßt. Selbst wenn du ihn nicht triffst, wird ihn die Explosion erledigen.«

Ryan spürte, wie ihn das Zen des Lautlosen Wegs überkam, als er sich noch einmal sammelte. Er hatte sich schon viel zu lange nicht mehr so gefühlt, seit Roxborough das Kommando übernommen hatte. Nun, da er sich konzentrierte, verschmolzen Körper und Seele zu einer perfekten Einheit. Jetzt wußte er, was er zu tun hatte.

Ryan schloß die Hände um das Drachenherz, das in einer Stoffschlinge an Burnouts Hüfte hing. Er setzte seine letzten Kräfte ein, um den Griff eisenhart zu machen.

Dann konzentrierte er sich, wandte seine Magie an und versetzte Burnouts Abzugsfinger einen zielgerichteten telekinetischen Stoß.

Der Manhunter dröhnte, und Ryan konnte das Mündungsfeuer sehen, während er gleichzeitig den entfernten Knall von Grinds großkalibrigem Präzisionsgewehr hörte.

Ryan spürte, wie die Kugel aus dem Manhunter seinen Körperpanzer durchschlug und ihn zurückschleuderte.

Dann verwandelte sich alles in eine alptraumhafte orangefarbene Hölle. Die entblößte Haut seines Gesichts und seiner Hände fing an zu knistern und zu sieden, während er durch die Luft geschleudert wurde. Der Schmerz war zu groß, der Explosionsdruck zu stark.

Ryans Griff um das Drachenherz löste sich.

Die Haut von Ryans Augenlidern platzte auf und fing an zu bluten, während er sie vor den tosenden Flammen schloß, die ihn einhüllten.

Seine verbrannten Ohren konnten das Geräusch von splitterndem Makroplast über sich hören, als das Dach nach außen gesprengt wurde.

Ryan mobilisierte seine allerletzten Kraftreserven und konzentrierte sich, um sein physikalisches Selbst, seinen Körper, zusammenzuhalten.

Und er hörte, wie etwas Schweres, etwas Metallisches, neben ihm auf den Boden schlug, und er wußte sofort, daß es Burnout war.

Irgend etwas stieß Ryan heftig durch den Raum und in die lindernde Kühle der Sprinkler. Strahlen kalten Wassers, die zunächst verdampften, kämpften sich schließlich zum Feuer auf Ryans Haut durch und umschmeichelten seine Verletzungen.

Dann war alles vorbei.

Ryan öffnete die Augen, die mit einem roten Film bedeckt waren, wodurch die Szene vor ihm, die direkt aus dem Fegefeuer zu stammen schien, noch plastischer wirkte. *Bin ich tatsächlich noch am Leben?*

Die kleinen Flammeninseln, die noch blieben, zischten und rauchten unter dem beständigen Wasserstrom.

Während Ryan sich langsam herumwälzte und aufzustehen versuchte, spürte er, wie die großen Blasen auf seinen Wangen auf dem geschwärzten Marmorboden aufplatzten.

Nicht weit entfernt lag der verkohlte Körper Burnouts wie ein fleischgewordener Alptraum eines Kindes. Das Geschoß des Präzisionsgewehrs hatte ein großes Loch in seine Brust geschlagen.

»Du hast gewonnen, Ryan Mercury.« Lethes Stimme war schwach, weit entfernt.

Du hast mich gerettet? Dieser Stoß in den Wasserstrahl kam von dir?

»Ich sah deine Bereitschaft, dich zu opfern. Ich erkenne, daß du dich tatsächlich verändert hast.«

Ich danke dir, Lethe.

»Erfülle nur dein Versprechen. Bringe Thayla das Drachenherz.«

Das werde ich. Aber ich könnte deine Hilfe gebrauchen.

»Ich habe meine letzten Kräfte verbraucht.«

Was willst du damit sagen?

»Ryan Mercury, wir alle machen Fehler, und wir alle büßen dafür. Wenn diese zerbrechliche Hülle stirbt, sterbe ich mit ihr.«

Stirb nicht, Lethe. Du mußt mir dabei helfen, Thayla das Drachenherz zu bringen.

Keine Antwort.

Lethe?

Hinter Ryan ertönte ein Krachen, und Angehörige des Secret Service stürmten mit vorgehaltenen Waffen in den Raum. Eine Minute später folgte Grind, der sofort zu Ryan eilte. Der Zwerg warf einen flüchtigen Blick auf Ryan und sagte dann: »Jane, schaff das DocWagon-Team her, und zwar pronto. Quecksilber hat es so schwer erwischt, daß ich nicht weiß, warum er überhaupt noch lebt.«

Die einzige Antwort, die Ryan über seinen geschmolzenen Ohrhörer mitbekam, war statisches Rauschen.

»Ryan?« Die Stimme kam von einer Stelle hinter ihm.

Nadja trat in sein Blickfeld. Sie war völlig durchnäßt, und ihr ruiniertes Abendkleid klebte an ihr. Ihr Gesicht war rußgeschwärzt, die Haare waren naß und formlos und sahen aus wie angeklatscht. Als Ryan sie dort stehen sah wie die Überlebende eines Krieges, fand er, daß sie das Schönste war, was er je gesehen hatte.

40

In der wirbelnden Dunkelheit des Interfaces zwischen Burnouts fleischlichem Körper und seiner Cyberware fand Lethe die Silberschnur – die Spur, die Burnouts Seele in ihrem Bestreben hinterlassen hatte, der Magie zu entfliehen, die sie gefangenhielt. Die Schnur führte abwärts in Burnouts innerste Dunkelheit.

Ohne Zögern stürzte Lethe sich in die Schwärze und folgte der Schnur, so rasch er konnte.

Es dauerte nicht lange, bis er Burnouts Essenz fand.

Für Lethe sah sie wie ein kleiner Junge aus, ein Mensch mit einer Haut aus flüssigem Silber, das in der Dunkelheit glänzte, während der Junge langsam hinabstieg.

»Burnout?«

Weder beschleunigte der Junge seinen Abstieg, noch verlangsamte er ihn.

»Burnout?« wiederholte Lethe.

Der Junge drehte sich langsam um und musterte Lethe mit mattem Blick; mit Augen, aus denen eine Müdigkeit sprach, wie sie kein Kind je erfahren sollte. »Hier gibt es keinen Burnout. Er ist tot. Nur ich bin noch übrig. Und jetzt laß mich in Ruhe.«

Lethe rückte näher. »Wenn du nicht Burnout bist, wer bist du dann?«

Der Junge wandte sich ab, rief jedoch über die Schulter: »Meine Freunde nennen mich Billy. Billy Madson.«

Lethe folgte ihm weiter. »Wohin gehst du, Billy?«

»Geh weg. Ich muß mich ausruhen. Ich bin so müde.«

Darüber dachte Lethe einen Augenblick nach. Es mußte etwas geben, das Burnouts Seele in seinen Metallkörper zurückzog, etwas, das dieser Junge verlockend finden würde.

Dann kam ihm eine Idee.

»Billy, willst du einen magischen Ort sehen?«

Die kleine Gestalt hielt inne, drehte sich um. Lethe konnte in den Augen des Jungen die Erregung hinter der Erschöpfung sehen. Dann huschte ein Ausdruck des Argwohns über das junge Gesicht. »Was für einen magischen Ort?«

Lethe kam näher. »Es gibt einen Ort auf den Metaebenen, wo das Mana stark ist. Dort gibt es so viel Magie, daß sie deine ganze Seele ausfüllt.«

Billys Augen verengten sich. »Ich habe von diesem Ort gehört. Viele Leute sind dort gestorben. Welche Magie liegt im Tod? Ich meine, wenn man tot ist, wie kann man sich daran erfreuen?«

Lethe lachte. »Billy, ich kann dir eine Seite dieses Ortes zeigen, die nur wenige Leute je zu sehen bekommen.«

»Ach ja?«

»Sieh her.« Lethe formte ein Bild von Thayla in seinen Gedanken. Er ließ die Erinnerung an ihr Lied einfließen, an die Vollkommenheit ihrer wunderbaren Magie. Er zeigte Billy die Kraft des weißen Lichts, das sie ausstrahlte.

Der kleine Junge hielt den Atem an, als er der Vision ansichtig wurde.

Nach einer Minute verblaßte die Vision.

Der Junge sah Lethe an. »Du warst schon an diesem Ort?«

Lethe nickte.

»Und es ist ein realer Ort, nicht einer, den du erfunden hast?«

Lethe nickte wiederum.

»Er ist wunderschön.«

»Ja, das ist er. Würdest du ihn gern sehen?«

Ein kleines Feuer schien hinter den müden Augen aufzuflackern. »Du könntest mich dorthin bringen?«

»Wir können nur zusammen dorthin. Du mußt mit mir den Weg zurückgehen, auf dem du gekommen bist.«

Der kleine Junge schaute nach oben, und seine Augen folgten der Silberschnur, die sich endlos nach oben erstreckte. Dann schaute er nach unten in die Richtung, die er eingeschlagen hatte, und plötzlich lag solche Sehnsucht im Blick des Jungen, daß Lethe sie beinahe als schmerzhaft empfand.

»Aber ich bin so müde«, flüsterte Billy mit leiser Kinderstimme.

»Das weiß ich Billy. Aber dieser Ort ist es wert. Ich verspreche es dir.«

Sie schwiegen einen Augenblick, dann sah Billy zu Lethe auf. »Also gut, wenn du es versprichst.«

Gemeinsam hangelten sie sich die silberne Schnur empor.

41

Ryan erwachte vom Zirpen der Grillen.

Einen langen Moment ließ er die Augen geschlossen und genoß das Gefühl sauberer Laken unter sich und den Geruch nach frischer Luft.

Sogar der dumpfe Schmerz in der Brust, am Gesicht und an den Händen war willkommen.

Ich lebe noch.

Er öffnete die Augen und sah silbernes Mondlicht durch die Jalousien fallen. Das Fenster war geöffnet, und die Jalousien bewegten sich kaum merklich in der leichten Brise.

Ryan fühlte sich gut. Wund, müde und verbraucht, aber nichtsdestoweniger gut.

Er lag in einem der kleinen Gästezimmer im Westflügel des Anwesens. Die Wände des Zimmers waren bis zu der Holzvertäfelung, die vom Boden etwa einen Meter in die Höhe reichte, magentafarben.

Ein nettes, einfaches Zimmer verglichen mit dem Luxus, der sonst überall im Haus vorherrschte. Das war Ryan gerade recht.

Er wandte den Kopf zu dem Nachttisch aus Eiche, der neben dem Bett stand; dort lag das Drachenherz auf einem mit echtem rotem Samt überzogenen Polster. Ryan konnte seine Macht spüren, den Pulsschlag, der ihn anzog wie das Licht die sprichwörtliche Motte.

Ryan streckte eine bandagierte Hand aus, ergriff das Herz unbeholfen und zog es an die Brust.

Mit einem einzigen Gedanken zapfte er seine Macht an. Sofort spürte er, wie sich der Heilungsvorgang in seinem Körper derart beschleunigte, daß er sich gleich darauf aufrichten konnte, ohne Schmerzen in der Brust zu verspüren.

Ryan schaute noch einmal auf den Nachttisch und sah dort einen Bogen eleganten Briefpapiers neben dem Samt liegen.

Mit äußerster Behutsamkeit wickelte Ryan den Verband von seiner linken Hand ab. Obwohl die Haut vollkommen verheilt war, blieben doch kleine kreisförmige Narben zurück. Er betastete sein Gesicht. Es war ebenfalls bandagiert.

Er faltete den Briefbogen auseinander, und er erkannte die Handschrift sofort. Er ließ sich wieder auf das Kissen zurücksinken und las die flüssigen Zeilen.

Mein geliebter Ryan!
Ich hoffe, ich kann bei Dir sein, wenn Du aufwachst, aber falls nicht, sollst Du wissen, wie sehr ich Dich liebe, Ryan Mercury. Ich liebe Dich mehr, als ich sagen kann, mehr, als ich es jemals werde in Worte kleiden können.
Vor uns liegen immer noch düstere Tage, für uns beide, aber ich weiß, daß wir Erfolg haben werden. Du hast einen Auftrag, den Du ausführen mußt, das verstehe ich, aber auch wenn der Weg dunkel und mühsam erscheinen mag, eines sollst Du wissen: Es gibt jemanden, der Dich mehr liebt als das Leben.
Ich werde auf Dich warten, Ryan, unbeirrbar und unerschütterlich, weil ich weiß, daß Du zurückkehren wirst, so wie ich wußte, daß Du ins Arboretum kommen und mich holen würdest.
Mit all meiner Liebe *Nadja*

Ryan lächelte und spürte dabei, wie sich seine frisch verheilte Haut spannte.

Er betrachtete das Drachenherz und dachte über Nadjas Worte nach. Sie stimmten nicht ganz. Er mußte nicht gehen, wenn er nicht wollte.

Ryan spürte, wie ihn die Macht des Herzens erfüllte.

Ich könnte es behalten.

Bei der Vorstellung wurde ihm ebenso schwindlig wie beim letzten Mal. Als er von Roxboroughs Persönlichkeit beherrscht worden war und beschlossen hatte, das Herz zu behalten. All die Macht und die Wunder, die er damit wirken konnte, zu seiner Verfügung zu haben.

Dann erschien plötzlich ungebeten Mirandas Gesicht vor seinem geistigen Auge. Mit ihren letzten Worten hatte sie ihn gebeten, dafür zu sorgen, daß ihr Opfer nicht umsonst gewesen sein und all der Tod und die Zerstörung einen Sinn bekommen würde.

Ryan wußte, daß er für ihren Tod mehr als nur ein wenig verantwortlich war. Er betrachtete das neue Narbengewebe seiner Hand und ballte sie zur Faust. Die Narben ließen ihn an Nadja denken, wie sie völlig durchnäßt vor ihm gestanden hatte, nachdem sie wegen Burnouts Verlangen nach dem Herz fast gestorben war.

Und wegen meines eigenen.

Er wußte, daß es nicht aufhören würde, solange er es behielt. Es würde immer Leute geben, die es begehrten, und eines Tages würde jemand mit genügend Macht kommen, um es ihm abzunehmen.

Dann würde alles umsonst gewesen sein.

Ryan spürte die Macht des Drachenherzens in sich abklingen. Damit wurde auch das Verlangen schwächer, das Artefakt zu besitzen.

Er schaute durch das Fenster ins wunderschöne Mondlicht.

»Keine Sorge, Dunkelzahn, du wirst wie üblich deinen Willen bekommen. Obwohl du tot bist, bekommst du deinen Willen immer noch. Aber diesmal gibt es einen Unterschied, du Bastard. Ich tue das nicht mehr für dich. Ich tue das auch nicht im Namen irgendeines heiligen Kreuzzugs, um die verdammte Welt zu retten. Ich tue es für mich, Dunkelzahn. Hast du mich verstanden? Ich werde diese Sache für mich zu Ende bringen und für alles und jedes, was mir lieb und teuer ist.«

Ryan lächelte. »Aber das hast du gewußt, nicht wahr, alter Wurm? Du wußtest, das war der einzige Weg, wie ich diesen Auftrag übernehmen würde. Indem ich ihn zu meinem eigenen mache.«

Ryan legte das Drachenherz behutsam wieder auf das Samtkissen und sah zu, wie der Wind sanft an den Jalousien rüttelte. »Ruhe in Frieden, du alter Wurm.«

Ryan lächelte, als eine einzelne Träne auf seine Wange fiel und rasch von den Verbänden auf seinem Gesicht aufgesogen wurde. »Ich vermisse dich.«

42

Der stete Nieselregen legte einen glänzenden Schein auf die Wolkenkratzer aus verspiegeltem Glas in Wunderland City. Alice brütete vor sich hin, den Kopf geneigt, da sie auf den Boden starrte und das Spiegelbild der Gebäude im glänzenden Schwarz der Straße sah.

Sie blieb abrupt stehen und nahm einen tiefen Zug von ihrer Zigarette. Resigniert gestand sie sich ein, daß sie nicht wußte, was sie tun sollte. *Ich brauche den Rat eines Außenstehenden.*

Wunderland tätigte den Anruf für sie.

»Hallo?« ertönte eine Männerstimme, die bemerkenswert wach klang, wenn man bedachte, was er durchgemacht hatte. Dann erschien sein Bild. Weiße Verbände bedeckten Kopf und Gesicht, wenngleich seine silbern gesprenkelten blauen Augen wie funkelnde Juwelen leuchteten.

»Ryan«, sagte Alice. »Wie geht es dir?«

»Ich habe schon bessere Zeiten erlebt.«

»Ich brauche deinen Rat.«

»Du brauchst *meinen* Rat?«

»Ich weiß nicht, was ich mit Rox machen soll.«

»Was hast du denn bisher mit ihm gemacht?«

Alice erzählte ihm, daß sie Roxborough in Wunderland eingesperrt und ihn mit seiner Krankheit gequält hatte, und als sie fertig war, ließ Ryan sich wieder in seine Kissen sinken.

»Ich weiß genau, was du mit ihm machen kannst«, sagte er. »Das einzige, was noch schlimmer ist als alles, was du ihm bereits angetan hast.«

»Was?«

»Laß ihn frei«, sagte er.

»Was? Ryan, bist du verrückt?«

»Schick ihn zurück zu seinem erbärmlichen Leben.«

»Aber …« Alice konnte nicht glauben, daß ausgerechnet Ryan bereit war, Roxborough freizulassen.

»Denk darüber nach, Alice. Er haßt sein Leben, haßt es, in der Matrix gefangen zu sein. Sie ist sein mechanisches und elektronisches Gefängnis, noch dazu eines, das er selbst geschaffen hat. Entscheidend ist nur, daß er seine Experimente hinsichtlich des Persönlichkeitstransfers nicht fortsetzt, und du hast bereits alle diesbezüglichen Daten gelöscht.«

»Außerdem habe ich seine wissenschaftliche Leiterin zu Saeder-Krupp versetzen lassen.«

Ryan lachte. »Perfekt.«

Alice schwieg eine Weile. Sie rauchte ihre Zigarette, während sie darüber nachdachte. Vielleicht hatte Ryan recht. Roxborough würde in seinem gegenwärtigen Zustand niemals glücklich sein, und Alice hatte ihm die Fähigkeit geraubt, sich einen Körper zu beschaffen. Zumindest für viele Jahre.

Sie sah Ryan an. »Also gut, ich lasse ihn frei. Ich kenne sein System jetzt in- und auswendig, und ich habe unzählige Hintertüren für mich eingerichtet. Es wird ihm nie gelingen, mich auszusperren, wenn er sich nicht so vollkommen isoliert, daß er völlig allein ist.«

»Er haßt das Alleinsein mehr als alles andere.«

»Genau.«

»Freut mich, daß ich dir helfen konnte«, sagte Ryan. »Vielleicht kann ich mich revanchieren.«

»Wie meinst du das?«

Alice achtete peinlich genau darauf, ihre Schulden mit Zins und Zinseszins zu bezahlen. Sie hatte ihn mit der Fehlinformation über Damien Knight unabsichtlich in die Irre geführt, und das wollte sie wiedergutmachen. Nach allem, was Alice wußte, war Ryans Auftrag längst nicht erfüllt, und sehr bald würde es für ihn noch gefährlicher werden. Er konnte jede Hilfe gebrauchen, die er bekam.

»Sei vorsichtig, Ryan. Es gibt Daten, die darauf hindeuten, daß Dunkelzahn und Harlekin seit langer Zeit Bekannte sind, vielleicht Freunde, vielleicht Feinde. Seit sehr langer Zeit.«

»Alice, woher weißt du das?«

»Ryan, ich bitte dich, ich habe Zugang zu praktisch jeder Informationsquelle in der Matrix. Harlekin ist sehr mächtig und möglicherweise ein Intimfeind des Drachen. Auf meiner gegenwärtigen Liste derjenigen, die für den Anschlag auf Dunkelzahn in Frage kommen, steht er ziemlich weit oben.«

Ryan schien ein Schauder zu überlaufen. »Danke für die Warnung, Alice, aber ich muß ihn um Hilfe bitten. Dunkelzahn hat es so gewollt.«

»Ich weiß«, sagte Alice. »Ich wollte dir nur sagen, du solltest besser die Augen offenhalten, wenn du zu ihm gehst.«

»Ich weiß das zu schätzen.«

»Sieh zu, daß du etwas Ruhe bekommst, Ryan Mercury. Du wirst sie nötig haben.«

Ryan lehnte sich in seinem Bett zurück. »Das werde ich tun«, sagte er. »Und grüße Roxborough von mir. Ich wünschte, ich könnte sein Gesicht sehen, wenn ihm klar wird, daß du seine Datenspeicher leergefegt hast.«

»Ich zeichne es für dich auf.« Dann unterbrach Alice die Verbindung und spürte einen Schauder der Erregung auf ihrer Haut, als sie an Roxboroughs Reaktion dachte. Sie freute sich schon auf die Begeisterung, die er empfinden würde, wenn er sich in seinem System wiederfand. Zu Hause. Und dann auf die bittere Enttäuschung, die folgen würde, wenn ihm klar wurde, daß er seine Hoffnungen begraben mußte, der Matrix je zu entkommen.

Alice lächelte das Grinsen der Tigerkatze und hüpfte vor Aufregung hin und her. *Das wird ein Spaß.*

MEMO

VON: JANE-IN-THE-BOX
AN: NADJA DAVIAR
DATUM: 20. AUGUST 2057
BETRIFFT: DIE LEGENDE VON THAYLA

Dunkelzahns Institut für Magische Forschung hat dieses Dokument ausgegraben. Ich dachte, es würde Sie interessieren. Text folgt:

Vor vielen Zeitaltern, bevor die Menschheit mit der Niederschrift ihrer Erlebnisse begann, lebte eine Königin von großer Schönheit und noch größerem Herzen. Thayla herrschte über ein üppiges grünes Tal, das zwischen zwei Bergketten lag, die sich wie Zinnen in den Himmel erhoben. Unter ihrer Herrschaft wuchs und gedieh das Land, das sie liebte, und ihr Volk freute sich seines Lebens.

Jeden Morgen begrüßte Thayla die aufgehende Sonne mit einem Lied. Sie sang mit einer Stimme so klar wie die Luft und so hell wie die Sonne selbst. Nichts Finsteres oder Böses konnte in ihrem Land gedeihen, da es die Reinheit ihrer Stimme nicht ertrug.

Eines Nachts schickte sich eine Armee finsterer Wesen an, in das Tal einzudringen, um das Land zu überrennen und es durch ihre böse Ausstrahlung zu verderben. Thayla erhob sich an diesem Morgen wie immer und sang, als sie die finstere Armee sah. Ihre Stimme erfüllte das Tal mit Kraft und Hoffnung.

Der Horde, der die Stimme die Verworfenheit ihrer Existenz aufzeigte, blieb nichts anderes übrig, als zu fliehen. Und während die Kreaturen in wilder Panik Zuflucht außerhalb des Tals suchten, nahm sich einer der finsteren Soldaten die Zeit, Thaylas Lied für einen Augenblick zuzuhören.

Tage vergingen, und die schreckliche Armee hielt sich voller Furcht von dem Tal fern. Schließlich wurde sie von ihren finsteren Herren erneut vorwärts gepeitscht, und sie drang wiederum in das Tal ein. Und wiederum sang Thayla.

Wie zuvor flohen die üblen Kreaturen in blinder Panik, unfähig, auch nur wenige Klänge ihrer reinen Stimme zu ertragen. Doch wiederum zögerte der einsame hochgewachsene Krieger mit Haaren und Augen aus schwarzem Feuer und lauschte dem Lied ein paar Augenblicke, bevor auch er aus dem Tal floh.

Als die Armee das nächste Mal in Thaylas Domäne eindrang, hatte ihre Zahl abgenommen, weil viele einfach nicht mehr den Willen aufbrachten, das Tal zu betreten. Doch erneut floh der einsame dunkle Soldat als letzter, so daß er das Lied hören konnte.

Schließlich wollte kein einziger Soldat der finsteren Armee mehr gehen. Nicht einmal die schrecklichen Drohungen ihrer üblen Herren konnten sie umstimmen. Doch ein einziger Krieger in einer ebenholzfarbenen und roten Rüstung schlich sich jeden Tag vor Morgengrauen in das Tal, um zu lauschen und nach einer Weile auch zu beobachten.

Der schwarze Krieger suchte sich eine Stelle, von der er Thayla sehen konnte, die hoch auf den Terrassen der großen Stadt stand, die ihren Palast umgab. Und er beobachtete sie jeden Morgen, wenn sie aufstand und den neuen Tag mit dem Lied begrüßte. Beim Zuhören floß ihm Blut aus den Ohren, und seine Haut warf Blasen ob der mächtigen Reinheit ihrer Stimme, aber er wandte sich nicht ab. Er floh nicht vor ihrem Lied. Und so stand er da, lauschte und beobachtete. Dann, eines Nachts, schlüpfte der dunkle Krieger in die Stadt, als Thayla schlief. Er schlich sich in ihre Zitadelle, setzte sich ans Fußende ihres Bettes und beobachtete sie.

Als sie erwachte und ihn dort vorfand, rief sie ihre Wachen, doch sie waren nicht stark genug, um den dunklen Krieger von der Stelle zu bewegen. Sie rief ihre Zauberer, aber sie waren nicht weise genug, um ihn zu bannen. Sie sang, um ihn zu vertreiben, doch obwohl sein Körper und Geist von Schmerzen geschüttelt wurden, blieb er standhaft, von ihrer Schönheit völlig verzaubert.

Da sie ihn nicht vertreiben konnte, beschloß die große Königin Thayla, ihn zu ignorieren. Zwar stand er neben ihr, doch sie aß, ohne mit ihm zu reden. Zwar rannte er neben ihr her, wenn sie auf einem ihrer Pferde ausritt, doch sie sah ihn nicht an. Zwar stand er schweigend in der Nähe, wenn sie schlief, doch sie nahm seine Anwesenheit nicht zur Kenntnis.

Jeden Morgen erhob sie sich und begrüßte die Sonne, indem sie laut sang, so daß die finstere Armee, die jenseits des Tals wartete, nicht eindringen konnte. Und jeden Morgen stand er neben ihr und weinte Tränen aus Blut und Feuer ob der Schmerzen und der Freude, die ihre Stimme ihm bereitete.

Und so ging es eine Zeitlang weiter. Thayla schlief, sang und erfüllte ihre königlichen Pflichten. Doch der dunkle Krieger blieb an ihrer Seite, und langsam verfinsterte sich das Land durch seine Anwesenheit. Die Tiere auf den Weiden wurden ebenso krank wie die Leute. Das Getreide wollte nicht mehr wachsen, und am Himmel über dem Tal standen düstere Wolken. Thayla wußte, daß der dunkle Krieger der Grund für alles Unheil war, und so bat sie ihn zu gehen. Er antwortete ihr nicht einmal. Sie versuchte ihn mit List zum Gehen zu bewegen, doch er ließ sich nicht täuschen. Dann versuchte sie ihn zum Gehen zu zwingen, konnte seinen Willen aber nicht brechen. Schließlich flehte sie ihn an, das Tal zu verlassen.

»Aber ich will nicht von hier weg«, erwiderte er. Das waren die ersten Worte, die er je an sie gerichtet hatte, und seine Stimme klang wie altes Laub, das vom Herbstwind davongeweht wird. »Eure Schönheit ist unvergleichlich.«

»Aber Ihr könnt nicht bleiben«, sagte sie zu ihm. »Eure Anwesenheit zerstört mein Land und mein Volk.«

»Mir liegt weder etwas an Eurem Land noch an Eurem Volk«, sagte der Krieger zu ihr. »Mir liegt nur etwas an Euch.«

Als Thayla sah, daß sein Entschluß feststand, weinte sie. Langsam wurde ihr Volk dahingerafft. Schließlich rief sie ihre besten Ratgeber zusammen und sagte ihnen, was sie tun mußten.

»Wie ihr wißt, zerstört die Anwesenheit des dunklen Kriegers unser Land und unser Volk«, sagte sie. »Aber er will nicht von meiner Seite weichen. Wir können ihn nicht zum Gehen bewegen, also muß ich das Land verlassen und ihn mitnehmen.«

Ihre Ratgeber jammerten bei diesen Worten. »Aber das dürft Ihr nicht! Nur Eure Stimme hält die schwarze Armee in Schach! Wenn Ihr geht, werden wir ganz gewiß alle sterben!«

Thayla nickte, da sie wußte, daß dies stimmte, und sagte dann: »Ich werde gehen, aber meine Stimme wird bleiben.« Und dann betraute sie ihre mächtigsten Zauberer mit der Aufgabe, ihre Stimme in eine Lerche zu setzen, die jeden Morgen wie sie die aufgehende Sonne mit einem Lied begrüßen würde.

Sie suchten das Land ab und fanden die schönste Lerche von allen. Und als die Sonne aufging, vollzogen sie das Ritual. Als es am nächsten Morgen hell wurde, sang der Vogel mit Thaylas Stimme, und das Lied hielt die dunkle Armee in Schach.

Die Zauberer freuten sich darüber, doch als sie Thayla gratulieren wollten, waren sie und ihr dunkler

Schatten bereits verschwunden. Sie suchten im ganzen Land, konnten sie aber nicht finden. Doch die Lerche erwachte jeden Morgen. Und mit einer Stimme, so rein und klar wie die Luft, sang sie das Lied, und die schwarze Armee blieb wie angewurzelt stehen, unfähig, in das Tal einzudringen.

GLOSSAR

Arcologie – Abkürzung für ›**Architectural Ecology**‹. In Seattle ist sie der Turm des Renraku-Konzerns, ein Bauwerk von gigantischen Ausmaßen. Mit ihren Privatwohnungen, Geschäften, Büros, Parks, Promenaden und einem eigenen Vergnügungsviertel gleicht sie im Prinzip einer selbständigen, kompletten Stadt.

Aztechnology-Pyramide – Niederlassung des multinationalen Konzerns Aztechnology, die den Pyramiden der Azteken des alten Mexiko nachempfunden ist. Obwohl sie sich in ihren Ausmaßen nicht mit der Renraku-Arcologie messen kann, bietet die Pyramide mit ihrer grellen Neonbeleuchtung einen atemberaubenden Anblick.

BTL-Chips – Abkürzung für ›**Better Than Life**‹ – besser als die Wirklichkeit. Spezielle Form der SimSinn-Chips, die dem User (Benutzer) einen extrem hohen Grad an Erlebnisdichte und Realität direkt ins Gehirn vermitteln. BTL-Chips sind hochgradig suchterzeugend und haben chemische Drogen weitgehend verdrängt.

Chiphead, Chippie, Chipper – Umgangssprachliche Bezeichnung für einen BTL-Chip-Süchtigen.

chippen – umgangssprachlich für: einen (BTL-)Chip reinschieben, auf BTL-Trip sein usw.

Chummer – Umgangssprachlich für Kumpel, Partner, Alter usw.

Cyberdeck – Tragbares Computerterminal, das wenig größer ist als eine Tastatur, aber in Rechengeschwindigkeit und Datenverarbeitung jeder Ansammlung von Großrechnern des 20. Jahrhunderts überlegen ist. Ein Cyberdeck hat darüber hinaus ein SimSinn-Interface, das dem User das Erlebnis der Matrix in voller sinnlicher Pracht ermöglicht. Das derzeitige Spitzenmodell, das *Fairlight Excalibur,* kostet 990 000 Nuyen, während das Billigmodell *Radio Shack PCD-100* schon für 6200 Nuyen zu haben ist. Die Leistungsunterschiede entsprechen durchaus dem Preisunterschied.

Cyberware – Im Jahr 2050 kann man einen Menschen im Prinzip komplett neu bauen, und da die kybernetischen Ersatzteile die ›Leistung‹ eines Menschen zum Teil beträchtlich erhöhen, machen sehr viele Menschen, insbesondere die Straßensamurai, Gebrauch davon. Andererseits hat die Cyberware ihren Preis, und das nicht nur in Nuyen: Der künstliche Bio-Ersatz zehrt an der Essenz des Menschlichen. Zuviel Cyberware kann zu Verzweiflung, Melancholie, Depression und Tod führen.
Grundsätzlich gibt es zwei verschiedene Arten von Cyberware, die **Headware** und die **Bodyware.**
Beispiele für Headware sind **Chipbuchsen,** die eine unerläßliche Voraussetzung für die Nutzung von **Talentsofts** (und auch BTL-Chips) sind. **Talentsofts** sind Chips, die dem User die Nutzung der auf den Chips enthaltenen Programme ermöglicht, als wären die Fähigkeiten seine eigenen. Ein Beispiel für ein gebräuchliches Talentsoft ist ein Sprachchip, der dem User die Fähigkeit verleiht, eine Fremdsprache so zu benutzen, als sei sie seine Muttersprache.
Eine **Datenbuchse** ist eine universellere Form der Chipbuchse und ermöglicht nicht nur Input, sondern auch Output. Ohne implantierte Datenbuchse ist der Zugang zur Matrix unmöglich.
Zur gebräuchlichsten Headware zählen die **Cyberaugen.** Die äußere Erscheinung der Implantate kann so ausgelegt werden, daß sie rein optisch nicht von biologischen Augen zu unterscheiden sind. Möglich sind aber auch absonderliche Effekte durch Gold- oder Neon-Iris. Cyberaugen können mit allen möglichen Extras wie Kamera, Lichtverstärker und Infrarotsicht ausgestattet werden.
Bodyware ist der Sammelbegriff für alle körperlichen Verbesserungen. Ein Beispiel für Bodyware ist die **Dermalpanzerung,** Panzerplatten aus Hartplastik und Metallfasern, die chemisch mit der Haut verbunden werden. Die **Smartgunverbindung** ist eine Feedback-Schaltschleife, die nötig ist, um vollen Nutzen aus einer Smart-

gun zu ziehen. Die zur Zielerfassung gehörenden Informationen werden auf die Netzhaut des Trägers oder in ein Cyberauge eingeblendet. Im Blickfeldzentrum erscheint ein blitzendes Fadenkreuz, das stabil wird, sobald das System die Hand des Trägers so ausgerichtet hat, daß die Waffe auf diesen Punkt zielt. Ein typisches System dieser Art verwendet ein subdermales **Induktionspolster** in der Handfläche des Trägers, um die Verbindung mit der Smartgun herzustellen.

Jeder Straßensamurai, der etwas auf sich hält, ist mit **Nagelmessern** und/oder **Spornen** ausgerüstet, Klingen, die im Hand- oder Fingerknochen verankert werden und in der Regel einziehbar sind.

Die sogenannten Reflexbooster sind Nervenverstärker und Adrenalin-Stimulatoren, die die Reaktion ihres Trägers beträchtlich beschleunigen.

decken – Das Eindringen in die Matrix vermittels eines Cyberdecks.

Decker – Im Grunde jeder User eines Cyberdecks.

DocWagon – Das DocWagon-Unternehmen ist eine private Lebensrettungsgesellschaft, eine Art Kombination von Krankenversicherung und ärztlichem Notfalldienst, die nach Anruf in kürzester Zeit ein Rettungsteam am Tat- oder Unfallort hat und den Anrufer behandelt. Will man die Dienste des Unternehmens in Anspruch nehmen, benötigt man eine Mitgliedskarte, die es in drei Ausführungen gibt: Normal, Gold und Platin. Je besser die Karte, desto umfangreicher die Leistungen (von ärztlicher Notversorgung bis zu vollständigem Organersatz). Das DocWagon-Unternehmen hat sich den Slogan eines im 20. Jahrhundert relativ bekannten Kreditkartenunternehmens zu eigen gemacht, an dem, wie jeder Shadowrunner weiß, tatsächlich etwas dran ist: Never leave home without it.

Drek, Drekhead – Gebräuchlicher Fluch; abfällige Bezeichnung, jemand der nur Dreck im Kopf hat.

ECM – Abkürzung für ›Electronic Countermeasures‹; elektronische Abwehrsysteme in Flugzeugen, Panzern usw.

einstöpseln – Bezeichnet ähnlich wie **einklinken** den Vorgang, wenn über Datenbuchse ein Interface hergestellt wird, eine direkte Verbindung zwischen menschlichem Gehirn und elektronischem System. Das Einstöpseln ist die notwendige Voraussetzung für das Decken.

Exec – Hochrangiger Konzernmanager mit weitreichenden Kompetenzen.

Fee – Abwertende, beleidigende Bezeichnung für einen Elf. (Die Beleidigung besteht darin, daß amer. mit ›Fee‹ auch Homosexuelle, insbesondere Transvestiten bezeichnet werden.)

geeken – Umgangssprachlich für ›töten‹, ›umbringen‹.

Goblinisierung – Gebräuchlicher Ausdruck für die sogenannte Ungeklärte Genetische Expression (UGE). UGE ist eine Bezeichnung für das zu Beginn des 21. Jahrhunderts erstmals aufgetretene Phänomen der Verwandlung ›normaler‹ Menschen in **Metamenschen.**

Hauer – Abwertende Bezeichnung für Trolle und Orks, die auf ihre vergrößerten Eckzähne anspielt.

ICE – Abkürzung für ›**I**ntrusion **C**ountermeasure **E**quipment‹, im Deckerslang auch Ice (Eis) genannt. Grundsätzlich sind ICE Schutzmaßnahmen gegen unbefugtes Decken. Man unterscheidet drei Klassen von Eis: **Weißes Eis** leistet lediglich passiven Widerstand mit dem Ziel, einem Decker das Eindringen so schwer wie möglich zu machen. **Graues Eis** greift Eindringlinge aktiv an oder spürt ihren Eintrittspunkt in die Matrix auf. **Schwarzes Eis** (auch Killer-Eis genannt) versucht, den eingedrungenen Decker zu töten, indem es ihm das Gehirn ausbrennt.

Jackhead – Umgangssprachliche Bezeichnung für alle Personen mit Buchsenimplantaten. Darunter fallen zum Beispiel Decker und Rigger.

Knoten – Konstruktionselemente der Matrix, die aus Milliarden von Knoten besteht, die untereinander durch Datenleitungen verbunden sind. Sämtliche Vorgänge in der Matrix finden in den Knoten statt. Knoten sind zum Beispiel: I/O-Ports, Datenspeicher, Subprozessoren und **Sklaven-**

knoten, die irgendeinen physikalischen Vorgang oder ein entsprechendes Gerät kontrollieren.

Lone Star Security Services – Die Polizeieinheit Seattles. Im Jahre 2050 sind sämtliche Datenleistungsunternehmen, auch die sogenannten ›öffentlichen‹, privatisiert. Die Stadt schließt Verträge mit unabhängigen Gesellschaften, die dann die wesentlichen öffentlichen Aufgaben wahrnehmen. Renraku Computer Systems ist zum Beispiel für die öffentliche Datenbank zuständig.

Matrix – Die Matrix – auch Gitter genannt – ist ein Netz aus Computersystemen, die durch das globale Telekommunikationsnetz miteinander verbunden sind. Sobald ein Computer mit irgendeinem Teil des Gitters verbunden ist, kann man von jedem anderen Teil des Gitters aus dorthin gelangen.

In der Welt des Jahres 2050 ist der direkte physische Zugang zur Matrix möglich, und zwar vermittels eines ›Matrix-Metaphorischen Cybernetischen Interface‹, kurz Cyberdeck genannt. Die sogenannte **Matrix-Metaphorik** ist das optische Erscheinungsbild der Matrix, wie sie sich dem Betrachter (User) von innen darbietet. Diese Matrix-Metaphorik ist erstaunlicherweise für alle Matrixbesucher gleich, ein Phänomen, das mit dem Begriff **Konsensuelle Halluzination** bezeichnet wird.

Die Matrix ist, kurz gesagt, eine informations-elektronische Analogwelt.

Messerklaue – Umgangssprachliche Bezeichnung für einen Straßensamurai.

Metamenschen – Sammelbezeichnung für alle ›Opfer‹ der UGE. Die Gruppe der Metamenschen zerfällt in vier Untergruppen:

a) **Elfen:** Bei einer Durchschnittsgröße von 190 cm und einem durchschnittlichen Gewicht von 68 kg wirken Elfen extrem schlank. Die Hautfarbe ist blaßrosa bis weiß oder ebenholzfarben. Die Augen sind mandelförmig, und die Ohren enden in einer deutlichen Spitze. Elfen sind Nachtwesen, die nicht nur im Dunkeln wesentlich besser sehen können als normale Menschen. Ihre Lebenserwartung ist unbekannt.

b) **Orks:** Orks sind im Mittel 190 cm groß, 73 kg schwer und äußerst robust gebaut. Die Hautfarbe variiert zwischen rosa und schwarz. Die Körperbehaarung ist in der Regel stark entwickelt. Die Ohren weisen deutliche Spitzen auf, die unteren Eckzähne sind stark vergrößert. Das Sehvermögen der Orks ist auch bei schwachem Licht sehr gut. Die durchschnittliche Lebenserwartung liegt zwischen 35 und 40 Jahren.

c) **Trolle:** Typische Trolle sind 280 cm groß und wiegen 120 kg. Die Hautfarbe variiert zwischen rötlichweiß und mahagonibraun. Die Arme sind proportional länger als beim normalen Menschen. Trolle haben einen massigen Körperbau und zeigen gelegentlich eine dermale Knochenbildung, die sich in Stacheln und rauher Oberflächenbeschaffenheit äußert. Die Ohren weisen deutliche Spitzen auf. Der schräg gebaute Schädel hat 34 Zähne mit vergrößerten unteren Eckzähnen. Trollaugen sind für den Infrarotbereich empfindlich und können daher nachts unbeschränkt aktiv sein. Ihre durchschnittliche Lebenserwartung beträgt etwa 50 Jahre.

d) **Zwerge:** Der durchschnittliche Zwerg ist 120 cm groß und wiegt 72 kg. Seine Hautfarbe ist normalerweise rötlich weiß oder hellbraun, seltener dunkelbraun. Zwerge haben unproportional kurze Beine. Der Rumpf ist gedrungen und breitschultrig. Die Behaarung ist ausgeprägt, bei männlichen Zwergen ist auch die Gesichtsbehaarung üppig. Die Augen sind für infrarotes Licht empfindlich. Zwerge zeigen eine erhöhte Resistenz gegenüber Krankheitserregern. Ihre Lebensspanne ist nicht bekannt, aber Vorhersagen belaufen sich auf über 100 Jahre.

Darüber hinaus sind auch Verwandlungen von Menschen oder Metamenschen in Paraspezies wie **Sasquatchs** bekannt.

Metroplex – Ein Großstadtkomplex.

Mr. Johnson – Die übliche Bezeichnung für einen beliebigen anonymen Auftraggeber oder Konzernagenten.

Norm – Umgangssprachliche, insbesondere bei Metamenschen gebräuchliche Bezeichnung für ›normale‹ Menschen.

Nuyen – Weltstandardwährung (New Yen, Neue Yen).

Paraspezies – Paraspezies sind ›erwachte‹ Wesen mit angeborenen magischen Fähigkeiten, und es gibt eine Vielzahl verschiedener Varianten, darunter auch folgende:

a) **Barghest:** Die hundeähnliche Kreatur hat eine Schulterhöhe von knapp einem Meter bei einem Gewicht von etwa 80 kg. Ihr Heulen ruft beim Menschen und bei vielen anderen Tieren eine Angstreaktion hervor, die das Opfer lähmt.

b) **Sasquatch:** Der Sasquatch erreicht eine Größe von knapp drei Metern und wiegt etwa 110 kg. Er geht aufrecht und kann praktisch alle Laute imitieren. Man vermutet, daß Sasquatche aktive Magier sind. Der Sasquatch wurde 2041 trotz des Fehlens einer materiellen Kultur und der Unfähigkeit der Wissenschaftler, seine Sprache zu entschlüsseln, von den Vereinten Nationen als intelligentes Lebewesen anerkannt.

c) **Schreckhahn:** Er ist eine vogelähnliche Kreatur von vorwiegend gelber Farbe. Kopf und Rumpf des Schreckhahns messen zusammen 2 Meter. Der Schwanz ist 120 cm lang. Der Kopf hat einen hellroten Kamm und einen scharfen Schnabel. Der ausgewachsene Schreckhahn verfügt über die Fähigkeit, Opfer mit einer Schwanzberührung zu lähmen.

d) **Dracoformen:** Im wesentlichen wird zwischen drei Spezies unterschieden, die alle magisch aktiv sind: Gefiederte Schlange, Östlicher Drache und Westlicher Drache. Zusätzlich gibt es noch die Großen Drachen, die einfach extrem große Vertreter ihres Typs (oft bis zu 50 % größer) sind.

Die Gefiederten Schlangen sind von Kopf bis Schwanz in der Regel 20 m lang, haben eine Flügelspannweite von 15 m und wiegen etwa 6 Tonnen. Das Gebiß weist 60 Zähne auf.

Kopf und Rumpf des Östlichen Drachen messen 15 m, wozu weitere 15 m Schwanz kommen. Die Schulterhöhe beträgt 2 m, das Gewicht 7,5 Tonnen. Der Östliche Drache hat keine Flügel. Sein Gebiß weist 40 Zähne auf.

Kopf und Rumpf des Westlichen Drachen sind 20 m lang,

wozu 17 m Schwanz kommen. Die Schulterhöhe beträgt 3 m, die Flügelspannweite 30 m und das Gewicht etwa 20 Tonnen. Sein Gebiß weist 40 Zähne auf.
Zu den bekannten Großen Drachen zählt auch der Westliche Drache *Lofwyr*, der mit Gold aus seinem Hort einen maßgeblichen Anteil an Saeder-Krupp Heavy Industries erwarb. Das war aber nur der Auftakt einer ganzen Reihe von Anteilskäufen, so daß seine diversen Aktienpakete inzwischen eine beträchtliche Wirtschaftsmacht verkörpern. Der volle Umfang seines Finanzimperiums ist jedoch unbekannt!

Persona-Icon – Das Persona-Icon ist die Matrix-Metaphorik für das Persona-Programm, ohne das der Zugang zur Matrix nicht möglich ist.

Pinkel – Umgangssprachliche Bezeichnung für einen Normalbürger.

Rigger – Person, die Riggerkontrollen bedienen kann. Riggerkontrollen ermöglichen ein Interface von Mensch und Maschine, wobei es sich bei den Maschinen um Fahr- oder Flugzeuge handelt. Der Rigger steuert das Gefährt nicht mehr manuell, sondern gedanklich durch eine direkte Verbindung seines Gehirns mit dem Bordcomputer.

Sararimann – Japanische Verballhornung des englischen ›Salaryman‹ (Lohnsklave). Ein Konzernangestellter.

SimSinn – Abkürzung für **Sim**ulierte **Sinn**esempfindungen, d. h. über Chipbuchsen direkt ins Gehirn gespielte Sendungen. Elektronische Halluzinogene. Eine Sonderform des SimSinns sind die BTL-Chips.

SIN – Abkürzung für **S**ystem**i**dentifikations**n**ummer, die jedem Angehörigen der Gesellschaft zugewiesen wird.

So ka – Japanisch für: Ich verstehe, aha, interessant, alles klar.

Soykaf – Kaffeesurrogat aus Sojabohnen.

STOL – Senkrecht startendes und landendes Flugzeug.

Straßensamurai – So bezeichnen sich die Muskelhelden der Straßen selbst gerne.

Trid(eo) – Dreidimensionaler Video-Nachfolger.

Trog, Troggy – Beleidigende Bezeichnung für einen Ork oder Troll.

Verchippt, verdrahtet – Mit Cyberware ausgestattet, durch Cyberware verstärkt, hochgerüstet.

UCAS – Abkürzung für ›**U**nited **C**anadian & **A**merican **S**tates‹; die Reste der ehemaligen USA und Kanada.

Wetwork – Mord auf Bestellung.

Yakuza – Japanische Mafia.